UN AD

CHARLES FORAN

Un adieu à la musique

roman

traduit de l'anglais (Canada)
par Sophie Cardinal-Corriveau

LEMÉAC

Nous remercions le gouvernement du Canada de son soutien financier pour nos activités de traduction dans le cadre du Programme national de traduction pour l'édition du livre et pour nos activités d'édition par l'entremise du Fonds du livre du Canada. Nous remercions également le Conseil des arts du Canada, la Société de développement des entreprises culturelles du Québec (SODEC) et le Programme de crédit d'impôt pour l'édition de livres du Québec (Gestion SODEC) du soutien accordé à notre programme de publication.

Titre original : *Carolan's Farewell*

First published in English by Harper Collins Canada

ISBN 978-2-7609-3343-9

4609, rue d'Iberville, 1er étage, Montréal (Québec) H2H 2L9
Dépôt légal — Bibliothèque et Archives nationales du Québec, 2011

Imprimé au Canada

Pour Mary, encore une fois.

Les ténèbres mêmes n'ont pas pour toi d'obscurité,
et la nuit brille comme le jour.

— Psaume 138

Je suis le chien de sa majesté à Kew;
De grâce dites-moi, monsieur,
de qui le chien êtes-vous?

— Alexander Pope

PREMIÈRE PARTIE

Dall
(Aveugle)

Chapitre 1

Clip-clop. Un reniflement; le bruit n'est pas d'origine humaine. Il perçoit le ballottement, le contact de la selle. Une odeur de cheval.

L'animal s'ébroue à nouveau. Bien qu'engourdi, l'homme se penche vers l'avant, chasse les mouches des naseaux de la bête. « Geminiani », dit-il.

— Doucement, Gulli, dit une autre voix à une autre bête.

Carolan agrippe les rênes. Il tire dessus à l'occasion pour rappeler à Gem qu'elle porte un vigoureux cavalier. Il le fait éveillé mais il le fait aussi, lui a-t-on dit, en somnolant. Tire, rêvasse un instant, tire encore, roupille une minute ou deux.

— Je suis tombé endormi ? demande-t-il.

— Les deux : tombé et dormi, répond Owen Connor.

— En descendant de la barque à Lough Derg ?

— En effet.

— Évanouissement ?

— Effondrement, confirme Owen.

— J'étais éreinté. Rompu et ravagé. Je n'aurais pu faire un pas de plus, ne fût-ce que pour me sauver d'un désastre encore plus grand.

— D'où mon entrée en scène.

Il vient une idée à Carolan. « Un pèlerin m'a chuchoté une histoire, l'autre jour. Selon lui, l'Oriental modèle croit que sa vie se compare à celle d'un homme qui s'endort et rêve qu'il est un papillon. À son réveil, il se demande : Suis-je un homme rêvant qu'il est un papillon, ou un papillon rêvant qu'il est un homme ? »

Owen Connor garde le silence. Son bai brun, Gulliver, qui n'est pas amateur de philosophie païenne, s'ébroue lui aussi.

— Owen ?

— Je n'ai jamais rencontré d'Oriental, modèle ou non.

— Là n'est pas la question.

— Il y a des années de cela, nous avons rencontré un homme chez Lord Mayo qui prétendait être un farouche Persan. Il portait un sabre aussi long qu'une hallebarde. Et pourtant quelqu'un nous a dit qu'il était de Cork.

Carolan attend.

— Il y a peut-être un quartier persan à Cork, peu connu en dehors des frontières de la ville.

Il attend encore.

— Et je ne suis jamais allé à Constantinople, ajoute Owen.

— C'est ce qu'on appelle une parabole, mon garçon.

— Quoi donc ?

— D'accord.

Il perçoit l'amusement dans la voix de son guide. Honte à Owen. Carolan est éreinté par son pèlerinage sur Station Island. Mieux connu sous le nom de purgatoire de saint Patrick, avec ses stations de pénitence et son régime impitoyable, sa caverne dans laquelle pénètrent les pèlerins lors de la veille finale après la célébration d'un requiem pour leurs âmes, peut-être sur le point d'être libérées. Notre Seigneur a passé la nuit en prière avant son arrestation. Saint Patrick a enduré une veille de jeûne pour le bien de ses sujets jusqu'à ce que Dieu lui apparaisse avec un bâton et les Évangiles. Le Seigneur a ensuite emmené Patrick sur une île déserte près d'un puits, déclarant que quiconque entrait dans la caverne pour la durée d'une nuit et un jour serait lavé de ses péchés.

— Je suis rompu, tu sais, dit Carolan.

— Et honte à moi de me moquer.

— Ravagé.

— La faute à l'île ?

— Oui, et à ma propre bêtise.

Il essaie de ne pas penser à ce qui s'est passé, là-bas. De ne pas penser à elle. Sans quoi son cœur va jaillir de sa poitrine comme un papillon, ou comme une âme.

Ou comme un oiseau ? Les oiseaux, les oiseaux. Son humeur devrait être aussi légère que leur musique, à l'heure qu'il est. L'air devrait être parsemé de leurs chants. Pinsons et merles et pipits des prés. Le traquet, qui écorche les oreilles.

— Où sommes-nous ? demande enfin Carolan.

— En surplomb du lac et sur la route vers Pettigoe. Un chemin défoncé, boueux à cause de la pluie.

Le barde le sait déjà. Le clapotement des sabots trahit la gadoue. Les cahots lui indiquent l'état de la route. Sa confusion, alliée à sa ruine, est plus profonde.

Owen Connor s'en doute. « Milieu d'après-midi en ce vingt-cinq d'août de la onzième année du règne de George II. L'année 1737, pour ceux qui s'y entendent en nombres. Le coin sud-est du comté de Donegal dans l'Ulster de l'ouest, l'une des quatre provinces du jadis récalcitrant, aujourd'hui somnolant royaume d'Irlande. Où les Persans et les Orientaux battent la campagne », dit-il.

— Blanc-bec.

— Et où nous dirigeons-nous, vous vous demandez ?

— Une bonne question.

— Vers le sinistre village de Pettigoe, à quatre milles au sud d'ici, et le gîte que j'ai prévu pour ce soir et demain. Une chambre où vous pourrez vous remettre de votre épreuve, repas et bain compris.

— Et alcool.

— Ensuite de quoi, un petit voyage de deux jours, tout droit vers la maison, comté de Leitrim, dit le guide, et les prévenances de ceux qui vous aiment d'un amour infini et inconditionnel, pour des raisons qui m'échappent.

— Mais avant, nous ferons bien une visite?

— Une visite?

— Au domaine d'un estimé mécène quelque part dans les environs, répond Carolan, incapable en ce moment de se rappeler les détails. Où je serai célébré avec de bons vins et une table bien garnie, avant d'être prié de chanter pour mon repas.

Owen lance un claquement de langue à l'endroit de son cheval.

— Est-ce que j'ai un air à faire entendre?

— Vous, un air?

— Composé en l'honneur du châtelain. Ou de sa charmante femme, ou ravissante fille, ou de la cousine dont le rire est capable de faire éclater le verre dans la main d'un homme. J'ai sûrement un nouvel air, dit-il. C'est ce que je fais.

C'est moi, se rassure-t-il. Carolan. Et Terence Carolan est le légendaire compositeur et harpeur, une figure connue sur les chemins de ce royaume somnolent et une présence réconfortante en ses demeures de qualité. «Voilà le maître», murmurent les habitants tandis qu'il déambule près de leurs champs et à travers leurs villages. «Voilà le barde.» Le barde sans héros à célébrer par sa poésie et ses chansons. Le maître de tout ce qu'il ne peut pas contempler. Un vieil aveugle, en réalité, attifé comme un gentilhomme en guenilles ou comme un paysan costumé pour se moquer des hommes bien nés. Les manchettes sales et le col élimé, le manteau usé et couvert de boue. Un bonhomme sur son cheval, opulent du bedon et flasque de la bajoue, le teint rougeaud et la tête pleine de poux. Ayez pitié du pauvre cheval chargé de cette loque. Pitié pour toute créature à portée de ses rots et de ses pets. Pitié surtout pour le pauvre Owen Connor, le guide de Carolan depuis vingt ans. Une pièce d'homme, aux dires de plusieurs : taches de rousseurs, favoris et boucles rebelles, couleur carotte. Les yeux bleus, de l'éclat des pierres dans un ruisseau, et un regard qui en trouble plus d'un. Alerte et clairvoyant, parfois trop.

Aucune puanteur chez Owen. Il a connu les honneurs d'un bain savonneux.

— J'empeste comme un oignon cru, tu sais, dit Carolan. Pieds et enfourchure, aisselles et haleine. Étonnant que Gem ne m'ait pas éjecté de dégoût. Bonne fille, ajoute-t-il en tapotant le col de l'animal.

— Heureusement pour elle, nous chevauchons contre la brise, acquiesce Owen.

— Ma dernière défécation remonte à plusieurs jours. Mes tripes sont nouées et mon ventre est gonflé. Je n'expulse que des couinements de pets inodores, aussi pitoyables que ceux d'un chaton.

— Charmant.

Carolan pense au repas à venir et ses lèvres se couvrent d'écume. « Trois services suffiront ce soir, dit-il. Une soupe aux légumes et une tourte de perdrix pour commencer. Puis un rôti de veau et une assiette de mouton saignant, une fricassée d'œufs et de champignons à la crème. En accompagnement, des abats et des salades de marinades, une terrine de pois frais. Pour dessert, une tarte aux pommes tiède ou des pêches au brandy avec un soupçon de crème. »

Le bruit d'un halètement l'arrête. Les râles ne viennent pas d'Owen Connor ni des chevaux.

Il met la faute sur le brandy.

— Un repas qui s'accompagnerait bien de quelques pots de bière ou d'un gobelet de vin rouge, termine-t-il une fois sa respiration revenue à la normale. Une lampée de rhum suivie d'une goutte de whiskey. Juste une flasque, quelques gouttes. L'idée n'est pas d'exagérer.

— Surtout pas.

— Dix jours sont passés depuis mon dernier bon repas et dix nuits pratiquement sans sommeil. Deux cent quarante et une heures depuis mes dernières libations.

— Terence ?

— Hmmm ?

— Vos lèvres sont couvertes d'écume.

Il les lèche. « Pas nécessaire qu'il y ait à la fois du veau et du mouton, concède-t-il. L'une ou l'autre des viandes ira. Même chose pour le rhum. Les chances qu'une auberge dans cette région éloignée tienne du bon rhum sont minces. »

Son guide émet un autre claquement de langue.

— Deux cent quarante et une heures, Owen. Deux cent quarante et une.

— Je vous ai entendu.

— Un quart de galette d'avoine à l'aube et un autre au crépuscule. Autant de verres d'eau de lac bouillie que je pouvais avaler sans être pris de spasmes.

— Une maigre pitance, assurément.

— Mes genoux sont ensanglantés par les prières. Mon dos me fait souffrir d'avoir dormi sur la pierre. Il a plu la plupart des nuits sur l'île et les jours étaient venteux et sans soleil.

— Au moins c'était sec dans la caverne ?

— La caverne ?

— La caverne des pénitences, où vous avez passé le dernier jour et la dernière nuit pour la veille. Ne me dites pas que vous avez oublié la veille ? dit Owen.

Oublié? Carolan ne l'a pas oubliée. L'incident a eu lieu dans la caverne. Dans la saleté et le froid. Cette voix et cette main. La nervure des os, un oiseau au creux de la main.

Stupéfiant. Mais il ne doit pas penser à elle maintenant. S'il le fait, il éclatera.

— C'est gentil à toi de t'être donné la peine de venir me chercher sur la rive ce matin, toi qui as de si nombreuses occupations.

— Le plaisir était pour moi.

— Tu as bien dormi à l'auberge?

— Bien, merci.

— Tu ne regrettes pas d'avoir refusé d'accompagner ton maître au pèlerinage, comme bien d'autres guides l'auraient fait?

— Pas du tout.

— Ni d'avoir manqué l'occasion d'expier tes péchés et d'être absous par Notre Seigneur?

— Et d'attraper la mort par la même occasion?

— Réponds à ma question.

— Autant je ne suis pas prêt à déclarer avoir péché davantage que ceux qui ont péché contre moi, dit Owen, autant je doute être prêt pour Station Island.

La réponse énerve Carolan. Son guide s'est apparemment adonné à la théologie. Et comme Owen réfléchit mieux à voix haute, il a certainement eu un complice en scepticisme et en apostasie.

— Les repas servis, ils étaient acceptables? sonde-t-il.

— Le bœuf en sauce était particulièrement réussi. La maîtresse de la maison le sert avec des tranches de pain chaud à tremper dans la sauce. Son lait caillé et son boudin noir sont aussi très bons.

— Des divertissements?

— J'ai fait poser un nouveau fer au sabot avant gauche de Gulli et j'ai pansé les deux chevaux, dit

Owen. Nettoyé votre selle et ciré vos autres bottes, lavé et séché nos vêtements dans un ruisseau. Et j'ai lu. Naturellement.

— Près d'une belle flambée?

— Les soirées, je les ai passées dans un des débits de boisson du village, à boire un verre de bière seul ou en compagnie.

En compagnie? Il ferait mieux de s'informer. «De la bière?» demande-t-il plutôt.

— Le Devlin's Inn sert la meilleure, ce qui n'est pas bien difficile. Un petit arrière-goût d'urine, si vous voulez mon avis.

«Ça semble exquis.» Carolan peine encore une fois à calmer sa respiration. «Une demi-pinte de bière à l'urine serait la bienvenue, en ce moment.»

— Ça se voit.

— Ou un vin rouge qui empeste le vinaigre, ou un whiskey qui goûte la tourbe.

Owen hoquette un rire désapprobateur.

— Ce Devlin's Inn dont tu parles... C'est ouvert l'après-midi?

— C'est ouvert.

— Passerons-nous devant, en route vers notre gîte?

— Sans doute.

— Bien, très bien, dit Carolan.

Ils chevauchent en silence. *Clip-clop, clop-clic*: Gulli et Gem marchent au pas. Il pourrait composer sur ce rythme, *claqueti-clac* sur les boutons de son manteau, battant la mesure, enjoué et pétulant. Composer un air pour son prochain hôte, peu importe qui. Surtout s'il pouvait s'accorder au chant des oiseaux, son accompagnement préféré.

— Où sont passés les oiseaux du Donegal? demande-t-il.

— Dans le comté de Sligo ou de Leitrim, s'ils sont malins.

— Je m'attendais à des colverts et des foulques, sur Station Island, des pinsons et des merles sur les rives. Des canards qui pataugent et des mouettes qui criaillent, des corbeaux qui croassent dans le ciel. Et pourtant, une corneille solitaire, c'est tout ce que j'ai entendu au long de mon séjour. Une corneille – *croâ, croâ* – puis le sifflet du vent, un vide strident. Des plus désolant, ajoute-t-il.

— Il y a un oiseau en ce moment qui glisse au-dessus de la tourbière noire qui nous entoure, dit Owen. Au loin.

— Un courlis. Je l'ai détecté.

— Même s'il ne fait aucun son ?

— Le battement de ses ailes, explique Carolan.

Les deux hommes tournent autour du pot sans raison. Il finira bien par se faire plaisir. Owen Connor finira par le laisser faire.

— J'ai des ordres à respecter.

— Sommes-nous obligés d'en parler ?

— Elle m'a prévenu que vous me diriez ça. Elle m'a prévenu que vous seriez prêt à tout pour en faire à votre tête, comme d'habitude.

— À ma tête, Owen ?

— Ne commencez pas.

— Quand ai-je pu, aveugle depuis l'âge de dix-huit ans, à la merci d'amis comme d'étrangers pour mes besoins les plus humbles, mes nécessités les plus élémentaires… Quand ai-je pu véritablement en faire à ma tête ?

— Elle m'a prévenu que vous diriez ça aussi.

Le ton de sa voix fait se raidir Carolan.

— Ses recommandations ?

— Ses ordres, Terence.

— Comme tu veux.

— Faire en sorte qu'un médecin du coin nous attende au gîte. Demander qu'on prépare un repas de soupe claire et de pain, qu'un bain soit prêt ainsi qu'un lit de plumes d'oie avec oreiller. Pas de visiteurs ce premier soir et des admirateurs triés sur le volet le lendemain. Fromage et lait le deuxième soir, si vous semblez pouvoir le supporter. De la viande seulement quand votre système digestif donne l'apparence d'avoir repris ses fonctions habituelles. Et pas d'alcool, dit Owen en marmonnant la seule phrase d'importance, avant quarante-huit heures après votre départ de l'île.

Carolan tend les rênes, sous le choc. Gem lâche un ébrouement interrogatif mais continue de marcher. Encore quarante-huit heures? Aussi bien quarante-huit jours!

« La sorcière », dit-il de sa protectrice depuis toujours, Mary Macdermott Roe.

— Elle vous connaît.

— Et son charlatan, il est complice dans cette conspiration?

— Le bon docteur n'est pas le seul à avoir observé l'effet des spiritueux et de la bière sur votre humeur. Quand d'autres sont abrutis par une nuit de festivités, vous, vous en êtes revivifié. Pire, votre tête se remplit d'idées que vous tenez à mettre en action, à des heures indues et dans un état lamentable.

— Balivernes.

— Ordres du médecin, je le crains.

Il ne peut pas s'empêcher. « Ton prédécesseur n'a jamais eu de difficultés à s'occuper de Mary Macdermott Roe », dit-il.

Owen fulmine.

— « Oui, Mrs Mac, répondait John Glavin. Comme vous voulez. » Il promettait d'obéir à ses ordres et lui rapportait ce qu'elle voulait entendre. Mais aux confins de nulle part comme ici, il obéissait à son vrai maître. Un guide exceptionnel, John Glavin. Un bon buveur et un admirable chanteur à l'ancienne.

Carolan attend le grognement de dégoût et, mieux encore, de défaite. Comme il n'entend rien, il faiblit. L'allusion aux prouesses alcooliques de Glavin était de bon aloi, mais l'évocation de son chant, excellent comparé à celui d'Owen, était cruelle. À lui d'avoir honte maintenant.

— Tu es tout de même content de me voir, non ?

Pas de réponse.

— Je suis ravi de bénéficier de ta compagnie à nouveau, Owen, dit-il. Nos causettes et nos disputes m'ont manqué. Plusieurs fois par jour, je partageais une réflexion ou un commentaire avec toi dans ma tête, j'entendais même parfois tes réparties fines et piquantes, comme si les milles qui séparent Station Island de Pettigoe ne pouvaient nous empêcher de bavarder comme à notre habitude. Plus je m'enlisais sur cette affreuse île, plus je me languissais de mon guide et ami.

— Vraiment ?

— Tu as souri, juste là, non ? Tu inspires par le nez quand tu souris, comme si tu tirais sur une pipe.

— L'ombre d'un sourire, dit Owen.

« C'est déjà mieux que ce que je peux faire. Moi, avec mon rictus de cadavre, j'effraie les chats et les enfants. » Il tord son visage jusqu'à en avoir mal aux joues. Un air absent, lui a-t-on dit, puisqu'il lui manque un autre visage portant la même expression pour lui en confirmer l'émotion et l'effet. Il en va ainsi des sourires : ils ne vivent qu'en relation avec les autres sourires.

— Mon cher enfant, dit Carolan avec émotion, nous ne devrions pas nous quereller. Nous sommes trop proches, toi et moi. Nous ne faisons qu'un. Allez, serre-moi la main. Mieux encore, embrasse-moi.

— Terence ?

— Une accolade ne nous fera pas de mal, fors ma puanteur.

— Il faudrait d'abord descendre.

— Descendre?

Il a oublié qu'il était perché. Son torse est tourné et ses bras tendus, son derrière glisse de la selle avec l'aisance d'une robe de nuit sur une épaule.

— Mon Dieu.

Carolan tombe. La terre va l'accueillir d'un bruit mouillé. Il va sûrement s'évanouir encore une fois et reprendre conscience grâce au goût de son propre sang dans sa bouche.

Il entend Owen tirer sur les rênes de Gulli pour combler l'écart. Soudain, il est arc-bouté sur un bras, sa jambe coincée entre les deux chevaux. Puis il est d'aplomb et stable à nouveau.

— Franchement, fait Owen.

Il s'excuse. Mais, s'il est content d'avoir évité la chute, il regrette tout de même l'embrassade. Le contact avec le tissu et la peau et une épaule osseuse lui aurait plu. Et Carolan aurait pu lire le corps de son guide, comme les voyants se lisent les uns les autres, et ainsi mieux interpréter son humeur.

— Agrippez le pommeau à deux mains.

Il obtempère.

— Voulez-vous savoir qui d'autre Mrs Mac m'a demandé d'avoir à disposition à l'auberge? fait Owen.

— Je t'en prie.

— Un prêtre, pour l'extrême-onction.

— As-tu pu en trouver un?

— Je n'ai pas pu, à cause des sous-officiers qui rôdaient autour de Pettigoe dans l'espoir de capturer quelques pèlerins avant la fin de la saison. Mais je me suis enquis d'un prêtre, devenu fermier près de Belleek. Ça vous intéresse de savoir pourquoi?

Carolan hoche la tête.

— Parce que j'ai passé ces dix derniers jours à craindre que les frères qui s'occupent de Station

Island viennent cogner à ma porte pour m'informer que la personne dont je suis responsable s'est éteinte sur une station de pénitence ou dans la caverne. Et non dans son lit à Alderford, comme il conviendrait à un homme de sa qualité, ni dans sa maison de Mohill, comme le voudrait un bon père de famille. Mais plutôt ici, à l'autre bout du monde, engagé dans un rituel d'expiation à la fois interdit par la loi – la seule bonne chose à venir des Pénales, tout le monde s'entend là-dessus – et rejeté par les chrétiens modernes qui en ont honte.

— Moderne ?

— Du latin *modernus* : du présent, de maintenant. Vous ne connaissez pas le mot ?

Carolan connaît le mot. Sa question en concerne l'usage pour parler de sa très chère Église. Mais cette discussion est pour plus tard.

Les Lois pénales. Des lois abominables, se dit-il, qui transforment des amis en ennemis et qui répriment la religion naturelle, incluant une forme extrême, il faut l'admettre, de l'expression de cette foi : le pèlerinage à Lough Derg. Des shériffs qui tournent autour de Pettigoe pour arrêter les faibles et les fourbus ? Pure folie. Il sait bien que des pèlerins ont parfois expiré là-bas sur l'île. Et des types plus jeunes et moins décrépits que lui, en plus.

« Mourir sans absolution est un bien triste sort », concède-t-il. Il se souvient de l'incantation. *Dirige, Domine, Deus meus, in conspectu tuo viam meam.* Fais que mes pas, Ô Seigneur, mon Dieu, cheminent sous ton regard.

Un pipit gazouille au loin, la note est maintenue par le vallon qu'ils traversent. La brume s'est dissipée et l'air à nouveau fleure bon le noisetier et la tourbière. Carolan enlève son capuchon car il sent qu'ils approchent du village.

— Est-ce l'odeur du gazon ?

— Pettigoe est tout proche.

— Et c'est droit vers nos chambres ?

— Les ordres de Mrs Mac.

— Ses recommandations, tu veux dire.

Son guide ne dit rien.

— Allons-nous passer devant le Devlin's Inn bientôt ?

Silence.

— Célèbre pour sa bière à la pisse et son rouge vinaigré ?

— N'y songez même pas.

— Du calme, Owen. Quel mal peut faire un seul verre ?

— Bien du mal, d'après mon expérience.

— Un seul verre.

— N'insistez pas.

— Je le prendrai au comptoir, s'ils en ont un. Ou le tenancier pourrait nous apporter les verres. Je n'ai même pas besoin de descendre de cheval.

— Arrêtez.

Il ne devrait pas. « John Glavin était capable de cacher certaines choses à la vieille sorcière sans en faire tout un cas de conscience. Il savait qui était son véritable maître et comment le servir au mieux. Et est-ce que je t'ai parlé de son chant ? »

Owen Connor marmonne.

— Qu'est-ce que tu dis ?

— Lamentable, répète-t-il.

— Tu as raison, dit Carolan. Mais crois-tu que je ne sais pas à quel point je suis pathétique ?

La question n'est pas rhétorique. Tout homme doit s'engager sur le chemin solitaire qu'est sa vie. Les plus confiants connaissent les routes par cœur ou se guident sur les étoiles. Les plus téméraires ouvrent de nouveaux chemins et s'aventurent sur des pistes encore à défricher. Ils commandent aux chevaux d'aller au trot et même au galop, et les chevaux obéissent. Les familles sont bien en sécurité près de l'âtre. De tels titans bravent les dangers, surmontent les périls et toisent le diable en personne jusqu'à ce que le pleutre déguerpisse. Ils n'hésitent pas et n'attendent pas qu'on les aide. Ils ne tremblent pas non plus quand la lumière de Dieu quitte pour un moment leurs visages. Les prouesses de ce genre sont louées, avec raison. Les épouses, quand elles sont honorées, sont reconnaissantes. Les enfants, quand ils sont embrassés, sont béats. « Mon brave gaillard », disent les épouses, leurs joues reposant sur ces torses. « Cher papa », soupirent les enfants au milieu des câlins et des baisers. Les femmes ne peuvent dissimuler l'admiration qu'elles portent dans leurs yeux et l'émotion dans leurs poitrines. Les pupilles s'épanouissent comme des fleurs. Des parfums d'églantiers montent depuis des jardins secrets.

De tels hommes, solidement perchés sur leurs écumants destriers, éperons saillants et cravaches dressées, sont de braves gaillards, sans nul doute. Carolan, malheureusement, est tout autre. Son cheval n'exécute pas ses ordres, comme si le barde n'était qu'un sac de grain jeté en travers de la selle. Il ne peut pas toiser un chien, encore moins le diable. Ses joues marquées par la variole et ses orbites d'où jaillissent des jaunes d'œufs font pâlir les femmes qui détournent le regard en sa présence, leurs poitrines sans émotion et leurs parfums éteints. Il n'a jamais eu son mot à dire sur sa destinée et, à ce jour, ce sont les autres qui choisissent presque tous les chemins à sa place. Sa viande doit être coupée et son verre rempli. On doit lui indiquer où pisser.

— Et si on les faisait détaler comme il faut, ces bêtes, hein ?

— Je vous demande pardon ?

— Vole, Gem.

Excité, il raidit les jambes et décolle son fessier du cuir. Geminiani secoue la tête sans altérer son pas.

— Vole !

Le cheval ralentit, craignant sans doute que son cavalier ne tombe à terre. Ça s'est déjà vu.

— Est-ce bien extravagant de ma part de m'attendre à pouvoir contrôler mon propre destrier ? demande Carolan.

— Ce l'est.

Le plaisir dans la voix d'Owen est aussi irritant qu'un spectateur qui jacasse pendant qu'il joue de la harpe.

— Puis-je savoir…

— Prenez le cas présent, dit son guide. Il se trouve que nous sommes en ce moment aux abords de Pettigoe. Gem le sait. Vous, apparemment, l'avez oublié. Qui, alors, devrait décider de la vitesse et de la direction à prendre ?

— Je vais demander à Mrs Mac qu'on me donne une paire d'éperons ou une cravache. Un bon coup sur les flancs devrait convaincre la bête de respecter ma volonté.

C'est Gem qui s'ébroue alors, le pouls fébrile.

— Vous l'attristez.

— Désolé, ma chère, dit Carolan à son cheval. Mais j'aimerais bien être fougueux et aller comme le vent une fois avant de mourir. Ça me semble une requête raisonnable. Choisir ma propre destination et y courir, aussi confiant qu'un homme ordinaire.

— S'il y a une chose que vous n'êtes pas, Terence, dit Owen, c'est un homme ordinaire.

— Tu crois ?

— J'en ai peur.

À cet instant une femme les interpelle depuis le pas de sa porte. « Est-ce bien lui ? » dit-elle.

Il hésite, ne sachant pas si la question lui est adressée.

— Vous revenez du pèlerinage ? C'est ce que tout le monde dit.

— Madame ?

— Le barde qui prie et qui jeûne sur Station Island. Les gens parlent.

— Vraiment ?

— Chut, dit Owen.

— Et vous avez survécu à la caverne des pénitences ? Tout juste, à ce que je vois.

— Grâce à Dieu, j'ai survécu.

— Chut, dit Owen à nouveau. Moins votre présence au village sera connue, mieux ce sera.

— Votre courage et votre force, dit la femme, sont une inspiration pour nous tous.

« Vous êtes trop bonne », répond-il, simple politesse. Elle est d'âge moyen et, d'après le roucoulis dans sa voix, consomptueuse. Elle se souviendra de cet échange pour le reste de ses jours et s'en trouvera réconfortée.

— C'est Maître Carolan, crie-t-elle vers l'intérieur de sa maison. Venez voir, venez voir !

Owen grogne.

— Eh bien, ne l'êtes-vous pas ?

— Ne suis-je pas… ?

— Soi-même.

— Et nul autre, répond Carolan.

CHAPITRE 2

— De toutes les filles que j'ai connues, c'est elle qui avait les mains les plus gracieuses, dit-il. Fines et douces, et dont les os étaient moins ceux d'un humain que ceux d'un oiseau chanteur, une colombe ou une grive. Ses métacarpes, surtout.

— Ses quoi ?

« La nervure des os, mon frère, ces os qui vont de la base de ses doigts jusqu'à ses poignets, juste ici », explique Carolan. Il montre sa main droite aux hommes assis de l'autre côté de la table et suit le tracé des nervures avec son index gauche.

— La nervure des os, dit frère Seamus.

— Comme les os d'un oiseau chanteur, répète Owen en écho.

— Quand elle serrait la main ou fermait un poing, les nervures se soulevaient en un faisceau. Une fois, j'ai ramassé un rouge-gorge qui essayait d'extraire un ver de sous mes pieds. Je l'ai invitée à emprisonner l'oiseau dans le creux de ses mains et à laisser ses ailes lui caresser la peau. Elle pourrait désormais comprendre, lui ai-je déclaré, ce que je ressentais chaque fois que je tenais sa main dans la mienne. Une petite chose vivante dans ma poigne malhabile. Une merveille de sensualité, pour un jeune garçon.

Il soupire et déglutit. Une fine observation, sans fausse modestie, qu'il ne se lasse jamais de faire. Est-ce sa faute si Owen, lui, s'en lasse plus vite ? Et le fût de bière au Devlin's Inn ne goûte pas l'urine mais plutôt l'orge cru, à moitié fermenté. Le malt n'a pas pu germer convenablement.

Carolan doit parler d'elle à présent. Il doit dire ce qui s'est passé. Encore un soupçon de courage et il sera prêt.

— Vous faites référence à Bridget Cruise, demande le frère. La fille du propriétaire foncier que vous avez courtisée quand vous étiez jeune ?

Le frère Seamus est le batelier qui l'a fait traverser sur Station Island onze jours plus tôt et qui l'a ramené à terre aujourd'hui. Le franciscain est aussi celui qui, d'aventure, a aidé à libérer Carolan de la caverne des pénitences la veille, chose qu'Owen ne sait probablement pas. À présent, le frère-batelier au rire sonore et à l'odeur de feu de cheminée est invité à leur table depuis qu'il est apparu, comme par enchantement, dans le débit de boisson une heure auparavant. Un aimable invité, d'ailleurs, bien qu'assez prompt.

— Celle-là même.

— Dans le comté de Meath ?

— Aux abords du village de Nobber. Où je suis né et où j'ai été élevé dans une chaumière de fermiers et elle sur un domaine de dix mille acres nommé Cruisetown.

— Je suppose que cette amourette s'est bien terminée, dit le frère Seamus.

— Vous ne connaissez pas l'histoire ?

— De la muse de Carolan ? La fille qu'il a courtisée et perdue alors qu'il était voyant et dont il a tenu le souvenir vivant dans son cœur pour trouver l'inspiration, malgré les ténèbres qui l'enveloppaient ? Tout le monde la connaît. Je peux même fredonner l'air que vous avez écrit pour elle.

— Quatre airs, corrige-t-il.

— Quatre? demande le frère. Pourquoi autant?

— Pour rien.

— Un seul d'entre eux a l'âme d'une grande mélodie, ajoute Owen.

— De même qu'un seul pichet de cette bière n'a pas eu le goût de grain cru, dit Carolan en cognant son verre sur la table. Nos verres sont vides, aubergiste, mais pas nos bourses.

James Devlin se traîne jusqu'à eux.

— Est-ce que j'essuie la table, monsieur? dit le tenancier, aussi solennel qu'un dévot ou un obséquieux à l'église.

— Ne vous dérangez pas.

S'il devait respirer une autre bouffée de ce chiffon, Carolan pourrait spontanément se vider de ses tripes, comme un seau à double fond. Le torchon empeste la bière éventée et le sang caillé. Il y a un passage couvert où se soulager, lui a-t-on dit, avec un pot de chambre dans un coin, au cas où le besoin se ferait pressant. Owen lui a décrit l'endroit en arrivant. Une porte basse, obligeant le plus petit des hommes à se baisser sous le linteau, et aucune fenêtre. Deux tables devant un âtre froid – maculées et abîmées –, des bancs polis par un nombre incalculable de fonds de culottes. Une bougie solitaire dont la flamme émet un ruban de suie et un filet de lumière. Des souris courent à l'intérieur des murs.

Le souper ne s'est pas encore déposé dans ses entrailles. Il a été assez sage pour le commander – sans nourriture, un seul verre l'aurait achevé –, mais il est déçu de ce qui lui a été offert. Le mouton était marbré de cartilage et le fromage devait être sculpté pour enlever la moisissure. Des corneilles auraient trouvé difficile de picorer ce pain-là. Un repas – et même son guide était d'accord là-dessus – à ne prendre qu'avec un verre. À sa grande surprise, le rhum était potable. Mais pas le whiskey.

L'arrivée du frère a coïncidé avec un retour à la bière.

Carolan se sent plus mal en point que ce matin.

— J'étais un gars comme les autres, frère Seamus, commence-t-il. Un fanfaron dégingandé qui, à quatorze ans, n'avait jamais porté une paire de souliers de sa vie. Elle était ma cadette d'un an, avec des yeux bleu-vert et des fossettes quand elle souriait, des cheveux de lin jusqu'à la taille. Nous nous sommes vus en secret pendant une saison, surtout près de la chapelle sise en bordure du domaine de sa famille, à parler, à glousser et à regarder le ciel couchés sur le dos. C'était le mois de juin, l'air était tiède et succulent, la nature explosait. Une fois, une seule fois elle m'a entraîné à travers un bois, puis un verger, jusqu'à un endroit près d'un ruisseau où se tenait jadis un prieuré. Une ruine couverte de mousse, le sol recouvert de tombes et son clocher devenu une chorale d'étourneaux. Là, sur une tombe, nous nous sommes embrassés, la lumière pénétrant par une ouverture dans le mur, mes bras tombant raides de chaque côté de mon corps, trop timide pour la prendre par les épaules ou, Dieu m'en garde, par la taille.

Il boit, renverse du liquide.

— Je n'avais jamais été embrassé auparavant, dit-il, et je n'ai jamais été embrassé comme ça depuis. Bridget disait que mes yeux étaient bleus comme des jacinthes. Elle disait que j'étais son brave petit gaillard.

Owen se gratte la tête avec une vigueur canine.

— Je pensais qu'elle était une fée des collines ou une dryade et moi le fortuné mortel faisant l'objet de ses attentions. La douceur de ses lèvres, comme si j'embrassais un pétale de fleur, le soyeux de ses cheveux… Oui, Owen ?

— Pourquoi racontons-nous cette histoire ?

— Nous ? C'est moi qui raconte.

— Mais pourquoi maintenant.

— La nervure des os, dit Carolan.

— Eh bien ?

— Un oiseau au creux de la main.

— Quoi, avez-vous des nouvelles de la détentrice de ces nervures ? Cinquante-quatre ans sont passés sans plus de contact avec cette femme, Terence. C'est comme si elle était morte – ce qui est peut-être bien le cas, d'ailleurs.

Ridicule. Bridget Cruise est vivante, de même que ses mains immortelles. Non qu'il s'attende à ce qu'Owen ou le frère le croient sur parole. Mais il a des preuves et il est prêt à les faire connaître. Presque. « Je raconte mon histoire », dit-il, de la bière coulant sur son menton. La main qui tient le verre est mal assurée.

— Il raconte son histoire, dit James Devlin à l'autre bout de la pièce, et dans mon propre établissement ! Quel dommage qu'il n'y ait personne d'autre pour l'entendre.

— Eh bien ? demande Owen.

— Si tu me laissais finir, dit Carolan.

— *Dou-da-dou-da, da-da-la-la*, fredonne le tenancier, *dou-la-la-la-la-la.*

La première des compositions pour Bridget Cruise. Dans la mauvaise tonalité et avec quelques notes en moins.

— Très bien, Mr Devlin.

— J'ai remarqué la harpe attachée à l'un de vos animaux, derrière, Maître, répond l'homme avec un aplomb soudain. Vous nous ferez bien un petit air ?

Carolan ne répond pas.

— Je serais honoré, ajoute James Devlin.

— Et tu irais aussi murmurer à ta femme de sortir ameuter tout le village d'une telle présence dans ton établissement, dit Owen. Pas vrai ?

— Monsieur ?

— T'aurais une foule, j'en suis sûr, et t'empocherais une jolie somme, avec l'achalandage que ça te donnerait. T'aurais aussi une belle histoire à broder pour les années à venir, à propos de la fois où le barde a joué ici. Mais laisse-moi te demander une chose, James Devlin, dit Owen d'une voix qui monte d'un ton, comme quand il est fâché, qu'en serait-il de la réputation de ton établissement s'il était plutôt reconnu comme l'endroit où Terence Carolan avait été arrêté ? Qu'est-ce que tu dirais de ça ?

— Du calme, Owen.

— Arrêté ?

— J'ai croisé quatre sous-officiers qui rôdaient dans le village au cours de mon séjour ici. Même qu'un de ces messieurs était assis sur ce même banc, avant-hier, à claironner que l'amende pour ceux qui font le pèlerinage était encore en vigueur. Dix shillings ou vingt coups de fouet, pour ceux qui sont trop pauvres pour payer. Tu ne te souviens pas de ce type ?

— Je m'en souviens, maintenant que vous l'évoquez.

— Souhaites-tu voir Carolan se faire arrêter et traîner, enchaîné, jusqu'à la prison d'Enniskillen ?

— Arrêter le maître ? Ils n'oseraient jamais.

— Les sous-officiers d'Ulster ? Et comment, qu'ils oseraient, ne serait-ce que par ignorance de qui, ou de quoi, il est le maître.

James Devlin est piteux.

— Laissons la question de la musique, dit Owen. Et nous n'avons pas été sages de rester aussi longtemps dans ce bouge.

Le frère Seamus le modère. « Trois gentilshommes de passage qui partagent une bière et un peu de bon temps par une belle soirée d'été, dit-il. Il n'y a rien de criminel là-dedans. À moins que tu ne fracasses le crâne de ce pauvre Mr Devlin avec ton verre. Ce serait alors droit à la prison d'Enniskillen – mais pas pour délit de pèlerinage. »

Owen respecte le franciscain, Carolan le devine déjà, et peut-être est-il sous son emprise. Est-ce le frère Seamus, cette « compagnie » dont parlait Owen, avec laquelle il ressassait diverses apostasies tandis que Carolan se traînait sur Station Island ? Il le soupçonne. Ce qui veut dire, donc, que le barde et le guide ont chacun de leur côté croisé cet homme sans que l'autre ne se doute de rien. Quand le frère Seamus a piloté les efforts pour ouvrir la porte de la caverne et libérer le pèlerin en détresse, Carolan a témoigné sa gratitude en engageant la conversation avec son libérateur. Mais le moine avait peu à raconter à son propre sujet, sauf pour dire où il était né, dans le comté de Galway. Pas de titre de noblesse ni de village ancestral. Peu de détails personnels, bien qu'il ait parlé d'une période de quasi-famine à Dublin et qu'il ait admis avoir des qualifications bien discutables pour servir en tant que franciscain, incluant – pour dire vrai – une foi bien discutable elle aussi. L'ordre l'a accepté davantage pour sa vigueur, a-t-il dit, en tant que batelier pendant la saison de pèlerinage et fermier le reste de l'année, que pour sa dévotion ou sa compréhension de la théologie.

Quelle époque, se dit Carolan. Où les hommes sont obligés de cacher leur vraie nature et leurs capacités. Owen Connor est-il un guide « naturel » ? Probablement pas. Ou Terence Carolan un barde et harpeur « naturel » ? Sûrement pas.

Non qu'il ait une si grande opinion de sa propre époque ou qu'il soit, le plus souvent, préoccupé par elle. Mais les temps anciens semblent mieux définis que l'ère actuelle, et plus honorables. Un demi-siècle est passé depuis le siège de Derry et la bataille de la Boyne. Il faut reculer encore de quarante ans pour évoquer l'armée de Cromwell et le massacre de 1641, des protestants par les catholiques, qui a supposément justifié l'invasion. Les rois ne mènent plus les guerres européennes en sol irlandais; les lords-protecteurs avec leurs épées de feu ont cessé de réduire les villages en cendres. Mais les époques terribles produisent des chefs à la stature nécessaire. Plus personne n'a la trempe de Patrick Sarsfield et d'Oliver Plunkett, du duc d'Ormond et d'Oliver « Ironguts » Cromwell, de Hugh O'Neill et de Red Hugh O'Neill. On ne voit plus de ces actes de grandeur et de ces gestes de terrible volonté.

Jadis, les hommes s'appréciaient à la témérité de leurs actions. Une vie était la somme des activités, un registre par lequel un personnage, et un patrimoine, pouvaient être mesurés. Aujourd'hui, en revanche, ces repères ont disparu. Les croisades ont été remplacées par des querelles au sujet de propriétés et de chevaux. L'honneur de faire face à un ennemi sur un champ de bataille a été supplanté par le déshonneur, et la frustration, de se chamailler avec des adversaires qui se cachent derrière des lois abjectes et des shériffs mercenaires. En l'absence d'actions, il n'y a que constantes réactions, montagnes d'insultes et tyrannies renforcées, qui usent à la fois le corps et l'esprit.

Qui usent les jeunes, surtout, qui doivent parler et agir, ou alors se flétrir et mourir.

Ou émigrer, une « action » qui répugne souvent et qui est presque toujours fatale : toutes les joies sont anéanties, et même les plus doux souvenirs sont brisés par la séparation des mers agitées.

On en revient encore à la Boyne, pense Carolan. La bataille a mis fin à bien plus que les espoirs de James Stuart de regagner le trône perdu deux ans auparavant aux mains de Guillaume d'Orange. Par un après-midi de juillet 1690, l'ancien monarque a défendu la rivière Boyne avec un mince rang de jacobites et de soldats français contre une armée disciplinée de Hollandais, de Danois, d'Anglais, de Huguenots et d'hommes de l'Ulster. Après plusieurs heures de combat désordonné, James a battu en retraite à Dublin et peu de temps après en France, laissant ses partisans à leur sort. Les braves âmes qui s'étaient escrimées, moins pour le retour d'un monarque catholique sur le trône à Londres que pour les droits de la majorité en Irlande de garder ses terres et de contrôler son gouvernement, étaient des hommes à abattre. Les désastres qui ont suivi, la Passe d'Aughrim et le siège de Limerick, surtout, ont achevé le travail. Les meilleurs étaient maintenant morts ou en exil sur le continent. Les autres ont dû endurer les incessantes punitions et ces outrages qui vont de pair avec la défaite.

La Boyne. Tout homme ou garçon bien portant aurait dû se précipiter dans le Meath par cette chaude journée d'été et prendre les armes aux côtés de James. Nulle excuse pour éviter le combat n'aurait dû être inventée, encore moins acceptée. Même les infirmes et les malades auraient pu prêter main forte, à charger les mousquets ou à bander les plaies. Et les jeunes aveugles ? Auraient-ils pu se rendre utiles, d'une façon ou d'une autre ?

— Étiez-vous à la Boyne, par hasard, mon frère ?

— La Boyne ?

— À combattre pour la foi et la tribu ?

— J'ai bien peur que ce ne fût avant mon temps.

Bien sûr. À sa voix, Carolan devine que le frère Seamus approche tout juste de la quarantaine. « La plupart des recrues étaient novices, vous savez, dit-il tout de même. Ils n'avaient aucune chance face à une armée aguerrie. »

— Sans doute.

Le manque d'enthousiasme du frère le surprend.

— Owen se serait battu pour James. Pas vrai, Owen ?

Le guide prend son temps avant de répondre, autre surprise.

— Tu l'as déjà affirmé par le passé, lui rappelle Carolan.

— J'ai dit que j'aspirais à trouver une cause juste, répond Owen en s'adressant à quelqu'un d'autre. N'importe laquelle. Je ne crois pas avoir jamais dit autre chose.

« La restauration d'un monarque étranger, qu'il soit un Hollandais calviniste ou un Anglais à moitié français d'origine écossaise, c'est une bien mauvaise raison de risquer une vie irlandaise, fut-elle aussi misérable que la mienne », déclare le frère Seamus. Il ne parle pas à Carolan non plus.

Une telle remarque est trop radicale pour ses vieilles oreilles. Conscient qu'il a aiguillonné la conversation de façon aussi imprudente qu'il l'aurait fait pour un cheval, selon Owen, Carolan entreprend de commander un autre pot de bière.

— Mais celui que vous avez est encore à moitié plein, dit James Devlin.

— Ou à moitié vide, Mr Devlin, selon le point de vue.

Le tenancier s'éloigne.

— Quel idiot, dit Owen. Et un malingre de petit bonhomme, en plus.

La remarque suggère que Seamus est lui aussi costaud. Owen est un géant, et quand il est énervé, il a tendance à apprécier la valeur d'une personne à sa stature physique. Pourtant, la taille de Carolan, à quelque quatorze pouces de moins que celle d'Owen, est immatérielle. Aux yeux du guide, semble-t-il, Terence Carolan n'est tout simplement pas un homme comme les autres.

Une autre pensée amère lui échappe. « Comment en effet un sous-officier pourrait-il m'arrêter ? » demande le barde après une gorgée de bière et un rot. « Ce serait comme arrêter une alouette parce qu'elle chante ou un papillon parce qu'il rêve qu'il est un homme. Et vous ai-je dit, mon frère, que moi non plus, je n'étais pas à la Boyne ? »

Les deux autres échangent des regards. Il l'entend.

— Je me serais enrôlé, c'est bien sûr, vu que j'étais juste en haut de la route, à Nobber, et j'aurais certainement été expédié bien vite par une rapière ou un boulet de canon, en raison d'une maladresse infuse. J'ai été sauvé, si vous voulez, par un aveuglant accès de variole. Que dites-vous d'une pareille chance ?

Personne ne parle.

— Vous nous parliez de Bridget Cruise, dit enfin le frère Seamus.

— Vraiment ?

— Ses métacarpes.

Heureux du changement de sujet, Carolan laisse échapper la vérité avant de pouvoir décider s'il est suffisamment imbibé de courage. « Je l'ai vue », dit-il.

— Maître ?

— Je ne peux pas le dire plus clairement.

— Quand vous aviez quatorze ans ?

« Je l'ai vue », dit-il encore. Ses mains tremblent et son front, il le sent, d'habitude aussi lisse qu'un galet, est barré d'un pli. Au même moment, un hameçon tire sur ses entrailles, un appel au pot de chambre ou au buisson. « Je l'ai vue et ne l'ai pas oubliée. Seul son visage m'a accompagné dans les ténèbres, comme vous le disiez plus tôt. Et ces ténèbres sont bien sombres, vous pouvez me croire. Plus sombres qu'un purgatoire ou qu'une crypte. Aussi humides qu'un cachot. »

Il porte son verre à ses lèvres quand le récipient lui est arraché des mains.

— Pas une gorgée de plus, dit Owen.

— Donne-moi ça.

— Vous vous êtes fait suffisamment plaisir, et je vais payer pour mon manque de jugement.

— Blanc-bec.

— C'est droit au lit pour vous.

— Blanc-bec effronté.

— Insultez-moi si vous voulez.

Carolan a une meilleure idée. « Donne-moi ta main », dit-il, tendant la sienne vers lui, le coude sur la table.

— Je ne pense pas.

— Mon frère ?

— Ne l'encourage pas, Seamus.

— J'ai bien peur que je doive obéir, Owen, dit le moine.

— Mais pourquoi ?

— Il ne sait pas comment l'histoire finit, dit Carolan au franciscain.

— Ah.

— Quelle histoire ?

— Votre main, je vous en prie. Je ne vais pas baver dessus.

Une rude main noueuse se glisse dans la sienne. La main d'un fermier, pense Carolan, bien que ça ne soit pas tout à fait correct. La paume du moine est trop sèche – un fermier aurait été nerveux, à partager la table d'un personnage aussi illustre – et sa poigne est trop détendue. C'est celle d'un homme sûr de son statut et de son influence.

« Nous étions une douzaine de pèlerins dans la cave, dit Carolan. Des compagnons anonymes, qui faisaient vœu de silence depuis neuf jours. Plusieurs m'avaient prêté assistance sur l'île, d'une station de pénitence à l'autre, ou bien m'avaient aidé à trouver un coin pour m'allonger la nuit. Les moines avaient vu aux besoins de mon corps torturé. » L'hameçon tire plus fort, Carolan remue sur son banc. « Mais dans la caverne, pas moyen d'échapper à nos odeurs fétides et nos toux grasses, nos gémissements, nos grognements, nos grattements. La plupart des pèlerins étaient des femmes et, fidèle à moi-même, j'avais échangé quelques chuchotements avec elles. Une dame, toutefois, s'était faite discrète, faisant montre d'une rare dévotion dans ses prières et dans son jeûne, même à l'échelle de Station Island. Je n'avais eu aucun contact avec elle. Mais il est arrivé, peut-être deux heures après le début de la veille, que cette femme ait eu besoin de se glisser près de moi pour, à son dire, trouver une noirceur plus profonde, plus pure, dans la grotte. »

— L'endroit ressemble à un tunnel, dit frère Seamus. Les pèlerins sont obligés de s'y aligner, comme s'ils attendaient un entretien avec Lucifer lui-même.

— Pour qu'elle puisse passer, nous devions bouger tous deux. J'ai senti qu'elle était alors plus aveugle que moi et je lui ai offert de prendre ma main, et là…

Carolan tient la main du moine de façon à imiter le geste. Ses entrailles grondent comme un animal traqué.

— Terence ?

— « Par le sang de mes aïeux, ai-je annoncé, voici la main… »

Il se lève, cogne contre la table. Verres et assiettes s'entrechoquent.

— Avez-vous besoin… ? demande Owen.

— « la main de… »

— Votre poigne est un étau, dit frère Seamus.

— « Bridget Cruise. »

Voilà. Il s'est confessé. Il relâche la main du moine.

— Je vous demande pardon ?

— Le pot de chambre, Owen, dit-il ensuite. Sans plus attendre.

L'instant d'après, il est dans le passage couvert, assis sur le trône des pauvres. La fraîcheur du rebord, de connivence avec l'air de la nuit, contracte ses tripes, à l'opposé de l'effet désiré. Le pot est aussi trop bas.

Owen et le frère Seamus se retirent de l'autre côté de la porte.

— Je l'ai reconnue sur le champ, leur crie Carolan. Au plus léger frôlement. Les mots me sont venus sans effort : « Par le sang de mes aïeux, voici la main de Bridget Cruise ».

— Que voulez-vous dire ?

— Elle était là. C'était elle, l'autre pèlerine.

— Impossible.

— Pourquoi ?

— Des dizaines d'années plus tard, et vous la reconnaissez à sa main ?

— J'ai déjà expliqué tout ça.

— La nervure des os, dit le frère Seamus.

Carolan pousse. Que de la pisse, pour le moment : un flot engorgé qui éclabousse le bol et lui asperge les fesses.

— Vous étiez délirant, dit Owen.

— Probablement.

— Dément.

— Ça, c'est venu après.

— Beaucoup de pèlerins subissent un choc dans la caverne, dit le franciscain. Ils y entrent déjà affaiblis puis luttent pour rester éveillés et prient pendant vingt-quatre heures d'affilée. Mais certains disent qu'il s'agit d'un authentique purgatoire, où les pèlerins descendent aux Enfers pour voir leur foi éprouvée par les démons.

— Ridicule, dit Owen.

— Je suis tout à fait d'accord. Mais j'ai été témoin, ou à tout le moins j'ai entendu des monologues extraordinaires prononcés de l'autre côté de cette porte. Les pèlerins croient parler non seulement au diable et à Dieu mais aussi à saint Patrick et à saint Paul. Ils sont également visités par des visions de personnes et d'êtres chers disparus.

— J'ai retrouvé mon premier véritable amour, dit Carolan.

— Donc vous avez vu Moira également ?

— Je ne parle pas de Moira.

— Je sais bien que vous ne parlez pas de Moira, qui apparemment ne vous a jamais embrassé pendant toutes ces années où vous avez été mari et femme.

— Doucement, mon garçon, dit le moine, calmement. Il n'a plus toute sa tête, le pauvre homme.

Owen reste silencieux.

— Il était dans un état grave quand nous l'avons retiré de là.

— Tu as raison, Seamus.

Le frère Seamus ne sait pas à quel point l'ouïe de Carolan est aiguë, même dans un passage couvert qui renvoie l'écho de la pluie s'abattant sur les dalles, plus loin. Owen Connor le sait très bien, naturellement.

— Et j'ai vu Bridget, dit Carolan. Que Dieu ait pitié de moi.

Son guide marmonne quelque chose.

— N'ai-je pas demandé à sortir, peu de temps après ?

— C'est vrai, dit le moine.

— C'est vrai ?

— Les retrouvailles m'ont bouleversé, Owen.

— Quelles retrouvailles ?

« Quand elle s'est éloignée, j'ai été plongé dans les ténèbres les plus profondes que j'aie jamais connues », dit Carolan avec un frisson incontrôlable. « *Jamais.* » Sauf erreur, il chancelle. Soit le plancher est incliné, soit le pot de chambre l'est.

— Vous avez parlé de cette sensation quand nous vous avons sorti de la caverne, dit le frère Seamus. Comme c'est intéressant.

— Comme c'est angoissant, mon frère. Le Seigneur m'a toujours élevé jusqu'à Sa lumière. En fait, qu'il me couve de Son regard brillant a longtemps été l'une de mes plus ferventes prières, à part celles pour les êtres qui me sont chers. Mais après ma rencontre avec Bridget, j'ai commencé à croire qu'Il ne le faisait plus. J'étais seul désormais, avec mes afflictions et mes défaillances pour toute compagnie. La désolation qui en a résulté était aiguë.

— C'est un endroit horrifique, dit le franciscain. J'ai honte de jouer un rôle dans le déroulement de ses opérations.

— Le fait que l'endroit soit lumineux ou sombre ne veut rien dire pour moi, rappelez-vous. Je parle plutôt de mon âme.

— « Que le Seigneur tourne la lumière de son visage vers vous et vous donne la paix. »

— La bénédiction d'Aaron, dit Carolan à propos de la citation. Vous connaissez bien votre Ancien Testament.

— Vous êtes surpris ? demande le moine.

Il répond par un léger mensonge : « Pas du tout. »

Un miaulement lui parvient depuis le passage couvert.

— Est-ce un chat, dit Owen, ou une autre apparition de votre premier véritable amour ?

L'animal miaule en approchant, il crie comme une vieille porte rouillée. Carolan retrouve son équilibre. Il adore les chats, malgré l'habitude qu'ils ont de sauter sur ses genoux sans avertissement.

— Minet, minet, dit-il.

La créature cogne sa tête sur les genoux de Carolan. Se penchant doucement, il soulève la bête et l'étale sur ses cuisses nues.

— Une pauvre petite chose, dit-il.

— Pleine de vers, sans doute, dit son guide.

Quelques caresses lui confirment le diagnostic. Seul un chat affamé se laisserait aller de la sorte.

L'animal n'a que la peau et les os. Ses oreilles sont dentelées et sa queue est coupée, sa fourrure est sale et emmêlée de chardons. Pétrissant les cuisses avec ses griffes, il ronronne si fort que Carolan doit élever la voix pour couvrir le vrombissement.

— Avons-nous de la place pour lui ?

— De la place ?

— Dans une sacoche ou une fonte ?

— Il y a longtemps que Mrs Mac a mis un embargo sur les vagabonds, Terence. Vous en embarrassiez son domaine.

— Il n'a pas de mère pour le laver, j'en ai peur, dit Carolan. Ni de maison où son ronronnement – ce mélodieux chant de gorge – serait apprécié.

Plaçant deux doigts sur la gorge du chat, il s'émerveille devant la pulsation. Et voilà, pense-t-il avec son humilité habituelle, les chuchotements de Dieu. En rythme cadencé et rime étouffée.

« Ah », s'écrie-t-il soudainement. Malgré la crainte de s'éclater les entrailles, il redouble tout de même d'efforts.

La créature enfonce ses griffes.

Carolan gémit de nouveau.

— Vous y arrivez ?

— Bon minet.

Des déjections sont excrétées, plus visqueuses que solides. Ce sera tout, devine-t-il, et son malaise ne sera pas soulagé.

Le minet saute. Il s'élance après lui.

— Pauvre de moi, dit-il, le pot collé par succion à son cul.

Ils le soutiennent, chacun prenant un bras, juste à temps.

— Quel grand homme vous faites, dit le frère Seamus en hurlant de rire.

— Ma culotte…

Du liquide s'écoule le long de sa jambe.

— Vous saignez, dit son guide.

La cuisse gauche de Carolan est burinée.

Les hommes le traînent, pieds ballants, jusqu'à l'intérieur.

— Demande à Mr Devlin s'il a des restants pour notre nouvel ami, dit-il.

— Vous voulez parler du squelette qui rôde dans le passage couvert, la nuit? répond l'aubergiste.

— A-t-il un nom?

— Pas de nom.

— Une couleur?

— La bête est sale et malade et n'en a pas pour longtemps, dit James Devlin. Ce n'est pas la peine de la baptiser ou de la nourrir.

— Je vois la pauvre créature déambuler dans le village presque chaque jour, dit Seamus. Une fourrure cannelle, qu'il lèchera jusqu'à ce qu'elle brille, quand il aura tâté du plus modeste goûter.

— Cannelle?

— Brun orangé, dit Owen.

— Une ration de mouton pour Cannelle-le-chat, Mr Devlin. Laissez-la dans un bol, dehors. Nous paierons.

L'homme s'éloigne.

— Je ferais mieux de régler la note, dit Owen.

— Je ferais mieux de t'accompagner, dit Seamus.

— Devlin n'aura pas un sou de plus que quatre pence. Et encore, il faudra qu'il accepte une lettre de change.

— Il en voudra cinq, en espèces.

— Pourrais-je être déposé à la table? demande Carolan. Mes jambes sont sur le point de me lâcher.

Ils le ramènent au banc.

— Vous ne connaissez vraiment pas la couleur cannelle? demande le moine.

— Non plus que le brun, ni le orange, désormais.

— Vous ne vous souvenez pas?

— Je me souviens de tout, mon frère. J'ai seulement perdu les représentations visuelles qui accompagnent ces souvenirs.

Le franciscain est silencieux.

— Les images se sont dissoutes, dit Carolan. Même celles des gens et des lieux qui me sont les plus chers. Ma mère et ma sœur, toutes deux mortes lors de la même épidémie qui a pris mes yeux. Mon pauvre père, qui s'est battu comme un acharné pendant de longues et tristes années. La chaumière où nous habitions et le village tout près. Des détails de la campagne de Meath, les vaches dans les prés et les moutons sur les collines, la Boyne qui babille non loin. Tout s'est estompé, avec les années, et tout a disparu aujourd'hui.

— Très étrange.

Carolan hausse les épaules, un geste rare chez lui.

— «Je vais vous donner un exemple, dit-il. Le «Bridget Cruise» que James Devlin a chantonné tout à l'heure a été composé il y a près de quarante ans, alors que mon imagination était toujours habitée par le monde visible. Je me souviens encore que je jouais la mélodie avec en tête le tableau d'un cygne barbotant dans une rivière. Sa tête était inclinée et son sillage si léger qu'il perturbait à peine la surface de l'eau. Des années plus tard, le cygne a commencé à se voiler. Plus tard encore il s'est totalement obscurci. Même chose pour l'eau et le ciel.

— Ils ont disparu?

— Ils ont plutôt été remplacés. Ce que je «vois» maintenant du cygne c'est sa trompette nasale et le battement de ses ailes. Du cours d'eau je «vois» le vent qui en trouble la surface et les grandes herbes qui oscillent sur la rive.

— Et cette progression de votre cécité, demande respectueusement le frère Seamus, elle ne peut pas être renversée?

— Un tunnel, mon frère, un peu comme votre description de la caverne des pénitents. Trop étroit pour se retourner et trop escarpé pour en ressortir. Je glisse vers le bas, toujours plus bas, sans plus chercher à m'arc-bouter ou à m'accrocher. Je ne l'ai pas choisi, ce chemin.

— Et pourtant, vous avez reçu un don en échange.

— Apparemment.

— Un rare talent pour la mélodie ?

— Certains le disent.

Il refuse de considérer l'échange comme équitable. Il est un homme contenté, de nature – sa méditation sur la bataille de la Boyne exceptée – et il a donc toujours été en paix avec son destin. Mais la question, encore une fois, est celle du choix. Un échange, c'est une négociation. Un échange implique de s'entendre sur les termes et de le sceller d'une poignée de main.

— Quel grand homme, répète le frère Seamus.

Carolan peut-il dire la même chose du moine ? Il n'en est pas certain. Seamus est, toutefois, au moins aussi impressionnant qu'Owen est impressionnable. Assez pour que Carolan se demande s'ils doivent rester en sa compagnie plus longtemps.

Les conspirateurs partent pour ce qui semble une éternité et leurs chuchotements lui parviennent depuis le passage couvert. Carolan est satisfait, pourtant. Parmi les détritus qui jonchent la table, deux pots de bière à moitié pleins. Du gaspillage, décide-t-il, surtout à cinq pence. Une nécessité, également, après les retrouvailles dans la caverne. Se verser un verre, raisonne-t-il, comporte un risque de renverser du liquide ou de provoquer un accident bruyant. Vaut mieux boire directement au pot en le tenant à deux mains.

Parlant de gaspillage, il ne comprend pas pourquoi il s'est donné la peine de raconter ce qui s'est passé à une tablée d'hommes. La nervure des os, un oiseau au creux de la main. Il aurait mieux fait de se confesser à un chien. Seules les femmes possèdent la sensibilité requise. Seules les femmes ont une vie émotive à la mesure de leur existence physique. Et parlant de femmes – il retourne le premier pot de bière, du liquide lui coule sur le menton –, il devrait composer un air en l'honneur de Bridget Cruise. Une cinquième mélodie, pourquoi pas, même si Owen et le moine n'accordent aucun crédit à son histoire.

Il aimait son épouse. Il ne voulait pas laisser entendre le contraire quand il parlait d'être embrassé.

Quel gaspillage, parler à des hommes plutôt qu'à des femmes. Quelle humiliation, de ne pas pouvoir conduire son propre cheval. Carolan devrait être libre comme l'air, le vent dans les voiles et la bride sur le cou. Il devrait courir à toutes jambes, le gaillard.

Chapitre 3

— Courons à toutes jambes ! dit-il à travers la pluie.

— Qui donc ?

— Libres comme l'air, le vent dans les voiles.

— Comment ?

— La bride sur le cou, brave Geminiani !

Owen Connor respire par la bouche, en gargouillis mouillé. « Le Dr Lynch avait raison, je suis bien forcé de l'admettre. »

— Ce charlatan ?

— Il m'avait prévenu que vous me feriez le coup. Les deux me l'avaient dit.

— Charlatan, médicastre…

— Des idées folles à des heures indues et dans un état lamentable, dit son guide. Vous ne pouvez pas le nier !

Carolan se repasse la liste. Sans doute qu'il est pompette et un peu embrouillé. La nuit est certainement avancée, dix heures, et l'auberge où ils devaient loger se trouve au moins à vingt minutes derrière eux. Quant à la route vers Enniskillen, le long de laquelle avancent les chevaux – *chlip-chlop, chlip-chlop,* Gulli toujours un pas boueux derrière Gem –, elle est déserte, et le prochain espoir d'hébergement encore à deux heures de route, à Irvinestown. D'après James Devlin, la route est connue pour les voleurs de grand chemin qui la hantent, toujours prêts à alléger les bourses des voyageurs. D'après le frère Seamus, elle est fréquentée également par d'anciens soudards en maraude. Ces justiciers, jadis résolus à redresser les torts commis envers les catholiques, misent sur le romantisme de leur cause tombée dans l'oubli pour prendre une revanche aléatoire sur les voyageurs, et prendre leur argent et leurs bijoux par la même occasion. Et qu'est-ce qui a mené Carolan loin de la sécurité de Pettigoe et de la chaleur d'un lit de plumes ? Quelque chose à voir avec parler à des femmes et ne pas être un sac de grains. Aussi avec la poignée de main d'un vrai meneur en manque de recrues pour sa campagne.

— Les accusations sont non fondées, conclut-il.

— Que faisons-nous ici, Terence ?

— Nous avons une visite à rendre.

— Au beau milieu de la nuit ?

— Un estimé mécène de l'Ulster, dit-il. Je devrais être en train de composer un air pour lui en ce moment. À défaut de quoi son accueil pourrait nous être refusé.

Claqueti-clac sur les quatre boutons de son manteau. Un planxty enjoué, peut-être, ou une brillante chanson à l'italienne. Si seulement il avait les doigts plus déliés. Si seulement il portait en lui le germe d'une idée musicale, même la plus banale.

— Qui oserait nous refuser ?

« La personne que nous allons solliciter, bien sûr », répond Carolan. Il ne se souvient toujours pas du nom du mécène en question.

— Vos visites à la noblesse sont des faveurs, pas de la charité, dit Owen avec sa véhémence habituelle. Et vous n'avez pas toute votre tête ce soir, comme l'a dit Seamus. Au bout de vos forces.

— Je me sens tout à fait alerte.

— Vous êtes ivre, aussi.

— Légèrement pompette, désolé de te décevoir.

— On vous a trouvé affalé sur la table, les pots de bière vidés sur votre chemise et jusqu'à votre fond de culotte.

« Cette position était... confortable », répond-il. Même s'il garde la tête penchée, la pluie suit le pourtour de son capuchon et change de cap arrivée à son cou, descend comme des mains glacées sur sa poitrine et son ventre. Le froid crispe ses mains sur le pommeau de la selle.

— De la folie, dit Owen.

— Nous nous arrêterons bien assez tôt.

— Où, dans un fossé ?

— De braves gaillards, hein, Owen ? Toi et moi, galopant dans la nuit sur nos destriers écumants. Fouets sifflant et éperons sonnant, la terre qui tremble sous nos pieds. Les femmes trouvent ça splendide, à ce qu'on me dit.

Owen Connor fait la sourde oreille, calmant les chevaux avec des claquements de langue. Carolan arrive toujours à sentir la peur de Gem. Ce soir, il la perçoit dans la tension de son cou qui lève la tête pour sonder l'obscurité de ses yeux perçants. Quand le chemin rétrécit, probablement à cause d'une rigole qui longe le côté incliné d'un mur de tourbe, les bêtes s'ébrouent à l'unisson.

Normal. Les voyageurs, chevaux comme humains, se méfient des soirs sans lune. Habitués de sillonner les paysages, les routes déjà tracées, ils ne peuvent supporter les vraies ténèbres. Elles sont des brigands et des brutes qui les privent de leurs ressources et qui humilient leur nature humaine et équine. Carolan sympathise. Seul un idiot ne se prévaut pas des plus petits avantages possibles, sur la route. Les déplacements sont ardus pour chacun. Un tourbillon d'arrivées et de départs, à monter et à démonter : de chambre en chambre et de maison en maison, de domaine en domaine et de comté en comté. Le rythme est effréné, et le voyageur ne prend une pause qu'en cas de maladie, ou pire. Dans ces circonstances, il est sage de ne suivre qu'un plan judicieux et de choisir les meilleures conditions. Sage de faire la différence entre le jour et la nuit.

À moins, bien sûr, que le voyageur ne soit aveugle. Quand on lui pose la question, il répond par une métaphore. Si Carolan était le genre d'homme à réparer sa toiture, il imagine qu'il pourrait le faire aisément. Une fois en haut de l'échelle, il pourrait coudre la tourbe aux pannes avec une aiguille et de la corde en bois, puis fixer les couches de chaume avec des baguettes ; il pourrait agrafer et rapiécer. Il pourrait faire ces tâches aussi bien qu'un autre. Mais la différence c'est que Terence Carolan pourrait travailler aussi aisément à minuit qu'à midi, la tête penchée et les mains occupées, sans craindre davantage une chute dans l'obscurité périlleuse que dans la sûreté du jour.

— As-tu remarqué l'ébrouement de Gem ? dit-il maintenant. Long, et avec un vibrato. Par le nez, la bouche scellée.

Il imite le bruit.

— C'est bien normal, de la part d'un cheval, dans ces circonstances, continue-t-il. « Il y a peut-être du danger, dit Gem, mais je n'arrive pas à le discerner. » Par contre, le couinement de Gulli, il y a une minute, était surprenant. Le couinement est signe d'une inquiétude vive. Gulli met un ennemi en garde en lui signifiant qu'il est prêt à se battre.

— Peut-être que Gulli voit ce qui s'en vient.

— Compare ces sons au hennissement ou à l'appel. Ce sont des messages de mélancolie, annonçant que le cheval se sent seul. Ou au hennissement bref et grave, qui est ni plus ni moins qu'un « bonjour » ou un « merci ». Quand la jument le lance à son poulain, c'est un échange que le nouveau-né associera toujours à sa mère. Imite ce son et le poulain se mettra à te suivre.

La pluie martèle son capuchon. Carolan pourrait disparaître au cœur de la tempête et être soulagé de ses angoisses. C'est en voyage qu'il est le plus à son aise. Quand il s'abandonne au flot. La pluie, pour lui, est un flot, comme le vent ou les eaux tumultueuses, et une fois dans le courant, il se laisse porter machinalement, presque inconsciemment. Il y a le *flac* des gouttes sur le sol et le *floc* sur le dos des chevaux. Il y a le tambourinement sur les sacoches et le *ratatata* sur sa propre tête. Il y a un motif, un registre et une céleste, une divine syncope. Ou alors il y a le bourdonnement de la pluie, comme un relâchement plus profond, presque une dissolution, comparable seulement au sommeil sans rêves. Un lieu vers lequel il pourrait également s'échapper, mais d'où il est difficile de revenir.

De toute façon, Owen Connor ne permettrait pas une telle évasion. Pourquoi le ferait-il ? Ils sont perdus au cœur d'une nuit en Donegal, grâce à ses caprices. Ils risquent tous de se faire attaquer ou de se blesser, surtout les chevaux, avec leurs pattes si délicates.

— Je l'ai vue, Owen, dit-il.

— Il faut vraiment que vous insistiez ?

— J'ai tenu sa main.

— Je ne veux rien entendre.

— « Par le sang de mes aïeux, ai-je dit, voici la main de Bridget Cruise ».

Owen se met à siffler.

— Pourquoi ne me crois-tu pas ?

Aucune réponse ne lui parvient.

Il répète la question.

« Pourquoi ? » rétorque enfin son guide. Il marque une pause, peut-être pour suggérer l'existence d'une pléthore de raisons. « Parce que vous n'êtes qu'un grand enfant, impulsif et complaisant et qui ne connaît pas la discipline. Parce que votre imagination, toujours menée par des caprices, prend des détours excentriques. Elle est imprévisible et indigne de confiance. »

— Même à la harpe ?

— Il n'y a que là que vous faites montre de sérénité, comme si un instinct plus subtil prenait le dessus lorsque vous pincez les cordes. C'est curieux, ajoute-t-il, comme pour lui-même.

Owen Connor a toujours manifesté plus d'intérêt que quiconque pour l'art de Carolan, plus que Carolan même.

— J'ai réussi le pèlerinage, se défend Carolan. J'ai fait preuve de ténacité, là, non ?

— J'en suis dûment ébahi.

— Moi de même, avoue-t-il. Ces dix jours étaient bien au-dessus de mes capacités naturelles. C'est mon désir qui m'a empêché de sombrer, pour ainsi dire. Heureusement, d'ailleurs. Autrement, j'aurais manqué les retrouvailles.

Owen se tait.

— La nervure des os, dit Carolan avec, il l'admet, l'entêtement d'un enfant.

— Vous vous êtes trompé.

— La façon dont les nervures se soulèvent en un faisceau.

— Mes mains aussi font ça. Vous m'avez déjà dit que j'avais des mains graciles. Peut-être était-ce moi dans la caverne hier après-midi ?

— Seulement si tu as rasé les poils sur le dos de tes mains et enlevé tous les cals de tes paumes.

Son guide sourit derrière un rideau de pluie, un autre bruit mouillé mais ténu. Il a dû retirer son capuchon.

— Et seulement si tu m'as demandé de t'appeler Mrs Arthur Barnewall, plutôt que Bridget Cruise, dit Carolan. Par respect pour ton époux. Te souviens-tu d'avoir fait une telle requête ?

— Vous êtes impossible.

— J'ai vu ce que j'ai vu – ou plutôt senti ce que j'ai senti.

Owen en a assez entendu : « Toutes ces années de délire à propos d'un prieuré moussu et d'une muse aux cheveux de lin. Des étourneaux dans une tour. La lumière qui descend dans une nef. En aurez-vous fini, un jour, de cette adoration d'une fille de la noblesse qui ne soit ni en chair ni – désolé de le dire – en os ? Serez-vous un jour capable d'honorer ceux qui ont été de votre propre sang ? Ou de montrer la même ardeur pour la femme qui a de plein gré pénétré dans la vraie caverne de votre existence et qui est restée à vos côtés toute sa vie ? »

— Si tu savais ce qu'elle m'a dit, là-dedans...

Le prochain commentaire de son guide fait tourner la tête de son cheval, comme un chien qui entend la note la plus aiguë d'un violon.

— Pouvez-vous seulement les nommer ?

— Owen ?

— Vos enfants. Le pouvez-vous ?

— Ne sois pas pathétique.

— En ordre chronologique de naissance, s'il vous plaît.

Carolan soupire. Il frissonne, maintenant.

— Siobhan, en mars 1712, dit-il.

— 19 avril. Ensuite ?

— Mon unique fils, Tadhg, l'année suivante.

— En 1714, plutôt. Le dernier jour d'octobre.

— Tu veux ergoter ?

— Ensuite.

— Martha Carolan. 1715... Non, 1716. Ai-je raison ?

— Continuez

— Eileen, à l'été 1718. Puis Maev, en juin de l'année suivante.

— Anne Carolan, 22 juillet 1719.

— J'ai dit Maev?

Owen ne lui fait pas de cadeau.

— Je ne suis pas en état de faire cet exercice, plaide Carolan.

— Ensuite.

— Anne, je veux dire Maev, en, quoi, 1620?

— Sous le règne de James 1er? Ça, c'était l'époque.

Carolan ne relève pas le sarcasme, occupé à dégager un à un les doigts de sa main droite pour tenir le compte. L'arthrite sera terrible une fois qu'ils seront à l'abri. Un… deux… trois…

— Mary! dit-il, une main ouverte et deux doigts de l'autre levés. Comment ai-je pu oublier cette charmante enfant? La dernière à nous arriver mais certainement pas la moindre. En 1722, j'en suis presque certain.

Sept enfants qui portent son nom. Sept rejetons qu'il a engendrés, grâce à une chaumière en Leitrim et une femme douce comme le miel dont les hanches étaient larges. C'est ce que fait un homme dans la fleur de l'âge, même un homme comme lui, aussi aisément que de sucer un bonbon.

— Pas trop mal, dit Owen.

«Je n'arrive pas à croire que j'ai presque oublié Mary», dit Carolan, avec plus d'inquiétude que de soulagement. Les enfants, craint-il, n'étaient qu'un coup de semonce.

— Et la mère de cette belle progéniture? demande ensuite son guide. Qui vous a donné six filles et un garçon sur une période de dix ans sans se plaindre et presque sans aide? Un nom vous vient à l'esprit?

— Owen…

— Et bien?

Un nom lui vient, et quelques vers de sa propre poésie. *Heureux le mari / Qui peut caresser cette tête / Ils s'embrassent sans esclandre / Heureux près de la couette.*

— Doucement, dit Carolan.

Mais Owen n'est pas d'humeur prudente. « Moira Carolan, dit-il. Née en 1692 à Cavan. Décédée en novembre, ou était-ce décembre ? »

— Le 15 novembre 1733.

— Félicitations.

— Tu veux m'insulter, Owen ?

— Vous insultez sa mémoire de toutes les façons possibles. Quoi, ne vous a-t-elle jamais embrassé comme il se doit ?

Bien que son accusateur ne puisse le voir dans l'obscurité, Carolan grimace au souvenir de ce commentaire. Le regret l'envahit, même si un bruit le distrait dans sa recherche d'une réplique. Le son ressemble à une vibration, comme le tonnerre qui gronde si loin sur la mer qu'il rejoint la rive en un écho souterrain. En ce moment, la vibration atteint Carolan à travers Geminiani, passant d'un corps à l'autre. Owen Connor ne la ressent probablement pas encore.

— Je suis la plus pitoyable des créatures, dit-il.

— Vraiment ?

« Je n'ai jamais posé le regard sur ma femme ou mes enfants, Owen. Jamais posé le regard sur tous les êtres que j'ai essayé d'aimer, une fois que ceux que j'ai chéris sont montés au ciel. Pas plus que je ne pouvais être d'une grande assistance en tant que mari ou que père. Est-ce que je pouvais rentrer la récolte ou réparer la toiture ? Jouer au bilboquet avec mon fils ou nouer la natte d'une de mes filles ? Je me suis bien débrouillé avec les boutons de la robe de ma femme, et sa robe de nuit, je l'ai bel et bien relevée. Mais l'aider à accoucher de ces enfants ou à les élever, en bonne santé et en sécurité ? Empêcher qu'elle ne succombe à la maladie à un si jeune âge ? » Carolan marque une pause pour ressentir le grondement qui monte de son cheval. « Une telle impuissance use un homme, le fait douter de son existence même. Que ce soit un tunnel ou une caverne, cet endroit que j'habite, ou un exil de l'autre côté d'un vaste océan agité. La vérité est que j'y suis depuis si longtemps, que je suis si habitué à la solitude, que je ne suis plus en mesure d'être un ami ou un compagnon, encore moins un parent. Qui est le grand Terence Carolan ? » demande-t-il, ahuri par ses propres paroles. Elles sont nouvelles, et d'une certaine façon, fraîches. « C'est le barde et le maître. C'est personne déguisé en soi-même. »

Le récri d'Owen confirme la nouveauté des idées de Carolan. « Mais vous êtes révéré, dit-il. Si je méritais ne serait-ce qu'une fraction de cette estime, je me considèrerais chanceux. Si je… »

— Chut.

Le son est maintenant distinct : des claquements de sabots plus loin sur la route. Les deux chevaux couinent.

— Le sens-tu ? Ou plutôt, l'entends-tu ?

Owen se tait.

— Un cavalier solitaire, dit-il enfin.

— On dirait un régiment.

— Au petit galop. Il porte sûrement une lanterne allumée.

— Ne peux-tu rien voir ?

— Je ne vois pas ma propre main. Mais attendez.

— Une lumière ?

— Une lueur.

— Devrions-nous prendre la fuite ?

— Nous devrions arrêter et attendre, répond son guide. Et vous devriez me laisser parler.

* * *

— Brigands ou insensés ?

— Voyageurs, dit Owen.

«Voyageurs?» demande le cavalier. Son cheval, un poulain à la respiration flutée, s'ébroue. Gulli, en réponse, hennit amicalement.

La lumière de la lanterne se promène sur le visage de Carolan.

«Shériff», salue Owen, pour le bénéfice de son maître.

— Je vous le demande encore: brigands ou insensés? Ou des justiciers peut-être, décidés à venger les supposées injustices de notre époque?

L'accent est de Fermanagh, le ton celui de ces hommes de l'Ulster souvent recrutés pour cette besogne. Tête dure et bourru, comme un chien qui ne lâche pas la chaussure qu'il a dans la gueule.

— C'est plutôt à nous d'être soulagés de ne pas être tombés sur une crapule résolue à voler nos pièces ou à fendre nos crânes, dit Carolan. Bien que nos bourses soient déjà vides après un séjour dans une humble auberge et nos crânes – le mien, du moins – depuis longtemps fêlés, Shériff.

— Voyageurs, répète Owen.

— À cette heure? Par ce temps?

— Une douce nuit, n'est-ce pas?

— Douce?

Grrr, entend Carolan, le chien secoue la tête et resserre sa mâchoire sur la chaussure.

— Quelques gouttes d'eau n'ont jamais tué un homme, dit Owen.

La lanterne est braquée sur lui.

— Tu te moques de moi, mon gars?

— Il n'oserait pas, dit Carolan.

— À moi d'en juger. Où était cette humble auberge?

Owen nomme Pettigoe.

— Chez James Devlin?

— Je n'ai pas retenu le nom de l'aubergiste.

— Tout s'explique alors. Vous êtes de cette engeance, la seule espèce respectable à sillonner la route à cette heure, dans ces conditions. Trop pauvre pour retenir la plus pitoyable des chambres au village. Partager le fossé avec les chiens, ça ne peut pas être pire que le logement offert sur Station Island. Avez-vous vraiment passé dix jours à genoux, à prier et à jeûner, comme ils disent ?

— Nous sommes en route vers Tempo, comté de Fermanagh, dit Owen. Le domaine des Maguire.

Tempo. Le nom que Carolan n'arrivait pas à repêcher du puits de sa mémoire. Trois mille acres et un manoir appartenant à son ami et mécène, Brian Maguire. Sir Brian a épousé la moins belle des filles Nugent. Ils ont eu quatre fils. Carolan a déjà écrit un air pour Brian Maguire et un autre pour son aîné. Un planxty pour l'épouse – Elizabeth, qui rit comme une poule et sent la vanille – serait sage. Surtout si Owen et lui se présentent trempés et puants.

— Ça me semble bien improbable, rétorque le shériff.

Il entend Owen se raidir. Gulli tord son museau en tous sens. Quand Gem se met de la partie, Carolan se penche pour caresser la pelote sur son front, comme il le fait quand il est debout devant elle. Le mouvement lui rappelle qu'il est encore un peu gris et risque toujours de glisser de sa selle.

Le shériff se sait en présence d'un tempérament inflammable et il pousse l'insulte plus loin. « Les gens comme vous, ça ne passe pas la barrière de Tempo, dit-il, à moins qu'on y accueille les mendiants à l'office, avec de la bouillie froide. »

— Vous croyez ?

Carolan prend une décision. Mieux vaut parler sans que ce soit son tour que de laisser Owen en dire davantage. Une quinte de toux râpeuse le retarde. Les deux hommes ont la courtoisie de l'attendre.

— Mon ami Brian Maguire est le fils cadet de Constantin Maguire, héros de la Passe d'Aughrim, commence-t-il. Cette histoire est célèbre par ici. Après avoir détruit le second régiment de la cavalerie britannique, les hommes de Con furent mis en pièces par la mitraille. Maguire tomba et fut laissé pour mort sur le champ de bataille. Un gars du nom de James Durnien trouva le corps. Il reconnut son commandant et, tirant son épée, lui coupa la tête. Il chevaucha d'un trait jusqu'à Enniskillen où il prit un bateau qui l'emmena sur l'île de Devenish, lieu de sépulture du clan Maguire. Ainsi le grand Constantin put retrouver ses ancêtres dans le sépulcre familial.

— Ou du moins sa tête.

— Vous êtes d'Enniskillen, n'est-ce pas, Shériff?

— Et alors?

— Vous devez donc bien connaître l'histoire de Con Maguire.

Carolan parle sur un ton de prudente courtoisie. Contrairement à son guide, jamais il ne tient tête à l'autorité. Jamais.

— C'est de l'histoire ancienne, répond le shériff.

— C'est vous qui le dites, envoie Owen.

— Vraiment?

— De l'histoire ancienne, en effet, dit Carolan. N'empêche que je me souviens encore du grondement des canonnades d'Aughrim qui avançait à travers les plaines de Roscommon, cet été de 1691.

L'impatience du shériff semble augmenter au même rythme que la pluie battante. « Tout ce que je sais des Maguire d'aujourd'hui à Tempo, c'est qu'ils ont tout juste échappé au tribunal. Est-ce à cause des dettes ou des Lois pénales, ça j'en suis pas sûr. Y a-t-il encore ne serait-ce qu'un seul Maguire papiste dans ce manoir en ruines ?

Carolan est estomaqué. « Brian Maguire reste fidèle à sa… »

« Avez-vous affaire à nous ? » demande Owen, une judicieuse interruption.

— Peut-être, peut-être pas.

— Pouvez-vous accélérer vos délibérations ?

— Laissez-moi fouiller ces sacoches, dit l'homme. Elles sont particulièrement rebondies pour ne contenir que les possessions légitimes de deux pèlerins. Pourrait y avoir de la poudre, là-dedans, ou ce qu'il faut pour un rituel catholique. Ouvre la sacoche tout près de ma lanterne, si tu le veux bien.

Comme son poulain se rapproche, les trois bêtes expriment leur méfiance. Carolan, toujours agrippé au cou de Geminiani, cherche une oreille. « Tout doux, ma belle », lui murmure-t-il. Et écoute-moi, pour une fois, ajoute-t-il en silence.

Une fuite sera peut-être bientôt leur seule alternative. Il tâte le sac accroché derrière sa fesse droite, et confirme ainsi ses craintes. Il regorge de biens, probablement volés.

Si seulement il avait ces éperons ou cette cravache.

Fouetter ou piquer un cheval ? Non ; il le jure sur sa vie et sur celles de ses enfants, qu'il n'aurait d'ailleurs jamais pu frapper.

« Des livres », annonce-t-il. Cette fiction, même pauvre, est le mieux qu'il peut faire. Son cœur bat la chamade.

— Des livres ?

— Nos sacs débordent, Shériff. Conséquence de la fidélité d'un pauvre érudit envers ses outils de travail.

Carolan écoute tandis que les sangles d'un des sacs de Gulli sont défaites. Ces sacoches sont suspendues par-dessus un gros objet de forme étrange : la harpe, dans son étui de cuir. S'ils avaient affaire à un lieutenant, c'est cet étui qui aurait éveillé sa curiosité.

— Il y a une bibliothèque, là-dedans, dit le shériff.

— Ne les exposez pas à la pluie, le réprimande Owen.

— Je sais que je transporte bien plus de livres que je ne peux en lire pendant mes déplacements, dit Carolan. Mais en vérité, je ne peux supporter d'en être séparé. Là où d'autres souffrent de leur attachement au vin rouge ou au whiskey, moi je confesse ma dépendance aux reliures de vélin, aux dorures et aux pages de garde non coupées.

Owen se mord sans doute la langue.

La lanterne bouge encore une fois.

— Vous, un lecteur? demande le shériff.

Le seul fait de prononcer le mot «whiskey» fait trembler ses lèvres. Il lève son visage vers le ciel-robinet et boit. «Façon de parler, répond-il. Mon valet fait la lecture et moi je l'écoute. Virgile et Bunyan et les sonnets. Plus la bible de Bedell, quelques vers chaque soir.

— La variole, c'était?

Carolan confirme.

— C'est les cicatrices sur vos joues qui le disent. Pas un visage de brigand ou de pèlerin. Vous devriez vous mettre à l'abri, vieux bonhomme.

— Ces vieux os sont de votre avis.

— Pour ce qui est de votre honorable ami, Brian Maguire, d'après ce que je comprends, il dort maintenant dans l'étable, et non dans la maison. Un neveu est maître du domaine, le colonel Hugh Maguire, qui n'est pas un traître de jacobite.

Encore une fois, Carolan est surpris. Mais la nouvelle est insensée. Pour que Hugh Maguire soit maître de Tempo, son oncle Brian doit être mort ou en prison pour dettes. Carolan en aurait entendu parler.

Le shériff est maintenant un chien avec un soulier déchiré et gluant entre ses pattes de devant, content de son bon mâchouillage. « Vous n'arriverez jamais à Tempo ce soir », leur dit-il.

— Nous avions l'intention de nous arrêter bientôt.

— Il y a un village à quinze minutes d'ici. Des porcheries, pour les bêtes comme pour les catholiques. Vous y trouverez le gîte, aussi misérable soit-il.

— Bien aimable, dit Carolan.

— Nous trouverons bien par nous-mêmes, dit Owen.

Il y a une pause. Même s'il entend moins bien avec la pluie, il le perçoit : des hommes qui échangent ces regards que se lancent les hommes. Même dans l'obscurité.

— Tout un cheval que celui de ton maître, dit le shériff. Vaut au moins cinq pounds, je dirais.

— Sept, et pas un penny de moins, répond Owen. C'est une offre d'achat que vous faites ? En espèces seulement, bien sûr.

— Ai-je besoin de plus de cinq pounds pour le confisquer ?

— Je ne vois pas de quelle autre façon vous pourriez mettre la main sur une telle bête.

— Quatre pounds au plus, sir, dit Carolan. Gem est une ruine, Dieu la bénisse. Tout comme moi.

— Vous la dévaluez. C'est typique, ajoute l'homme.

— Typique de quoi, si j'ose demander ? dit Owen.

Carolan éternue. Deux fois, la deuxième étant une bonne tape de réprimande dans le dos. Son intervention vient juste à point.

— Tu devrais voir à le mettre à l'abri, celui-là.

— C'est mon intention depuis longtemps.

« Je te laisse y voir, alors », dit le shériff. Sans souhaiter la bonne nuit, il ordonne à son cheval d'avancer.

* * *

Ils poursuivent leur route en silence.

Les nouvelles du shériff au sujet de Tempo ne sont sans doute que rumeurs folles, pense Carolan. Les Lois pénales ne peuvent tout de même pas chasser un catholique hors de ses propres terres. Il est vrai qu'elles interdisent les mariages interreligieux et qu'elles ont banni tous les évêques, chanoines et moines. Vrai aussi qu'elles interdisent aux catholiques de pratiquer le droit, d'occuper une fonction publique ou d'obtenir un diplôme du Trinity College de Dublin. La saisie de propriété, bien plus qu'une punition pour la Boyne, est la motivation de ces lois, et même si un papiste ne peut pas acheter de nouvelles terres ni léguer ses biens par primogéniture, à moins que l'aîné se convertisse – une ruse pour diviser les dernières grandes propriétés catholiques –, il ne peut pas être tout bonnement expulsé.

Certaines familles essaient de contourner les Pénales au moyen d'arrangements secrets avec des prête-noms. Ce sont là des manœuvres risquées, propices aux trahisons. Mais les lois ont fait plus de tort à l'honneur des hommes qu'à leurs possessions : elles les ont transformés en voyous et en intrigants et ont embrouillé les relations entre voisins et amis. Sans compter les divisions au sein des clans. Un frère refuse de se convertir et il est déshérité. Un autre retourne sa veste, il est récompensé en acres. Un autre encore part vers le continent pour combattre aux côtés des ennemis du roi, devenus ses alliés. Le dernier a un traître pour frère ou pour fils.

Pire encore, la plupart des gens sont aveugles à ces machinations. Ils n'arrivent pas à voir qu'on les divise dans le but de voir leur dignité, plutôt que leur propriété, conquise. Carolan le voit, bien sûr, mais il n'est qu'un spectateur – et un spectateur bizarre, voire légèrement ridicule, en plus.

Tenez, un catholique n'a même pas le droit de posséder un cheval d'une valeur de plus de cinq pounds. Tout animal peut être acheté sur-le-champ pour cette somme en espèces sonnantes, sans égard pour sa valeur réelle. Peu de protestants ont osé priver un papiste de son destrier d'une manière aussi brutale. Voyez, tout de même, comment le shériff a joué de cette menace. D'Owen Connor, il a tiré une riposte qui a failli déclencher une confrontation. À Carolan, il a pu servir un affront, une humiliation qui laisse, dans la bouche de ce dernier, un goût de bile lui rappelant que ses tripes sont toujours aussi congestionnées.

— Je n'avais pas besoin de votre galanterie, là-bas, dit enfin Owen.

— Il fallait bien que quelqu'un soit le propriétaire légitime de ces livres.

— Et il fallait que ce soit vous ?

Carolan se retient de répondre.

— Est-ce que je n'aurais pas pu dire que j'avais acheté ces volumes avec mes propres économies ? Ou même qu'ils m'avaient été prêtés par ces châtelains dont le nom apparaît à l'intérieur de certaines couvertures ?

Il reste silencieux.

— Je suis donc si peu crédible en fait d'érudition ? continue le guide. Le mot *Gaël* est inscrit sur mon front ?

— C'est dans l'ordre des choses, mon garçon, répond doucement Carolan.

— L'ordre ?

— Tu comprends.

— Non, je ne comprends pas.

— Je suis ton aîné.

— Ce n'est pas ce que vous avez voulu dire.

— Le shériff avait déduit que tu es à mon emploi. Il a donc volontiers accepté l'idée que je possède une bibliothèque et que je sois assez excentrique pour charrier tous mes livres lors de mes voyages. Il n'aurait pas cru une autre histoire aussi facilement.

Il a raison, et Owen le sait bien. Mais Owen a raison, lui aussi, quand il soupçonne Carolan d'avoir évoqué autre chose en parlant de « l'ordre des choses ». Mais cette discussion sur le statut et la vertu et le jugement de la société est pour une autre fois.

— Seamus croit que nous subissons trop et que nous contestons trop peu, dit Owen. Non par peur mais plutôt par manque de raison d'être.

La voix de Carolan s'étrangle. « Vraiment ? »

— Il ne parle pas de vous, évidemment.

— Parce que je suis un grand homme ?

— Ou parce que vous êtes d'un grand âge.

Pour occuper sa bouche, il boit encore de la pluie. L'eau lui pique les yeux et lui rentre dans le nez. Carolan n'en a rien à faire, des suppositions du frère au sujet des tares naturelles des tempéraments. Servir Dieu et son prochain sont des raisons d'être suffisantes pour toute vie, qu'elle soit irlandaise ou non. Seamus s'attaque d'abord à la monarchie puis maintenant à l'Église. À qui sera le tour ? À lui-même, raisonne-t-il : Terence Carolan, faible chrétien et laquais de la classe propriétaire.

— Il est grand, le franciscain ? demande-t-il avec un calme fabriqué.

— Pas autant que moi. Mais il est large du torse et des bras.

— Je l'ai senti les deux fois qu'il m'a aidé.

— Deux fois ?

— Dans la caverne puis avec le pot de chambre.

— C'est vrai.

Il réfléchit avant d'aller plus loin. « Ses yeux font preuve de la même force et du même attrait, je suppose ? »

Owen ne répond pas tout de suite. Il lance plutôt des claquements de langue à l'endroit de Gulli.

— Il y a longtemps que vous m'avez demandé de décrire l'aspect physique de quelqu'un, répond-il enfin.

— L'information a cessé de m'être utile, dit Carolan. Depuis que s'est estompée ma mémoire visuelle des expressions et de leurs significations. Je n'opère que dans le noir, maintenant, comme je le disais à frère Seamus.

— Alors pourquoi ces questions sur lui ?

Sa raison – parce que la description pourrait lui en dire long sur son guide – ne peut être dévoilée. « Sa voix m'a intrigué », dit-il.

— Mais non ses mots ?

— Ses mots aussi.

— Moi, ses mots m'intriguent beaucoup, dit Owen.

C'est à Carolan maintenant de claquer de la langue, même si Geminiani a pour principe de ne jamais lui obéir. Il doit atteindre le village dont le shériff a parlé. Chacun de ses membres tremble de fatigue.

— Les choses n'ont pas besoin d'en être ainsi, pour vous, dit soudainement Owen. Ce que vous avez dit plus tôt, à propos de vous sentir isolé par votre infirmité.

« Et par mon don », répond-il. À sa grande surprise, il a bien envie de reprendre ce fil de conversation.

— Votre don ?

— Il me distingue. Il me sépare de mes semblables de la même façon que le ciel sépare le paradis de la terre.

— Mais vous êtes un homme, comme tous les autres.

— Je le suis ?

— Je n'ai pas oublié ma remarque de tout à l'heure, répond Owen pour défendre ses contradictions. Je parle maintenant d'autre chose. Si l'on prend la famille comme étalon, vous êtes plus normal que moi. Qui a eu la femme et les sept enfants ?

— Je ne pouvais pas voir ma femme.

— Vous avez choisi de ne pas voir Moira.

L'effronterie du commentaire, plus que sa brutalité, coupe le souffle à Carolan.

— Vous avez choisi un chemin qui vous menait loin d'elle. De monter à cheval et de partir au loin pour des semaines et des mois à la fois.

— Moi ? Choisir un chemin ? Quand m'a-t-on jamais permis de choisir ?

— Je vous ai vu partir, dit Owen, je vous ai même assisté, en valet consciencieux. Et je vous ai vu fuir Siobhan, Tadhg, Martha et Eileen, Anne, Maev et Mary.

Carolan baisse la tête.

— C'est la faute de cette fille, à n'en pas douter. Elle a fait de l'ombre à tout le monde.

— Bridget Cruise ?

— Faut-il vraiment prononcer son nom encore une fois ?

— Je ne t'ai toujours pas raconté ce qu'elle m'a dit dans la caverne, répond Carolan. Tu dois être curieux, après en avoir entendu parler depuis vingt ans.

— Il n'y a pas de conversation à rapporter, sauf pour celle qui s'est tenue dans votre cerveau délirant.

— Mais elle a dit…

— Arrêtez.

La force du commandement a failli le projeter en bas de son cheval. Il s'agrippe à Geminiani pour ne pas tomber.

— J'étais trop jeune pour comprendre à l'époque, dit Owen, mais je crois que j'y arrive à présent. Parce que je ne suis pas votre valet, n'est-ce pas ? Je suis votre guide.

Carolan se tait.

— Payé pour vous conduire avec courage et discernement.

— Le pèlerinage a usé mes facultés, c'est vrai, admet-il.

— Le pèlerinage et cette satanée chevauchée nocturne. Mais peut-être les deux étaient-ils nécessaires. Et peut-être que ce voyage peut se passer différemment, à partir de maintenant.

— Tu crois ?

— Même pour votre musique, il n'est peut-être pas trop tard.

Sa musique aussi doit être guidée ?

— Mais ce n'est pas le moment pour ça, ajoute Owen, anticipant la question évidente.

En vérité, Carolan n'a pas la force de voir son art ainsi pris d'assaut. « Dis-moi que nous approchons de ce village, dit-il. Gem ne peut supporter un tel fardeau encore longtemps. »

Gem lève la tête, un mouvement vers l'avant qui d'habitude suggère l'impatience. Ce soir le geste parle d'inconfort, probablement à cause de l'obscurité et du froid.

— Un groupement de cabanes, confirme Owen au bout d'un moment. La première est à notre portée.

— Nous laisseront-ils entrer ?

— Il n'y a pas une maison dans cette contrée qui vous refuserait. Mais les offrandes seront modestes.

— Je serai honoré d'être reçu par des gens ordinaires, dit Carolan. Notre Sauveur était charpentier, après tout.

Il sent la poigne d'Owen sur sa cuisse et sa hanche pour l'aider à descendre. Son capuchon tombe en arrière, une douche soudaine.

— Alors, me permettrez-vous de vous guider, Terence ? Vous commencerez peut-être à vous sentir moins isolé. Vous la retrouverez peut-être enfin.

— Qui donc?

— Moira.

Pourquoi la vie de Carolan doit-elle être si vulnérable et son destin une légende déjà racontée? Il le lui permettra.

— La maison a une porte? demande-t-il.

— Je la distingue à peine.

— Cogne toujours.

Son guide – aussi son serviteur et ami, et maintenant son rédempteur décidé – cogne à la porte.

Chapitre 4

— Que la paix soit sur cette maison.

S'il y a une réplique, la pluie l'a avalée.

Owen répète la salutation.

— Monsieur? répond une femme.

— Deux voyageurs, madame, qui ont besoin d'un coin sec où jeter leurs manteaux en guise de lit.

— À cette heure?

— Je m'excuse du dérangement.

— Il y a de la maladie, ici, dit un homme. Autrement, vous seriez les bienvenus, à cette heure ou à n'importe quelle autre.

— Un enfant, ajoute-t-elle. C'est peut-être grave.

C'est grave, Carolan le devine déjà. Avec ces seuls mots, la femme trahit la sévérité de la maladie de même que celle de son inquiétude. Il distingue trois tourments différents: une incrédulité qu'une telle chose puisse se produire, un abattement devant le fait qu'elle se soit produite et un refus d'en accepter l'issue probable.

— Continuez sur ce chemin, dit l'homme. La prochaine maison appartient à mon frère, Geroid, et sa femme, Mary. Ils ont cinq enfants mais ils sont charitables. Avez-vous une lanterne?

— Je n'arrive pas à la garder allumée.

— Geroid va vous accueillir.

Owen le remercie.

« Je peux peut-être vous aider avec l'enfant », dit Carolan. Les mots inattendus s'échappent de sa bouche avec l'aisance d'un rosaire.

— Vous êtes médecin ? demande-t-elle.

— J'ai une longue expérience de la maladie.

— La maladie peut être contagieuse, nous a-t-on dit. D'autres enfants le long de cette rive du Lough Erne ont été emportés.

Il n'hésite qu'une seconde. « Je n'ai pas peur d'attraper la mort », répond-il.

— Mais vous n'êtes pas qualifié ? dit l'homme.

— Je peux peut-être aider.

La porte s'ouvre.

— Que faites-vous ? dit Owen dans son oreille.

— Je suis mon guide.

Carolan se penche sous le linteau, comme s'il obéissait à des directives. Ses pouvoirs olfactifs, qui avaient disparu pendant l'averse, reviennent avec une force sensorielle presque violente. Il respire le fumier et la paille, les vomissures et la sueur. Il ne détecte pas les traces d'un feu. L'air écrasant lui dit que le plafond est bas, et la chaleur qui se dégage des corps suggère la même exiguïté que dans la caverne des pénitents. Les murs de terre sont secs à l'odeur.

Une chandelle est allumée.

— Puis-je vous serrer la main, monsieur ? demande-t-il.

La main trouve la sienne, la poigne fière.

— Patrick Connelly, de Kesh, dit l'homme. Ma femme, Grainne.

Elle se tient, estime Carolan, à la gauche de son mari. Sa main s'y dirige, six pouces plus bas.

— Terence, dit-il en serrant la douce poigne de la femme, de Mohill, comté de Leitrim. Mon compagnon Owen Connor, de la ville de Sligo. Owen ?

— Il s'occupe des chevaux, dit-elle.

Ils ne savent pas encore, pour Carolan. Le plus tôt est le mieux, c'est ce qu'il a toujours pensé. Les gens ont besoin de quelques instants pour s'ajuster. Beaucoup de considérations à revoir, à l'accueil d'un tel visiteur. Beaucoup de préjugés instinctifs à abandonner, pour jauger un tel caractère. Personne ne veut tourner le dos à un infirme. Tous souhaitent plutôt aider et se montrer aimable.

— Portez la flamme à mon visage, dit-il.

— Monsieur ?

— En guise d'explication, Mr Connelly.

La chaleur lui brûle la peau. Il essaie de ne pas grimacer.

— Mais… ? dit-elle, le souffle coupé.

Le mari fera sûrement une remarque qu'il regrettera. « Dites-moi, fait Carolan, dans l'espoir de leur épargner l'embarras, quel âge a l'enfant ? »

— Trois ans et un mois.

— Le nom de la fillette ?

— Deirdre. Comment savez-vous que c'est une fille ?

À sa respiration, ne répond-il pas. « Elle est couchée contre ce mur, au fond ? demande-t-il. Sur le dos, les bras en croix ? Des cheveux noirs tombés sur ses yeux ? »

— Il y a beaucoup de rouge dans ses cheveux, dit Grainne Connelly.

— De rouge ou d'orange ?

— La couleur des pommes mûres.

— Charmant.

— Vous avez les compétences d'un médecin ?

— Patrick, réprimande l'épouse.

— La fièvre est forte ? demande Carolan à la femme.

La colère de l'homme émet une odeur de mise en garde, mais la détresse de la femme, surtout dans ses accents de supplication, est un parfum, et lui est l'amoureux défaillant.

— Certains croient que c'est la peste qui est revenue, répond-elle.

— Ce n'est pas la peste, je vous assure.

— Son front est bouillant mais ses joues sont glacées. Ses selles sont liquides et elle est trop faible pour manger.

— Fatiguée ?

— Certains jours, elle bouge à peine.

— Mal de gorge ?

— Elle ne peut avaler une gorgée.

La diphtérie. Un assassin qui ne rate guère son coup. Si Carolan était médecin, habitué à briser les espoirs, il ferait comme de coutume. Mais il n'est pas médecin. Il est un père, comme tous les autres. « Est-elle enflée, demande-t-il en ravalant sa propre détresse, dans la région du cou ? »

Elle pleure.

— Chut, Grainne, dit son mari.

— Il n'y a pas de quoi pleurer, dit Carolan par pitié.

— Nous prions Notre Seigneur de la sauver. Nuit et jour, monsieur, nous prions. Elle est notre seul bonheur, petite Deirdre. Sans elle…

Il voudrait tant lui toucher la main.

— C'est peut-être une simple fièvre, dit-il.

— C'est ce que je n'arrête pas de lui dire.

— D'autres enfants ont été emportés, dit-elle.

Owen Connor paraît ; sa respiration saccadée indique le poids des sacoches sur ses épaules. Il s'arrête, probablement à la vue de la femme tremblant dans les bras de son homme, avec Carolan debout, bras ballants, à côté.

— Est-ce que les chevaux sont en sécurité derrière la maison ? demande-t-il.

— Il y a du foin dans le poulailler, dit Patrick Connelly. Servez-vous, si vous voulez les nourrir.

À moins que Carolan ne se trompe, le mari a déjà trouvé une excuse pour défaire son étreinte et mettre fin à l'inconfort que lui cause une telle scène.

— Nous avons de l'avoine en quantité, dit Owen.

— De l'avoine ? Ces bêtes sont fortunées.

Grainne Connelly, sur un signe de son époux, se ressaisit juste assez pour s'informer du sac qu'Owen vient d'appuyer sur le mur.

— Je vous expliquerai demain, dit Carolan. Nous ne voulons pas vous empêcher de dormir plus longtemps.

— Mais l'enfant ?

— Mon remède est excentrique, Mrs Connelly. Je voudrais pouvoir dire le contraire. Tout ce que je demande, et tout ce que je peux offrir, c'est de dormir près d'elle cette nuit.

— C'est là votre remède ? dit le mari.

— Ma femme et moi avons élevé toute une couvée, Monsieur. Six filles et un garçon, tous en vie. Au fil des ans, toutes les sortes d'épidémies ont balayé la campagne autour de notre chaumière. La varicelle et la dysenterie, le typhus et mon propre ennemi mortel, la variole. L'intuition derrière notre bonne fortune ? demande-t-il rhétoriquement. Garder les enfants près de nous durant ces épisodes. Dans notre lit, à inhaler les sécrétions de nos corps sains et à s'imbiber de notre foi robuste. Entourés d'autant d'amour, rien ne pouvait les atteindre.

Owen s'étouffe, incrédule.

— Et votre femme ? demande-t-elle.

— Pardon ?

— Votre femme. Elle partage vos idées ?

Carolan demande une chaise.

— Nous avons eu une longue et pénible soirée, Madame, dit Owen derrière lui. L'aube nous montrera sous un jour plus sensé.

— Donc il ne peut rien faire pour la guérison de ma Deirdre? dit Patrick Connelly.

Elle le réprimande nommément encore une fois.

— Certains croient que les aveugles possèdent des dons spéciaux, dit Carolan. « Les enfants de la chance », on nous appelle.

Personne ne répond.

— Je ne peux que lui consacrer mes plus ferventes prières, Mr Connelly, et les propriétés curatives de cette pauvre vieille dépouille. Rien d'autre.

« Des prières ferventes, c'est exactement ce dont notre fille a besoin », dit Grainne Connelly. Elle touche du bout des doigts le dos des poignets de Carolan. « Leur pouvoir curatif est indiscutable. »

L'homme se met à étaler le lit de paille pour accommoder les nouveaux dormeurs. La famille ne possède qu'une seule couverture. Mais Owen assure Patrick Connelly qu'ils seront très bien avec leurs manteaux.

Contre toute attente, elle le touche encore une fois. « Êtes-vous né avec ce handicap, Terence ? » demande-t-elle avec chaleur.

— J'avais dix-huit ans, répond-il. La variole, comme j'ai dit plus tôt.

Elle se fustige.

— D'autres ?

— Ma mère et ma sœur.

— Toutes mes condoléances.

Il étend sa main droite pour prendre la sienne et la serrer. Soit elle ne le remarque pas, soit elle trouve le geste cavalier.

— J'ai toujours pensé que « les enfants de la chance » faisait référence au don musical que possèdent les gens comme vous, dit-elle.

— Je ne sais plus ce que je dis, Mrs Connelly.

— Vous êtes un bon chrétien, ça se voit.

— Un pèlerin, qui débarque de Station Island, dit-il.

— J'avais deviné. Dix jours et dix nuits sur cette roche. Ça démontre bien votre grande foi.

— Ou ma grande folie.

Le rire de Grainne est coupable mais gai. Certainement pas enfantin. Quelque chose dans sa voix l'émeut depuis le début, un tremblement qu'il ne peut attribuer simplement à la fatigue ou à l'émotion. Elle doit avoir trente ans, peut-être trente-cinq. Un mariage tardif, se dit-il, ou des difficultés à accoucher d'un enfant. Dans un cas comme dans l'autre, Deirdre est sûrement plus précieuse que son propre salut.

— Terence?

— Hmmm?

— Vous ne pensez tout de même pas dormir dans ces vêtements?

En fait, il souhaite désespérément les enlever. « Ce ne serait pas convenable de les enlever, répond-il. Sans compter l'odeur déplaisante. »

— Notre famille a toujours dormi à la *stradogue*. Les petits, en ordre de grandeur, puis les parents et les invités. Tous nus et bien au chaud sous la paille.

— Pareil chez nous.

— Une fois cette chandelle éteinte, il m'importera peu que vous soyez nu ou habillé pour dormir. Seule l'opinion de votre femme comptera alors.

Il devrait répondre sur le même ton à sa plaisanterie. Mais un appétit pour sa voix tremblotante et la caresse de ses doigts glacés l'emporte.

— Ma femme est morte à l'âge de quarante et un ans, murmure-t-il. Que son âme repose en paix.

Après avoir fait un autre signe de croix, Grainne Connelly pose sa main sur le bras de Carolan, comme s'ils étaient présentés à un bal.

— Un mal féminin à la poitrine, ajoute-t-il. Elle a terriblement souffert vers la fin.

Sa poitrine avait nettement enflé et s'était durcie. Affreux, affreux. Le Dr Lynch n'a rien pu faire. Carolan, encore plus inutile qu'à l'habitude, avait fui, lors de la dernière semaine, vers un domaine du Roscommon. Moira avait compris, et lui avait pardonné, de même que les enfants. Owen Connor n'avait pas pu.

— Vous avez perdu tant de femmes… dit-elle.

— Bien vrai.

— Pauvre vous.

— J'étais si impuissant, en bout de ligne, dit-il, à cause de mon infirmité. De plus, mon occupation m'oblige à beaucoup voyager.

— Allons, allons, dit-elle.

Il l'entend clairement : le transport, la raison d'être. Consoler, toucher fait du bien à l'âme de Grainne. Il est heureux de pouvoir l'aider.

— Je vous interromps ? demande Owen.

Le blanc-bec.

« Madame Connelly m'expliquait, pour le coucher », répond-il. Un frisson d'une autre sorte le parcourt avec la force d'un vent de mer à travers un champ.

Elle a sûrement remarqué. « Nous allumerions un feu, mais… »

« Un feu pour le déjeuner, la rassure Carolan, pas avant. » Il la remercie encore pour l'hospitalité.

* * *

Owen Connor lui enlève ses bottes et lui retire ses chaussettes. Vient ensuite le pantalon, qui résiste un peu, suivi de la veste et de la chemise, tous bons à jeter au feu. Carolan supplie son guide de l'enfouir sous la paille pour épargner sa puanteur à leurs hôtes, puis il reçoit le poids de son manteau, aussi lourd qu'une verge de tourbe. Owen pose une sacoche en guise d'oreiller partagé.

L'épuisement engourdit sa tête et son corps tout autant. Il pourrait sombrer dans l'instant et dormir jusqu'au chant de l'alouette. Mais il doit rester alerte.

— Êtes-vous prêt? demande Grainne Connelly.

— Laissez-moi me rouler sur le côté.

Il se retourne dans un râlement, la paille picotante, sans trop de rembourrure entre sa chair et le sol de terre battue. Même en étirant un bras pour servir d'appui, sa hanche trouve à redire.

Elle love sa fille contre lui. La fillette grommelle et s'agite sans se réveiller. Sa panse – qui a la forme, lui a-t-on dit, des meules de foin du comté de Mayo – rend la chose difficile. Mais bien vite Deirdre moule son corps autour du dôme et repose son bras dessus, comme le font les enfants avec un chien bien-aimé. Carolan ajuste le manteau pour la recouvrir également. Ils reposent face à face, ses cheveux nattés, qu'il caresse, exhalant la maladie plutôt qu'une odeur de fruits. Son haleine est encore plus alarmante. La fin de l'innocence de ses propres enfants, il a pu en prendre conscience grâce au changement de leur haleine nocturne. Un mois, l'odeur est douce, pendant toute la durée de la nuit. Puis une aigreur s'installe, d'abord faible, comme la mousse du printemps, puis aussi âcre que les tourbières à la fin d'un automne mouillé. La fillette qu'il tient contre lui a non seulement l'haleine d'un adulte, mais encore d'un adulte dont le corps est en train de pourrir. La pourriture de la vieillesse est bien sûr une trahison. La pourriture de la maladie chez un jeune enfant en est une autre.

Carolan fait courir ses ongles sur les bras de la petite. Ses sept bambins ronronnaient quand il les serrait contre lui et leur grattait les bras et le bedon, et chacune de leurs jambes. Moira aimait bien, elle aussi. Elle fleurait bon la pâte à pain et goûtait le butterscotch. Tous les soirs elle lavait d'abord les enfants puis se lavait elle-même, le visage, le cou et sous les bras, l'eau qui tintait dans le bassin et qui parfois pleuvait, quand elle essorait le linge. Puis elle le lavait, lui, surtout ses joues marquées.

S'embrasser sans esclandre.

Quelle bonté a eu Bridget Cruise envers ces mêmes joues grêlées ? Un geste remarquable, qui le laisse encore tremblant. Il ne peut pas s'être imaginé ces retrouvailles avec elle. Même Terence Carolan n'a pas cette fantaisie.

Chut. Owen Connor pourrait surprendre ses pensées.

Owen le rejoint sur le sol. Dès qu'il s'étend, il fait rempart contre la brise venant de sous la porte et qui mord le derrière de Carolan.

— Et puis ?

— Je n'ai pas vérifié, dit Carolan.

— Pourquoi attendre plus longtemps ?

Il tâte le cou de la fillette. La peau est brûlante, comme si elle sommeillait près d'une flamme inextinguible – la cruelle vérité, suppose-t-il –, et la gorge fait deux fois sa largeur naturelle. Elle siffle dans son sommeil, le son causé par la lutte que fait l'air pour s'extraire du conduit refermé. Quand la gorge sera scellée, la petite suffoquera.

Il soupire.

— C'est bien ce que je pensais, dit Owen.

Son guide est perché sur un coude derrière lui, ses mots coulant directement dans son oreille. Carolan, lui, doit plutôt couvrir sa bouche pour diriger sa réponse. Sa voix porte vers l'enfant et les parents.

— C'est un lien, dit-il enfin.

— Qui pèse lourd.

— A-t-on le droit d'être tatillon ?

— Tout le monde l'est.

— Nous avons cogné à une porte, dit Carolan. Voici ce qu'on a trouvé.

— Une femme vulnérable ?

— Une famille, Owen. Je m'occupe de la fille, pas de la mère.

— Vous la guérissez ?

Il ne répond pas.

— Et si elle succombait ?

— Qu'est-ce que tu dis ?

— Vous m'avez bien entendu.

— Est-ce que Deirdre est bien installée ? dit Grainne Connelly.

Il détecte l'inquiétude dans sa question. « Est-ce bien sombre, ici ? » demande-t-il à son guide.

— Comme dans un four.

— Pauvre femme. Sa fille est à portée de main mais elle est incapable de la voir. Elle se sent impuissante et est à peine convaincue que sa fille n'est pas un beau rêve dont elle se réveillera bientôt, à nouveau seule et sans enfant.

Il élève la voix. « Elle dort confortablement, Mrs Connelly. Son front se rafraîchit et sa gorge désenfle. »

— C'est vrai ?

Maintenant Carolan perçoit l'autre peur de Grainne Connelly, celle qu'elle nourrit peut-être sans le savoir. Si ma propre fille ne peut me voir, se demande-t-elle, est-ce que j'existe bel et bien ?

Ou peut-être est-ce à lui qu'il pense.

— Allumez une chandelle, et vous pourrez lui sourire avec amour d'où vous êtes, dit-il. C'est ce que vous voulez ?

— Je... Je ne dis pas non, répond-elle en reniflant.

— Bien sûr, il faudrait que je la réveille.

— Non, ne faites pas ça.

« Silence, femme », commande son mari. Il veut désespérément dormir et y est presque.

— Elle est en sécurité et en paix, et vous êtes son univers, lui dit Carolan. Tout cela sera bien évident demain matin.

Ce n'est pas que les gens doivent voir pour croire. C'est plutôt qu'ils doivent *être* vus, dans l'iris d'un œil ou l'éclat d'un sourire, pour garder foi en eux-mêmes. Les aveugles ne peuvent fournir ce service ; c'est pourquoi les voyants les perdent de vue et oublient qu'ils sont présents. Les non-voyants, eux, sont de connivence avec leur propre disparition. Puisqu'ils n'ont pas d'yeux qui puissent servir de miroir, ils ne cherchent plus le contact avec d'autres regards. Puisque leurs sourires n'allument pas d'autres sourires, ils s'installent dans une contenance abstraite, cordiale mais absente.

Et au lever du soleil, Deirdre, réveillée par le chatouillement de la lumière qu'elle peut voir et sentir, va probablement se tortiller hors de l'emprise du monstre qui la martyrise. Carolan ne se montrera pas blessé. Même ses enfants avaient du mal à comprendre l'infirmité de leur père.

— Quand je ferme les yeux, avait un jour dit sa fille Siobhan, tu ne peux pas me voir.

— J'ai bien peur que non.

— Puis quand je les ouvre, tu peux ?

— Pas vraiment, ma chérie.

— Mais je te vois, papa, tu dois me voir aussi !

Ou son fils, Tadhg : « Tu vois l'oiseau ? » lui a-t-il demandé une fois.

— Mes yeux ne sont bons à rien, lui avait-il répondu.

— Mais je peux voir tes yeux.

« Je sais bien, Tadhg. » Puis il avait couvert les yeux de son fils avec ses paumes. « Peux-tu voir l'oiseau, maintenant ? »

— Non, avait dit l'enfant.

« Alors tu es comme moi. » Il avait enlevé ses mains.

— Et toi aussi tu es comme moi, avait dit Tadhg. Tu vois l'oiseau ? Regarde, il s'est envolé !

Moira disait souvent à ses enfants de se placer près de Carolan. « Montre à ton père », disait-elle, ce qui voulait dire « Rapproche-toi ».

L'un ou l'autre de ses enfants disait : « Regarde, papa » en posant un dessin ou une feuille sur sa cuisse. Et, presque inévitablement, ajoutait : « N'est-ce pas que c'est beau ? »

« Oui, tu es beau », répondait-il, se consolant à les toucher et les humer.

Une fois seulement il n'a pas pu trouver les mots pour atténuer le malaise. Mary, la plus jeune, adorait l'histoire de Rapunzel, la jeune fille qui faisait descendre ses cheveux. « Si je pleurais, papa, avait-elle dit, et que les larmes tombaient dans tes yeux, tu pourrais voir, non ? Comme dans l'histoire ? »

Mary doit avoir quinze ans, maintenant. Elle habite avec sa sœur Maev et la femme engagée pour s'occuper d'elles dans la chaumière près de Mohill. La fille est déjà grande, même si elle était presque naine à la naissance, et elle a une jolie voix. Elle vit dans la maison où elle a été élevée, où elle dormait la plupart du temps dans le lit de plumes d'oie de ses parents. Le lit dans lequel sa mère est décédée il y a près de quatre automnes. Il visite la chaumière très peu souvent et n'a jamais dormi sur ces plumes depuis.

Il peut à peine respirer, parfois, tellement elle lui manque.

Le silence règne chez les Connelly. Des branches s'agitent et la porte brinquebale, le chaume amortissant la pluie. Carolan pourrait se glisser dans ces bruits, leur cadence, leur flot. Il pourrait disparaître jusqu'au lever du soleil.

— Aide-moi, Owen.

— Avec quoi ?

— À combattre le sommeil.

— Les prières ferventes ne vous tiendront pas éveillé ?

— Sûrement pas, admet-il.

— Vous en faites trop.

— Nous avons cogné à cette porte, dit encore Carolan.

— Vous ne pouvez pas l'aider, dit-il en soupirant. Je veux dire, vous n'êtes tout simplement pas médecin.

— Même pas un charlatan ?

— Pensez-vous sérieusement pouvoir sauver cette enfant ?

« J'ai mon rosaire », dit-il en levant sa main emmêlée dans les perles, le crucifix d'argent lançant un éclat dans le noir. « Je peux faire mes "Je vous salue Marie" aussi bien que les vieilles femmes de ce pays. »

— À n'en pas douter, dit Owen.

— Et j'ai d'autres ressources, aussi.

— Comme quoi, votre don pour la composition ?

— Je suis un père, comme tous les autres, répond-il sans relever l'attaque.

Owen ne dit rien.

— Dis-moi une chose, demande Carolan. Ne suis-je pas le plus sociable de tous les hommes ?

— Je suppose.

— Elle n'a pas encore été montée la table à laquelle je refuserais de m'asseoir, dit-il en caressant les cheveux de Deirdre. Il n'a pas été rempli le verre que je refuserais de vider. De la compagnie, tous les jours et tous les soirs, pourquoi pas ? Vaut mieux une couvée d'enfants turbulents ou un guide râleur qu'un lit désert. Vaut mieux un chien à l'haleine crue.

— Un chien ? dit Owen dans un bâillement.

— Je ne cherche pas non plus la solitude pour créer ma musique. Bien au contraire. Je joue de la harpe parce que cela m'attire de la compagnie. Je joue pour être admiré et aimé, pour qu'on me nourrisse et qu'on me fasse boire. Et pour rendre gloire à Dieu, naturellement.

— Naturellement…

Son guide s'éteint peu à peu. Mais Carolan se sent alerte, même s'il a mal à l'épaule et à la hanche. Il aura besoin de deux bonnes mains pour se lever demain matin et il va boiter, la douleur aussi aiguë que des épines de ronces. Se remettre en selle sur Geminiani sans l'aide de whiskey ou de porto sera ardu.

— Pourquoi suis-je aussi seul, alors, d'après toi ? Owen ?

Il pousse son guide du coude.

— Ouch.

— Pardon.

— Je préfère garder mes dents dans ma bouche, pas éparpillées sur le sol.

— Messieurs ! lance Patrick Connelly.

— Pardon, Mr Connelly, dit Owen.

— Eh bien, Owen ?

Son guide bâille encore. Il ne fait pas attention à la solitude de Carolan. « Vous devriez poser la question, dit-il, aux parents. Et vous le savez très bien. »

Il fait mine de ne pas comprendre.

— L'enfant – lui a-t-on donné les derniers sacrements ?

— Silence.

— Mourir sans absolution est un bien triste sort. Vous l'avez dit vous-même.

— Je ne vais pas demander ça.

— N'avez-vous pas besoin… de…

C'est vrai qu'il a vraiment envie de pisser.

« Ça ira », répond-il en se pinçant, là.

— Je voulais vous suggérer un petit séjour dehors avant que vous acceptiez de prendre la petite. Tiendrez-vous jusqu'au matin ?

— Il faudra bien.

— Alors mon travail est fait.

Il est assoupi avant que sa tête ne touche la sacoche.

De l'autre côté de la pièce, Patrick Connelly roupille bruyamment tandis que sa femme, qui a enfin succombé à la fatigue, respire au moyen de longues inspirations saccadées.

Même Deirdre est tranquille.

Seul Carolan est éveillé. Lui seul est si seul.

Dehors, la pluie martèle la toiture, l'eau ruisselant sur le chaume. Sans vent, l'averse se sera épuisée avant l'aube. Le jour sera frais et beau, si toujours il vient.

— *Dirige, Domine, Deus meus, in conspectu tuo viam meam*, psalmodie Carolan. Fais que mes pas, Ô Seigneur, mon Dieu, cheminent sous ton regard.

Cheminent sous ton regard.

Pas la petite. Pas elle.

Prenez-le, plutôt.

Honte à lui d'avoir affirmé posséder de soi-disant dons pour protéger les siens contre la maladie. Double honte pour avoir mendié la pitié pour la mort de sa femme.

Est-ce sa faute s'il ne pouvait pas plonger son regard dans le sien ? Il ne pouvait pas l'assurer qu'elle était chérie, qu'elle ne serait pas oubliée. Non plus qu'il pouvait consoler ses enfants avec des expressions d'autorité paternelle. Impossible, avec son œil mort et son sourire absent. Alors il s'est enfui chez les O'Brien de Boyle où il a magnifiquement fait le barde et où il a pu être gai, gai, tous les soirs et la plupart des journées. Jusqu'à ce que ce soit enfin terminé, et qu'il puisse être l'époux endeuillé. Encore un rôle que Carolan a joué avec panache. Un autre récital solo.

Mais il peut se racheter, maintenant. Il peut créer un lien.

Et c'est vrai, Owen, déclare-t-il dans sa tête.

Quoi donc ? imagine-t-il son guide répondre.

Je peux à peine respirer, parfois, tellement elle me manque.

Ne me parlez plus jamais de cette femme.

Pas Bridget. *Elle.*

Qui, la femme que vous avez négligée ? Celle dont vous avez fui le lit de mort ?

Je peux à peine respirer.

Chapitre 5

Une fillette danse autour de sa chaise.

Carolan lui turlute un air. Une *slip-jig*, en D majeur et en 9/8. Environ.

— *Ladli-fol-da-di-di-diddle-dum,* fait-il. *Ladli-fol-da-di.*

— Ti-hi, gazouille-t-elle.

— *Ladli-fol-da-di-di-diddle-dum.*

— *Ladli-fol...*

— Ti-hi-hi-hi.

Sur cette dernière note, il laisse tomber ses coudes sur ses genoux.

— Encore, dit-elle.

— Une petite pause et je t'en turlute un autre.

— Encore.

— Tu vas fatiguer notre invité, Deirdre, dit sa mère.

Sa voix, pourtant, est trop claire pour gronder. Grainne Connelly s'est déjà jointe à sa fille pour une ronde dans la pièce qui s'est terminée par un rire qui valait bien tous les mercis pour Carolan.

— Quel âge avez-vous ? demande Deirdre.

— Je suis ancien.

— Avez-vous mal aux yeux ?

— Pas du tout.

— Je peux les toucher ?

— Si tu veux.

— M'avez-vous vu danser, demande la fillette, qui a changé d'idée.

— Oui.

— Mais vous regardiez le plafond.

— C'est vrai ?

Il entend ses cheveux frotter sur le col de sa robe. Un vêtement, a-t-il remarqué cette nuit, coupé dans un sac qui a contenu de l'avoine. Elle ne porte pas de souliers et n'en possède probablement pas.

— Je t'ai vu hocher de la tête, juste là, Deirdre.

— Mais vous ne me regardez toujours pas ?

— C'est de la magie.

— Vos ongles sont longs.

— Sur les deux mains, dit-il en les montrant.

— Et ils sont sales.

— Il faudra que je les nettoie.

— Vous puez.

— Deirdre, fait sa mère avec plus de conviction.

— De la bouche des enfants, Mrs Connelly, dit Carolan.

— Appelez-moi Grainne, je vous en prie. Après tout, je vous ai vu dans votre *caitech,* dit-elle en parlant d'une chemise faite de joncs battus.

— Et vous n'êtes pas remise du choc, ça se voit.

Elle rit encore. Dans son inflexion, il discerne de la surprise à être encore capable d'apprécier un plaisir aussi simple. C'est quelque chose qu'il a déjà entendu dans la voix d'autres femmes en position similaire – la mère d'un enfant malade, l'épouse d'un mari mourant – et qu'il trouve toujours angoissant.

— Pain-d'épi', dit Deirdre.

— Ne le mange pas tout d'un coup.

Il étend les bras pour l'attraper. Maintenant qu'il a tenu un enfant contre lui après tout ce temps, il ne veut plus que ça cesse. Mais la fillette est éveillée, et lui n'est qu'un étranger puant avec des jaunes d'œufs à la place des yeux et des ongles sales.

— Courez, courez aussi vite que vous pouvez, dit-elle en s'échappant.

— Je ne t'attraperai pas…

— Je suis le bonhomme Pain-d'épi' !

Elle sort en trombe par la porte ouverte, suivie par les mises en garde de sa mère.

Le chant du roitelet, le bruit des chevaux et le bourdonnement des abeilles refont surface. L'air a cette fraîcheur d'après la pluie et la lumière réchauffe.

— Des sucreries pour Deirdre, dit Grainne Connelly, de la farine et du sucre pour la maisonnée. Vous êtes trop bon.

— Si seulement je ne vous avais pas promis cette pelote de fil avant qu'Owen regarde dans nos sacoches. J'aurais pu jurer qu'il nous en restait une.

— Ne vous en faites pas.

— Est-ce que votre châle n'aurait pas besoin d'être reprisé ?

— En effet.

« Eh bien voilà », dit Carolan. Il chérit chacune des minutes passées en sa compagnie. Ose-t-il essayer encore une fois ?

— Votre main, Grainne. Puis-je la tenir un instant ?

— Terence ?

— Tant pis, dit-il.

Deux tentatives ratées en l'espace de quelques heures. Il semble déterminé à examiner une autre main féminine. Il imagine le bout des doigts de Grainne calleux et la pulpe de ses paumes rude à force de travailler le fléau et la baratte à beurre. N'empêche que la nervure de ses os doit être aussi raffinée que sa voix et sa contenance. Une excellente femme de maison, Carolan en est déjà convaincu.

Elle s'empresse elle aussi de faire disparaître le malaise. « L'expression qu'elle avait, Deirdre, dit-elle. Son regard et son sourire. Elle ne pouvait pas cacher son émerveillement d'être aussi rétablie. Si vous l'aviez vue. »

— Sans le moindre doute.

— Oh, dit-elle en portant la main à sa bouche.

— Je suis heureux de ce que vous me dites, Grainne.

— C'est un miracle.

Il craint qu'elle ne voie une intervention divine dans la guérison. Comment, alors, réagira-t-elle quand ce même Dieu lui prendra sa fille ? « Sa fièvre est tombée, répond-il prudent. Je l'ai tout juste accélérée. »

— Un miracle de foi, comme vous l'avez dit hier soir. La foi, qui s'est manifestée dans la prière.

— Le Seigneur voit notre souffrance.

— « Dieu est la lumière même, cite-t-elle, et il n'y a point en lui de ténèbres. »

La première épître de Jean, premier chapitre, verset cinq. Il ressent une telle affection pour cette femme, une telle empathie. Son toucher le communiquerait, d'ailleurs, s'il lui était permis.

— Ma femme aussi aimait citer ce passage, dit-il. Ses mains étaient petites et ses doigts épais, un peu inélégants. Très efficaces pour laver les enfants, remarquez, ajoute-t-il de peur d'être mal compris. Et pour masser le vieux dos de son mari, douloureux après un long voyage.

— Patrick me demande souvent de lui frictionner les épaules après une journée aux champs. Mais je n'ai pas assez de force pour le soulager comme il faut.

« C'était une vraie femme de maison », dit Carolan. Il boit au verre que l'hôtesse lui a servi, oubliant qu'il contient du lait de beurre. « Elle a porté tous les jours le même châle et, en vingt ans, n'a jamais laissé le feu s'éteindre dans la cheminée. Un homme pour couper la tourbe, disait-elle, et une femme pour s'occuper du feu. »

Il décrit sa mère, plutôt que Moira, réalise-t-il. Jamais il ne les a confondues auparavant.

— Était-elle aussi du Leitrim? demande Grainne en versant dans une poêle la pâte qu'elle a préparée.

— De la ville de Cavan.

— Comment vous êtes-vous donc rencontrés?

— Ce fut arrangé, répond-il, l'estomac grondant à l'idée de manger. Ma mécène – euh, mon amie Mary Macdermott Roe – connaissait sa famille. Les deux parties pensaient que nous irions bien ensemble. Mrs Mac a organisé la rencontre, puis Moira et moi nous sommes mariés peu de temps après.

— Et vous étiez alors déjà...?

— Aveugle? Depuis plus de vingt ans, quand je l'ai rencontrée. Un célibataire contenté, avec mes vieilles habitudes et mon caractère. Sauf pour le désir d'avoir un ou deux enfants.

— Et elle vous en a donné sept?

— Tous et chacun en bonne santé.

— J'aurais bien aimé..., commence-t-elle.

— Les galettes, Grainne, dit Carolan détectant une odeur de brûlé. Elles sont sûrement prêtes à être tournées.

— Idiote que je suis.

«Vous permettez que je me réchauffe les mains au-dessus de la poêle?» demande-t-il. Plusieurs de ses jointures le font souffrir, tel que prévu.

— Je m'excuse de ne pas avoir allumé un feu hier soir quand vous êtes arrivés, dit-elle en retournant les galettes. Il a tant plu cet été. Et mon mari craint que la nouvelle tourbe n'ait pas le temps de sécher avant l'hiver.

— Je comprends.

— Nous sommes inquiets pour le maïs, également. Encore de la pluie et la récolte sera détruite.

— Je suis sûr que tout ira bien.

Grainne Connelly réfléchit avant de poursuivre. «Je fais encore des cauchemars à propos de l'hiver de vingt-six, dit-elle après une pause. Patrick dit que je suis folle de laisser le passé me hanter de la sorte. »

« Il a raison », dit Carolan, aussi léger que possible. Mais il sait qu'elle n'est pas folle de frissonner au souvenir de 1726, quand une récolte désastreuse a obligé les Irlandais du Nord à grignoter des orties et des herbes bouillies. Owen et lui étaient entrés dans un village de Galway un après-midi de ce terrible hiver, tout juste comme un cheval de bât s'écroulait dans la rue. L'animal fut pris d'assaut par des habitants et mis en quartiers sur-le-champ. Le même jour, son guide fut témoin d'une scène qu'il avait d'abord refusé de raconter à son maître. Carolan avait insisté et Owen dut décrire la vue d'un bébé tétant le sein du cadavre de sa mère sur le pas d'une maison. Owen dit que l'image est gravée sur sa rétine à ce jour, comme des taches de rousseur sur la peau.

Mais ce matin d'août 1737 est trop prometteur pour de tels souvenirs. Surtout avec Deirdre qui danse, et sa mère réconfortée, et le déjeuner qui cuit – ou plutôt brûle – dans la poêle.

— À l'odeur, je dirais qu'elles sont prêtes, dit-il enfin.

Le brûlé a des relents de lait bouilli.

— Les galettes !

— Je les aime bien cuites, la rassure Carolan.

— Je l'espère bien, dit-elle, un rire dans la voix.

Les odeurs, et la chaleur du feu, ramènent des souvenirs plus vieux encore. Il pense à sa mère, qui refusait de laisser l'âtre se refroidir, peu importe la saison. Elle n'avait pas son pareil dans l'art d'étouffer un feu : à l'aube, elle n'avait qu'à tisonner les braises endormies pour que les flammes jaillissent du monticule, avides d'oxygène. Bientôt l'âtre rougeoyait, aussi douillet que la veille. Personne ne manquait de combustible, dans ce temps-là. Du moins pas dans le comté de Meath.

— Le Meath était un jardin d'abondance, déclare-t-il.

— Le comté ?

— Mon berceau natal. J'y ai passé une enfance délicieuse, il y a plus d'un demi-siècle.

— Quand avez-vous déménagé à l'ouest ?

— À quatorze ans.

— À cause des plantations ?

La question est pleine de sous-entendus, et Carolan apprécie sa confiance.

— Mon père était un métayer. En 1684 il a reçu une offre d'emploi à Carrick, comté de Leitrim. Il l'a acceptée et nous avons déménagé de plein gré. Aussi étrange que ça puisse paraître, se sent-il toujours obligé d'ajouter.

— Quelle sorte d'offre ?

Il n'hésite qu'un instant avant de lui confier un secret connu seulement de quelques amis. « Une grande famille du coin voyait d'un mauvais œil la cour que je faisais à leur fille, dit-il. Plutôt que de m'envoyer un sous-officier ou même un avis d'expulsion, la famille a passé le mot dans son entourage, demandant si quelqu'un pouvait trouver un emploi pour un modeste fermier du Meath. Les St Georges de Carrick ont répondu en offrant le poste de contremaître dans une fonderie alors en activité dans l'Iron Mountain, à une centaine de milles de Cruisetown. Mon père ne pouvait pas refuser.

— Cruisetown ?

— La famille de la fille était du clan des Cruise.

Son hôtesse reste silencieuse.

— Et votre famille ? dit-il aussitôt.

Elle raconte la fuite forcée de ses ancêtres du Down vers le Tyrone pendant les grandes plantations de l'Ulster sous James 1er, qui expulsait les catholiques des meilleures terres de la région pour les remplacer par des Écossais presbytériens. La famille de son mari a connu le même sort deux générations plus tard, gracieuseté de Cromwell qui récompensait les soldats « Roundhead », l'ayant aidé à soumettre l'île, au moyen de petites propriétés irlandaises, en guise de solde anglaise.

Mais Grainne Connelly ne se laisse pas démonter. « Il y a un air célèbre nommé d'après une femme appelée Cruise, dit-elle. Composé par un harpeur tout aussi célèbre qui va sous le nom de Terence, lui aussi. »

Il peut presque entendre son regard se diriger vers le sac appuyé sur le mur.

— Je connais cet air, répond-il. Qui ne le connaît pas ?

— Et à tant parler de clans, ce matin, je ne crois pas que vous m'ayez dit le nom du vôtre.

Quelqu'un entre. Un homme, à son pas.

— J'ai dû courir chez le frère pour avoir une goutte de lait, dit Patrick Connelly.

— Notre invité était en train de me dire…

— Votre toit a admirablement tenu le coup durant l'averse, hier soir, Mr Connelly. Quelle sorte de chaume utilisez-vous ?

Ces écrans de fumée sont inutiles. Carolan finira bien par révéler son identité. S'il refusait, il priverait la famille de la satisfaction – et de la petite gloire – de l'avoir un jour accueilli. De toute façon, il a le prénom, il a la harpe, et les ongles. Il a l'infirmité. Qui d'autre pourrait-il être ?

Mais il est fatigué de tout le tintouin qui va s'ensuivre et du soudain malaise qui s'installera après la révélation. Il ne peut plus supporter une telle distance entre lui et les autres, la solitude d'être, en fin de compte, soi-même. Mieux vaut être un papillon qu'un tel homme. Mieux vaut être une mélodie, ça c'est sûr.

— Le chaume est ficelé, comme de coutume, répond Patrick Connelly. Faîtage en torchis. C'est la meilleure méthode, dans ce coin de l'Ulster. Plus près de la mer, ils ont besoin de filets de corde par-dessus le chaume, rapport au vent. Ici on a besoin d'un toit solide pour supporter toute la neige.

Carolan offre de partager une pipe avec son hôte.

— Je ne serais pas à l'aise de fumer tout seul, dit-il. Et j'ai une deuxième pipe, pour le cas où la vôtre ne serait pas à portée de main.

Owen Connor se tenait jusque-là dans le cadre de la porte. Il va chercher l'autre pipe en terre sans qu'on le lui demande. Suivant les instructions de Carolan, il remplit les fournaises non pas avec le pétun habituel, mais avec du pur Virginie, un cadeau de lord Mayo qui a des intérêts mercantiles de l'autre côté de l'océan. À l'air libre, la qualité du tabac importe peu. Dans un espace clos, toutefois, le nuage qui se dégage des feuilles longuement séchées, l'arôme riche et intense et parfumé au miel de bruyère, peuvent transformer l'atmosphère d'une pièce. Il veut faire honneur à Patrick Connelly par ce choix.

Son guide craque une allumette.

— Voilà, dit Carolan en aspirant l'air jusqu'à ce que le tabac grésille.

— Un arôme délicieux, dit Grainne Connelly.

— Pas autant que l'arôme de ces galettes.

Le rire de Grainne est poli. Le jeu de cache-cache de Carolan la vexe ou alors ravive les suspicions qu'elle a eues plus tôt. Le temps est venu.

— La première a suffisamment refroidi, Terence, dit-elle.

— Je n'en prendrai que lorsque Deirdre aura mangé tout son soûl.

« Elle est là-haut, chez mon frère », dit son père. Il tire sur sa pipe avec la frénésie d'un chat affamé à qui l'on sert du mouton. « Elle lui a dit qu'elle avait soif mais elle n'a pas pu avaler la moindre goutte d'eau. »

La nouvelle stoppe la conversation.

« Je serais ravi de goûter à la première galette, Grainne », dit Carolan. Il pose la pipe sur son genou.

— Patrick ?

— Voilà, dit-il en lui donnant quelque chose.

Une assiette en verre, soupçonne Carolan, empruntée au frère, elle aussi. Il accepte l'assiette et puis, pliant la galette tiède, prend plusieurs bouchées bruyantes et démonstratives. Trop de sel a été utilisé dans la pâte, par habitude, et trop peu de sucre, pour la même raison. Il y a un goût de brûlé.

— Salé ? demande-t-elle.

— Parfait.

— Je ne suis pas habituée à avoir du sucre dans mon garde-manger.

— Parfait, répète-t-il en finissant la galette.

— Cesse de te tracasser, Grainne, dit son époux.

Partager le tabac de Virginie était une erreur. Le *trawn*, ou excès d'orgueil : le point faible des hommes de l'Ulster. Mais Carolan est injuste. Il devrait se glisser dans la seule paire de bottes de Patrick Connelly. Des étrangers sous son toit, à manger sa nourriture et à égayer sa femme jusqu'à la faire rire comme une fillette insouciante tandis que sa fille unique, la seule créature qui devrait être gaie et insouciante dans la maison, laisse couler l'eau sur son menton, la gorge enflée comme…

Comme une enfant prise dans l'étau de la diphtérie. Carolan est incapable de trouver une métaphore.

Le temps est venu, assurément.

Il se lève. « Vous étiez curieuse au sujet du paquet qu'Owen a rentré hier soir. Que diriez-vous s'il l'ouvrait et que je nous jouais une vraie mélodie ? »

Grainne porte sa main à sa bouche encore une fois.

— Terence ? dit Owen, derrière lui.

— Un air ou deux, puis nous prenons la route.

— Êtes-vous toujours décidé à vous rendre à Tempo ?

— Je le crois bien.

Son guide le rassoit et demande pardon aux Connelly. Le couple se met tout de suite à murmurer de son côté.

— C'est sûrement lui, Patrick, entend Carolan.

— Qui ?

— *Lui*, répond-elle avant de dire son nom.

Owen pose un genou par terre. Son corps et ses vêtements ne dégagent pas une odeur forte mais son haleine est surie.

— Ce que le shériff a dit hier soir, ce n'était pas que pur fanatisme, j'en ai peur, dit-il à l'oreille de son maître. Quand je vous attendais à Pettigoe, j'ai entendu des rumeurs. Brian Maguire a apparemment cédé le domaine à son neveu, un colonel à la retraite, pour échapper à ses créanciers et pouvoir vendre un peu de ses terres. Le colonel, de son côté, y a emmené son épouse anglaise, une femme qu'il a mariée pour son argent plutôt que pour ses charmes. L'épouse, toutefois, a caché la fortune, et ce colonel Maguire l'a emprisonnée dans le manoir jusqu'à ce qu'elle la rende. Brian et Elizabeth Maguire en pâtissent, bien sûr.

— Est-ce que Brian n'est pas maître à Tempo ?

— Le domaine porte peut-être un nom différent, maintenant.

Il reste silencieux.

— Les rumeurs sont peut-être fausses, concède Owen. Mais nous devrions quand même nous préparer à voir une maison transformée depuis notre dernière visite. Et nous ne sommes pas obligés de faire de Tempo notre destination, ce matin.

— Non ?

— Nous pourrions prendre l'est à Enniskillen puis le sud chez le conseiller Brady. Une autre journée à chevaucher et nous voilà à la maison, à Alderford, où vous pourrez vous reposer. C'est le conseil que je vous donne, dit-il. À titre de guide.

Carolan est tenté, et pas seulement dans son propre intérêt. Tempo jouit d'une petite bibliothèque, une pièce qu'Owen a fréquentée lors de visites précédentes. L'amour d'Owen pour les livres est bien connu, et la plupart de leurs mécènes l'encouragent. Mais depuis quelque temps, la visite du guide de Carolan dans une bibliothèque coïncide avec la disparition de quelques volumes dans ces collections. Il y a des ragots. Il y a aussi les sacoches rebondies.

— N'avons-nous pas averti les Maguire de notre intention ?

— Nous n'avons pas reçu de réponse.

— Nous avons toujours été les bienvenus à Tempo.

— Je ne dis pas que nous ne le serions pas… Nous serons à vous dans un instant, Mr et Mrs Connelly, dit Owen à voix haute.

Comme ils doivent leur sembler bizarres. Un homme dégingandé, plein de taches de rousseur, appuyé sur un genou, les lèvres remuant en silence ; un vieillard trapu et négligé sur un tabouret, marmonnant en réponse. Certains lui ont dit que la pose faisait penser à un prêtre entendant une confession ou un monarque recevant un conseil secret.

— Je peux peut-être me rendre utile auprès de Brian, dit Carolan.

— Avec la musique ?

— Avec la musique, et avec l'amitié. Qui sait, ma présence dans le manoir pourrait tempérer les choses.

— Tempérer ?

— Pourquoi pas ?

— Avez-vous une nouvelle composition à faire entendre ?

— Pas exactement.

— Est-ce qu'un air est en train de naître dans votre tête ?

— Malheureusement, non.

— Eh bien ?

— Bien, nous devrions arrêter de parler et je devrais commencer à jouer, dit Carolan à l'intention de tous. Ou plutôt à chanter, en reconnaissance de l'hospitalité que des voyageurs fatigués ont reçue dans cette maison.

* * *

Il fait courir ses doigts sur les cordes du haut. Deux do, un si et un ré sont désaccordés. Tirant la clé de sa poche de veste, Carolan compte les taquets et procède à l'ajustement. Une descente dans les octaves inférieures avec sa main droite révèle moins de problèmes. Ensuite, il attaque les cordes *glissando,* pour l'esbroufe. L'harmonie dissonante des notes, comme un escalier chancelant montant vers les cieux, ne lui fait pas plus d'effet que le battement de son propre cœur. Mais il entend les soupirs palpitants de Grainne Connelly et les respirations retenues de son mari, qui a cessé de fumer la pipe. À leur place, il serait tout aussi ébahi.

Owen se tenait debout derrière lui pendant l'accordage, avec dans les mains une bobine de fil métallique et des ciseaux, au cas où une corde aurait lâché. Il se retire.

Carolan parle de la harpe quelques minutes, en supposant que les Connelly n'en ont jamais vu auparavant, sauf en blason sur les pièces de monnaie du roi George. Il voyage avec une petite harpe, quarante pouces de haut, à poser sur un tabouret, ou un bloc, ou le genou, comme il le fait ce matin. La caisse de résonance est taillée dans un morceau de saule et le pilier est en frêne, la tête basse recourbée, pour les harmoniques, et l'arche ventrue. Trente-deux cordes en tout, en bronze et non pas en boyau, comme le préfèrent les harpeurs d'aujourd'hui. Étant de la vieille école, il lui est insupportable de composer sur des cordes qui ne tintent pas dans les registres supérieurs et ne grondent pas dans les inférieurs. Il lui est insupportable de jouer sur un instrument qui ne permet pas les étouffés.

— D'où ces ongles effrayants, dit-il en montrant ses mains à l'assistance.

Il fait sa démonstration.

« On attrape la corde à la limite entre la chair et l'ongle. » Carolan pince un la. « Si l'on cherche à jouer *staccato*, on l'étouffe immédiatement avec un autre doigt pour faire cesser la vibration. » Il joue un passage de la *slip-jig* qu'il a turlutée pour Deirdre. « Mais si on laisse les cordes de bronze roucouler, dit-il, on se retrouve plutôt avec ce son. » Il répète le passage sans les étouffés, les tons aussi ternes que l'entrechoquement de casseroles accrochées au mur.

— Si l'on veut jouer *legato*, continue-t-il en pinçant un air populaire, alors on souhaitera que certaines cordes vibrent aussi longtemps que possible. Le bourdonnement crée des harmonies à lui seul.

Il poursuit en parlant des différentes sortes de style, une séquence qui dure deux minutes. La routine a été perfectionnée au cours des décennies et donnée devant des auditoires allant d'une demi-douzaine à une centaine de personnes. Étrangement, la présenter devant un couple de fermiers dans une chaumière plus petite qu'un cabanon de jardin lui noue l'estomac comme jamais. Il ne se souvient pas d'avoir été aussi nerveux, même avant une performance devant une salle de Dublin remplie d'Italiens, parmi lesquels l'élève de Corelli, Francesco Geminiani lui-même, en l'honneur de qui il a nommé son cheval. Bien sûr, il ne se souvient pas non plus d'avoir jamais donné une performance à jeun.

Pour conclure, il livre l'avertissement habituel. «Je ne suis pas un maître musicien, chers amis, quoiqu'on en dise. Le talent qui m'est propre est celui de la composition. Je vous demande pardon à l'avance pour mes hésitations.»

Une idée lui vient. Pourrait-il composer un air pour Deirdre? L'inventer, comme ça, au fur et à mesure? Il ne s'est jamais adonné à la composition spontanée auparavant. Mais il est vrai qu'il écrit rapidement, inventant souvent un air au cours d'une matinée à chevaucher ou d'un après-midi au coin du feu, et il est convaincu qu'une bonne mélodie doit sembler facile, ou peut-être inéluctable, comme le chant des oiseaux au lever du soleil. Selon lui, les mélodies sont présentes, tout simplement, ou ne le sont pas. L'on doit en avoir le don, auquel cas la mélodie invoque le compositeur autant que le compositeur conjure la mélodie, à défaut de quoi il vaut mieux faire partie de l'auditoire reconnaissant. La question se pose en termes de plaisir. Du moment que son plaisir dans l'acte de création diminue, il sait que la pièce qui en résultera sera pâle et pitoyable. Une tête lourde gouverne des mains lentes. Des doigts fatigués ne produisent que des notes fatigantes.

Voilà donc: *di-dle idle-di.* Pas mal. Et voilà encore: *lad-la-da-di-da.* Pas mal du tout. Ne s'occuper que de la main gauche – il trouvera la ligne de basse plus tard. Voilà donc, une partie complète: *di-dle idle-di, lad-la-da-di-da.* Une ouverture forte, en mode dorien, mieux connu sous le vocable de la mineur, et une mesure à quatre temps. Et le tempo? *Allegro* ou *risoluto,* comme le disent les Italiens. Ensuite, tapoter une seconde partie, incluant quelques harmonies et peut-être un dièse accidentel, un si bémol ou un do dièse, un effet qui requiert le rapide désaccordage d'une corde avec la clé. Enfin, bricoler une transition – *idle-di da-di-da-di* – et l'intégrer dans le mélange A-B. Peut-être A-B-A-B-C-B-C-A-B-A? Voilà une mélodie. Voilà du Carolan. Ses chansons ne prétendent pas à la rectitude formelle ni à la virtuosité. Elles ont plutôt une mélodicité naturelle et une puissante clarté, à la portée de tous.

Un air pour la fillette? Il aimerait en composer un sur-le-champ, moins pour lui faire plaisir que pour apaiser ses parents, surtout sa mère. Il l'appellerait « Deirdre qui danse » ou « Deirdre des pommes ». Mais à la vérité, il n'a aucune musique dans la tête ce matin, et il y a longtemps qu'il n'a pas eu la grâce d'une pièce ou même d'une phrase. Depuis quand? Difficile à dire, ou plutôt difficile, même, d'y penser.

— Je vais jouer un air du bon vieux temps, d'accord? dit-il.

Ses hôtes retrouvent enfin leurs voix. « Nous ne sommes pas préparés, Terence, euh, Maître... » dit Grainne Connelly.

— Moi non plus, Grainne, comme en témoignent ces mains qui tremblent.

— Nous sommes honorés, monsieur.

— Vous me feriez un grand honneur, Mr Connelly, ou alors vous augmenteriez vos chances d'entendre un air passable, en me donnant un petit verre. Pour raisons médicinales seulement.

— Devrais-je courir là-haut voir si quelqu'un a de la bière?

— Il plaisante, dit Owen.

— Oui, je plaisante, je suppose, admet Carolan.

Grainne Connelly avoue qu'elle est embarrassée au plus haut point.

— Un air du bon vieux temps, donc.

Il se lance dans « Les Lamentations des trois Marie », une pièce qu'il associe aux frères mendiants du seizième siècle. S'il se souvient bien, il ne l'a entendue qu'une seule fois auparavant, jouée par Thomas Connellan à Belanagare en janvier 1697. À l'époque, il n'avait trouvé aucune grâce à la mélodie, dont la sensibilité appartenait à une époque révolue, et il avait refusé l'offre du vieux barde qui voulait la lui enseigner. Aujourd'hui, avant même de se rendre compte qu'il l'a de toute façon mémorisée – un processus involontaire, pour lequel il n'est pas moins célèbre –, Carolan en joue l'ouverture, ses doigts faisant résonner chaque note comme s'ils frappaient des cloches d'église. Il hésite si longtemps entre chaque pincement, se souvenant mal du tempo, qu'il doit s'empêcher de laisser sa main retomber. La musique aujourd'hui ne lui semble pas plus étrange que le sifflement du vent sur la tourbière. Sa sensibilité est elle aussi intelligible. « Les Lamentations des trois Marie » bercent son corps sur des vagues de reconnaissance, comme s'il était à l'intérieur de la cloche à chaque fois qu'elle résonne. Seul son charme mélodique lui échappe. L'on devait avoir des oreilles différentes, à l'époque.

Ensuite, il enchaîne après une pause d'un demi-temps avec « Molly MacAlpin », un air de William Connellan, le frère cadet de Thomas. Les Connelly vont apprécier ce retour vers quelque chose de plus familier. Quand il présente « Molly MacAlpin » à un public, Carolan fait souvent la remarque que la pièce est supérieure à n'importe quel air de sa propre composition. Il peut en faire les louanges sans réserves pour la simple raison qu'il est incapable d'écrire une chose aussi pure. Contrairement aux frères Connellan, il n'a pas vraiment connu le pays avant la chute définitive de la vieille société. Contrairement à ses prédécesseurs, et malgré le titre que les autres lui accordent, il n'est pas un barde. Sa propre musique est influencée autant par Arcangelo Corelli et Antonio Vivaldi que par Carrol O'Daly et Myles O'Reilly, pour nommer deux grands harpeurs du siècle dernier. Ses mélodies ne sont pas intègres dans leur composition et leur impulsion, voire leur expression. Pire encore, malgré son amour pour la généalogie, sa tendance à rattacher les individus à leurs propres familles et leurs tribus et leurs terres ancestrales, Terence Carolan, en tant que compositeur de musique, appartient à un clan d'exactement une personne.

Puis il y a la question du talent. Le sien est moyen, au mieux, et la plupart des soirs il remercie le ciel d'être né assez longtemps après O'Daly et O'Reilly pour que peu d'auditeurs sachent à quel point il joue mal. S'exercer de temps à autre aiderait peut-être, il l'admet, de même qu'un certain degré de modération dans ses habitudes de vie. Mais à sa défense, Carolan plaide la cohérence. Il manque rarement de faire la même erreur deux fois. Il ne s'élève presque jamais au-dessus de ses capacités. Par exemple, tandis qu'il s'adonne à une millième performance de « Molly MacAlpin », il se prépare à esquinter le passage en *di-di-dum* vers la fin de la seconde partie. Ralentir le tempo ne préviendrait même pas l'erreur. Comme de fait, il joue *di–dum-dum-di* et puis, dans sa hâte d'en finir avec ce passage ardu, perd le rythme et termine trop vite.

— Ça vous donne une idée, en gros, dit-il à la réaction silencieuse.

Il a la sagesse de ne pas s'offusquer. Sa célébrité muselle plus d'un auditoire, surtout les gens ordinaires. Au volume des murmures il estime que vingt à trente villageois se sont assemblés de l'autre côté de la porte. Tous les hommes, femmes et enfants de Kesh sont à l'écoute.

— Nous sommes honorés, monsieur, dit encore Patrick Connelly.

— L'état de notre logis, ajoute sa femme. Je suis morte de honte.

Il aimerait tant qu'elle ne le soit pas. Il aimerait qu'elle soit la même femme qui prenait soin d'un vieux bonhomme débraillé une heure plus tôt.

— Est-ce que Deirdre est là ?

Elle l'est, il le sait, le sifflement de sa respiration comme le frottement d'une scie sur le bois.

La fillette vient à lui, pose une main sur son genou. Elle a du mal à avaler.

— Je t'ai promis un autre air, n'est-ce pas ?

— Réponds au maître, dit sa mère.

— *Ladli-fol-da-di*, dit-elle.

— Quelque chose de mieux, répond-il après s'être éclairci la voix.

— Va chercher un peu d'eau pour notre invité, Grainne. Nous l'avons laissé mourir de soif avec nos bons soins.

Carolan se résout à donner à ces gens ce qu'ils veulent. Il est un itinérant, après tout, comme tous les autres, payé pour divertir. « Il y a une histoire à cette prochaine chanson, Deirdre, dit-il assez fort pour être entendu jusque dans la rue. Devrais-je la raconter ? »

Elle fait une révérence, au bruissement de sa robe en jute.

— « Sheebeg et Sheemore », annonce-t-il au son de murmures d'approbation. Ma toute première composition.

Il raconte l'histoire. Quand Carolan avait vingt et un ans et qu'il terminait à peine son apprentissage de la harpe, sa mécène Mary Macdermott Roe, d'Alderford, comté de Leitrim, organisa une première visite. La maison, sur le Lough Scur non loin, appartenait à un ami de la famille nommé squire Reynolds. Le squire était un grand homme et un solide buveur. Il obligea le novice en écoutant sa musique, les doigts probablement fichés dans les oreilles, puis suggéra que le vrai talent du jeune harpeur était peut-être du côté de la composition et de la versification. Carolan répondit qu'il n'avait pas de sujet digne d'un poème ou d'une chanson, mais le squire insista. Il raconta la légende des collines près de son domaine, Sheebeg à l'est et Sheemore à l'ouest. Dans les temps anciens, Fionn MacCool et son armée menèrent une bataille sur la plaine située entre les deux élévations. Des milliers de guerriers furent tués, leurs dépouilles mortelles enterrées sous les tumulus et les cairns qui parsèment les côteaux à ce jour. Pendant des générations, par la suite, des reines-fées rivales poussèrent les humains à y guerroyer en leurs noms. Le carnage continua jusqu'à ce que les humains, prenant conscience de la malfaisance des dieux, arrangent une trêve entre eux.

Une bonne matière, pour un aspirant barde, raisonna squire Reynolds. Des reines-fées, de bons humains, et cetera. Tu vas t'essayer, mon gars ?

— C'est ce que j'ai fait, dit Carolan en mettant ses mains en position. Mélodie et poésie. Et en voici l'air, tel que joué pour le squire. Les mots, il y a longtemps que je les ai oubliés.

Il aurait peut-être été prudent d'oublier la mélodie également, songe-t-il en attaquant les premières notes. Bien qu'agréable, « Sheebeg et Sheemore » aurait mérité sa notoriété seulement si, comme son ami Toby Peyton l'a déjà lancé, Carolan l'avait composée avec ses doigts de pieds. Pour ce qui est des paroles, s'il les avait écrites avec un appendice encore plus inusité, elles auraient encore été banales. Il n'a pas le don des tournures ingénieuses et de la rime, comme l'attestent amplement ses poèmes, sauf quand il versifie sur les femmes. « Mabel Kelly », par exemple, avec l'heureux mari et la couette : « Il voit sa cascade de cheveux bruns / Défaits, les seins, dressés et nus ». Ou Peggy Browne, qu'il ne récite qu'en certaine compagnie : « Sa voix est musique, son moindre écho / Mon plaisir et Ô ses seins parfaits, je sais / Sont aussi blancs que son propre lait quand émane / De sa robe, un pouce à la fois, Peggy Browne. »

Ces femmes, en passant, Carolan ne les a pas connues charnellement, la première étant la plus jeune fille des Kelly de Ballyforan, Roscommon, et l'autre une soubrette qui l'avait servi dans une auberge de Longford. À qui appartiennent cette voix et cette cascade de cheveux bruns, défaits, qu'il a évoqués ? À qui les seins, blancs comme le lait ?

Il inverse deux séquences dans « Sheebeg et Sheemore ». Tout le monde le remarque mais personne ne s'en offusque, lui le premier. Pour se faire pardonner il rejoue un couplet.

En vérité, cette première composition était un accident de parcours. Carolan a tenu le rôle du barde, péniblement, pendant quelque temps puis l'a abandonné pour de bon. Ses mélodies sont devenues originales et ses poèmes moins atroces dès l'instant où il a renoncé à leur faire porter de grandes aspirations. Aujourd'hui, il ne compose, quand ça lui arrive, qu'en l'honneur d'amis et de mécènes et de femmes et d'alcool. Si une complainte est requise, il ne la chante que pour un défunt. Même ses compositions religieuses, amplement dénigrées – Owen Connor les trouve lamentables et ne se gêne pas pour le dire –, ne sont pas conçues pour le public. Il exprime son amour pour son Seigneur à sa propre manière et ne se préoccupe pas de qui peut bien les écouter.

Pourquoi, alors, s'efforce-t-il d'infuser à ce petit air plus d'émotion qu'il ne peut le supporter ? C'est qu'il pense à Deirdre, peut-être, et à Grainne. De même qu'à Bridget dans la caverne, et à sa mère et sa sœur depuis longtemps dans leurs tombes. Et à la femme dont l'absence lui coupe encore le souffle, parfois, et lui serre le cœur, un oiseau au creux de la main.

La cascade de cheveux bruns.

L'attroupement se déchaîne.

— Trop d'honneurs, dit-il aux applaudissements.

Owen apparaît derrière lui, un signal.

— Prêts à partir, dit-il.

Dehors, abreuvé de salutations timides et de louanges, Carolan décide qu'il ne peut pas partir sans se rapprocher une dernière fois de Grainne Connelly. Pour ce faire, il invoque un rituel familial. Appelant à lui la mère et la fille, il explique son plan. Avant que Grainne puisse s'y opposer, il insiste en disant que sa chère Moira, qui avait confiance en son jugement, l'approuvait toujours. Il n'y a pas de danger, l'assure-t-il. Il n'y a que l'assurance d'une expérience mémorable pour l'enfant.

Elle accepte.

— Tu veux toucher le ciel, Deirdre? demande-t-il.

Elle dit que oui.

Il la prend contre lui puis, arquant le dos, la lance dans les airs. Jamais ses doigts ne se séparent de sa robe. Jamais n'est-elle hors de son emprise. Mais Deirdre pousse quand même des cris aigus et Grainne en a le souffle coupé tandis que Carolan a la bouche sèche, choqué de l'avoir presque laissée aller.

— Encore, crie-t-elle une fois de retour dans ses bras.

— Il faudra que tu fermes les yeux, cette fois.

— Et je serai comme vous?

— Exactement.

«Faites attention», dit Owen discrètement. Il se presse contre Carolan.

— Sont-ils fermés?

Il la lance de toutes ses forces. Il sait tout de suite qu'elle grimpera dans les airs. Il sait aussi que son bras droit, le plus fort des deux, a donné une impulsion plus forte et que le petit corps aura peut-être tourné, au-delà de ses doigts, compliquant la descente. Il se souvient d'avoir eu ce souci avec Siobhan et Tadhg, Martha, Eileen et Anne. Le souvenir est flou pour Maev et Mary, qui avaient déjà pour père une vieille décrépitude. Mais chaque fois, il avait redéposé l'enfant sans problème, après qu'il ou elle eut poussé des trilles d'allégresse, l'expression de joie la plus pure qu'il ait jamais entendue, en dehors de la chambre à coucher.

Deirdre trille elle aussi.

Il sent un pincement dans la jambe gauche, et un élancement le long de son flanc, avant même que le poids de la fillette s'abatte sur lui. Quand la douleur atteint son bras, aussi aiguë qu'une rage de dents, il comprend qu'il ne sera peut-être pas capable de l'attraper. Elle va tomber. Il tombera le premier, espère-t-il, et lui servira de coussin.

Owen Connor les sauve tous deux. Dans l'instant qu'il faut à Carolan pour se mettre à trembler, son guide lui saisit les bras et les tend devant le barde. Puis, comme Deirdre s'écrase contre sa poitrine dans l'angle escompté, Owen arc-boute Carolan sur son propre corps bien solide tout en refermant les bras de marionnette sur la fillette. Ses cheveux caressent la joue de Carolan et ses genoux lui rentrent dans le ventre. La corpulence de Carolan ralentit sa course. De même que l'étau de ses mains, ou plutôt de celles d'Owen, sur sa robe.

Elle atterrit sur ses pieds.

— Encore !

Il essaie de parler mais son débit est ramolli. Le côté gauche de son corps est engourdi.

Owen le sauve encore une fois. D'un geste puissant, il soulève Carolan et le pose sur Gem, lui met les mains sur le pommeau de la selle et coince ses bottes dans les étriers.

— Pensez-vous que vous pourrez tenir?

Il hoche la tête.

— Faites au revoir, si vous le pouvez.

— Dieu vous bénisse, tente-t-il de dire.

Chapitre 6

Ils atteignent Tempo en fin d'après-midi. Rouges-gorges et roitelets, grives et merles annoncent leur ascension depuis le village. Une fois passé le portail, toutefois, cette musique s'estompe au profit des querelles monotones des choucas. Le domaine Maguire, planté de sycomores et de hêtres aux côtés des ormes et des frênes indigènes, attire habituellement des chœurs de chanteurs. Le sol bourdonne et fourmille lui aussi, l'air chargé du piquant des fougères et des bouffées de champignons, la soudaine puanteur d'un renard dans les environs. Mais aujourd'hui Carolan n'entend que *croâ-croâ-croâ* et ne respire que pourrissement, surtout lorsqu'ils longent l'étang dont la surface, d'après Owen, a la couleur de l'urine stagnante. Gem agite sa queue pour chasser les mouches.

Brave Geminiani. Ayant senti son malaise, la jument a gardé un pas régulier tout au long du chemin depuis Kesh. Carolan a retrouvé la sensation de son bras et de sa jambe au cours de la matinée, et à midi il était redevenu pleinement lui-même, hormis un léger défaut d'élocution, comme si une châtaigne s'était logée dans sa joue. Son guide n'arrive pas à bien expliquer ce qui s'est passé. Quelque chose à voir avec une galette d'avoine et un peu de harpe, prétend Owen; puis une enfant lancée dans les airs et presque échappée. Pour sa part, Carolan peine à se rappeler quelque chose au-delà d'un déluge nocturne qui leur a fait courir le risque de se blesser, ou d'être attaqués, ou les deux. Le *chlip-chlop* des sabots et le tambour de la pluie sur son capuchon. L'odeur musquée des chevaux effrayés. Mais après l'averse, rien. Aucun souvenir de ce qui s'est dit ou d'où ils ont dormi ou de qui ils ont pu rencontrer. Seulement la certitude d'avoir trop bu dans une auberge la veille au soir et trop peu bu au déjeuner ce matin, et la sensation que ses boyaux sont toujours bruyants et congestionnés.

Pour ce qui est de lancer une enfant dans les airs, c'est proprement grotesque. Il n'a pas essayé une telle acrobatie depuis des années. Quelqu'un pourrait se faire mal.

L'homme qui ouvre la porte du manoir n'est pas Thady Bourke, le majordome à Tempo au cours des quarante dernières années.

— Messieurs ?

Owen annonce son maître.

« Messieurs ? » dit encore l'homme avec l'accent laborieux de l'Ulster de l'Est. Il ne recule pas pour les laisser entrer.

Owen répète l'information.

— Le colonel ne reçoit pas d'invités cet après-midi.

— C'est Brian Maguire que nous sommes venus voir, dit Carolan.

Ce nouveau serviteur les invite à essuyer leurs pieds sur un tapis. « Ne montez pas l'escalier qui mène aux étages, dit-il, et n'empruntez pas cette porte à ma gauche. Si vous vous retrouvez dans la grande salle à manger, avec les murs lambrissés et le chandelier suspendu, c'est que vous vous êtes égarés. À vos risques et périls, ajoute-t-il après une pause théâtrale. J'ai connu un gars une fois qui s'est entêté à passer par là, malgré mes instructions. On n'en a plus jamais entendu parler. Les appartements de Brian Maguire sont derrière la porte opposée. Une antichambre, un séjour et une petite salle à manger à l'arrière. Suivez la trace des ordures, vous ne pourrez pas le manquer. »

— Merci, dit Carolan.

Owen lui empoigne le bras.

— Une dernière chose.

La poigne se resserre.

— Les serviteurs passent par l'arrière, s'il vous plaît.

— Pardon ?

— Le colonel insiste pour que les serviteurs entrent dans la maison par l'arrière, dans l'office, et s'en tiennent à ces espaces, en-dessous. Au nom de l'ordre, et pour éviter que les planchers ne soient éraflés.

Carolan manque de crier sous la poigne d'Owen. Sa botte, au même moment, entre en contact avec un objet. Il croit deviner des poils, de la peau, et peut-être de la chair. Un animal mort ?

— Une perruque, le corrige Owen.

« J'imagine que je pourrais faire une exception, dans votre situation, dit le majordome, ce dernier mot alourdi par son accent. Vu que ce vieux pourrait facilement en venir à se faire mal. »

Quand Owen Connor éructe un rire de défi, Carolan détale. Encore quelques pas par lui-même et il va se cogner contre une table ou buter contre un mâtin. Il perçoit déjà une odeur de bois et de chien.

Il s'engage dans le passage vers l'antichambre sans collision. Owen le rattrape.

— On est pressés ? demande-t-il.

— Je ne vois pas pourquoi on s'attarderait.

— Il y a un carreau qui manque à une des fenêtres, ici, lance Owen par-dessus son épaule. Vous avez besoin d'un vitrier.

« C'est le côté de Brian Maguire, répond l'homme de l'Ulster depuis le hall de réception. Voyez ça avec lui. »

— Le trou rend le manoir vulnérable à l'intrusion de toutes sortes de créatures indésirables.

— Vous croyez?

Carolan prend de la vitesse.

Le manoir de Tempo, reconstruit après un incendie au début du siècle, est, dit-on, un croisement entre un château normand et un manoir palladien. L'extérieur présente une façade de château, avec tourelles et créneaux assortis, et des fenêtres en verre au plomb si transparentes que les oiseaux s'y assomment, offrant des repas faciles aux chats. Des plafonds de bois et d'épais plâtrages, plus ou moins trente foyers, dont plusieurs sculptés à la main, donnent à l'intérieur la chaleur, à défaut de l'intimité, d'un pavillon de chasse. Une douzaine de chambres permet à la maison d'accommoder un bon groupe de chasseurs sans avoir recours à la chambre commune, en bas. Si des peintures ornent les murs ou des sculptures prennent la pose sur des piédestaux, personne ne les a jamais décrites à Carolan. Si l'ameublement est remarquable, lui aussi est passé sous silence. Mais Carolan n'a aucun doute. Brian et Elizabeth Maguire sont de la noblesse terrienne. Le personnel de maison est traité comme des membres de la famille. Les chiens sont invités à table. Le couple n'a aucune prétention et une seule ambition : celle d'offrir un accueil sincère à leurs invités.

Il va jouir de cet accueil dans un instant. Carolan anticipe déjà la bière, le pain et le fromage qui le sustenteront jusqu'au souper, puis la tablée couverte de mets du Fermanagh, généreux en viandes rôties et en puddings, accompagnés de vins rouges si robustes qu'ils se versent comme de la sauce. Il y aura peut-être des jeux en début de soirée, bassette pour les femmes, backgammon pour les hommes. Il se promet de jeter des quatre, ce soir, plutôt que d'amener deux as cinq fois de suite comme il l'a fait lors de sa dernière visite à Tempo il y a douze – ou bien est-ce dix-huit? – mois de cela. La famille possède un clavecin, et il y aura bien une dame ou deux que l'on pourra convaincre de chanter. Si les enfants Maguire sont présents, il y aura peut-être aussi une danse. Un *fading* ou un *trenchmore*; la populaire *Trotting the Hay*, dont les pas sont empruntés aux Français. Ce n'est qu'une fois les amusements mineurs terminés et les festoyeurs calmés que sir Brian se lèvera et priera leur invité de marque de leur faire l'honneur d'une chanson.

L'honneur est pour moi, Sir, répondra Carolan.

Puis son pied rencontre une bouteille et l'envoie tournoyer sur le bois. Il remarque les modulations, comme si la distance auditive s'allongeait quand le goulot de la bouteille pointe dans la direction opposée. Owen l'informe d'un autre obstacle plus loin.

— Une autre perruque?

— Avec une tête en-dessous, cette fois.

« Voilà un tableau », dit Carolan pour être enjoué. Il frôle un autre cadre de porte.

— Voici toute une fresque pour vous, Terence. Un champ de bataille jonché de corps, peut-être pas des plus braves. Des gobelets en guise de rapières. Des os de bœuf en guise de mousquets.

— Des gens qu'on connaît?

— Permettez-moi de faire les présentations. Sir Cady Riordan, je crois. Attention de ne pas trébucher sur sa panse. Elle est aussi haute que Sheebeg. Ou Sheemore, dit son guide.

« Sheebeg et Sheemore » : sa première composition. Un air tout simple qu'il ne joue plus souvent.

— Cady, mon vieil ami, dit-il au propriétaire du domaine voisin.

— Il est sans connaissance, pour le moment.

Suivant les instructions de son guide, il enjambe le monticule. Pour l'effet théâtral, se dit-il. Owen aurait pu lui faire contourner le corps.

— Caroluron ! crie une voix.

— Sir ?

— Arthur Magennis, rapporte Owen, étalé sur la table à manger, une bouteille contre son cœur.

— Arthur.

— Puis-je vous présenter mon fils, Morgan

Morgan Magennis ne daigne pas se manifester. Mais il y a une odeur.

— Où est mon garçon ?

— Il baigne, Lord Arthur, dans son propre vomi. Sur le sol, en dessous de vous, dit Owen.

Carolan n'a pas besoin qu'on lui explique ce qui arrive ensuite. Il entend Arthur Magennis, maître de quatre mille acres à Brookeborough, tout près, se pencher au bord de la table pour inspecter son fils ; il entend le bruit de la bouteille qui tombe sur le sol puis Magennis à sa suite.

— Est-ce que Mrs Magennis est à Tempo elle aussi ? demande-t-il quand même.

Il a écrit un air pour elle, jadis, pour commémorer une invitation à souper à Brookeborough qui avait tourné en débauche d'une quinzaine de jours et coûté sa montre à Carolan, perdue dans un pari pour déterminer qui pouvait chevaucher le mâtin de la famille le plus longtemps, sans selle. « Kitty Magennis », un morceau quelconque. Si sa mémoire ne lui joue pas de tour, elle est une femme avenante avec une préférence pour le sherry plutôt que le porto et un rot qui lui rappelait le cri de la mouette. Son époux, malheureusement, est un âne.

L'odeur de chien, en y faisant bien attention, prend le dessus sur les autres effluves comme le cri du corbeau dans un nid de moineau. Les poils de ses avant-bras se dressent.

— Morte, la garce, répond Arthur Magennis depuis son nouvel emplacement.

— À Dublin, père, dit Morgan Magennis, à dépenser l'argent obtenu en hypothéquant notre domaine. Sur des chapeaux.

— Des chapeaux, répète le père.

— Quelqu'un a un mouchoir de trop ? demande le fils.

— N'offrez pas le vôtre, conseille Owen à Carolan.

Ils enjambent un dernier invité. Il s'agit du capitaine John Noble, squire d'un petit domaine au nord, vers Archedall, et vétéran du siège de Derry : une moindre catastrophe, issue d'un passé plus récent. En arrivant à Derry en mars 1689, le re-prétendant au trône comprit qu'il n'avait pas l'artillerie nécessaire pour prendre d'assaut la ville fortifiée dont la population s'était récemment multipliée grâce aux protestants de la campagne environnante, venus s'y réfugier. James entreprit donc un siège, bien déterminé à affamer les citoyens jusqu'à les faire sortir. Une défense civique de quinze semaines prit fin lorsqu'un navire anglais fracassa le barrage sur la Foyle, dispersant les jacobites. D'après le capitaine Noble, le siège ne remonte à près d'un demi-siècle que pour ceux qui ne l'ont pas vécu. Carolan soutient qu'il a lui-même souffert aux côtés des braves résidents de Derry, grâce à l'arsenal d'anecdotes du capitaine, allant des boulets catholiques, démolissant les chapelles, aux rats papistes gros comme des chiots qui grignotaient les cadavres. Il a composé un air pour la fille de John Noble il y a quelques temps. Inquiet, soudain, que la mélodie ne soit elle aussi médiocre, il la cherche sur les boutons de son manteau. *La-da-ladli-lo*, tape-t-il. *Lo-la-la-la*. Heureusement, l'air est charmant.

Le prochain à apparaître est nul autre que Thady Bourke en personne, blotti sur une chaise et enveloppé dans un rideau démis de ses fonctions.

— Thady s'occupera de nous, maintenant, dit Carolan.

— Une fois qu'on lui aura versé un seau d'eau sur la tête.

— Il cuve son vin, lui aussi ?

— J'en ai bien peur.

— Pure folie, dit-il avec un faible rire.

En vérité, Carolan est horrifié. Tout au long des quarante ans de ses fréquentations avec la famille, Thady Bourke a été majordome à Tempo. Le serviteur a aussi fait résonner la seule note de sobriété au cours de cette période. Les Maguire ne sont pas de bons propriétaires. Carolan a lui-même assisté à d'innombrables négociations entre le gentilhomme imprévoyant et le domestique prudent. Prenez l'ennui des factures. Épicier et chapelier, boucher et boulanger, maréchal-ferrant et tailleur et drapier : tous à réclamer des arriérés et tous à menacer de ne pas livrer la marchandise.

— Bah, disait Brian Maguire. Commande donc plutôt une douzaine de muids de bière en plus.

— Allons, Sir Brian, répondait le valet. Il nous faut garder la tête sur les épaules.

Ou le livre des comptes du domaine. Des décennies d'impôts de la Couronne à payer et des pages d'honoraires d'avocat à acquitter. Des cautions pour les sommes empruntées afin de régler ces problèmes, mais qui ont été gaspillées sur autre chose.

— La vérole soit de la couronne, pestait Brian, et la chaude-pisse soit du roi.

— Bien dit, sir, répondait Thady Bourke. Mais que diriez-vous si l'on donnait un supplément au receveur et un pot-de-vin aux sous-officiers pour contourner le cens ?

Carolan était même présent le jour où la nouvelle arriva à Tempo : un drapier d'Enniskillen, à qui l'on devait une somme substantielle depuis assez longtemps, avait confisqué la dépouille de sir Murtagh Maguire, le frère de Constantine, à défaut de paiement. Le drapier menaçait de garder le défunt en otage, dans la saumure, jusqu'à ce que la famille lui fasse parvenir son argent.

— Qu'il fasse mariner sir Murtagh, tonna Brian Maguire. Le vieux sac de pets aura bientôt sa fétide revanche.

— Il l'aura en effet, répondit Thady. Mais pensez à votre père, comme il doit se sentir seul à attendre son frère, là-bas, sur l'île de Devenish.

Sans Thady Bourke, la maison de Tempo se serait probablement déjà effondrée. Sans lui, la ruine et la mort.

— Si Thady et ceux de son espèce ne donnent pas l'exemple à la noblesse, dit Owen en lisant dans ses pensées, qui le fera ?

Il ne veut pas être entraîné dans une dispute. Et son guide est tout aussi renversé par l'état du majordome, il le sent.

« Il y a une forte puanteur dans l'air », dit-il plutôt. Un haut et vaste foyer est non loin, le feu fumant et sifflant. Il recouvre son nez de sa manche.

— Trois chiens, étalés sur les dalles du foyer, dit Owen.

Enfin, la voix résonne. Un grondement bas, comme un baril qui roule sur des lattes. Elle, au moins, n'a pas changé.

— L'arôme de chien mouillé, annonce sir Brian Maguire. Y a-t-il quelque chose de comparable, messieurs ? Je vous le demande.

Il pose la question et y répond, aussi.

— Rien n'est comparable dans le monde entier, dit-il. Prenez votre setter classique. Tout un lardier d'odeurs émanent de ce petit page. Jarrets musqués et pelage suintant, haleine à terrasser un poney du Connemara. De la cire d'oreille d'un curieux parfum, proche de l'herbe à poux, et dont le goût n'est pas si désagréable, mais ne me demandez pas comment j'en suis venu à savoir une telle chose. Les setters, toutefois, comme Jenny et Lucy, ci-présentes…

Maguire enfonce le bout de sa botte ou de sa canne dans les flancs de deux chiens au repos, qui émettent des grognements amicaux.

— Les setters ont de la jugeote. Ils vont s'éloigner du feu s'ils se sentent devenir un quartier de viande grillée. Contrairement au mâtin, continue-t-il. Contrairement à cet animal-ci. Voilà le compagnon naturel pour l'homme de l'Ulster. Des puanteurs de toutes sortes exhalent de lui, tourbière et bruyère et marécage, avec une affinité toute spéciale pour le bouquet de son cousin éloigné, le mouton en mue. Combinez ces odeurs avec sa propension à être morveux et sa tendance à baver et tout asperger autour de lui comme avec de l'eau bénite. Déjà eu vent de l'odeur de la bave de mâtin ? Hmmm ?

Encore une fois, Brian Maguire touche du pied l'objet de son discours. Carolan se souvient trop bien de ce chien. La bête est même chevauchable, avec ou sans étriers. Elle traîne des carcasses de lièvres et de perdrix dans le manoir pour ses soupers sanglants et rend visite aux invités qui oublient de bien fermer leurs portes le soir. Conbec, le préféré de Fionn MacCool.

Fionn, qui a jadis combattu sur la plaine entre Sheebeg et Sheemore. Une légende que Carolan a déclamée devant un petit auditoire il n'y a pas si longtemps. Il ne se souvient pas pourquoi, ni où.

— Admirez Conbec tout étalé ici près du foyer, dit Brian Maguire. On le dirait terrassé par la mitraille, attendant sa mise en terre. Ma foi, j'ai connu des sous-officiers qui avaient plus de capacités mentales que cette créature. Il ne bougera pas avant que la chaleur ne lui roussisse la fourrure au complet. Son pelage est aussi chaud qu'un tison et sa truffe est calcinée, ses yeux se retournent dans leurs orbites. Puis il y a l'odeur. Rôti de côte de molosse. Cabot grillé sur la broche. Et est-ce que la bête s'aperçoit qu'elle est au menu du soir ? De toute évidence, non. Combien de fois Thady et moi avons-nous été obligés d'attraper chacun un jarret et de traîner sa seigneurie loin de la flambée ? Non, le pauvre Conbec ne se sauverait même pas d'une bonne carbonnade. Rien ne le dérange, semble-t-il.

— Sir Brian, dit enfin Owen.

— Demandez à Thady Bourke si j'exagère. Thady est expert dans la détection du moment où le mâtin est en danger. C'est la bave grésillant sur les dalles du foyer qui le trahit, n'est-ce pas, Thady ?

Thady Bourke revient à la vie en un sursaut, rejetant le rideau. « Une autre chaise pour le feu, Sir Brian ? »

— Nous avons de nouveaux visiteurs, répond son employeur. Vaut mieux en garder quelques-unes.

La remarque explique le sifflement et le crachotement du feu, et la puanteur de la peinture fondante.

— De nouveaux visiteurs ? dit le vieux serviteur. Qui donc… ? Si ce n'est pas Maître Carolan ! Je ne vous avais pas vu, monsieur.

— Bonjour, Thady.

— Pas Terence Carolan ?

— Certes, Brian. Mais c'est moi qui suis supposé être aveugle.

Et habitué à être reçu avec courtoisie, ajoute-t-il pour lui-même. Il ne s'attend pas à ce qu'un étranger sache dire : « Je suis assis près du feu avec mes chiens » ou « Thady est sous la fenêtre ». Il ne s'attend pas à ce qu'une simple connaissance ait la présence d'esprit d'offrir un : « C'est bon de te voir, Terence, même si tu as l'air d'un cadavre avant la veillée funèbre », ou « Laisse-moi m'approcher, pour te saluer comme il faut ». Mais il s'attend à une telle délicatesse de la part de quelqu'un qu'il considère comme un ami depuis de nombreuses années.

— Mes bésicles, répond Brian Maguire en se levant enfin de sa chaise. Elles ont disparu.

Owen, devinant qu'il est vexé, le guide vers l'homme. Carolan tend une main que Maguire écarte pour prendre Carolan dans ses bras. Un homme râblé, avec la robustesse d'un de ses fermiers, mais sans leurs épaules voûtées ni leur épine dorsale courbée, sir Brian le tient embrassé pendant plusieurs battements de cœur, enfouissant le nez de Carolan dans sa poitrine et lui donnant des tapes dans le dos, comme le ferait un père avec son fils prodigue. Ses vêtements ne sont pas très frais et il sent le whiskey, le foin et le chien.

« Est-ce que Thady a cherché les bésicles dans la maison ? » dit Carolan. Il a déjà tout pardonné à son ami.

— De fond en comble, répond Thady Bourke. Elles ont disparu il y a quelque temps, déjà. Plusieurs objets appartenant à Sir Brian ont disparu.

— J'en vois bien assez, dit Brian Maguire. Trop, parfois.

— Et la fenêtre, dans l'antichambre ? demande Owen.

— Le vitrier est en attente de paiement, dit Thady.

— Et les taches d'humidité sur ces murs ?

— Des bardeaux ont besoin d'être remplacés. Mais le couvreur demande lui aussi satisfaction.

Même s'il sait qu'Owen pose les questions en son nom à lui, Carolan l'interrompt. « Que doit faire un invité pour qu'on lui serve un pot de bière dans ce château ? »

Brian Maguire ordonne à Thady Bourke de trouver un verre et un pichet et de les apporter.

— Et une chaise, ajoute Carolan. Avec ses quatre pattes.

Il est bientôt assis à écluser un gobelet.

— Tu es véritablement fou des chiens, Brian Maguire, dit-il.

— Et pourquoi pas ? Ces créatures sont sociables, dignes de confiance et elles tiennent tête à l'adversité. Seuls les chiens sont capables d'un tel comportement ; c'est ce que je découvre, à mon grand désarroi.

— Comment se porte Mrs Maguire ?

— Elle se porte bien, puisqu'elle habite à Westmeath depuis six mois, chez sa sœur Grace.

« Grace Nugent », l'une des plus charmantes mélodies de Carolan. La femme elle-même n'en est pas moins charmante.

— Et les garçons ? continue-t-il, perplexe devant les réponses de Maguire.

— Ce sont des hommes, maintenant, Terence.

« Bien sûr », dit-il. En réalité, il est complètement déconcerté.

— Avec leurs propres manières et mes moyens à moi, ou plutôt ce qui reste de mes moyens, pour soutenir ces manières. Deux sont à Londres et deux autres à Dublin.

Carolan tend son verre jusqu'à ce que le majordome ait l'amabilité de le remplir.

— Que me vaut l'honneur ? demande Brian Maguire.

— Pardon ?

— Ta visite. C'est une surprise.

Carolan a besoin de quelques secondes pour digérer la remarque. Sir Cady et le capitaine Noble, les Magennis, père et fils : ne sont-ils pas réunis pour l'accueillir ? Il a écrit à Tempo il y a deux semaines pour annoncer son arrivée ce jour ou le lendemain, en revenant du Lough Derg.

— Station Island ? dit Brian Maguire après avoir été informé de l'itinéraire de Carolan. Qu'est-ce qui a bien pu te donner le goût de te soumettre à un tel examen ? La vie quotidienne n'est-elle pas déjà assez éprouvante ?

Carolan écluse un autre verre. « J'espère que nous pourrons avoir une bonne conversation à propos du pèlerinage, Brian. Ça a été révélatoire à plus d'un titre », dit-il, cultivant le mystère.

— Bien sûr, répond platement son hôte.

— Votre constance, par les temps qui courent, Maître Carolan – ça nous redonne courage, dit Thady.

— Thady, prépare la chambre de Terence, veux-tu ?

« Avec plaisir », dit le majordome. Il s'arrête à mi-chemin. « Vous voulez dire, Sir Brian, sa chambre habituelle, à l'étage ? »

— Au bout du long corridor. Où d'autre ?

L'observation les laisse silencieux, tous deux.

— Un bain serait plus convenable, pour me joindre à cette illustre société, lance Carolan avec le plus doux, espère-t-il, des reproches.

— Qui, les chiens ?

— Ma foi, dit Owen Connor.

— Si ce n'est pas Owen Connor, dit Brian Maguire comme s'il venait de le remarquer. Je suis surpris de te trouver encore au service du maître, deux ans plus tard. De l'autre côté de l'océan, c'est ce que je m'attendais à entendre, à envoyer des nouvelles de la fortune que tu te serais faite dans les plantations des Antilles ou dans la ville de Philadelphie. Toujours pas prêt pour les richesses du Nouveau Monde, Owen ?

— En effet, Sir Brian, répond Owen sur un ton neutre.

Deux ans depuis sa dernière visite à Tempo ? Il ne s'était jamais autant embrouillé dans les dates auparavant. « Sans Owen, je serais bien à plaindre », dit Carolan.

— À mon avis, tu l'es quand même. Comme nous tous.

— Est-ce que ce serait exagéré de demander à quelqu'un de la maisonnée de me faire couler un bain si près de l'heure du souper ? demande-t-il.

— Je ne vois pas pourquoi ce le serait.

Mais Brian Maguire et Thady Bourke se remettent à échanger. Même si la conversation est muette, Carolan en saisit l'essentiel. Le silence, a-t-il appris il y a longtemps, est rarement dépourvu d'information.

— Ce serait plus simple si l'on te faisait couler un bain dans les communs, dit Brian Maguire. Près de la cuisine. Ainsi, la servante ne sera pas obligée de monter l'eau tout en haut des escaliers.

Comme la servante de cuisine l'a fait pour lui de nombreuses fois auparavant ? « Si c'est plus commode », dit Carolan. Il est ici pour son ami, pas pour son confort personnel. Pour apporter divertissement et support moral. Pour tempérer les choses, même.

— Va, Thady.

— Sir Brian ?

— Va dire à cet homme…

— Gordon Smith ? dit Thady avec un frisson.

— Dis-lui que je voudrais parler avec mon neveu.

— Le colonel Maguire ?

— Ai-je un autre neveu à Tempo ?

— Je ne dois parler qu'à Smith, c'est bien ça ? Pas au colonel lui-même ?

— Je veux m'adresser à Hugh personnellement.

— Très bien.

Thady Bourke trouve enfin le courage de confronter son supposé vis-à-vis : le majordome qui a accueilli Carolan et Owen.

— Encore une chose, dit Brian Maguire. Tu devrais demander à Mrs Moore de verrouiller la bibliothèque. Nous avons un fervent lecteur parmi nous.

— Si je ne suis pas le bienvenu… dit Owen.

— Je plaisante, Owen. Je n'en ai rien à faire, de ces bouquins, comme tu le sais.

Le pas de Thady Bourke sur le plancher de bois franc réveille un invité.

— Un incendiaire papiste dans le lit de Madame ! crie le capitaine Noble dans son sommeil.

— Tout doux, Capitaine, dit Brian Maguire.

* * *

Dix minutes plus tard, Carolan est assis près du feu tandis que Brian Maguire et son neveu discutent dans le hall de réception. Leur échange n'est pas moins bouillant que le pelage des chiens paresseux. Si leurs voix résonnent autant, selon Owen, c'est, d'une part, parce que les hommes sont très animés par la dispute et, d'autre part, parce que les pièces qui les séparent des Maguire sont dépourvues des entraves habituelles au passage du son. À savoir les portes, tentures, tapis et mobilier. Son guide décrit même l'objet qui brûle dans l'âtre : une chaise en frêne massif brune dont la couche de peinture originale transperce, rouge comme une blessure qui saigne au travers d'un pansement.

— Je suis confus, admet Carolan.

— Sir Brian s'occupe de tout, dit Owen sans la moindre conviction.

Malheureusement, les efforts déployés par Brian Maguire parviennent à leurs oreilles. « Dans la chambre commune ? Vous plaisantez ?… Qui il est ? Qui il est ! … Il logera dans la chambre du haut, Hugh, et il soupera ce soir de façon appropr… Que Dieu me vienne en aide… Quoi ? Une et six l'assiette ? Me faire payer, sous mon propre… Poussez-moi davantage, monsieur, et je jure que je vais… »

— Tempo a été fractionné, dit Owen, glissant sa remarque sous la conversation au loin et les ronflements tout près. Brian Maguire n'a pu garder le contrôle que de ces petites pièces-ci. J'obtiendrai plus de détails auprès de Thady, tout à l'heure. Mais il semble évident que sir Brian a été obligé de céder le domaine et que le colonel s'est rendu maître de la plus grande partie.

— Lui et sa femme, tu veux dire.

— Pas si ce que j'ai entendu à Pettigoe est vrai. Je vous l'ai expliqué ce matin, mais peut-être ne vous souvenez-vous pas. Vous ne vous rappelez toujours pas ce qui s'est passé hier soir et ce matin ?

— Dans la caverne ?

— La caverne ? répète vivement Owen.

« Je croyais que tu ne voulais plus entendre un mot à propos de l'endroit, et d'elle », dit Carolan. Il fait fausse route, il le sait, mais il ne peut faire mieux. Contrairement à son dernier diagnostic, son côté gauche est encore engourdi et sa main lui fait mal, mais l'arthrite n'est pas en cause. Il a aussi du mal à empêcher ses deux derniers doigts de se recroqueviller.

— Suis-je encore tombé de Geminiani ? pense-t-il à demander.

— Pas récemment.

— Il faudrait presque m'attacher sur elle, maintenant.

— Vous ne vous souvenez vraiment pas ?

— À propos du colonel Maguire et de sa femme ? répond Carolan en frottant la paume de sa main. Non, j'en ai peur.

Le bouleversement de son guide accroît le sien propre.

— À propos de Maguire, dit Owen, et des Connellys de Kesh. Mais aussi d'une conversation que nous avons eue, vous et moi, une conversation que nous aurions dû avoir il y a longtemps et qui est d'une importance capitale. Je serais triste d'apprendre qu'elle se soit volatilisée elle aussi.

— Peu de choses se volatilisent pour de bon, dit Carolan pour le consoler. C'est plutôt que certains événements se logent dans notre mémoire sans qu'on en ait conscience. Les pensées et les gestes peuvent alors se faire sous une influence obscure mais puissante.

— Mais vous ne vous rappelez pas les mots que nous avons échangés ?

— Le sujet en était-il si singulier ?

— Singulier et précieux.

— Rappelle-les-moi, dans ce cas.

Owen hoquette. « Par où commencer ? dit-il. La pluie était torrentielle. »

— Je me souviens de la pluie.

— Les chevaux avaient peur.

— Cher Gulli, chère Gem, dit-il.

— Nous avons fait la désagréable rencontre d'un shériff de l'Ulster.

Carolan se mord la lèvre.

— Ne me dites pas que même le shériff a disparu ?

— C'était avant que l'on arrive à l'auberge ?

— L'auberge, Terence ?

— Où nous avons dû loger ?

Owen hoquette à nouveau.

— Ne me poussez pas davantage, monsieur ! menace Brian depuis le hall de réception.

— Brian semble bien agité, commente Carolan.

— Avec raison.

À présent il laisse échapper un soupir. « Est-ce qu'on m'a aussi expliqué, et ai-je aussi oublié, le contexte de cet âpre échange ? »

— En partie seulement, répond son guide. Nous parlions plus tôt de la femme du colonel Maguire. Son nom est lady Cuthbert, et on dit qu'elle est prisonnière de ce manoir.

— Prisonnière ?

— Pour son argent.

— Mais le colonel le possède déjà, par son mariage.

Brian Maguire crie, à présent. « Je vais faire du grabuge, Hugh, je le jure ! »

Puis une autre voix, inflexible et posée : « Monsieur, vos menaces ne reposent pas sur une autorité appropriée, ni sur des chaussures appropriées. »

— Sir Brian ne porte qu'une seule chaussure, dit Owen à Carolan.

L'échange se fait plus discret.

— Sa rente annuelle de mille livres ne suffit pas, apparemment, reprend son guide. Le colonel Maguire veut ses bijoux également, qui sont évalués à dix fois cette somme, afin de payer ses dettes de jeu et celles du domaine. Elle refuse d'en dévoiler la cachette. Il la garde sous clé dans la tour située au-dessus de l'aile ouest.

— Curieux.

— Il y a plus. Le colonel est aussi...

Owen se tait devant le retour de leur hôte.

Il y a plus de tristesse que d'humiliation dans la voix de Brian Maguire. « C'est donc réglé, dit-il. Il y a de la confusion, en bas, Terence, du nouveau personnel et tout ça, ce qui veut dire qu'il n'est pas possible de prendre un bain à présent. Mes excuses, à ce sujet. Que dirais-tu si on se tenait près des chiens, toi aussi bien que moi, pour couvrir nos puanteurs, et qu'on baignait plutôt dans l'eau de vie, ce soir.

— Parfait, Brian.

Carolan lutte pour masquer sa déception. Il ne se délecte pas de sa propre décrépitude, pas plus qu'il ne se considère vil. Eau de vie ce sera. Une pleine baignoire.

Owen demande s'il devrait décharger leur bagage.

« Certainement. Mais écoute », dit sir Brian en essayant, surtout par gestes, de cacher à Carolan sa requête qu'Owen utilise l'entrée des serviteurs. « Ça t'ennuierait beaucoup ? »

— Ça ne m'ennuie pas, dit Owen.

— Le colonel est intraitable à ce sujet.

— Très bien.

— Thady te racontera toute la sordide affaire, je n'en doute pas.

Carolan note avec quelle douceur son guide reçoit ces excuses maladroites. Il entreprend ses propres excuses de n'avoir pas pu préparer une nouvelle composition pour sa visite. Il lui apparaît soudainement que les circonstances à Tempo sont à la fois tendues et inhabituelles. Est-ce que la mélodie aurait même été opportune ? L'idée que Terence Carolan puisse composer une musique qui soit autre chose que parfaitement adéquate lui noue et retourne l'estomac.

Sa remarque est interrompue. Quelqu'un est entré dans la pièce et attend qu'il finisse. Mais Brian Maguire ne peut attendre.

— Oui, Mr Smith ? dit-il.

« Pardonnez l'intrusion, Sir Brian », dit le majordome avec son accent, la bouche comme pleine de biscuit. « Le colonel Hugh Maguire sollicite votre compagnie et celle de vos amis à souper ce soir. Dans la grande salle à manger, à huit heures. »

Au grand chagrin de Carolan, son ami répond à l'invitation comme un homme à qui on retourne le soulier qui lui manque. « Remerciez le colonel de son offre, dit-il. J'accepte, au nom de mes invités. »

— Ce serait plus prudent, dit Gordon Smith.

Owen émet un grognement amusé.

— Sans les chiens, ajoute le majordome.

— Compris.

— Et debout, autant que possible.

— Modérez-vous, monsieur.

— Ah oui, ajoute l'homme sur un ton dédaigneux cette fois, le colonel m'a aussi demandé de vous dire qu'il a envoyé chercher à Enniskillen un joueur de clavecin. En l'honneur de votre invité spécial qui est aussi une sorte d'artiste itinérant?

— Il a fait quoi?

— Musique, donc, à dix heures.

Gordon Smith doit sûrement porter des bottes. Il claque des talons, aussi sec qu'un coup de mousquet, et sort de la pièce.

— Révoltant, dit Owen.

— Terence..., commence Brian pour s'excuser.

« Si le joueur de clavecin est italien, je le connaîtrai sûrement », répond Carolan. En vérité, il est soulagé.

— Je n'aurais jamais pensé...

— Nous boirons un bon coup, ce soir, Brian.

Sir Brian renifle, et il n'est pas enrhumé. Son cher camarade, jadis téméraire et démesuré, maintenant un tas de regrets et de mauvaises manières.

— Retrouver un peu de la vieille folie? dit Carolan.

— La vieille folie, lui renvoie Brian Maguire.

« Je suis prêt », dit-il, même si c'est plutôt le contraire qui est vrai. « Prêt à rugir. »

* * *

— On dit que lady Cuthbert a le droit de sortir de la tour une fois par semaine pour aller à la chapelle avec le colonel, dit sir Cady *sotto voce.* Elle prend l'air dans le parc après la messe, mais toujours avec Gordon Smith qui lui mordille les talons. La dame a demandé à ce que le majordome porte le même parfum que

Maguire. Comme il s'agit d'un puant d'ex-militaire, sa proximité est intolérable, autrement.

Quelques gentilshommes à table ricanent, mais pas le capitaine John Noble, survivant du Siège, dont le rire chevalin détonne habituellement comme un alto parmi des barytons.

— Chut, dit Arthur Magennis.

— Sa plainte est entendue jusqu'au village, quand le vent est favorable, dit son fils.

— Tu l'as entendue, Morgan ?

— Personnellement, non, Sir Brian. Mais c'est ce que les gens disent.

— Les pleurs d'une femme ne peuvent certainement pas franchir une telle distance. À moins que les cris de lady Cuthbert soient de la trempe de ceux de Didon pour son gaillard dont j'oublie le nom… Hein, Terence ? Terence ?

— Brian ?

— Le gars, dans ce livre que tu aimes tant. Par cet Italien ?

Carolan, perdu dans les souvenirs des soupers du Tempo d'antan, met du temps à digérer la question.

— Toujours aussi fou de tout ce qui nous arrive de la Litalie, Maître ? demande sir Cady.

— *L'Énéide*, répond enfin Carolan. De Virgile, poète à la cour de la Rome antique.

— Voilà. Didon et son gaillard…

— Énée. Un homme distant et distrait, qui ne la méritait pas. *Brûlant d'amour, infectée jusqu'à la moelle*, traduit-il.

Le Chant IV, son trésor. Owen a lu *L'Énéide* à haute voix depuis les tout premiers temps où ses services de guide ont été retenus pour Carolan. Même si son prédécesseur, John Glavin, faisait de son mieux avec le poème, le latin de John était hésitant. Et malgré tous ses efforts théâtraux, Owen n'arrive jamais à réciter

Virgile avec l'intensité qu'il mérite. Moira Keane aurait rendu justice à la passion de Didon, si elle avait eu plus de lettres. Carolan ne pense plus souvent à sa femme désormais, et il ne peut supporter le souvenir de son amour brûlant pour lui. Morte à quarante et un ans, la poitrine enflée et durcie.

Comme il le disait à quelqu'un récemment. À qui ? La perte d'un être cher est une douleur intime.

— Vous devez entendre lady Cuthbert régulièrement, Sir Brian, dit le capitaine Noble. Puisque vous partagez la même maison.

Brian Maguire, assis à sa droite, écluse son verre. Carolan implore son hôte en silence d'informer les autres invités qu'il est déshonorant de parler d'une dame de cette façon. Surtout, ajouterait-il, d'une dame qui devrait être assise parmi eux à présent, aux côtés de son époux – qui est absent lui aussi.

— Je ne l'ai jamais entendue pleurer, pour être honnête, répond Brian Maguire. Mais j'ai perçu quelques autres bruits, tout aussi intimes.

Des ricanements se font encore entendre, et un rire de cheval. Les flammes des chandelles sautillent dans cette agitation, *pschitt, pschitt.*

Troublé par le souvenir de Moira et par les gouttes de sueur qui coulent dans son dos jusque dans sa raie, Carolan essaie de visualiser la salle à manger. Trois chandeliers scintillent sur la table et un lustre tinte au-dessus de leurs têtes. Un feu brûle derrière lui. Cinq festoyeurs poussiéreux, les joues rouges et les lèvres tachées de vin, les perruques de travers et les épaules poudrées, tonnent à sa droite et à sa gauche et en face de lui. Un chien halète à ses pieds, fleurant la tourbière.

Mais bien vite il laisse tomber, et pas seulement parce que des lèvres tachées de vin ou des épaules couvertes de poudre à perruque n'évoquent pratiquement plus rien dans son imagination. Il se retire de plus en plus des mondanités, dernièrement, trouvant difficile de distinguer les différentes voix et de situer les individus dans l'espace, de suivre les conversations distordues par l'acoustique et l'ébriété. Il manque de concentration et, bien souvent, d'intérêt. Même quand il ne revient pas d'un pèlerinage et d'une nuit sous l'averse, il est trop fatigué.

Carolan est mal à son aise, aussi, devant le ton de la discussion. L'orgueil devrait empêcher les hommes de s'abaisser au niveau de ces temps délabrés. L'honneur devrait leur éviter de s'engager dans de vaines querelles et de futiles vengeances. Il croit que le caractère des citoyens de ce pays est capable de surmonter les clivages que l'histoire et les mauvaises législations ont créés sur le territoire. À moins, bien sûr, que ce caractère n'ait été fracturé, lui aussi, et la division intériorisée. Alors hier – les manières d'hier et les chansons d'hier, les harpeurs d'hier et leurs révérences – n'aura que bien peu de valeur aujourd'hui.

Brian Maguire, malheureusement, ne déblatère pas moins qu'un autre fracturé. « Son emprisonnement dans cette maison n'empêche pas la dame de malmener les serviteurs et de lancer de la vaisselle, Capitaine. Non plus qu'il ne l'a retenue de s'adresser à mon épouse de façon si inappropriée que lady Maguire est partie pour Westmeath au nom de sa dignité. Non plus, ajoute-t-il, un demi-ton plus bas, complice, que le confinement de lady Cuthbert n'interdit de fréquentes visites conjugales, si vous voyez ce que je veux dire. »

Quelqu'un dit : « Chut. »

La détonation des bottes de Gordon Smith, dans le couloir qui mène à l'escalier arrière, donne du crédit à l'avertissement.

— Le colonel s'excuse encore une fois pour son retard, annonce le majordome. Il compte se joindre à vous sous peu et il est convaincu que la conversation prendra une tournure plus respectueuse en sa présence.

— Vous dites vrai, répond Arthur Magennis.

— Informez mon neveu que tout prolongement de son retard pourra entraîner une respectueuse absence de repas pour lui ce soir, dit Brian Maguire. Non pas que la table ait été abondante, pour commencer.

Ils ont mangé du mouton salé et des cailles encore saignantes, des ris d'agneau et un peu de verdure. La bière, au moins, était abondante, de même qu'un vin rouge acheté au baril à des contrebandiers qui approvisionnent la côte du Donegal. Carolan y va fort sur le vin depuis une heure, à défaut d'un repas savoureux ou d'une joie sincère.

— Le colonel Maguire a déjà pris son repas du soir, dit Gordon Smith.

— Vraiment?

— Messieurs.

Carolan a une demande. «Mon guide, dit-il. Je voudrais lui dire un mot, s'il vous plaît.»

L'ordre qu'Owen Connor attende en bas dans les communs lui fait encore mal. Owen ne quitte presque jamais les côtés de Carolan. Ses devoirs incluent de l'installer sur une chaise et de lui faire la liste des plats offerts, de remplir son assiette et de préparer sa viande. Dans la plupart des maisons, l'on dispose une chaise dans un coin pour Owen d'où il peut tout observer, y compris le niveau de liquide dans le verre de son maître, sans déranger le service. Des soirées entières, il reste assis là, en silence et alerte. Les hôtes insistent souvent pour qu'il prenne un verre de bière et cherchent même à connaître son opinion, en tant que serviteur et roturier. Owen est connu pour avoir des convictions et les exprimer avec force. Il est connu pour être un homme brillant, bien que vexant.

Mais Carolan s'est incliné. Les convenances ne lui en laissaient pas le choix, d'autant que Brian Maguire n'est pas intervenu pour le défendre. Tous les domaines ont leurs règlements. Si un invité ne peut pas les respecter, c'est à lui de partir.

— La tignasse fauve avec la peau couverte de rougeurs? répond le majordome. Celui qui pense qu'une fenêtre laisse entrer des créatures dégoûtantes dans le manoir?

— Smith..., dit Brian Maguire.

— Owen Connor est son nom, rétorque Carolan.

— Je connais son nom.

Son hôte repousse sa chaise avec une telle force qu'elle bascule vers l'arrière. Le chien en service – Jenny ou Lucy, à l'odeur – ajoute son propre *grrr.*

— Je vais voir si je peux trouver cet Owen Connor, dit Gordon Smith en réponse, sans doute, au regard et au grognement.

Un verre de vin rouge est de mise. Celui de Carolan est vide depuis une éternité. Convaincu qu'une carafe est là, à sa portée, il fait courir sa main sur la surface de la table, une quête périlleuse. Même s'il trouve le récipient et utilise un doigt pour en approcher l'ouverture du bord de son verre, il en renverse quand même. Le tremblement n'aide pas. L'engourdissement non plus.

— Bigre, dit-il.

— Ta main, Terence?

— Le vin, Brian.

Une autre servante, à l'emploi de la famille depuis l'époque de Constantin Maguire, Martha O'Hara, est appelée.

— Comment se porte Mrs O'Hara? lui demande Carolan.

— Votre honneur.

— Mes excuses, pour le dégât.

« Ça, un dégât ? » dit-elle. Au tremblement de sa voix, il présume qu'elle essuie le vin avec le tablier noué à sa taille. « Ce n'est rien, je vous assure, comparé aux désastres en d'autres endroits de Tempo. »

— Ce sera tout, Martha.

— Oui, Sir Brian.

— Ne partez pas, supplie Carolan.

— Maître ?

— Je veux dire, nous n'avons pas eu la chance de bavarder.

Elle ne dit rien.

« Plus tard, j'espère », ajoute-t-il, les joues soudainement échauffées. Il laisse tomber l'idée de lui demander sa main pour faire l'étude de la nervure de ses os.

— De grâce, dites-nous que vous n'êtes pas malportant, lui dit son voisin le squire Cady Riordan.

— Je me porte bien.

— Votre incident me conforte dans la sagesse de ma propre précaution avec les bouteilles et ce genre de choses, poursuit sir Cady. Ne savez-vous pas, monsieur, que je porte des gants blancs à table ce soir ?

Brian Maguire gémit.

— Des gants ? demande Carolan.

— Des gants, maître. Et je vous conseille d'en faire autant. Mes propres raisons sont personnelles. Mais vous, notre seul vrai barde, le grand Carolan, si vos doigts devaient se briser comme de jeunes rameaux… La seule idée me fait frémir.

— Et moi donc, Cady.

En vérité, il n'en est rien. Cornelius Lyons trempait ses doigts dans de l'eau chaude avant ses performances. Le jeune Denis Hempson est connu pour éviter de serrer des mains avant de jouer, de peur de se briser un ongle. D'autres harpeurs portent des gants par temps humides ou refusent de jouer dans une pièce qui n'est pas chauffée. Tandis que Terence Carolan, le plus fameux de tous, n'est pas si difficile. Ses mains ne requièrent certainement pas de traitement spécial. Elles sont potelées et noueuses, les paumes aussi roses, lui a-t-on assuré, que la panse d'une truie. Mais surtout, ses mains sont à la composition ce qu'un râteau à moules est à une moulière. Si un râteau brisé peut suspendre une récolte, de même une foulure au doigt peut ajourner une soirée de musique. Mais la mer, elle, est toujours là, noire et féconde.

— Et quelles seraient vos raisons pour porter des gants à table, Sir Cady? demande-t-il au bout d'un moment. Si ce n'est pas trop indiscret.

— Un serment solennel à ma tendre défunte, lady Riordan, peu de temps avant que nous soyons séparés.

— Ah.

— Le plus solennel des serments. Mais en dire plus…

— Je comprends.

— Si vous insistez, dit Cady Riordan. Une promesse à ma bien-aimée, sur son lit de mort, que je ne toucherais plus jamais à l'alcool.

— Très galant, dit le capitaine.

— Jamais une goutte n'a été touchée, messieurs. Jamais une goutte.

— N'est-il pas vrai, Sir Cady, que les derniers mots que vous a adressés lady Riordan étaient d'une nature plus concrète?

— Sir Brian?

— L'incident, dont je me souviens comme si j'y avais assisté, a vu madame s'étaler sur le sol de la forêt après avoir été projetée de son cheval. Et vous-même, remis de votre propre chute – qui, en passant, avait induit la sienne, comme un domino en entraîne un autre –, à genoux par-dessus elle, une main sagement pressée au sol en guise de support. Ses derniers mots à son époux ? demande Brian Maguire sans rire. « Si tu avais la gentillesse d'ôter ton genou de ma poitrine, Cady, je t'en serais reconnaissante. »

— Calomnie, dit joyeusement Cady Riordan.

— La dame, demande Carolan même si on lui a déjà raconté l'histoire, elle a succombé à ses blessures ?

— Ultérieurement.

— Sans jamais vous adresser la parole ?

— Sauf par la bouche de son avocat.

— Une touchante démonstration de dévotion matrimoniale, dit Arthur Magennis de Brookeborough. Mrs Magennis serait émue, Sir Cady, et elle exprimerait longuement et bruyamment son exaspérante émotion, si elle n'était pas morte elle aussi.

— Des chapeaux, père, corrige son fils.

— Messieurs, dit Cady Riordan en se levant de sa chaise. À la mémoire de lady Riordan, descendue à la crypte non sans rancune il y a quelques années, et à Kitty Magennis qui dilapide la fortune familiale dans les boutiques de Temple Bar.

Carolan lève son verre avec les autres dîneurs mais ne le vide pas. Le vin rouge, a-t-il appris à la dure, ne se siffle qu'au risque de violents lendemains de veille, à rendre tout son liquide et puis à rendre encore, comme si la gorge nous était arrachée. Il pense aussi au claveciniste d'Enniskillen. Si le type est Italien, il arrivera à Tempo transi, avec le mal du pays et l'envie de noyer sa mélancolie dans le vin. La compagnie d'un Latin solitaire réjouit Carolan au plus haut point, peu importe la qualité de l'anglais du signore, surtout une fois la première carafe vidée.

— Mais vous disiez, Sir Brian ? demande Arthur Magennis sur un ton qui incite au scandale.

— Je disais ?

— À propos du colonel Maguire et de lady Cuthbert, et des bruyantes visites conjugales ?

— Chut, dit Morgan Magennis.

— Je ne devrais pas parler, réplique Brian Maguire.

— Bravo, dit Carolan.

— Le colonel pourrait se joindre à nous à tout moment.

— Il n'a peut-être pas du tout l'intention d'honorer cette table de sa présence, qu'il a du reste si mal garnie, dit Cady Riordan. De plus, ne sommes-nous pas dans votre damné manoir ? Du moins l'était-ce, à une autre époque.

Un silence se fait, lourd de sens.

— Il la monte furieusement presque tous les soirs, commence Brian Maguire. Impossible d'en douter. Leur ardeur animale déplace les vases sur les tables et les cadres sur les murs. Rien que ces bruits, messieurs, ont suffi pour lancer lady Maguire en direction de Westmeath, avec la hâte d'une flèche tirée d'un arc. Les serviteurs supposent…

— Brian, ose Carolan le plus doucement possible, il n'y a rien d'honorable à dévoiler de telles indiscrétions.

— Ils supposent que s'il la prend avec une telle violence et de tant de façons, c'est pour mieux inspecter sa chevelure, qui est un éblouissant amas de boudins et de bouclettes. L'on rapporte que lady Cuthbert y cache ses bijoux.

— Dans ses cheveux ?

— Les bijoux de la dame, d'après moi, sont gardés en un autre lieu, dit sir Cady.

— Enfin, les bijoux, dit le capitaine Noble. Enfin nous parlons des livres et des pence qui scellent cette sombre union.

— Elle a eu trois maris avant Hugh, continue Brian Maguire. Tous fortunés, tous bien vite au tombeau. Elle a dû chevaucher ces pauvres gaillards directement jusqu'aux portes de saint Pierre. Que saint Pierre soit ou non spécialement…

— Chut ! disent les Magennis.

Mais sir Brian a complètement laissé tomber son orgueil. « Elle lui a acheté sa charge d'officier, vous savez. Deux cents pounds, voilà ce qu'il en coûte pour avoir droit à ce titre dans l'armée du roi George. »

— Chut !

Cette fois, des pas dans le corridor ralentissent au son de l'avertissement.

Les chandelles sautillent à nouveau.

— J'interromps ? demande Owen Connor.

— Pour l'amour de Dieu, Owen, répond Brian Maguire. Tu nous as fait une peur bleue.

Le guide de Carolan s'accroupit près de son maître. « Terence ? » dit-il, une main sur son épaule, l'autre sur son bras.

— Rien de spécial. Tu me manquais, voilà tout.

— Avec tous ces chers amis ?

Il est silencieux.

— J'en ai beaucoup à vous dire, dit Owen en s'approchant encore plus. Tempo est sens dessus dessous.

— Tu as donc déjà visité la bibliothèque ?

— Pardon ?

Carolan grimace, après cette remarque. Il est de toute évidence sous l'influence du vin et de ses compagnons. Et l'absence des femmes n'aide en rien le comportement de leurs hommes.

— Je vous parle sérieusement, dit Owen dans un chevrotement vexé.

— Maître Carolan, interrompt le capitaine Noble, est-ce que Sir Brian vous a fait part de son projet d'embellissement des lieux d'aisance ?

— J'ai peur que non, Capitaine, répond Carolan avec une lassitude qu'il n'arrive plus à dissimuler.

— Racontez, Brian, presse le capitaine.

« Un effort modeste », dit Brian Maguire. S'il a remarqué l'agitation de Carolan, il choisit de l'ignorer.

« À voir avec les pots de chambre, seulement. Le fils de Martha O'Hara, Thomas, est garçon d'étable ici et il a un don pour le dessin et la caricature. J'ai demandé à Thomas s'il pensait pouvoir esquisser le portrait du colonel – Morgan, jette un œil dans le couloir, veux-tu ? La voie est bien libre ? – sur le fond de mon pot. Le garçon a dit qu'il le pouvait. Et c'est en effet une image très ressemblante à Hugh Maguire qui m'attend chaque matin quand je baisse ma culotte. »

En un instant, les ricanements et les ébrouements se muent en étouffements et en toussotements. Même Carolan n'a pas entendu le bruit de pas.

— Honorables invités, dit la voix qu'il avait entendue dans le hall de réception, pardonnez mon retard. C'était grossier de ma part, j'en conviens.

Le colonel Maguire, qui parle depuis l'autre côté de la pièce. Depuis quand flâne-t-il dans la pièce adjacente ?

— Hugh..., bafouille Brian Maguire.

— Lady Cuthbert vous présente ses regrets, dit le colonel. Elle est aux prises avec des préoccupations féminines ce soir : coiffer sa chevelure, lancer de la vaisselle, et cetera.

Assez longtemps pour avoir entendu les insultes saugrenues de son oncle à l'endroit de sa femme, il faut croire.

Sir Cady Riordan marmonne ses regrets à propos des regrets de lady Cuthbert.

— Elle n'a aucun regret. Elle ne fait que les présenter.

— Ah, dit Cady.

Le colonel Hugh Maguire s'avance vers la table. Owen Connor avait aperçu le nouveau maître de Tempo plus tôt dans la journée et l'avait décrit à Carolan comme étant « exactement ce qu'on s'imaginerait ». Comme Carolan ne s'imaginait rien de particulier au sujet de l'homme en question, visuellement ou autrement, il a demandé des détails, pensant que son guide allait lui peindre un affreux portrait. Owen ne l'a pas déçu. Le colonel est d'une beauté sévère, a-t-il commencé, le type même du roué de salon ou du pur goujat. Il est grand et élancé, et vêtu moins pour souligner la tournure de sa silhouette que la grosseur de sa protubérance. De ses traits – des yeux noirs et une bouche aux coins tombants, une mâchoire carrée et une pomme d'Adam monstrueuse –, aucun n'inspire confiance. De plus, il porte des éperons même à l'intérieur, une vile afféterie.

— Vous devez être Mr Carolan ?

Il essaie de se lever. « Et vous êtes le Colonel Maguire », dit-il en laissant Owen l'aider à se mettre sur pied.

— Nul besoin de se lever.

Carolan tend une main. Plutôt qu'une poignée de main écrasante, il reçoit un serrement ferme, de même qu'une révérence, qu'il retourne. Le colonel porte une poudre de musc, bois de santal et clou de girofle, en vogue parmi la jeunesse de Dublin. Sa propre fragrance brute lui fait d'autant plus honte.

« Mon oncle me dit que vous êtes un musicien », dit le colonel. Bien que brusque, son ton est cordial, et non celui d'un goujat ou d'un roué. Son accent, qui veut annoncer un Anglais de haut rang, trahit un Écossais des Lowlands.

— Il est..., commence Brian Maguire.

— Je joue, Monsieur. Un peu.

— Lady Cuthbert et moi avons assisté à un concert en mai dernier dans la nouvelle salle de spectacle sur Fishamble Street.

— Je connais l'endroit.

— Vraiment ?

— Une construction de John Neale, que je connais de longue date.

— Vous êtes un ami des frères Neale ?

Carolan tend la main vers Owen, qui se tient maintenant près de lui. À moins d'en être dissuadé, son guide se lancera certainement dans le compte-rendu des relations entre Terence Carolan et John et William Neale. Il commencera avec le volume paru en 1721, *27 Pieces of Musick, Airs, Minuets and Dances, Contributed by Mr Dermt. O'Connar, of Limerick, Compositions of harper T. Carolan, of Leitrim,* publié par les frères Neale de Christ Church Yard, Dublin, à deux pence et huit farthings et demi chacun. Il fera mention d'autres livrets qui ont aussi inclus le travail de Carolan, dont un volume de menuets publié par les Neale en 1726. Le numéro 29 dans ce recueil, « Squire Wood's Lamentation on the Refusal of his Halfpence[1] », intéressera sans doute le colonel. Il présente une musique de T. Carolan et des paroles de Jonathan Swift, une collaboration née lors d'un souper à Quilca, le domaine d'un certain Thomas Sheridan. Oui, *le* Thomas Sheridan et *le* Doyen Swift. Deux, seulement, de ses plus illustres amis.

Tout cela, Owen le dira sur un ton qui, selon lui, commande un respect transcendant les classes sociales. Le colonel Maguire, bien sûr, ne sera peut-être pas d'accord.

---

1. « Lamentation du squire Wood à l'occasion du rejet de son demi-penny ». William Wood (1671-1730) était un quincailler et fondeur qui, en 1722, avait obtenu, moyennant un pot-de-vin de 10 000 £, la permission de fabriquer des demi-penny et des farthings (quart de penny) pour l'Irlande. Dans le but de rendre l'affaire profitable, Wood a produit des pièces beaucoup plus légères que de coutume, ce qui lui a valu les foudres du grand écrivain Jonathan Swift, l'auteur des *Voyages de Gulliver*, dans une série de pamphlets publiés en 1724-1725 et réunis sous le titre *The Drapier's Letters* (*Les Lettres du drapier*). Les pièces ont ensuite été boycottées par le peuple et le brevet a été enlevé à Wood. N.d.t.

À son grand soulagement, son guide ne dit rien.

— Le programme vous intéressera peut-être, dans ce cas, continue le colonel. Le *Te Deum* et le *Jubilate* de Purcell, une hymne du Dr Blow, plus trois concertos de Corelli : le premier, le troisième et le sixième, je crois.

Carolan soupçonne que c'était le huitième concerto, et non le sixième, et que le concert a eu lieu à la cathédrale Saint-Patrick plutôt qu'au Fishamble Street Hall, auquel un orgue de qualité fait défaut. Son ami Charles O'Conor lui a raconté, dans une récente lettre, avoir assisté à un tel événement dans la capitale. Trois pièces de Corelli, dans la cathédrale, un soir de mai. L'extase même. Curieux, que le colonel se soit trompé d'endroit.

— Une délicieuse soirée de musique, Colonel, dit-il.

— Vous connaissez ces compositeurs ?

— En effet. La première pièce de Purcell que vous avez nommée tire avantage à être jouée sur un orgue de qualité.

— La pièce ne peut pas être jouée autrement, répond le colonel Maguire sur un ton légèrement moins assuré.

Quelques mesures du *Te Deum* viennent à Carolan. « *Hi-hum, la-hi-dah-dum, hi-hi-da-dum* », fredonne-t-il.

— Vous, monsieur, pouvez jouer du Henry Purcell ?

— Il peut jouer n'importe quoi, Hugh, après une seule écoute, dit Brian Maguire. N'est-ce pas, Terence ?

Carolan ne se met pas en avant. Rien ne sert de se vanter, surtout d'un talent aussi trivial.

Mais son ami n'est pas d'accord. « C'est un don qui fait sa grande renommée, dit-il. Il y a une anecdote qui raconte la fois où une troupe d'Italiens excités lui a demandé d'écouter une pièce que l'un d'eux venait tout juste de composer. Une chose pompeuse, frivole et farfelue. Impossible que Terence l'ait déjà entendue, encore moins qu'il ait passé des heures à l'étudier. N'empêche qu'il a non seulement reproduit la musique à la note près, mais en plus il en a amélioré une ou deux mesures au passage. »

Brian Maguire hurle de rire à sa propre anecdote.

— Est-ce bien vrai ? demande le colonel.

Même si Carolan comprend que la question lui est adressée, il attend, pour tester sa politesse.

— Monsieur Carolan ?

« Il n'y avait pas de feu dans la pièce, répond-il, et le violoniste se plaignait d'avoir les doigts engourdis. Il était évident qu'il avait joué certaines notes par erreur, et non à dessein. » Satisfait, il renvoie la politesse. « Puis-je me rasseoir, Colonel ? »

— Je vous en prie.

Owen le rassoit sur sa chaise. La poigne de son guide trahit une colère qu'il ne veut contenir qu'à demi et qu'il ne cache probablement pas.

« Une question pour votre invité d'honneur », dit le colonel Maguire. Il arpente maintenant la pièce le long de la table, éperons cliquetant. « Je suis nouvellement arrivé sur cette île, monsieur, et je ne connais pas encore ses coutumes. Se renseigner auprès d'hommes de discernement et de savoir est le meilleur chemin vers la sagesse. Me rendriez-vous ce service ? »

— Vous ne nous avez jamais posé la moindre question, Colonel, dit Arthur Magennis. Et nous sommes presque toujours à Tempo.

— En effet, Mr MacMurphy.

— Magennis.

— Macdonald, vous dites ?

— J'ai bien peur que toute réponse que j'aie à vous donner ne vous déçoive, répond Carolan. Je n'ai pas la tête aux choses sérieuses. Vous feriez mieux de demander à Owen.

— Qui ?

— Owen Connor, que voici.

Le colonel évite de commenter. Une, deux, trois secondes passent et personne, Owen inclus, ne dit à Carolan ce qui se passe. Mais l'écho moqueur qui a répondu à sa suggestion ne venait pas du colonel Maguire. Plutôt de Cady Riordan, devine-t-il, qui est aussi un âne, apparemment.

— Si vous deviez nommer un gentilhomme dont les mots et les actions rendent justice à votre peuple, Mr Carolan, lequel choisiriez-vous ?

— Mon peuple, Colonel ?

— Les Gaëls.

— Mort ou vivant ?

— Comme il vous plaira. Mais je vous en prie, dit le colonel en poursuivant sa promenade, ne mettez pas ma patience à l'épreuve en nommant Jonathan Swift, dont on m'a dit qu'il était l'un de vos amis. Nul besoin d'échanger les derniers ragots en provenance de Dublin pour comprendre que l'homme est fou. Un survol de ses écrits en donne la preuve suffisante.

— Le Doyen ne serait pas ma réponse, répond Carolan. Bien que je sois honoré de pouvoir le considérer comme un ami, en quelque sorte.

— Fou à lier, ce Swift, dit sir Cady.

— Allez-vous enlever ces gants ridicules ? lui rétorque le colonel Maguire.

— Colonel ?

Enfin, Brian Maguire s'interpose. « Ne vous pliez pas aux caprices de mon neveu, Terence. Ses manières sont des plus détestables. »

— Sir Brian, dit le neveu en question. J'ai oublié de vous dire que Smith a trouvé votre autre chaussure. Domptez-le et il vous guidera vers elle.

Les sauts entre civilité et enfantillages sont difficiles à prévoir et impossibles à pardonner. Combien de personnes sont présentes dans la salle ? Carolan a perdu la trace du majordome Gordon Smith. Pour autant qu'il sache, Morgan Magennis, qui avait pris trop de bière au dîner, peut avoir fait de même avec le vin et se retrouver une fois de plus sous la table. Son ambition est maintenant de trouver un prétexte pour éloigner Owen Connor avant que son guide ne prononce quelque chose de désastreux. Ensuite il voudrait se retirer.

Il vide son verre, bien qu'il soupçonne que même un océan d'alcool ne puisse lui donner le courage nécessaire pour piloter cet échange.

— James Butler serait mon choix, répond enfin Carolan. Fils de Thomas Butler et petit-fils du duc Walter. Chancelier de l'université de Dublin et représentant de la couronne en Irlande. Le premier véritable duc.

— Ormond, dit Owen dans sa barbe.

— Le duc d'Ormond? dit le colonel Maguire. Un choix étonnant.

— J'ai été élevé avec les histoires du duc, explique Carolan. Il vivait encore à l'époque et on en faisait grand cas chez nous. Mon père, qui vénérait les Butler plus que toute autre vieille famille, ne manquait jamais de raconter les exploits du duc dans le Parlement de Strafford et son exil en France, puis son retour à la vice-royauté sous Charles II.

— Le choix de votre père, donc?

— Butler était un homme de constance. Un mari et un père dévoué et fidèle serviteur du pays et de la couronne. Un gentilhomme, de toute évidence, doté d'une splendeur innée, mais qui possédait aussi un goût pour l'aventure. Prêt à s'incliner devant l'inévitable. Capable, tout au long de sa vie, de faire contre mauvaise fortune bon cœur.

— Je reste surpris, dit le colonel Maguire. Ormond, après tout, était privilégié, par sa naissance et son mariage, et attaché à son propre rang. Charles lui a même conféré un duché dans la pairie d'Angleterre lors de sa dernière visite à la cour. À moins que je ne me trompe, James Butler n'aurait pas voulu être vu au coin du feu avec votre père, à entendre chanter ses louanges. Vous êtes de basse extraction, n'est-ce pas?

— Carolan est le barde, dit sir Cady.

— John Carolan était un fermier, Colonel Maguire, et je suis le fils de ce fermier. Et catholique, également, répond-il.

Un et indivisible, se dit-il. Bien que vieux et fou.

— C'est ce qu'on m'a fait comprendre. D'ailleurs Ormond n'a-t-il pas été un disciple de la foi protestante toute sa vie? demande le colonel. Un protestant ayant servi les rois qui ont soumis votre peuple et confisqué vos terres? Il me semble incompréhensible qu'un tel homme soit le héros de la majorité silencieuse de cette île.

Carolan attend pendant que Maguire se place derrière lui, près du feu. Owen n'est sûrement pas loin, bras croisés et l'air révolté.

— Je me souviens de la façon dont la nouvelle de la mort d'Ormond a été reçue au domaine où j'habitais, dans le Leitrim, dit Carolan en se retournant pour faire face au colonel. L'année 1688 a été capitale à plus d'un titre. Les villageois étaient tristes mais non pas désespérés. Ils ont porté le deuil d'Ormond dans l'esprit, si l'on veut, de sa propre modération. S'il y a une façon de prendre la mesure de la vraie grandeur d'un homme, c'est peut-être celle-ci : la manière dont, à sa mort, ses plus belles qualités se propagent et deviennent des valeurs chéries par tous.

Il attend une approbation ou une objection. Mais l'attention de tous se porte maintenant ailleurs. Il sent la tension.

— Pas de dignité sans bonté, ajoute-t-il. N'ai-je pas raison, chers amis?

« Et ces qualités qu'Ormond aurait léguées à ses compatriotes irlandais, quelles seraient-elles ? » dit le colonel Maguire. Bien qu'il s'adresse à Carolan, c'est quelqu'un d'autre qu'il met au défi. « Fabulation et paresse ? Un goût pour les actions à la fois intransigeantes et compromettantes ? De la faiblesse, déguisée en prudence ? »

— Nous sommes une nation de..., commence le capitaine Noble.

— Et qu'a donc dit James Stuart à lady Tyreconnell à son arrivée à Dublin après avoir quitté le carnage de la Boyne ?

Celui qui vient de parler est Owen Connor. Il n'a pas le droit de prendre part à la conversation librement. Ce faisant, il manque de respect, probablement à dessein.

— C'est à moi que vous vous adressez, monsieur ?

— Qu'est-ce que James est censé avoir dit ? continue Owen. « Vos compatriotes, Madame, sont de bons coureurs. » À quoi lady Tyreconnell aurait répondu : « Mais je vois que Sa Majesté a remporté la course. »

Carolan se met debout de peine et de misère, simplement pour attirer l'attention sur lui. Il se demande si le colonel est armé. Dans l'opinion de plus d'un gentilhomme, une rapière et un empressement à s'en servir sont des attributs de leur rang.

— Owen Connor est au service de Carolan depuis vingt ans, dit Brian Maguire en se hâtant vers le foyer. C'est la même chose avec Thady Bourke. Au bout d'un certain temps, même le plus loyal des domestiques fait preuve d'une certaine insolence.

— Et qu'a donc dit William, Monsieur, au batelier qui lui faisait traverser la Boyne après la même bataille ? réplique le colonel Maguire. « Qui a gagné, sir ? » le batelier avait demandé. « Qu'est-ce que ça peut te faire ? » répondit le roi. « Quoi qu'il en soit, tu seras toujours batelier. »

— Hugh, je t'en prie, dit Brian Maguire.

— Dites-moi, Colonel, fait Carolan, le claveciniste que vous avez mandé ce soir, ne serait-il pas Italien par hasard ?

— Je vous demande pardon ?

— Le musicien que vous avez engagé pour le divertissement de ce soir ?

— Je n'ai engagé personne.

— J'ai donc mal compris.

— Excellente nouvelle, dit Brian Maguire. Nous pouvons donc espérer pouvoir écouter le Maître.

— Quel maître ? dit le colonel.

— Je serai au lit sous peu, Brian, annonce Carolan. J'ai la tête à l'envers, et le reste du corps aussi.

« Vaudrait mieux un cornemuseux ou un violoneux, n'est-ce pas, messieurs ? » dit le colonel, lançant maintenant des piques par pur plaisir. « Nous pourrions faire monter des servantes de cuisine et les faire danser pour nous. Des gorges palpitantes et des croupes frétillantes : suprême divertissement pour une assemblée de squires de province comme vous-mêmes. Qu'en dites-vous, Sir Cady Riordan ? Et vous, Capitaine John Noble ? Envie de chatouiller et de peloter, et peut-être d'un petit tour dans le placard ? Ce serait mieux, sans aucun doute, qu'un harpeur qui tapoterait son instrument pendant des heures en échange d'un bain, d'un lit et des hurlements approbateurs des chiens de la famille. »

Des pas nerveux suggèrent à Carolan que le colonel et Owen sont à se menacer l'un l'autre, et de très près. Vu le volume toujours croissant des grognements, Brian Maguire s'est sûrement glissé entre les deux comme arbitre.

— Tout doux, Jenny, dit le maître de Tempo à l'animal.

— J'en déduis que vous êtes sérieux, batelier? demande le colonel.

— Je le suis, Sa Majesté, répond Owen Connor.

— « Que l'on pende tous les harpeurs », déclare Carolan avec ce qui lui reste d'autorité et de détermination dans la voix.

Les hommes autant que les bêtes se taisent aussitôt.

Il répète la proclamation.

— Les ordres d'Elizabeth elle-même, puisque nous en sommes à citer des monarques ce soir, commence-t-il. Dictés à son vice-roi, lord Barrymore, en ou autour de 1590. « Que l'on pende tous les harpeurs, où qu'ils soient, et que l'on détruise leurs instruments. »

— Je ne vois pas..., dit le colonel Maguire.

« Son père, Henri VIII, était le premier Anglais à vouloir cette île sous sa domination absolue. Le saviez-vous, Colonel? La meilleure manière de soumettre un Gaël, Henri l'avait compris, c'est de faire taire ses artistes. Non pas dans le Pale[2], où les vieilles traditions avaient depuis longtemps diminué en importance, mais ici, chez les Barbares. » Il gesticule d'un bras, s'accrochant de l'autre au dos de la chaise pour éviter de chanceler. « Où les chefs de clan faisaient la loi, et leurs *fili*[3] et leurs bardes produisaient des vers et des chansons glorifiant cette loi. Bannissez les musiciens et les poètes des grandes tables des nobles, comme vous, Sir Brian, ou encore vous, Sir Cady et Lord Arthur. Emprisonnez-les s'ils se rebellent. Supprimez-en un ou deux, pour semer la peur dans les cœurs.

---

2. Le Pale (du latin <palis> qui a donné en français « palissade ») est la région d'Irlande qui appartenait à la couronne d'Angleterre et qui comprenait la ville de Dublin et ses environs. N.d.t.
3. Les *fili* étaient des membres de l'élite de l'Irlande ancienne qui officiaient en tant que poètes et philosophes, gardiens de la tradition orale. N.d.t.

— Monsieur…, dit Hugh Maguire.

— Voilà ce qu'a fait Henri, et Elizabeth aussi. Et pourtant la reine gardait un harpeur à sa cour de Londres et réclamait en privé que l'on donne des danses irlandaises. Même la maison de Barrymore comptait un harpeur parmi son personnel, jusqu'à l'année 1603, soit deux ans après Kinsale, la bataille qui a chassé l'ordre ancien de notre île, pour ne jamais revenir. N'est-ce pas curieux? Même les ambitieux Tudor avaient un faible pour les bardes.

Un verre se trouve soudainement dans sa main, et il le vide. Owen le soutient maintenant, ce qui veut dire que son guide ne risque plus d'échanger des coups avec un supérieur. Carolan est soulagé.

Le vin le fortifie. « C'est alors qu'arrive Ironguts, continue-t-il. L'homme qu'il faut pour achever le travail. En à peine trois ans, entre 1649 et 1652, Oliver Cromwell a confisqué et brûlé cinq cents harpes à Dublin, encore deux mille dans le reste du pays. Il les a brûlées ! Évaluez la perte que cela représente, si vous le pouvez. Plusieurs de ces instruments étaient des antiquités. Se prenant pour une épée de feu, Ironguts est allé plus loin que n'importe quel monarque ne l'aurait osé, à prendre en chasse les harpeurs et à les entasser en prison. Jusqu'alors, les musiciens avaient trouvé asile à la cour de leurs mécènes. Mais maintenant, avec autant de maisons en décrépitude, l'assujettissement total et la vieille société détruite, ils n'avaient nulle part où se réfugier. Et qu'est-ce qui leur causait le plus de peine, je me demande : la perte de leurs bienfaiteurs ou celle de leur auditoire ? Plus d'un poète ruiné a raillé les clans survivants, qui singeaient les manières et les coutumes anglaises, jusqu'au port du gilet et de la cravache. Nobles poltrons, tançaient les poètes. Qui ne valent pas une galette d'orge, avec tout le bien qu'ils font à leur peuple. »

Il a englouti une galette d'avoine ce matin, réalise-t-il soudain. Trop de sel et pas assez de sucre. Préparée par une femme du nom de Grainne.

Mais Carolan n'ose pas s'arrêter pour démêler ces souvenirs-là. « Les harpeurs étaient devant un dilemme, dit-il. La vieille musique ne recevait que peu de faveur de la part de la noblesse restante ou des soldats-colons de Cromwell. Quel choix avait un homme ? S'adapter ou mourir. Arrêter de jouer des airs que peu de gens pouvaient fredonner, et encore moins danser, et se mettre à la musique qui pourrait plaire dans les salons des dames et des gentilshommes. »

Deirdre-qui-danse. Il sent le poids de son corps sur le sien, et puis plus rien. S'est-elle envolée ? Ou écrasée contre le sol ? Il a dû tomber lui aussi, pense-t-il maintenant, frappé par le courroux de Dieu pour avoir parlé de sa défunte épouse avec une étrangère.

Parlé de Moira avec Grainne Connelly, pour être précis, dont l'affection était grisante mais dont la fragilité l'inquiétait autant que la maladie de sa fille.

« C'est ce que nous faisons depuis, Colonel Maguire », réussit encore à dire Carolan. Owen le tient par un bras et Brian Maguire, suppose-t-il, par l'autre. « Jouer pour le public et chanter pour notre souper. Errer de domaine en domaine en sollicitant l'aumône des lords et des squires. Le mot “barde” est peut-être encore utilisé pour nous désigner, mais il est inexact, un préjudice à la mémoire de la tradition que j'ai décrite. Tout à fait juste et à propos de me comparer défavorablement aux cornemuseux et aux violoneux. Eux, au moins, procurent la musique qui fait danser les gens ordinaires. Le village en entier sur la place, les joues rouges et le rire aux lèvres, par un dimanche après-midi… Un verre, messieurs, s'il vous plaît. »

— Terence ?

— Un dernier, Owen. Un dernier toast. Sir Brian et Sir Cady. Capitaine Noble et Colonel Maguire. Les Magennis, père et fils. Faites plaisir à un vieux fou, ne le voulez-vous pas ? Permettez-moi.

Curieusement, Carolan est maintenant certain que c'est Hugh Maguire, et non son oncle, qui lui tient le bras droit. La précaution dans le geste le lui fait comprendre.

— Adieu à Hugh le Grand, comte de Tyrone, dit-il en utilisant la métrique formelle qu'employait son père pour les toasts. Adieu à James Butler, le duc d'Ormond. Adieu à Patrick Sarsfield, héros du Siège de Limerick, et à Constantin Maguire, de la Passe d'Aughrim. Adieu à John Carolan aussi, mort d'un long chagrin à cinquante-six ans seulement. Et adieu au dernier et au bien moindre d'entre tous, le seul fils de John Carolan, harpeur médiocre et compositeur de musiques qui ne sont pas tout à fait pour la rue, ni tout à fait pour la cour.

Carolan, mort ?

Toujours sur pied, à tout le moins.

Il siffle le vin, sans plaisir ni précision.

CHAPITRE 7

Il était dans la caverne avec elle.

C'est moi, Bridget. C'est vraiment moi.

Le garçon aux yeux bleus comme des jacinthes?

Le fils du Carolan qui s'occupait de la terre près de Nobber.

Il était mignon, ce garçon.

Toi, tu étais la grâce même.

Nous nous sommes embrassés, une fois.

En effet.

Mon premier baiser.

Pour moi aussi.

Mais ensuite il est parti. Il est parti puis il est mort.

D'une certaine façon.

Qui êtes-vous? Pourquoi me palpez-vous le dos de la main?

Ça vous gêne?

Nous sommes dans un lieu sacré. Ce n'est pas convenable.

Peux-tu me voir?

À peine.

Je te vois, Bridget Cruise. Tes yeux bleu-vert et tes fossettes quand tu souris, tes cheveux de lin jusqu'à la taille.

Le garçon est mort de la variole, a-t-elle répété. Que son âme repose en paix. Et mon nom est Barnewall. Mrs Arthur Barnewall.

Bien sûr.

Mariée au cadet de Mathias Barnewall, capitaine de cavalerie de Galmony. Mathias s'est enfui sur le continent plutôt que de se convertir. Son fils s'est converti, et donc il a obtenu les quinze mille acres. Trimlestown, près de Kells. J'ai abandonné ma foi avec lui. Au nom de mes enfants.

Je comprends.

Un catholique ne pouvait pas aller à Trinity College ou se destiner au barreau. Il ne pouvait pas obtenir un grade d'officier ou un siège au parlement. Arthur disait que je devais d'abord penser aux enfants. Il disait que c'était égoïste de résister.

Tu en as eu quatre ?

Et je les ai tous perdus.

Je suis désolé.

Châtiment divin, a-t-elle dit.

Chhh…

Pour ma faiblesse, et mon abjuration.

Chhh…

Et aujourd'hui je suis venue sur Station Island pour supplier le Seigneur de me pardonner et de m'admettre à nouveau. Je veux mourir parmi les miens. Être avec Dieu à la fin de mes jours.

Il t'accueille auprès de lui.

Cessez de me palper la main, a-t-elle dit en reculant. Qu'y a-t-il d'intéressant ? Ce sont des mains de vieille femme.

La nervure des os.

Pardon ?

Rien.

Je vous demande de me laisser passer. Je dois trouver le coin le plus sombre, le plus froid de cette caverne, rencontrer Lucifer et ses démons, puis entrer au purgatoire pour l'épreuve. C'est la seule façon pour moi de démontrer ma valeur.

Les ténèbres n'ont aucune obscurité pour vous, a-t-il répondu, la nuit est aussi claire que le jour.

Comment le saviez-vous pour mes enfants? a-t-elle demandé.

Un cousin à votre emploi me donnait des nouvelles.

Le barde a écrit quatre chansons portant mon nom.

C'est vrai.

J'ai engagé un itinérant une fois pour qu'il me joue les mélodies. Il n'en connaissait que deux par cœur. Mes domestiques chantonnaient toujours l'une d'elles.

La première, probablement. Elle seule a l'âme d'une grande mélodie, à ce qu'on me dit.

Quatre chansons pour quatre bébés. J'ai bien compris.

Vraiment?

Mais les airs étaient si gais. Comment pouvaient-ils être des lamentations?

D'autres ont eu cette remarque.

Et qui étais-je aux yeux du grand Carolan, et Carolan aux miens?

Il est... a-t-il dit chancelant. Je suis...

Cela est un rêve.

Peut-être.

N'es-tu pas mort? a-t-elle demandé brutalement.

Ma mère et ma sœur et mon père sont morts. Et ma femme. J'ai eu la variole mais j'ai survécu.

Tes joues en portent les marques.

Tu peux donc me voir?

Je t'ai vu prier ces derniers neuf jours. T'ai vu dormir puis veiller puis dormir encore. Comme nous tous. Les autres s'imaginent des choses à ton sujet. Ils disent que c'est toi. Puis-je les toucher, maintenant?

Bridget?

Les cicatrices.

Tu le veux?

J'ai perdu mes enfants et trahi ma foi.

Il a saisi ses deux mains et les a portées à son visage. Il a guidé ses doigts là où la peau est marquée par les papules ayant enflé et éclaté ou enflé et durci. Comme les empreintes des pattes d'oiseau dans la neige, lui a dit sa femme. Comme mille petites coupures, lui a dit son guide.

Elle a touché les cicatrices. Le bout de ses doigts sur la peau, jouant de lui. Son toucher a provoqué la foudre céleste. Ses genoux pliés et sa tête renversée, heurtant le mur de la caverne. Il tomberait en miettes s'il ne sortait pas de cet endroit terrible. Les ténèbres, a-t-il compris, étaient trop noires, et il n'y avait pas de lumière, pas de lumière du tout.

* * *

Émergeant d'un sommeil agité, Carolan prend conscience qu'il n'est pas seul. Quelqu'un est entré dans la chambre à coucher. L'intrus a maudit la porte grinçante et la bonne qui s'est donné la peine de fermer les rideaux. Maintenant il a approché une chaise du lit et monte la garde, comme un gardien de palais craignant que son roi ne soit visité par un assassin nocturne. Si Carolan est content à nouveau d'être sorti de la caverne, il n'est pas heureux de se trouver dans cette maison. Et il est encore ivre, le vin rouge lui empâte la langue. Le bourdonnement dans ses oreilles ne laisse présager rien de bon pour le lendemain matin.

— Owen?

— Je ne voulais pas vous réveiller.

— Je suis heureux que tu l'aies fait.

— Vraiment?

— Je l'ai revue… Elle a touché mes cicatrices.

Son guide a un hoquet réprobateur.

— Moira, explique rapidement Carolan. À quoi les comparait-elle ? Aux motifs laissés dans la neige par les oiseaux ?

— Vous avez vu Moira ?

— Ou sentie, à tout le moins.

— C'est bien, qu'elle vous visite en rêve.

Ne voulant pas renforcer le mensonge – parce que c'est assurément un mensonge que de substituer Moira à Bridget, bien que l'échange ne lui semble pas malhonnête –, Carolan se tait.

— Peut-être est-elle venue vous apaiser après la débâcle de ce soir, dit son guide.

— Une telle conduite, répond-il. Aucun domaine ne peut survivre longtemps une fois que ses femmes ont pris la fuite. Laissés à eux-mêmes, les hommes font bien vite crouler la maison sur leurs propres têtes.

— Vous devez donc me compter au nombre des malappris.

— Aucun d'entre nous n'est au-dessus de la critique.

— J'aurais bien assommé Maguire, pour dire la vérité, lance Owen.

— Sois prudent avec le colonel.

— Je voulais parler de sir Brian.

« Mon ami est… diminué », dit Carolan. Il souhaite que l'aveu mette fin à cette discussion.

— Thady me dit que le nouveau majordome, Gordon Smith, était jadis le valet de pied de Hugh Maguire. Smith balance des pierres dans les fenêtres des appartements de sir Brian à la nuit tombée. Il cache aussi ses lunettes et ses souliers. Le colonel a l'intention de chasser son oncle loin de Tempo et de prendre le contrôle du domaine.

Il doute que ce soit le cas. Il y a les dettes, et les quatre fils Maguire.

— Brian ne quittera jamais Tempo, dit-il. Le manoir le définit tout autant que ses enfants ou ses chiens.

Une voix résonne dans la maison. L'appel est lointain et dépourvu de mots, comme une imploration qui monte du fond d'un puits.

— J'ai examiné le pot de chambre dans les cabinets d'aisance plus tôt dans la soirée, dit Owen. En compagnie de Thomas O'Hara, le garçon qui a peint la caricature. J'ai dû descendre une chandelle dans le bol pour étudier son dessin. Pas de doute, c'est bien l'image de Hugh Maguire qui est tracée sur l'argile.

— Et as-tu... ?

— Une pisse fumante. Je n'ai pas pu résister.

Ils ricanent tandis que le plafond se met à grincer.

— Elle est là-haut, dit Owen à voix basse. À arpenter le parquet et à ranger une cellule vide.

— Lady Cuthbert ?

— Thady prétend qu'elle dort le jour et rôde la nuit. Elle chante aussi des chansons grivoises, qui lui viennent de sa carrière de courtisane, et revêt des foulards et des chapeaux pour danser avec son ombre.

— C'est donc la maladie, et non une dispute au sujet des bijoux, qui la garde confinée dans la tour ?

— Démence, apparemment. Martha O'Hara a assisté à une crise. Lady Cuthbert se roulait sur le plancher, l'écume à la bouche.

« Pauvre femme », dit Carolan en remontant la couverture sur sa poitrine. Il est nu jusqu'à la taille, remarque-t-il maintenant, et ne sait pas qui l'a déshabillé. « Pauvre Tempo. »

« La situation est affreuse, en effet, dit Owen, presque joyeux. Le duc d'Ormond lui-même ne pourrait pas en venir à bout. »

— Un nouvel air n'aurait pas accompli grand-chose, c'est certain. J'ai compris cet après-midi que n'importe quelle mélodie que j'aurais composée aurait été discordante. Cette idée était troublante.

— Non que je veuille accroître votre trouble…

— Oui ?

— J'essaie de vous en parler depuis des lustres, dit son guide.

— Alors dis-le.

— Moira est décédée en novembre 1733 ?

Carolan attend.

— Et nous sommes en août 1737 ?

Il attend encore.

— Quatre ans moins trois mois, depuis sa mort, dit son guide. En tout ce temps, Terence, vous n'avez pas composé un seul nouvel air.

— Pas un seul ?

— Des fragments, seulement. Vous pouvez en commencer une partie, peut-être même la terminer, mais ensuite vous bloquez ou vous vous désintéressez. Vous plaquez la demi-création sur une composition que vous avez faite il y a dix ou vingt ans et la déclarez terminée.

Carolan se met tout de suite à tapoter sa poitrine de ses doigts et à chantonner ces mélodies qu'il associe au passé récent. « Lady Athenry », par exemple, *duh-dah-la-la-lah,* composée pour Mary Nugent dans son château près de Tuam avant son départ prématuré en 1725, croit-il se rappeler. *Dum-dum-di-dum-dah,* l'entraînante chanson à boire « Kean O'Hara », dont l'homonyme, ancien shériff de Sligo, est mort depuis dix ans ou plus, à bien y penser. Ou son ami Toby Peyton, qui encore aujourd'hui aime l'odeur d'un verre, mais dont la mélodie éponyme qui chante cet amour – *ladli-lol-la-di* – remonte à une fête de trois jours donnée à Alderford, Carolan en est presque certain, par sir Henry Macdermott Roe. Sir Henry, bien sûr, est mort en 1727. N'empêche que, du moment où il tapote la mélancolique *la-lah-du-la-lah* qui ouvre « Blind Mary », sa lamentation pour sa collègue, la harpeuse nommée simplement Maire Dhall, il est convaincu qu'il vient de trouver une nouvelle mélodie vraiment exceptionnelle.

— En l'an 1731, interrompt Owen.

— Hmmm ?

— Maire Dhall est décédée, et vous avez écrit cette belle mélodie pour elle, près de deux ans avant que Moira ne tombe malade.

— Tu en es sûr ?

— Nous étions à Belanagare avec Denis O'Conor quand nous est parvenu la nouvelle de la mort de leur ancien professeur. Vous avez composé la mélodie l'après-midi même afin de la donner aux enfants O'Conor, avant de poursuivre notre chemin vers le Galway.

— Ta mémoire est prodigieuse.

— C'est bien connu. Mais, ajoute son guide, je n'ai jamais humé un verre avec la même passion que vous et vos amis, n'est-ce pas ?

Comme toujours, Carolan est démonté par le talent d'Owen à lire dans ses pensées et, à présent, dans ses gestes et murmures. Confus, il cesse de chercher des preuves.

— Owen, dit-il avec une grimace d'anticipation, ne m'oblige pas à prononcer les mots. Aie pitié.

« Comment les demi-créations des dernières années sonnent à l'oreille ? dit Owen en utilisant, en effet, les mêmes mots que Carolan aurait choisis. Pas terrible. Ni déterminant, ni mémorable. Ordinaire, je suppose. »

Carolan ne peut s'en empêcher. « Ordinaire ? dit-il. Moi ? »

— Mrs Mac ne se donne plus la peine de les faire transcrire. Ne vous êtes-vous pas demandé pourquoi elle ne fait plus venir personne pour mettre les mélodies par écrit ?

— Mrs Mac est au courant… ?

— Bien sûr.

— Qui d'autre ? demande-t-il d'une voix penaude.

— Charles MacCabe et Toby Peyton. Et Charles O'Conor.

— Ont-ils une idée de la raison pour laquelle j'ai du plomb dans l'aile ?

— Le deuil, répond-il.

— Et toi ?

— La culpabilité.

Il attend.

— Pourquoi n'avez-vous jamais composé pour votre femme ? Ou l'un ou l'autre de vos enfants ?

— Ou pour toi ?

La question le laisse coi momentanément. Carolan peut presque entendre son ami la retourner, comme on le ferait d'une pièce de monnaie trouvée dans un ruisseau, pour l'évaluer. Bien vite il détermine, avec raison, qu'elle est sans valeur, une piètre tentative pour le déstabiliser.

Il n'attend pas la réplique d'Owen. « Je compose pour les mécènes et les amis, en général, dit-il, et ce, depuis toujours. Mes mélodies sont au mieux lorsqu'elles sont claires et simples et dans des tonalités plaisantes. Quoi que ce soit de plus compliqué est destiné à s'enliser. D'ailleurs, j'ai écrit non pas une ni deux mais quatre airs pour Bridget Cruise. »

— À la mort de chacun de ses bébés ?

— Tu le savais ?

— Tout le monde le sait.

Carolan doit avaler ce dernier choc. Quel autre, encore, de ses secrets est de notoriété publique ? « Et même ces compositions-là étaient vives et, je suppose, pleines d'une certaine lumière. Elle aussi l'a remarqué », dit-il.

— Qui donc ?

Il se mordille la lèvre, soulagé à l'idée que l'obscurité masque probablement sa consternation.

— Vos excuses sont boiteuses, dit Owen.

— Ce ne sont pas des excuses. Ce sont des explications quant à la nature de mon talent limité.

— Pourquoi êtes-vous si convaincu que votre talent soit limité ?

— Tu as entendu ma musique sacrée ?

Son guide inspire par le nez, sans ambages cette fois.

— Ou mes lamentations ?

— « Blind Mary » est convenable.

— Seulement convenable.

— Mais ce talent est le vôtre.

— Le mien ? répond Carolan. Il appartient au Seigneur. Quand je compose, j'accomplis sa volonté.

Il ne fait pas semblant. Ce pauvre petit homme, Terence Carolan, ne pourrait jamais créer des airs d'une telle inspiration et, ose-t-il, d'une telle immortalité. Il n'a pas ce qu'il faut. Dieu, et Dieu seul, peut diriger ses doigts quand ils trouvent de plaisantes séquences de notes sur les cordes puis rassemblent ces séquences en une mélodie. Le Seigneur est en effet son berger musical et avec Son aide, Il sera comblé.

Sauf, semble-t-il, lors de ces dernières trois années et neuf mois.

Il n'a tout de même pas fait le pèlerinage sur Station Island pour cette raison secrète ? Pour prier Dieu de guider ses doigts à nouveau vers les cordes de sa harpe ? Si tel est le cas, l'entreprise est restée secrète même pour lui, sans doute parce qu'elle était sans intérêt.

Naturellement, Owen a encore entendu ces délibérations. « Le Seigneur doit-il être votre unique contremaître créatif ? demande-t-il. Qu'en est-il de vos propres désirs et de vos propres chagrins ? Pourquoi ne pas les transposer dans une composition ? »

Sa réponse est aussi boiteuse que ses autres remarques. « Le résultat ne serait peut-être pas plaisant », dit-il.

— Ou bien il pourrait atteindre une puissance et une originalité qu'on n'aurait jamais entendues jusqu'à maintenant sur cette île, dit Owen avec une force suggérant qu'il a souvent répété son commentaire, et qu'il l'a trop longtemps retenu.

— Owen !

— Vous croyez que je plaisante ?

— Je crois que tu me prends pour un artiste d'un calibre auquel je ne peux prétendre et que je ne veux même pas atteindre. Un Jonathan Swift, peut-être, ou cet Alexander Pope que tu admires tant. Ou toi, ajoute Carolan.

— Moi ?

— Ou plutôt ton intellect. La qualité de ton esprit. Une chose fine, bien qu'un peu trop acérée, comme je l'ai expliqué au colonel Maguire plus tôt. C'est toi qui aurais dû répondre aux questions qu'il posait.

« Le colonel était certainement enclin à entendre le point de vue d'un serviteur », répond Owen. Mais il ne peut pas cacher le plaisir que lui fait ce compliment.

— On aurait peut-être pu le persuader.

— Il y avait beaucoup de persuasion dans votre discours ce soir.

— Ah, le discours. Je me demandais quand tu allais m'en parler.

— C'était préparé ?

— Quelques jours, admet Carolan.

— Jours ?

— Mois.

— En pensant que vous alliez le livrer sous peu ?

— Un jour ou l'autre.

— En guise d'adieu ?

Oui. Non. Il n'en est pas sûr.

— Qu'est-ce qui te fait dire ça? demande-t-il.

— N'était-ce pas un panégyrique?

— Plutôt un thrène, je crois. Je n'ai pas aimé entendre l'éclat de ma voix. Ça me rappelait trop de personnages invités à trop de tables que j'ai ornées. Jacassages, verbiages, sans mesure ni cadence.

— N'empêche, dit son guide, ces remarques ne vous ressemblaient pas, de la même façon qu'une mélodie qui parlerait de la profondeur de vos sentiments pour ceux que vous aimez et que vous avez perdus ne vous ressemblerait pas. Ce serait le début de quelque chose de nouveau.

La pièce est glaciale, remarque soudainement Carolan, comme une crypte descellée en hiver. En entendant Owen se frotter les bras, il ramasse la couverture du dessus. L'obscurité n'est pas aussi pénétrante que la sensation sur sa peau le laisse croire, espère-t-il.

— Prends ceci.

« Ça va », répond Owen. Mais il ne perd pas de temps avant de s'envelopper dans la couverture.

— L'heure doit être avancée.

— Entre trois et quatre. Le soleil sera levé d'ici deux heures.

— Si tôt? dit-il en bâillant.

— Je devrais vous laisser.

— La requête du colonel, que tu dormes dans la chambre commune, était des plus ridicule, dit Carolan. Comme bien d'autres choses, ce soir.

— L'homme se croit bien supérieur.

« C'est un homme bien compliqué », dit-il avec une douceur mesurée. Il n'a pas oublié les piques du colonel Maguire au souper. Mais il ne peut pas non plus oublier ses efforts maladroits pour être courtois et son désir évident de mieux comprendre l'endroit, et les gens, qui forment maintenant son nouvel environnement.

— C'est un mercenaire, Terence, un brigand en uniforme militaire.

— Est-ce qu'il me regardait quand nous discutions ?

— Ne pouviez-vous pas le percevoir ?

— Difficilement. Il y avait trop de personnes dans la pièce et il faisait les cent pas pendant notre conversation.

Il importe à Carolan de savoir si quelqu'un se donne la peine de s'adresser à lui directement, comme il le ferait avec un voyant. Le geste en dit long.

— Le colonel Maguire prenait soin de vous regarder droit dans les yeux, pour ainsi dire, répond Owen.

— Et les autres, Cady Riordan et Arthur Magennis ?

— D'après vous ?

— Et sir Brian ? demande-t-il même s'il n'est pas certain de vouloir une autre preuve de la déchéance de son ami.

— Il étudiait votre visage comme un enfant qui cherche l'approbation de ses parents. Enfin, une fois ses lunettes retrouvées.

Le plafond craque encore une fois. Le soliloque là-haut semble terminé, ce qui pousse Carolan à se demander si lady Cuthbert a détecté leurs voix dans la maison, et si elle s'invente tout un roman à raconter à ses codétenus. Pourquoi pas, pousse-t-il : il y a autant de sortes de prisons qu'il y a de prisonniers.

— Pourquoi ne restes-tu pas toute la nuit, dit-il. Dors avec moi, si tu peux supporter la puanteur.

— Je vais vous laisser.

— Je ne veux pas que tu me laisses.

— Dormez un peu.

— Y a-t-il une bougie dans la chambre ? demande Carolan. Tu ne peux pas hanter ces corridors dans le noir.

Surtout le corridor qui traverse le palier sur ce même étage, celui qui mène à la bibliothèque.

— Je serai prudent.

Les deux se taisent.

« Pas de maux de tête, dernièrement ? » demande enfin Carolan. Owen Connor souffre de migraines depuis son enfance.

— Un ou deux à Pettigoe, quand je vous attendais. Seamus m'a donné son diagnostic : les manifestations d'un esprit sans repos.

Le frère Seamus, encore lui. Son influence est certainement inquiétante. « Le frère est aussi médecin ? » demande-t-il, avec ce qui est peut-être une grimace.

— Il croit...

— Il y a longtemps que nous n'avons pas discuté de ton avenir, n'est-ce pas, Owen ? Ce sera un avenir brillant.

— Mon avenir ?

« Un jour viendra, peut-être... », dit Carolan. Il espère que la phrase prenne de l'expansion, dans une direction vague mais positive.

— Vous avez besoin de repos, dit Owen. C'est tout. Quoi qu'il soit arrivé ce matin, ça ne doit plus se produire. J'ai manqué de jugement ces derniers jours. Si j'avais fait montre de plus de volonté, beaucoup de ce qui est arrivé aurait pu être évité.

— J'étais enchanté de rencontrer cette famille. Les Connelly, c'est bien ça ?

— Vous vous souvenez d'eux ?

Il s'en souvient, un peu. « La mémoire m'est revenue au cours de la soirée. Est-ce que j'ai lancé la fillette ? » demande Carolan en frottant les doigts de sa main gauche. Ce côté de son corps est encore douloureux, jambe, hanche et épaule, et même sa joue est encore enflammée, comme par une gifle persistante. Il a eu une attaque, pense-t-il maintenant. Une dure nuit sur un sol raboteux ? Une autre chute en bas de

Gem ? Sa mémoire a fait table rase, apparemment, à la suite du choc.

— La lancer dans les airs comme vous le faisiez avec vos propres enfants ? répond Owen.

— Et la rattraper ?

— Bien sûr que vous l'avez rattrapée.

— Dieu merci.

— Elle est mortellement atteinte, Terence.

— Certes.

— Parlant de médecins sans formation, la mère a cru que vous aviez guéri sa fille de la diphtérie.

— Grainne, dit-il en se rappelant la voix tremblotante et le toucher sensuel. Elle était charmante, n'est-ce pas ?

Son guide perd toute volubilité lorsque la conversation en vient aux femmes. Owen rougit, aussi, sait Carolan, et son teint déjà roussi de taches s'empourpre jusqu'au défigurement. Le garçon est toujours vierge, il en est convaincu.

— Une jolie femme, répond Owen.

— C'est tout ?

— Ses yeux, peut-être. Ils étaient noirs et profonds. Un homme aurait pu les prendre pour des lacs et plonger dedans.

— Voilà qui est mieux.

— Mais je ne sais pas grand-chose à ce sujet.

« Annie a de tels yeux, à ce qu'on me dit », hasarde-t-il, en parlant d'Annie MacManus, la servante de cuisine à Alderford, le domaine, dans le comté de Leitrim, de leur bienfaitrice mutuelle, Mary Macdermott Roe. Voilà un sujet digne d'être exploré.

— Annie ?

Carolan attend et fait de son mieux pour étouffer un autre bâillement.

— Elle n'a pas encore vingt et un ans, réplique Owen.

— Et un beau brin de fille, tout le monde le dit.

— Tout le monde parle d'Annie ?

— Mais tu le sais bien.

— Je vais vous laisser, donc.

Il ne doit pas le laisser partir. La maison est endormie et le corridor menant à la bibliothèque est noir. Thady Bourke, tout aussi inquiet, a informé Carolan plus tôt que la clé de la bibliothèque avait disparu, permettant aux bibliophiles d'aller et venir à leur guise.

— Je me souviens de tout, maintenant, annonce-t-il.

Même si Owen reste silencieux, sa respiration opprimée trahit son intérêt.

— Tu m'as conseillé de ne pas venir à Tempo. Quand nous étions encore à Kesh, avant que je joue pour les villageois. J'aurais dû t'écouter.

— Vous espériez pouvoir tempérer les choses.

Un soupir échappe à Carolan, de même que des mots de découragement. « Je surestime largement ma propre influence, je crois, à trop confondre la dignité qui s'exprime à travers la musique et les indignités imposées par la vie. Je fréquente trop peu le vrai monde. Contrairement à la plupart des hommes qui eux le fréquentent trop. »

Il attend qu'Owen corrige cette sévère autocritique. Mais le craquement de la chaise suggère que son public se prononce de la façon la plus sévère qui soit : en se mettant debout.

— La conversation à propos de Moira, dit-il en tendant la main vers le bras d'Owen, et mes lâches défilades loin d'elle. Nous en avons parlé sur la route en sortant de Pettigoe, n'est-ce pas, et puis encore après notre rencontre avec le shérif ? Tu souhaites me ramener vers elle. Tu crois que c'est ton devoir, en tant que guide et ami.

— Vers elle et vers les enfants, répond Owen sur un ton qui suggère qu'il ne croit plus trop au stratagème.

À cet égard, Owen a raison d'avoir des doutes, pense Carolan. Pour les enfants, ce n'est probablement pas possible. Beaucoup plus facile de racheter son passé que son présent. Surtout quand on est soi-même tout droit sorti du passé. Adieu à l'unique fils de John Carolan ? En effet.

« C'était une bonne femme de maison », offre-t-il à propos de sa femme. Un faible compliment, à dessein.

— La meilleure, répond son guide avec une ardeur qui, précisément, rend Carolan inconfortable.

— Ta main, mon garçon, dit-il en tendant le bras vers lui à nouveau. Laisse-moi la tenir un moment.

— Vos doigts sont gelés, dit Owen.

— Je suis détruit et ravagé et je ne pourrai tenir le coup encore longtemps.

— Vous avez seulement besoin de repos.

— Et je te tiens en haute estime, Owen Connor. Ta loyauté et ton honneur et ta sensibilité envers les autres. J'ai beaucoup aimé voyager avec toi lors de ces vingt dernières années.

— Nous ne faisons qu'un, ou presque ?

Les mots, il le reconnaît, sont de lui. « Tu as un grand avenir devant toi », répète Carolan. Cette fois, le poncif vient tout seul.

« Vieux bonhomme », dit Owen. Il étouffe un sanglot.

— Et pourquoi ne resterais-tu pas ici ? Aide-moi à réchauffer ces os glacés. Oublie ce matelas de paille puant.

Mais alors un oiseau chante. L'alouette, la première à se réveiller dans les jardins de la campagne.

— L'as-tu entendue ? demande Carolan.

— J'ai trente-neuf ans, répond Owen.

— *Si-vou, si-voui,* chante-t-elle. Je ne pourrai jamais m'assoupir, maintenant, avec l'alouette qui m'appelle.

— Mais bien sûr que vous le pourrez. Comme un bébé.

«J'aime l'odeur des bébés», dit-il. Comme de juste, il se sent soudainement aussi endormi qu'un chaton rassasié du lait de sa mère.

À penser au chant de l'alouette.

Et au don que Dieu lui a fait, et qui n'a pas servi depuis un moment.

Et à Moira, qui n'était pas dans la caverne de Station Island. Mais plutôt dans le lit à colonnes à Mohill, avec ses cheveux défaits et le bras de son mari pour oreiller.

Chapitre 8

Carolan dort comme un bébé, en effet, surtout quand Owen change d'idée et vient le rejoindre. Il ne peut pas dire quand, exactement, son guide est venu se glisser dans le lit. Mais il peut affirmer qu'Owen, un compagnon docile normalement, le pique de son coude sans égard pour l'état de sa vessie. Il est moins dérangé par le parfum étrange que porte son cadet – se peut-il qu'Owen ait bientôt quarante ans? – que par les petits cheveux qui se retrouvent dans sa bouche. Roussis, au goût.

Les choucas querelleurs le ravivent.

— Ton bras, mon garçon, dit-il, il m'épingle au lit aussi solidement que des cordes lilliputiennes. Pousse-toi donc un peu, veux-tu?

Rien.

— Et cette puanteur…

Son compagnon de lit émet une collante expulsion.

— Maître Carolan? appelle une voix depuis l'autre côté de la pièce.

Il n'a pas entendu la porte s'ouvrir.

— Thady?

— Conbec?

— Conbec? Je croyais que c'était Owen.

Le chien pleurniche.

Carolan gémit.

— L'odeur, ici…, note Thady Bourke.

Un autre gémissement lui échappe quand une patte se plante dans son abdomen. Conbec le console d'un autre pleurnichement. L'haleine du chien a des relents de perdrix crue et de testicules humectés.

— Vous ne pouvez pas bouger du tout ? demande le majordome.

— Un pot de chambre, Thady. Fais vite.

— Va-t-en, Conbec !

Conbec ne s'en va pas.

— Quel tableau nous devons faire, dit Carolan.

— Ce n'est pas à moi de juger.

— Un vieux couple, qui aime toujours dormir enlacé.

— Cette bête n'est pas une dame, monsieur.

— Pas plus que je ne suis un gentilhomme.

Par deux fois il essaie de s'extraire de sous le molosse. Par deux fois il retombe, le creux dans le matelas rendant la tâche sisyphéenne. Le deuxième échec éveille la douleur de lendemain de veille. Ses orbites le démangent et sa gorge semble avoir été râpée par un rasoir émoussé. Ses sinus sont bouchés.

Le vin rouge. Tant pis pour l'imbécile qu'il est.

Il faut que Thady Bourke frappe Conbec sur le flanc pour que la bête saute à terre, secouant le lit à colonnes. Un vieil homme en aide un autre à se relever.

— Mes boutons, dit Carolan.

— Maître ?

— De ma culotte. Mes mains ne sont pas assez habiles. Pourrais-tu ?

Thady déboutonne sa braguette. « Devrais-je ? Aussi ? » demande-t-il.

— Ça, je peux m'en occuper.

Ou à peine, semble-t-il. Il tâtonne à la recherche de son instrument comme si c'était une anguille dans un tonneau. Enfin, il tient la créature dans sa poigne.

« Le pot est devant moi ? » demande-t-il en furetant du bout de l'orteil.

— Il l'est.

— Un pied plus loin, s'il te plaît. Puis recule.

Le majordome suit les instructions.

Il chantonne en pissant pour étouffer les éclaboussures, mais il asperge quand même les rebords du pot de chambre ainsi que ses propres pieds. Fini, les ignominies, se dit Carolan en silence. Confort, dorénavant, à tout prix.

— Voilà qui est mieux, dit-il.

— Je vais chercher la cuvette d'eau.

— Un brin de toilette ne serait pas de refus. Douze jours sont passés depuis mon dernier bain, comme tu as certainement pu le remarquer.

— Station Island n'est pas plus facile pour le corps que pour l'âme, dit Thady Bourke.

— Tu as fait le pèlerinage ?

— Dans ma jeunesse. Avant les Pénales, si vous pouvez croire qu'une telle époque ait existé.

— Je le peux, avec grand plaisir.

— L'église et les résidences avaient déjà été rasées par les soldats, dit Thady. Je me souviens de quelques bâtiments simples, en plus du puits couvert qui servait de caverne. C'était tout de même de meilleures conditions que celles que vous avez dû souffrir.

« J'ai trouvé le logement au mieux passable », admet Carolan. Les muscles de son dos frémissent au souvenir des nuits sur la roche.

— Mais avez-vous fait la descente, monsieur ?

— La descente ?

— Dans le purgatoire.

— Tu veux dire le purgatoire de saint Patrick ?

Pendant des siècles les pèlerins ont cru que le confinement dans la caverne de Station Island ouvrait un passage vers les enfers, où la foi pouvait être démontrée et les péchés expiés à travers une série d'épreuves menées par des démons à cornes et à sabots, et à queue en tire-bouchon. Il était entendu que pour chaque pèlerin qui survivait à l'épreuve, et qui trouvait sa récompense dans un jardin paradisiaque peuplé de chorales d'anges en robes blanches, une douzaine d'autres pèlerins échouaient. Ils disparaissaient, leurs corps physiques brûlés sur des bûchers. Même pour Carolan, un non-croyant avéré dans la modernité, comme Owen Connor l'a récemment souligné, de telles légendes sont folles et étranges.

— Le purgatoire de saint Patrick, naturellement, dit le vieux serviteur. J'ai moi-même subi ses tourments.

— Vraiment ?

— Des tourments que je ne croyais pas devoir revivre un jour. Mais je me trompais là-dessus.

Carolan n'arrive pas à décider s'il a envie ou non d'être informé des récents tourments de Thady Bourke. « Un brin de toilette serait agréable », dit-il à nouveau.

Thady va chercher une cuvette et une cruche dans le coin opposé de la pièce. Il essore un linge et le met dans la main de Carolan.

— C'est là le travail d'Owen Connor, normalement, dit Carolan en guise d'excuse.

— Ce n'est rien.

— Quelle heure est-il, au fait ?

— Midi.

— Si tard ?

Le majordome confirme la chose.

— Je ne me souviens pas d'avoir jamais connu un sommeil aussi lourd.

— Sans doute, puisque vous avez dormi au beau milieu du chahut. Toute la maisonnée était debout au lever du jour.

— Des chiens errants ?

« Des aspirants pugilistes », répond Thady. Le ton de sa voix trahit le nom d'au moins un des deux concurrents.

Carolan accepte d'être conduit jusqu'au lit. « Des blessures ? » demande-t-il.

— Pas mortelles.

— Il a tiré sa rapière ?

— Il en possède une ?

— J'imagine que le colonel Maguire doit avoir toute une collection de sabres. La plupart des militaires en ont.

— Pas le colonel, dit Thady Bourke. Dieu merci. C'est plutôt avec Gordon Smith qu'Owen Connor a échangé d'abord des piques puis des coups. Dans les communs, peu après le lever du soleil.

« Est-ce que Brian les a séparés ? » demande-t-il, se souvenant de l'intervention opportune de Brian Maguire entre Owen et Hugh Maguire.

— Sir Brian n'était pas dans la maison.

— Non ?

— Le colonel Maguire a séparé les hommes. Il les a calottés derrière la tête et a déclaré qu'aucun des deux n'était digne de se trouver sous son toit.

« Oh, mon Dieu », dit Carolan. Il prend soin de cacher son soulagement à l'idée que son guide se soit battu avec un autre serviteur plutôt qu'un officier.

— Les coups de poing sont venus d'Owen, j'en ai peur. Il semble qu'il…

— Thady, mon vieil ami, interrompt-il, pourrais-je d'abord entendre la version d'Owen Connor ? Il m'a été si loyal toutes ces années.

— Avec plaisir, votre honneur.

— La nouvelle est déjà assez affligeante. Est-ce qu'on a mandé le shériff ?

— Pas que je sache.

— Parfait.

— Assoyez-vous, s'il vous plaît, tandis que je vous mets vos bottes.

— C'est à Owen de m'habiller.

— Ce n'est rien, répète le majordome.

— Déjà que tu as retiré ces mêmes hardes fétides de cette dépouille, hier.

— Maître?

Carolan explique qu'il suppose que c'est Thady qui l'a déshabillé et mis au lit la veille au soir.

«Sir Brian m'a demandé d'escorter Owen Connor loin de la salle à manger après son échange avec le colonel. Je ne vous ai pas amené dans cette chambre», dit Thady. Il a mis un genou à terre et sa respiration est laborieuse tandis qu'il lace une botte.

— Alors qui l'a fait?

— Je ne saurais dire.

— Brian lui-même?

— Il m'a suivi en bas jusque dans les communs. Vous étiez encore assis à table à ce moment-là, à achever un verre.

«Un verre qui m'a pratiquement achevé», dit Carolan en massant ses tempes. La douleur sillonne son front comme des fourmis courant sur un crâne. Ou alors les fourmis entrent et sortent des différents trous de ce crâne: orbites, narines et bouche? Quelle image macabre.

— Ce fut une étrange soirée, dans ce manoir, dit le serviteur. Et bien que je répugne à la seule idée de faire une telle suggestion…

— Thady?

— Bien que je répugne, j'ai peur que vous ne souhaitiez mettre fin à votre visite prématurément. Aujourd'hui, peut-être. Dans l'heure, si vous pouviez être prêt.

— La situation est si mauvaise?

— Elle est mauvaise depuis longtemps déjà, Monsieur Carolan. La querelle de ce matin ne fait qu'empirer les choses.

— Je suis désolé.

— Les temps sont durs, dit Thady Bourke.

Carolan essaie d'imaginer l'apparence du majordome. Pareille à la sienne, il suppose. Trapu et empâté, moustachu et buriné. Des yeux dont la couleur s'est délavée, comme des pierres polies par la rivière, et des dents devenues grises et moussues à cause du pétun. Thady Bourke a plus de cheveux sur la tête que Carolan n'en a jamais eu, et l'on dit que ses favoris sont aussi blancs que la neige fraîchement tombée.

Il hésite avant de faire part d'une réflexion qui le turlupine depuis leur arrivée, soucieux que Thady l'interprète comme de l'inquiétude et non du reproche. «Je dois avouer que j'ai été surpris de te trouver dans un si piètre état hier après-midi, dit Carolan. Toi qui es le plus sobre des hommes.»

— Je me surprends moi-même, dernièrement.

— Est-ce que la vie à Tempo est si difficile?

— Oui. Mais ce n'est pas la seule raison.

Le majordome est toujours sur un genou. Carolan le supplie de se relever et, décelant un manque d'équilibre, lui retourne le service et le soulève par le bras. L'effort déclenche un bourdonnement dans ses oreilles.

— As-tu mon âge, maintenant? Soixante-sept?

— Sir Brian pense que je dois avoir soixante-dix. Mon père, sous Constantin Maguire, tenait la même place que moi avec Maguire fils. Le vieux Maguire gardait le registre des naissances et des morts sur le domaine, et on dit que mon nom est marqué à l'année 1667.

— Alors Tempo est bel et bien ta maison.

— On pourrait le dire.

Désireux de converser en égaux, Carolan encourage le majordome à s'asseoir près de lui sur le lit.

— Il n'y a pas à dire, avoue enfin Thady, c'est un coup terrible que j'ai reçu.

Bien sûr. Carolan s'en veut de ne pas avoir entendu la note de désespoir plus tôt. Sa sensibilité a toujours favorisé les femmes. Injustement, comprend-il : les hommes n'ont tout simplement pas la confiance qu'il faut pour être à la fois fort et vulnérable.

Il fait appel à sa mémoire. La femme de Thady Bourke, Eileen, est décédée quelques années plus tôt. Leur seule fille est employée chez les Magennis à Brookeborough. Puis il y a les fils. Michael et... Shane, c'est bien ça ? Ou Seamus ?

— Tes fils, Thady ?

— Oui.

— Seamus ?

— Shane. Il s'est embarqué pour la Nouvelle-France au printemps de trente-cinq. Il a courtisé une Strabane tout au long du voyage jusqu'à une ville qui s'appelle Qwe-bec.

— J'en ai entendu parler.

— Une contrée sauvage, apparemment. Pleine d'Indiens à la peau rouge et d'ours noirs et de neige qui souffle d'octobre à juin. Pleine de belles filles, remarquez, et des fermes à volonté.

— Avez-vous eu des nouvelles de Shane depuis son départ ?

— Aucune.

« Je suis sûr que le garçon prospère, là-bas », dit-il. Il est maintenant aussi sûr que les choses sont différentes pour son frère.

— Michael s'est enrôlé dans le régiment du comte de Donegal à Belfast, dit Thady Bourke. À défaut de meilleures possibilités, même ici à Tempo, une fois que le colonel Maguire a commencé d'amener son propre personnel. Les mauvaises récoltes d'il y a dix ans ont beaucoup fait parler d'émigration. Michael avait entendu dire que l'infanterie du Donegal servait à Gibraltar et dans les Caraïbes et encore d'autres contrées lointaines. Mais il n'est pas allé plus loin qu'en Angleterre, où il est tombé le mois dernier dans une escarmouche contre des brigands. J'ai appris la nouvelle par un autre garçon du coin qui s'était enrôlé avec lui, l'un des Garvey du village en bas.

Carolan murmure ses condoléances.

« C'était un homme, mon garçon », dit le serviteur. Il a accepté l'offre de s'asseoir, ses vêtements ont l'âcreté du foin et du tabac. « Quarante ou quarante et un ans. Mais on pleure la perte de son enfant comme s'il était encore un bébé joufflu. »

— Bien vrai.

— Maudit soit le jour où on les a introduits dans cette vallée de larmes.

— Le Seigneur voit nos souffrances, Thady. Il entend nos prières.

Thady Bourke n'a aucun commentaire.

— Et ton Michael était un petit diable. Il était toujours à fouiner dans les poches de ma veste. « Qu'avez-vous pour nous, Monsieur Carolan ? qu'il demandait. Une figue ou un pain d'épices ? » Te souviens-tu de cela ?

— Peut-être.

— Je m'en souviens comme si c'était hier. « Je n'ai rien pour un blanc-bec comme toi, Michael Bourke, que je répondais. À moins que tu me dises contre qui s'est battu Cuchulain pour défendre l'Ulster et de quoi son bâton de *hurley* était fait. » Il connaissait toutes les réponses et il a donc mangé plus que sa juste part des friandises que je gardais pour ces occasions.

Dans le silence il entend des rires qui montent du jardin. Des domestiques, qui étendent la lessive.

« Un brave garçon », ajoute-t-il. Il ne se souvient pas des enfants de Thady, en réalité, leurs prénoms, un fait que leur père doit savoir, soupçonne-t-il. « Je suis sûr que ses parents étaient fiers de lui. »

Le silence du vieux majordome suggère qu'il veut en dire plus. Carolan pose une main sur son genou pour l'encourager.

— Quelle est la dernière chose que vous avez vue, monsieur ?

— Vue ?

— Avant… avant que votre vision vous soit enlevée ?

— Ah.

Carolan s'arrête pour écouter le pétulant gazouillis du roitelet.

— Est-ce que ma question est impertinente ?

— Pas du tout. J'essaie simplement de me souvenir : pas facile sans un petit verre, histoire de combattre le feu par le feu.

Son humour n'est pas contagieux.

« La variole m'a fait délirer pendant deux jours au cours desquels je perdais souvent connaissance. Je voyais ma mère soigner son fils en dépit du fait qu'elle était mortellement atteinte, ses yeux remplis de terreur. Je voyais mon père… » Il s'arrête tandis que le roitelet chante un autre couplet. « C'est peut-être là la dernière image, maintenant que j'y pense. On lui avait demandé de venir voir si je respirais encore, et ses traits se sont vite tordus de consternation. Seul mon visage pouvait inspirer une telle horreur. »

Il touche les cicatrices avec son linge, comme elle le faisait. Non pas Mrs Arthur Barnewall dans la caverne, mais Moira Carolan, née Keane, tous les jours. Avec un linge, et parfois ses lèvres.

Sa Didon : brûlant d'amour, infectée jusqu'à la moelle.

Son Énée : un homme distant et distrait, qui ne la méritait pas.

— Et vous vous souvenez de son visage encore à ce jour ? demande Thady. Comme celui de votre mère ?

— Hmmm ?

Thady Bourke attend.

— Me souvenir de leurs visages ? J'ai peur que non.

— Mais ne venez-vous pas de me les décrire ?

Carolan soupçonne que Thady n'est pas tellement intéressé par le tunnel de sa cécité. « C'est difficile à expliquer. »

— Et dans vos rêves ? Est-ce que vos proches vous apparaissent ?

— Je ne vois rien.

— Maître ?

— Mes rêves sont devenus sombres.

— Est-ce possible ?

« Tel est le cours qu'a pris mon infirmité. Mais j'entends, je sens et je goûte avec une acuité exceptionnelle, et même une sorte d'invention. » Encore une fois, il soupçonne que le serviteur n'est pas très intéressé. « Ton fils, Thady – il occupe tes rêves ? »

— Comment le savez-vous ?

C'est au tour de Carolan d'attendre.

— J'ai peur de fermer les yeux, peur que mon cœur se brise en une nuit à la vue récurrente de Michael.

— Et la dernière image que tu as de lui, dans la vie éveillée ?

— Il déambule sur la route avec son compagnon, Sean Garvey, une fierté dans le pas mais un mince sourire sur les lèvres. Il se retourne et salue son papa, et je le vois, aussi clairement que je vous vois ici : il avait peur de ne plus jamais revoir son foyer et son nid.

— Ses yeux te l'ont dit ?

— La tristesse dans ses yeux, monsieur. La résignation.

— Tu es hanté? dit Carolan.

«Au point où je voudrais parfois moi aussi que mes rêves deviennent sombres.» Thady Bourke se lève d'une manière qui suggère qu'il croit avoir été offensant. «Sans vouloir vous insulter», ajoute-t-il avec une révérence.

— Pour l'amour de Dieu, mon vieux. Je ne suis pas ton seigneur ou ton squire. Nous sommes deux bons amis qui bavardent.

— Je devrais vous habiller, dit le majordome. Mais est-ce que je peux vous poser une autre question?

Owen Connor devrait être celui qui l'habille, s'inquiète soudainement Carolan. Owen devrait l'assister dans sa toilette matinale. Où est son guide?

Thady pose sa question.

— Comment *mon père* a réagi?

— Pardonnez mon impertinence. Il a dû recevoir un coup. Sa femme et sa fille emportées et son fils très… altéré.

Carolan se lève lui aussi. «Nous devrions chercher Owen avant qu'il ne se trouve un autre adversaire.»

— Vous avez raison.

Il regrette le ton qu'il a eu. Il parle rarement de John Carolan. Même aujourd'hui il sait à peine quoi répondre.

«Il n'a plus jamais été le même», offre-t-il quand même en tendant un bras à enfiler dans une manche. «Il s'est perdu dans le désespoir. Et moi je l'ai perdu aussi, certainement, comme si l'un ou l'autre de nous deux avait péri avec les femmes. Je pense parfois qu'il aurait dû quitter Alderford et recommencer sa vie ailleurs. Il a plutôt accepté la gentille offre de Mary Macdermott Roe et s'est installé dans la chaumière derrière le manoir. Où il a vécu en quasi-reclus, pendant dix-huit ans, avant que le Seigneur ne le rappelle enfin auprès de Lui.»

La vérité vraie. Son père aurait dû quitter Alderford après la tragédie. Il aurait dû recommencer à neuf à Dublin ou à Londres ou de l'autre côté de l'océan, à Qwe-bec. S'il avait compris alors ce qu'il comprend aujourd'hui, Carolan aurait poussé John Carolan loin du domaine, loin de lui.

— Et quand votre femme est morte ? dit Thady.

— Me suis-je moi-même perdu dans le désespoir ?

— J'imagine...

— Une lampe perdait de sa lueur auprès d'elle, répond-il en citant l'une de ses propres chansons, et la lumière du soleil l'accompagnait à longueur de jour. Sa voix retenait les flots et son toucher faisait naître les flammes. Bouche et pupille et poitrine et cuisse, tout ce que nous désirons.

— Monsieur ?

— En effet, j'étais perdu. Et je le suis toujours, ai-je appris récemment.

Mais Thady Bourke n'écoute plus. « C'est ce qui arrive à ceux de notre espèce, n'est-ce pas, maître Carolan ? Obligés d'aller parmi les étrangers, en des contrées étranges. Coupés de la terre et du clan. Nous ne pouvons rien demander de mieux en cette vallée de larmes. »

* * *

Il attend sur le perron pendant que Thady se dirige vers les écuries. La pluie tombe encore une fois, oblique et froide. Il entend une corneille – *croâ-croâ* – sur le toit. Il sent et il goûte la fumée de cheminée.

Clip-clop. Gulli et Gem, menés par les rênes.

— Terence.

Il embrasse son guide. Il le tape dans le dos, aussi, comme Brian Maguire lui a fait.

— Dieu merci, Owen.

— Ce n'est pas comme si je revenais des sanglants champs de bataille de la France.

— Qu'est-il arrivé à ta bouche ?

— Une lèvre enflée. Vous devriez voir Smith.

Avant que Carolan puisse demander comment une lèvre enflée fait qu'Owen siffle ses *s* plus qu'à l'habitude, Thady Bourke parle.

— Martha O'Hara a trouvé ta dent derrière une huche, Owen. Elle l'a enveloppée dans un tissu.

Owen accepte la dent sans faire de commentaire.

— Il m'en manque quelques-unes, moi aussi, dit le majordome pour être gentil.

— Thady m'a aidé dans mes ablutions, dit Carolan. Et il m'a sauvé des griffes d'un molosse.

Son guide exprime sa gratitude à Thady pour ses efforts. Il ne pose pas de questions à propos du chien.

Comme il se prépare à monter Geminiani, Carolan fait exprès de frôler les sacoches les plus proches. Les sacs ne semblent pas plus débordants que la veille. « Où diable se trouve sir Brian ? » demande-t-il.

— Il nous retrouvera à la loge du gardien.

Une fenêtre se ferme quand ils passent sous l'aile est. Lady Cuthbert, suppose-t-il, dans son nid d'aigle.

— Elle passe de longues heures à regarder au loin, commente Thady Bourke.

— Prisonnière dans sa propre maison, dit Carolan.

— Dans sa propre tête, surtout, monsieur.

Cette déclaration résonne à son esprit. Cette visite à Tempo a été bien étrange. Trop étrange pour lui.

— Si seulement les difficultés de Lady Cuthbert pouvaient être résolues par la seule inspection de sa chevelure, dit Owen.

L'étang n'émet pas de puanteur aujourd'hui. Les choucas ont interrompu leur dispute, le temps d'un repos, avant de trouver de nouvelles raisons de se quereller.

Brian Maguire les attend au portail.

— Je suis vraiment bouleversé, Terence, dit-il.

— Pardonne-moi de ne pas descendre, Brian. Il se pourrait que je ne puisse plus remonter sur Gem.

— Mieux vaut la compagnie des animaux que celle des hommes, hein ?

« Celle des Houyhnhnms que celle des Yahoos », dit Owen, même si le sifflement produit par le trou entre ses dents est plus proche de l'exhalation que du langage.

Gulli s'ébroue un bon coup comme pour reconnaître l'allusion faite à ses frères littéraires et au livre qui a produit ces noms bizarres, incluant le sien[4].

— Toi, dit Brian Maguire. Toi et ceux de ton espèce.

— Mon espèce, Sir Brian ?

« Bon, bon », dit Carolan à Owen. Son estomac se noue à l'idée d'une autre dispute, signe que sa tolérance, qui s'est épuisée hier soir, ne sera peut-être jamais plus rétablie.

— À propos des chiens, Brian, dit-il, il faut que je te raconte le rêve le plus singulier. Mais attends. Comment se fait-il que je te trouve à rôder ici près de la loge du gardien ?

— C'est ici que je vis depuis quelques mois. Moi et Thady, sur des lits de paille, avec les chiens pour seule compagnie et source de chaleur. Et maintenant même Conbec nous a désertés.

4. Les Houyhnhnms sont une race de chevaux intelligents qui font leur apparition dans le quatrième livre des *Voyages de Gulliver*. Le héros de cet ouvrage préfère leur compagnie à celle des Yahoos, des créatures sauvages et ignobles mais d'apparence humaine. N.d.t.

Sir Brian Maguire, fils de Constantin Maguire, héros de la Passe d'Aughrim, se lamente sur la perte d'un être cher, qui n'est pas sa femme.

— J'ai capitulé, n'est-ce pas, Terence ? dit-il tout près de la selle.

— Brian ?

— Tu le sais très bien.

— La dignité est une qualité qui peut être reconquise, Brian Maguire.

— Oui, mais pas la grâce.

Carolan ne lui offre aucune consolation. Il donne plutôt à son hôte la traditionnelle bénédiction. « Et toi, Thady, dit-il en se penchant pour lui serrer la main. Je vais prier pour nos deux âmes. »

— Longue vie à vous, maître, répond Thady Bourke.

* * *

Ils avancent sous la pluie. Encore une fois il y a un motif, un registre et une douce syncope, quand Carolan peut s'abandonner complètement à la musique. Il y a aussi le bourdonnement de la pluie, un relâchement plus profond, moins prudent, qui suggère un sommeil sans fin et une nuit qui ne veut pas céder sa place au jour. Mais les angoisses ne se dissoudront pas facilement cet après-midi. À cause de cette conversation avec Thady Bourke, qui s'éternise dans son esprit, et surtout de ses propres pensées au sujet de John Carolan et de ses devoirs parentaux. À cause aussi de son mal de tête et de son gosier à vif, de ses tripes tellement nouées qu'elles doivent ressembler aux racines d'un arbre.

À cause aussi du tapage croissant de sabots sur le chemin. Un cavalier, qui s'approche par derrière.

— Le colonel, rapporte Owen. À la course.

— Porte-t-il des armes ?
— Vous voulez dire une arme ?
— Nous devrions détaler.
— Mais il chevauche un étalon.
— Vole, Gem !
Comme à l'habitude, son cheval s'arrête.
— Messieurs.
Un autre destrier nerveux s'approche.
— Je vais distraire Maguire et bloquer son chemin, chuchote Carolan en direction de son guide. File, mon garçon.
— Bonjour, Colonel Maguire.
— Un jour pitoyable, jusqu'à maintenant, Mr Connor, grâce à vous.
Les deux hommes descendent de cheval.
— Vous connaissez mon nom, au moins, dit Owen.
— Mon valet de pied, Gordon Smith, le connaît aussi. Et le shériff d'Enniskillen le connaîtra aussi si je ne reçois pas satisfaction de cet échange.
Encore une fois, Carolan est secrètement soulagé. Le colonel n'a toujours pas l'intention de provoquer son guide en duel.
— Mr Carolan, dit Hugh Maguire, un mot en privé, s'il vous plaît.
Il accepte l'aide pour descendre de cheval. La main sur sa taille est gantée de cuir fin. Le parfum a été réappliqué.
— Je ne serai qu'à quelques pas derrière vous, dit Owen.
Le colonel Maguire attend qu'Owen Connor atteigne cette distance. « Vous êtes parti dans une telle hâte ce matin », commence-t-il.
— Désolé pour nos manières.
— Nul besoin.
Le colonel enlève ses gants et les frappe dans sa main, comme un cavalier avec un fouet. Le rythme est

conçu, soupçonne Carolan, pour se contrôler lui-même plus que pour intimider les autres.

— Je souhaite corriger deux remarques que j'ai faites pendant notre conversation hier soir, dit le colonel Maguire. L'une mineure, l'autre grave. Le concert auquel lady Cuthbert et moi-même avons assisté ce printemps, celui dont le programme comportait trop de Corelli, il a été tenu à la cathédrale Saint-Patrick, et non dans la salle de concert des frères Neale. Je me disais bien que je me trompais d'endroit mais je ne me souvenais plus des détails.

Il garde le silence.

— De même, je crois que j'ai exagéré ma critique envers le duc d'Ormond. Je suis assez d'accord avec le jugement que vous faites de son caractère. Saviez-vous qu'il avait recouru au déguisement lors de sa campagne pour Charles à Londres ?

Bien que Carolan connaisse cette histoire, il se retient.

— Le duc, dit Hugh Maguire avec l'empressement d'un homme qui a une telle envie de parler qu'il est prêt à ignorer tout malaise et même la pluie battante, a décoiffé et teint ses cheveux dans le but de se faire passer pour un natif de Cheapside. La teinture, censée faire passer ses cheveux du noir au rouge, a plutôt produit un mélange de couleurs. La réaction d'Ormond fut l'audace même. Il s'est dit que ses cheveux allaient le faire passer pour un fou et il s'est donc promené dans les rues de Londres en plein jour. Qui aurait pu accuser un tel bouffon d'être un espion papiste ?

« Un grand homme, James Butler », dit enfin Carolan. Étonné par les mots du colonel, il a du mal à lire son humeur.

— Ma femme, monsieur, se porte mal.

— J'en suis désolé.

— Tempo est enlisé dans des dettes dont ni moi, ni mes enfants, si je devais en avoir, ni ceux de sir Brian, s'ils devaient prendre un quelconque intérêt dans les avoirs familiaux, ne pourrons jamais nous affranchir.

— La gestion des affaires de Tempo a souvent échappé à l'attention de Brian.

Owen Connor a une toux de reproche.

— Votre serviteur a l'ouïe d'une commère de village.

— Il est mon guide, Colonel Maguire, et mon ami.

Le reproche d'Owen est injuste. Carolan n'essaie pas d'apaiser l'officier ; il fait plutôt montre de diplomatie, une qualité étrangère à plusieurs.

— Et si ses capacités d'écoute sont excessivement développées, ajoute-t-il, c'est de ma faute. Trop de temps passé en ma compagnie lui a fait découvrir des méthodes alternatives pour obtenir de l'information. N'est-ce pas, Owen ?

— Vous me parlez, Terence ? dit Owen.

Le colonel caresse son cheval. Carolan se demande si l'animal a le flanc marbré de cicatrices laissées par les éperons de son cavalier.

— C'est donc vrai ce qu'ils disaient hier soir ? demande le colonel Maguire. Vous êtes capable de reproduire une pièce après une seule écoute ?

— Ce n'est qu'un modeste divertissement.

— Je ne suis pas d'accord.

Carolan offre son habituelle analogie. « Un gentilhomme donne un bal masqué. C'est lui qui a composé la liste d'invités et il salue chacun de ses hôtes masqués au fur et à mesure qu'ils ou elles arrivent. Plus tard, il est capable de nommer chaque individu qui s'est présenté, sans avoir eu un aperçu de leurs visages. Est-ce du génie ? Loin de là. Puisqu'il a déjà une idée de qui pourrait être derrière les masques, il peut deviner l'identité de ceux qui les portent avec succès. »

— Et?

— On peut dire la même chose pour moi et la musique. Je n'ai pas besoin de connaître chaque mélodie personnellement pour en distinguer la structure naturelle. Je peux donc la reproduire après une écoute et le plus souvent en trouver les bonnes notes.

— Sentez-vous libre d'ignorer cette explication, dit Owen. Elle est ridicule.

— Je vais l'ignorer, Mr Connor, répond Hugh Maguire en cinglant ses paumes de nouveau, de la même façon que je vais ignorer les futures interruptions que vous pourriez faire dans une conversation privée.

— Je ne suis pas aveugle à la musique, dit Carolan en hâte. Je la vois, en fait. Directement devant moi, sans entrave ni distraction. Quand j'avais la vue, je ne voyais rien. Aujourd'hui les notes apparaissent derrière mes paupières, dans leur ordonnancement inviolable. Cela ne relève pas de ma volonté, je vous jure. Ce n'est certes pas un choix que j'ai fait.

— Personne ne choisit son existence, dit Owen.

— Vrai.

« Et pourtant, un homme peut faire des choix éclairés, dit le colonel, certainement pas à Carolan. Des choix qui, en retour, peuvent influencer toute sa vie, pour le meilleur ou pour le pire. Il peut choisir de voler le bien de ceux qui viennent de l'héberger, par exemple. Il peut choisir de se tenir debout comme un gentilhomme ou de fuir comme un brigand. »

— « Je suis le chien de sa majesté à Kew, récite Owen. De grâce dites-moi, monsieur, de qui le chien êtes-vous ? »

L'épigramme de Pope. Depuis longtemps Carolan craint que l'admiration de son guide pour ces vers ne lui porte malheur.

— C'est là votre réponse ? Me lancer des insultes ?

— Ma réponse à quoi, Colonel ?

— Mes amis… dit Carolan.

— Me prenez-vous pour un butor vous aussi, Mr Carolan ? C'est ce que pensent les autres. La pieuse épouse de mon oncle, les oisifs compagnons de celui-ci. Le personnel de Tempo, qui pour la plupart s'est rabaissé au niveau de leurs supérieurs. Me croyez-vous, vous aussi, comme votre téméraire serviteur, pire encore qu'un planteur : un mercenaire williamite se servant des Pénales pour assurer sa fortune ?

Carolan a de la compassion pour le colonel Maguire. Le sentiment est différent de celui qu'il éprouve pour Grainne Connelly ou Thady Bourke, mais il n'en est pas moins vrai. Personne n'aime être tourmenté par l'ambition. Personne n'espère voir son intelligence inemployée ou ses sympathies compromises par cette époque. Un homme devrait pouvoir savoir d'instinct qui est son maître et quelle est sa doctrine, et ses élans ne devraient pas lui coûter son sommeil. Mener une guerre contre les autres peut produire une conflagration. Mener une guerre contre soi-même, par contre, ne peut se terminer que par une immolation, quelques os calcinés laissés à fumer.

Mais il n'a pas de temps pour le colonel. Owen Connor mérite toute son attention désormais. Carolan sait-il de quoi son guide a le plus besoin ? Il a certainement une liste de ses propres exigences. Il a besoin d'un bain et d'habits propres, d'un repas et d'un muid de bière. Il a besoin d'un lit chaud et d'un chat ronronnant, d'un feu attisé et d'une fenêtre laissée ouverte aux chants d'oiseaux. Il a besoin de l'adoration de Mrs Mac et des galettes d'orge de Betty O'Neill, de la pression des seins d'Annie MacManus quand elle arrange ses draps. En guise de compagnie, il recherche la fraternité de ceux qui apprécient les contes de Con Maguire et du Siège de Derry, et qui admirent les paroles grivoises chantant les louanges des seins blancs comme le lait. Des hommes avec encore une touche de cette vieille folie. Qui n'ont pour la sobriété que du mépris.

Il a besoin que ses narines soient dégagées et ses oreilles éclaircies.

Ses ongles coupés.

Et qu'Owen Connor ne soit plus à ses côtés.

Mieux, Owen doit être chassé de sa position auprès de son maître et du domaine où il a passé la plus grande partie de sa vie.

Non !

Pas sous la griffe du frère Seamus, dont le radicalisme est trop amer et la persuasion trop puissante.

Voilà ce que Carolan peut encore faire pour Owen. Ses adieux au garçon, qu'il a aimé de façon plus concrète, soupçonne-t-il, que son propre fils.

— Ma question ne mérite pas l'honneur d'une réponse ?... Monsieur Carolan ?

— Mes excuses, Colonel Maguire, répond-il. Mon esprit a divagué. Vous disiez ?

— C'est sans importance, dit le colonel visiblement blessé.

Carolan se rappelle la jérémiade de Maguire. « Je crois comprendre que le comté de Fermanagh est maintenant votre demeure ? » demande-t-il.

— En effet.

— Et je crois comprendre que de plus en plus d'Irlandais vivent en France et en Espagne et au-delà de l'océan en diverses colonies ?

Hugh Maguire cautionne l'affirmation.

— Devant tant d'Irlandais partis à l'étranger, et tant d'Anglais et d'Écossais venus ici, dit Carolan, il est clair même à des gens de mon espèce qu'un homme est chez lui là où il habite, et non là où il est né.

Le colonel, voyant une forme d'approbation dans cette remarque vaseuse, abonde en remerciements.

Carolan demande à Owen de l'aider à remonter sur Geminiani.

— Pour ce qui est de vous, Mr Connor, notre affaire n'est pas terminée.

Au nom de notre amitié, veut dire Carolan. Mais Owen ne lui pardonnerait jamais une telle supplication.

— Gordon Smith m'informe que deux livres ont disparu de la bibliothèque hier soir, et que vous êtes le responsable. Le volume de Newton, vous pouvez le garder, car je ne comprends rien à son exposé sur l'optique. Mais votre subtilisation de l'ouvrage philosophique qui était sur la table près de la chaise de lecture est inacceptable. Le volume est signé, monsieur, et bien que l'inscription ne me soit pas adressée, elle l'est à quelqu'un qui m'est cher. De plus, il se trouve que je lisais Francis Hutcheson pas plus tard qu'hier après-midi.

— Francis Hutcheson ?

Le nom semble choquer Owen davantage que l'accusation.

— L'auteur du second livre que vous avez volé, dit le colonel Maguire. Celui qui a été publié anonymement.

— Je suis sûr que le volume auquel vous faites référence s'avèrera très édifiant, Colonel, dit son guide. Celui-là et le Newton.

— Vous ne possédez donc pas ces livres ?

— Exact. Et veuillez gentiment retirer votre main de cette sacoche.

Carolan baisse la tête devant ce mensonge.

— N'êtes-vous donc point du tout sensé ?

— Pourquoi le serais-je ? Je ne suis qu'un batelier.

— Maître Carolan, contraignez votre ami à la raison. Je ne demande rien d'autre que le retour de ce qui m'appartient de droit.

Owen marmonne dans sa barbe. La remarque, qui concerne la propriété légitime des bijoux d'une épouse, est une provocation qui mérite que son auteur, qu'il soit squire ou serviteur, se fasse transpercer d'une lame.

— Il n'y a rien que je souhaite davantage, répond Carolan, mais je crains de ne pas avoir cette influence. Aujourd'hui, du moins. Mais si dans l'avenir j'arrive à imposer mon… Ouh !

Son guide le remet en selle sans l'habituelle mise en garde. Un peu plus et l'élan projetait Carolan par-dessus Geminiani.

— Je vais attendre une quinzaine avant de prendre les mesures nécessaires, par respect pour vous, lui dit le colonel Maguire.

Il parvient à faire un salut de la tête.

— Au-delà de cette période, vous aurez de mes nouvelles, Mr Connor.

— Je me réjouis à l'avance de cette communication, dit Owen.

Piteux, Carolan en oublie presque de rendre ses propres hommages.

— Merci de m'avoir guidé vers ma chambre hier soir, Colonel, dit-il. C'était d'une grande gentillesse.

— Simple courtoisie, répond Hugh Maguire.

Il s'éloigne.

* * *

— Tout droit vers la maison, dit Carolan une fois que s'estompe la galopade.

— Mohill ?

— Alderford.

— Vous avez deux filles dans cette chaumière de Mohill qui seraient enchantées d'avoir la chance de prendre soin de leur père.

— Tu me les amèneras à Alderford quand le temps sera venu. Aujourd'hui, nous devons nous rendre au domaine de ma bienfaitrice, qui est aussi ton propre foyer. Nous avons tous deux besoin d'y régler quelques affaires.

— Vraiment?

Carolan jette un claquement de langue. À sa grande surprise, Geminiani obéit au commandement.

— J'apprécierais de voyager en silence jusque chez le conseiller Brady, dit-il. Pour m'éclaircir les idées un peu.

— Et vous dissoudre dans la pluie?

— Si possible.

— Je suis désolé pour tout ça, Terence.

— Je le sais.

— Puis-je au moins me défendre?

— Peut-être plus tard.

— Je n'ai jamais eu l'intention de…

— J'ai besoin de me lancer dans de la haute réflexion, dit-il. Tu sais à quel point il est rare que je m'aventure à grimper si haut.

— Je vous y laisse, dans ce cas, répond Owen après une opposition silencieuse.

Il a déjà une bonne partie du plan en tête. Avant la fin de cette journée, Carolan déclarera avoir besoin de cesser les voyages. Il invoquera ses doigts endoloris et la fatigue. Il exprimera le désir de rattraper les années de composition perdues. Maintenant qu'Owen l'a informé du temps écoulé, il veut agir promptement. Il est trop vieux pour composer à dos de cheval ou dans le petit salon d'un hôte, surtout s'il espère produire une mélodie dont son guide le croit capable. Une mélodie comme nulle autre. Pour la composer, il aura besoin d'une santé robuste et d'une longue période de calme. Alderford est l'endroit tout désigné.

Pendant ce temps, Owen voudra se garder occupé. Il pourra séjourner à Dublin un moment ou bien traverser jusqu'à Londres. Carolan et Mary Macdermott Roe fourniront les lettres de recommandation. Patrick Delany, par exemple, se souviendra d'Owen lors des visites qu'ils lui ont faites dans ses appartements de Trinity ou sa maison de Stafford Street. Thomas Sheridan se rappellera peut-être le grand type qui accompagnait le harpeur à Quilca, lors de cette soirée où ils ont dîné avec Swift. Voire le Doyen lui-même, s'il a toute sa tête le jour où Owen se présente au doyenné situé derrière Saint-Patrick. Partout à travers le pays il y a des lords et des dames, des squires et des évêques, tous des connaissances de longue date. Tous autant qu'ils sont tiennent Terence Carolan en haute estime. Tous ont aussi des intérêts mercantiles et des compagnies maritimes ici et à l'étranger. Ces mécènes seront trop heureux de lui accorder la faveur d'une position pour son guide, un homme encore jeune au caractère et au potentiel singuliers.

Soixante jours devraient suffire à la tâche. Si la poste ou le mauvais temps allonge cette période, soit. Il en a le loisir. Quand Owen sera réinstallé, avec le frère Seamus en disgrâce et Annie MacManus sa future, Carolan pourra considérer son propre devenir. Mais peut-être ne se souciera-t-il plus jamais du temps qui passe et de l'avenir. Tant de choses sont en ruines de nos jours. Tant de choses ont disparu. Parmi elles le garçon aux yeux bleus comme des jacinthes et le harpeur itinérant, que certains appellent obstinément le barde. Ce n'est pas seulement qu'il ait soixante-sept ans et qu'il soit une ruine. C'est peut-être que Lui-même ait disparu également. Il n'est Personne, en fait, aujourd'hui et pour toujours. Ou alors Il est cette étrange notion que chacun d'entre nous, de toutes les époques révolues, constitue le Tout, rassemblés sous un dôme céleste, identique en courbure et en lumière à l'œil d'un nouveau-né. Est-ce que cette vague idée serait une hérésie ? Carolan ne voit pas comment cela se pourrait. Mieux, il ne voit pas comment un homme aussi conventionnel dans sa dévotion, et aussi humble dans sa supplication, pourrait être capable de tenir une idée en désaccord avec Dieu. Tout est bourdonnement de la pluie et cri de l'oiseau et miaulement du chat affamé. Tout est *silence, femme* et *allons, allons* et *ladli-fol-da-di.* Tapote-le, une-deux-trois. Pas si enjoué, ni pétulant. Plutôt lent et méditatif. Une sorte de thrène.

Il peut à peine respirer, parfois, tellement elle lui manque.

Et souhaite être avec elle à nouveau.

Retrouver sa famille et son Seigneur.

— Allons, mon bonhomme, dit-il enfin après une heure de chevauchée.

— Je suis désolé de vous avoir causé autant d'ennuis, répond de suite Owen Connor. Vous ne savez pas à quel point je suis désolé.

Son ami souffre. Mais Carolan ne peut pas partager ces délibérations automnales avec lui. En ce printemps avancé de sa vie, plus ou moins, Owen anticipe avec raison l'été à venir, les jours longs et les nuits courtes, les bourgeons et l'éclosion et le mûrissement des fruits sur la vigne. Voulant offrir du réconfort, il tend la main par-dessus l'écart entre les chevaux. Owen la serre, la paume humide. *Le Seigneur est mon berger,* veut lui dire Carolan. *Je ne manquerai de rien. Il me conduit dans le droit chemin pour la gloire de son nom.*

— Mon cher garçon, commence-t-il plutôt.

DEUXIÈME PARTIE

Ballach
(Taches de rousseur)

Chapitre 1

1er octobre 1737

Quand il ouvre les yeux, il fait jour. Et elle est là.

Non pas sa mère naturelle, bien sûr. Ni Teresa Devaney, la femme de l'école de charité à Sligo. Même Mary Macdermott Roe, la seule « mère » qu'Owen ait connue, n'est pas le visage qu'il voit quand il se réveille ce matin. Il s'agit plutôt d'Annie MacManus, servante de cuisine et enquiquineuse. La fille la plus énervante de tout le Leitrim. Aussi la créature la plus radieuse de tout le Connacht. Surtout dans cette lumière automnale qui traverse la pièce.

Pas étonnant qu'il ne réussisse pas, le plus souvent, à soutenir son regard ou que son sourire provoque en lui un hoquet d'excitation nerveuse. Annie a l'apparence qu'elle a ; malheureusement, il en va de même pour Owen. Comme toujours, ce sont les yeux qui en disent le plus long. Ceux d'Owen sont ternes et délavés, comme un poisson que toute vie a quitté. Elle prétend qu'il est facile de se tromper en lisant ses iris. Là où d'autres discernent une sévérité, elle voit de la timidité. Là où d'autres voient de l'orgueil, elle reconnaît à la fois un besoin d'affection et une honte de cette soif.

Le manque d'attraits d'Owen n'aide pas sa confiance. Pour lui, se tenir devant un miroir équivaut à marcher sur le même râteau encore et encore. Il peut vivre avec ses cheveux carotte, même s'ils frisent et s'effilent comme la toison d'un mouton laissé sans soins tout un hiver. Il peut supporter le front bas et le crâne anguleux, qui est le signe révélateur des forceps utilisés à la naissance, avec des conséquences fatales pour la mère, sinon l'enfant. Il peut même tolérer les lèvres viandeuses et la dent manquante en haut à droite, qui ne lui est pas très utile rangée dans une vieille tabatière.

Mais ce qu'il ne peut accepter, ce sont les taches de rousseur. Il en est barbouillé. Pire, il en est enduit : les oreilles, le nez, les joues et le menton, la poitrine, les bras et le ventre. Achille a émergé de sa trempette avec les talons tragiquement vulnérables. Owen Connor, lui, est tombé dans la cuve, s'est noyé dedans, une tournure comique.

Owen Ballach.

Avec le membre tacheté et les bourses mouchetées.

Annie MacManus cesserait peut-être de dire qu'elle aime les garçons de la couleur du porc encore cru, si elle connaissait ce défaut.

Maintenant, des heures après que le visage d'Annie l'a aidé à commencer cette journée, il regarde dans le miroir une dernière fois, humectant ses boucles avec de la salive. Le dîner est à un bosquet et un pacage de chevaux à l'ouest. Il a manqué le repas en question et il s'inquiète que la cuisinière, Betty O'Neill, ait peut-être fermé la cuisine, le réduisant à une autre ration de pain et de fromage. Tenu à distance des bruits ménagers et des futiles babillages, il perd souvent la notion du temps. En fait d'exil, la chaumière dans le bois derrière le manoir n'est pas parfaite. Mais une personne qui a de sérieuses lectures à faire ne peut demander mieux. Des trente et une soirées qu'Owen a passées là depuis son retour de Tempo, pas une fois il n'a manqué de remercier Mary Macdermott Roe en silence de l'avoir chassé de la maison principale.

L'*Optique* de Newton occupe son esprit, cet après-midi. Si bien que lorsqu'il ouvre la porte grinçante, il ne s'accorde pas le moindre regard d'adieu. Il porte des bottes et une culotte, une chemise sans col et une veste de laine. Le même accoutrement qu'hier, reconnaît-il, et que les jours d'avant.

La lumière, a découvert sir Isaac Newton, est composée de rayons colorés qui tombent sur les surfaces dans un ordre prédéterminé. Newton a utilisé des prismes pour en distinguer le spectre. Il y a sept couleurs constitutives : rouge et orange, jaune et vert, bleu, indigo et violet. Mais alors pourquoi la lumière – l'éclatante lumière, disons, du pacage là-bas – apparaît-elle blanche à l'œil nu ? Parce que ces rayons se réunissent. Et pour quelle raison, d'abord, les couleurs apparaissent-elles dans la nature ? De la propriété qu'ont les corps de réfléchir certains rayons et d'en absorber d'autres.

Plutôt simple. Si Hugh Maguire n'arrive vraiment pas à comprendre Newton, comme il l'a confessé sur la route de Tempo, alors le colonel doit trouver qu'il est plus difficile de s'acheter une intelligence vive qu'une position dans l'armée. Il est vrai toutefois que la partie de l'*Optique* qui dresse les grandes lignes de la « théorie corpusculaire de la lumière » est plus exigeante. Ces rayons colorés à l'intérieur d'une bande sont en fait des agencements d'objets durs comme des boules de billard, appelés « particules mobiles ». Les faisceaux lumineux sont composés de particules. Même chose pour les arbres et les pierres. Les gens aussi, si Owen comprend bien la théorie. Il a essayé de la dessiner un soir, en se servant de son propre corps comme modèle :

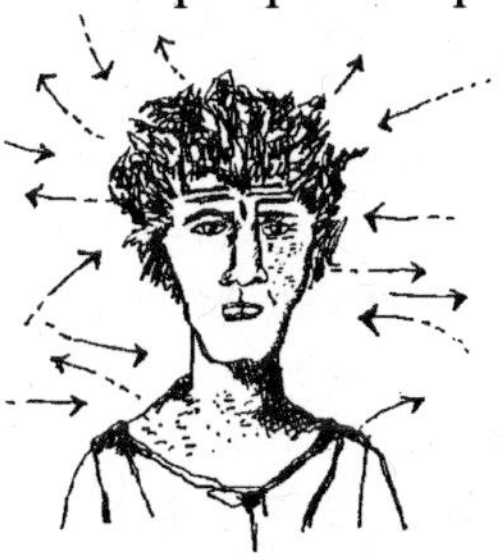

D'après Isaac Newton, les particules sont en mouvement perpétuel, toujours à se séparer puis à se réunir à nouveau. Tous les changements dans la nature résultent de différentes associations entre elles. Il en a identifié deux sortes : les fragments de particules et les particules entières. La terre et l'eau sont entières. Les fragments sont des entités moindres, portées à s'agiter jusqu'à ce qu'elles puissent se former ou se reformer. Le problème, c'est que les deux sortes de particules sont trop petites pour être visibles à l'œil nu, sans prisme. Toute cette activité exaltante a lieu – la mécanique même de l'univers, d'après Newton – et personne ne peut la voir, sauf en réfractant la lumière, sur un mur nu, à travers des pendeloques de verre coupé.

Owen ne le peut certainement pas. Il a relu les pages détaillant la « théorie corpusculaire de la lumière » des douzaines de fois sans en saisir tout à fait l'essence. La difficulté, soupçonne-t-il, repose dans le langage utilisé pour décrire la science. Il ne peut s'empêcher d'entendre une métaphore là où elle n'est probablement pas voulue. Prenez la notion de « fragment de particule » ou de « particule entière ». Terence Carolan est certainement une pleine particule, semblable à l'océan ou au ciel. Owen Connor, à l'inverse, est un fragment. Il est en morceaux, ses moindres impulsions et inclinations tournoyant dans sa tête de la même façon que des grains de poussière tournoient dans un rayon de lumière. Annie est probablement une particule entière, de même que Betty O'Neill. Mary Macdermott Roe est sans aucun doute fragmentée. Pour ce qui est de Flinn, il n'est sûr de rien.

Et son ami le frère Seamus ? Même s'il est parfois un vrai sac d'embrouilles, il est issu d'une particule plus grande, plus fascinante, décide Owen.

Les chevaux paissent du côté nord du pacage. Même par beau temps, le champ retient une bruine basse entre ses clôtures, comme un bol d'eau bouillie qui garde la vapeur entre ses parois. « Bonjour, Gulliver, lance Owen. Salutations à toi aussi, Geminiani. »

Combien de particules mobiles contient chacun de ces chevaux ? Une quantité prodigieuse, suppose-t-il. Jonathan Swift déclarerait sûrement ces créatures divines et indivisibles, et ne tolèrerait pas l'avis contraire d'un esprit *yahoo* inférieur.

* * *

Il secoue ses bottes pour en ôter la boue et retire son chapeau. La porte est ouverte, le plancher de la cuisine quatre marches plus bas.

— Que la paix soit sur cette maison.

La salle des serviteurs est vide, hormis elle.

— Si ce n'est pas Owen Ballach.

— Où est Betty ?

— Elle se repose, comme elle le fait toujours à cette heure de l'après-midi.

— C'est vrai.

— Entre, Owen. N'aie pas peur.

Annie MacManus est devant l'évier en train de plumer un poulet. Ses gestes sont vifs, crispant ses avant-bras, et sa robe est tachée aux aisselles. Sa lèvre supérieure transpire également, des mèches de cheveux retombent sur son visage.

— Comment se porte Annie ?

— Merveilleusement bien.

— Vraiment ?

— Pourquoi pas ?

Elle s'arrête pour l'examiner.

« Tu te portes mieux que cet oiseau, au moins », dit-il en la regardant dans les yeux. Une seconde plus tard, il étudie le sol à nouveau.

La servante de cuisine a le regard perçant. Quand elle doit cligner des yeux, elle commence d'abord par détourner la tête. Bien que les cils d'Annie soient aussi luxuriants que des moustaches de chat, Owen doute qu'ils puissent protéger les lentilles qu'ils bordent. Ronds comme des pennies et protubérants, les yeux d'Annie rappellent à Owen une lune d'automne par une nuit froide. Les blancs sont de nacre et les iris d'azur. Les pupilles, faites comme des diamants, sont dilatées en permanence, comme au bord d'un perpétuel étonnement. Un homme pourrait facilement se retrouver dans ces pupilles, et devenir dépendant des images qu'il y verrait.

Pour ce qui est du reste de son visage – ses joues, son nez et sa bouche, son sourire qui s'étire des lèvres jusqu'aux fossettes, et son menton qu'elle garde haut, comme pour montrer aux admirateurs son meilleur profil –, il lui coupe tout simplement le souffle. Ses cheveux brun noisette, coiffés serrés et attachés avec un fichu, et son cou de cygne lui font le même effet. La naissance de sa gorge, aussi, où la sueur vient souvent s'accumuler dans une légère dépression, peut altérer sa respiration.

Annie se tient maintenant sous une fenêtre rectangulaire qui, entre midi et seize heures, la plupart des jours, laisse entrer une lumière oblique dans la cuisine. Une lumière blanche tirant sur le jaune, à l'œil pré-newtonien.

— Sais-tu ce qu'est une recluse, Annie ?

— Une quoi ?

— Mon ami Seamus m'a parlé d'elles. Des femmes dévotes de l'ancien temps qui demandaient à être scellées dans les murs de cathédrales et de chapelles dans le but de donner leurs vies à Dieu. Elles passaient le reste de leurs jours emprisonnées dans ces édifices, avec une seule petite fenêtre pour recevoir la nourriture et faire passer les pots de chambre. On allait vers elles pour recevoir des bénédictions.

— Ça se passait où ?

« En France et en Espagne et peut-être en Angleterre. Il y a longtemps », dit Owen en observant sa silhouette se fondre dans la lumière. Elle lève le menton vers lui, comme un modèle à la demande de l'artiste qui fait son portrait.

— Je ne suis jamais allée ne serait-ce qu'à Carrick, Owen.

— Je sais bien.

— Qu'est-ce qui t'a fait penser à ces… comment tu les appelles ?

— Des recluses. Rien en particulier, répond-il.

Il n'est pas tout à fait honnête. La lumière du soleil n'emprisonne pas Annie MacManus, bien sûr. Mais d'une certaine façon elle est cloîtrée dans son corps. Femme faite, Annie n'arrive pourtant qu'à la poitrine d'Owen. La difformité, qui lui vient d'avoir bu du lait contaminé quand elle était enfant, l'a laissée avec une épine dorsale courbée et un torse et des jambes sous-développées. Puisque sa tête est d'une taille normale, elle semble gigantesque, comme celles que l'on trouve sur certaines marionnettes. Sa poitrine, aussi, celle d'une femme plantureuse, donne l'impression d'un joug plus que d'un cadeau de la nature. Née dans le hameau de l'autre côté de la barrière, la servante de cuisine n'a jamais voyagé au-delà de six milles à la ronde, incluant l'église de Keadew, où elle entend la messe avec Mrs Mac et le reste du personnel de maison. Elle se fatigue rapidement et transpire facilement et a besoin de journées de congé imprévues, qu'elle passe à se « reposer » dans la chambre à côté de la cuisine qu'elle partage avec la femme de chambre, Bridget O'Donnell.

— Et malgré tout ça, on m'a déjà embrassée, Owen Connor, dit-elle soudain. Peux-tu en dire autant ?

Pas vraiment, serait la réponse honnête. Son innocence est une autre source d'embarras. Il faut blâmer la timidité qu'Annie perçoit régulièrement ou la laideur qu'il a confirmée dans son autoportrait. De plus, son enfance dépourvue de présence maternelle lui fait éprouver une vague panique devant les femmes. On peut aussi blâmer Carolan, ou plutôt son bas-ventre, pour la leçon – peut-être prise un peu trop à cœur par Owen – que le seul frôlement de la joue d'une épouse par les lèvres de son mari peut induire un ventre gonflé.

Il avait d'abord été stupéfait de la façon dont Annie arrivait à deviner ses pensées. Son don rivalisait avec le sien par rapport au maître. Mais un jour elle a dévoilé le secret de son habileté. « Je le lis pas dans tes pensées, avait-elle dit. C'est ton visage. Tu n'as pas le tour de cacher ce que tu penses. »

La conséquence de toutes ces années passées en compagnie d'un aveugle, avait conclu Owen. Il était maintenant dépassé par les subtilités de la discussion entre voyants.

« Je devrais y aller », dit-il maintenant. Il se trouvera à manger plus tard.

Annie fait une moue, sans doute devant son refus de poursuivre la joute. « C'est un peu tôt pour rendre visite à maître Carolan, non ? »

— Je pensais aller voir Flinn d'abord.

— Flinn ? dit-elle. Il sera ravi, surtout si c'est ton derrière que tu lui montres, en chemin vers la barrière.

— Que veux-tu dire ?

— Il croit que tu portes le déshonneur sur cette maison et sur le nom de Macdermott Roe. Il pense que la réputation de Mr Carolan est aussi en souffrance. Mais Flinn est un vieux grincheux, ajoute-t-elle avec une fausse insouciance.

— Il t'a fait part de tout ça ?

— Pas à moi. À Betty.

— Quand donc ?

— Il y a eu de la poste ce matin, dit la servante.

— Et ?

— Flinn a étudié de près l'une des enveloppes et il a semblé très préoccupé. Mrs Mac est venue à sa rencontre sur le palier.

— Je devrais aller m'informer de cette lettre.

— Owen ?

— Oui ?

— Tu recommences.

— Quoi donc ?

Elle garde le silence.

Il a déposé son coude droit dans sa paume et levé la main à son visage, la base de son pouce reposant sur sa pommette. Il se masse le front du bout des doigts. *Tap, tap, tap,* un son faible et intérieur, comme une souris qui grugerait du bois quelque part dans une maison.

— J'ai des maux de tête depuis que je suis petit, dit-il.

— Mais est-ce que ça ne t'arrive pas à des moments précis ?

Il tapote toujours. Le mouvement étale la douleur, la dilue. « Quand je suis sédentaire », admet-il.

— Et ça fait un mois que tu n'as pas quitté le domaine ?

— Carolan est toujours en convalescence.

Elle se mordille la lèvre inférieure, qui rosit.

— Et oui, j'ai encore eu le rêve, hier, ajoute-t-il en devinant ses pensées.

— Ah bon ?

Il a mal deviné, apparemment.

— Ça ne fait rien, dit-il.

— Le rêve de la tempête de neige ?

— Laisse tomber.

— La neige qui souffle et le vent qui hurle? demande Annie MacManus. Les tombes sans noms et les chaumières abandonnées avec les portes entrebâillées?

— Tu te souviens des détails mieux que moi.

— J'en ai eu des frissons dans le dos, dit-elle en se frictionnant les bras.

Bizarrement, la remarque lui cause un picotement à l'entrejambe.

«Je devrais y aller», répète Owen. Ses mains sont maintenant revenues dans ses poches.

— Le maître m'a raconté son rêve aujourd'hui, dit-elle.

— Lequel?

— La rencontre avec Bridget Cruise dans la caverne de Station Island.

— Voilà ce que c'est, Annie, dit Owen. Un rêve.

— Il croit vraiment que c'est arrivé.

— Il fait erreur.

— Pourquoi tu prends ce ton?

— Les retrouvailles ont eu lieu dans son imagination seulement, dit-il.

— D'accord.

— Je tenais à te le dire.

— Il m'a suppliée de lui donner ma main, dit-elle avec un sourire si lumineux qu'il doit presque se couvrir les yeux. Il a dû la tenir pendant dix minutes, à la retourner et la frotter comme si c'était une pierre sacrée, à murmurer quelque chose à propos de la rayure des os.

— La nervure des os, corrige-t-il sans plaisir.

— Qu'est-ce que c'est déjà?

— Il supplie toutes les femmes qui pénètrent dans sa tanière de lui prêter leurs mains, dit Owen. Il fait de même avec les pattes des chiens.

— Qu'est-ce qu'on est amer, aujourd'hui.

— Et qu'est-ce qu'on est charmante.

— Flinn est quelque part dans le manoir, dit-elle en retournant à sa lumière blanc-jaune et sa poule à moitié plumée. Vas-y donc.

Comme toujours, il lui est reconnaissant d'être aussi tolérante.

* * *

Il trouve le majordome derrière la table dans la salle à manger. Flinn est à genoux, il prend des briques de tourbe dans un panier d'osier et les met dans la banne près de l'âtre. Ses mouvements, aussi lents et réfléchis que ceux d'un prêtre en train de consacrer l'hostie, magnétisent Owen. J. Flinn, dont le prénom est fort probablement Joseph – il ne veut ni le confirmer ni l'infirmer –, est l'employé des Macdermott Roe depuis bien avant la bataille de la Boyne. Jeune majordome, il a connu John et Mary Carolan, frais débarqués du Meath, et leurs enfants, Terence et Katherine. Il se souvient de Terence comme d'un garçon avenant, obéissant, avec des yeux clairs, mais qui n'était pas la meilleure pioche dans la cabane à outils. C'est Kate, sa sœur plus jeune, qui était la futée, la pauvre. Flinn avait soixante ans quand l'orphelin Owen Connor a été amené à Alderford. Il s'est opposé à cette nouvelle arrivée dès le premier jour et s'est toujours abstenu de modérer son opinion.

— Il y a eu de la poste aujourd'hui, Flinn ?

— Hein ? Il y a quelqu'un ?

— C'est Owen.

Le majordome se tourne vers la porte. Son visage s'est depuis longtemps affaissé sur les os de son visage, ses yeux enfouis sous des sourcils en brosse de chiendent. « Je ne t'avais pas vu, Owen. »

Carolan a déjà comparé la voix de Flinn au grattement d'un couteau sur du pain grillé. Ou plutôt du pain brûlé, avait-il corrigé.

Habitué au jeu du vieil homme, Owen attend.

— Tu me demandais s'il y a eu de la poste de Carrick ? Il y avait des lettres, oui – un bon nombre de lettres.

Il attend encore.

— Aucune enveloppe, à mon souvenir, n'avait le bonheur de porter ton nom.

— Je ne m'attendais pas à ce qu'il y en ait.

— Alors tu dois être satisfait.

Il ne va pas supplier.

— Une ou deux pour Mrs Mac, c'est vrai, dit Flinn. Mais la plupart étaient adressées à maître Carolan en personne.

— Il a reçu plus de lettres dans les dernières quatre semaines que dans toute l'année précédente.

« Pas surprenant, vu la quantité de lettres qu'il écrit », répond le majordome. Il se met sur ses pieds, le squelette chancelant. « Je peux m'occuper de la tourbe tout seul, merci », ajoute-t-il.

— Carolan ? Il écrit des lettres ?

— Tous les jours.

— Pas de ma main. Bien qu'elles devraient l'être, puisqu'une telle tâche fait partie de mes fonctions officielles.

— Fonctions officielles ?

— En tant que guide.

— Ah, dit Flinn. C'est Mary Mac en personne qui prend la dictée. Puis elle scelle les enveloppes, les adresse et me les donne pour que je les fasse suivre au courrier.

Owen prend soin d'encaisser la nouvelle sans trahir, espère-t-il, la moindre émotion. « Il prépare les prochains voyages, j'imagine, dit-il. Il est impatient de retrouver la route comme musicien itinérant. »

— Tu crois ?

— Nous avons parlé d'un périple à travers le Galway puis d'un petit tour dans le Longford et le Meath. De retour avant Noël, avec un peu de chance.

— Quand avez-vous discuté de ça ?

— Juste avant qu'il fasse le pèlerinage.

Flinn hoche la tête. Owen voit encore un prêtre levant l'hostie au son des cloches.

— C'est l'heure d'une pipée dans l'office, dit le majordome.

— Flinn, dit-il, exaspéré.

— Je sers ce qu'on me demande de servir, Owen. Du bourgogne et du porto, du whiskey et de la bière de mars. Dans des verres ou des gobelets. Dans des chaudières à récupérer l'eau de pluie, même, si un tel récipient est requis. Ce n'est pas à moi de décider qui a atteint sa contenance. Surtout dans une réunion de gentilshommes.

Une remarque sensée, reconnaît Owen. Mais il n'avait pas l'intention de réprimander son collègue serviteur au sujet des beuveries tenues dans la chambre de Carolan.

— Tu ne t'es jamais marié ? demande-t-il plutôt.

Les sourcils se soulèvent, pour révéler des iris gris comme des nuages de tempête d'automne. Les yeux de Flinn ballottent dans leurs orbites. « Pardon ? »

— Toutes ces années passées seul ?

— Je partage une chambre avec John Stamford.

Et tu n'as jamais été embrassé, toi non plus ? se dit-il.

— Marié au service, je suppose, dit Flinn.

— Et des enfants ?

— Quoi, des enfants ?

— Tu ne regrettes pas de ne pas avoir été père ? dit Owen.

— Un peu.

— Il n'y a jamais eu une fille ?

« Pas pour moi », répond le vieil homme. Il fait de son mieux pour fixer son regard directement sur Owen. « Une lettre est arrivée aujourd'hui de Tempo, maintenant que j'y pense. De la plume de Brian Maguire. »

Owen le remercie d'un faible sourire.

— Demande à madame, dit Flinn. Elle l'a décachetée dans l'escalier en montant à sa chambre.

* * *

Ce n'est pas à J. Flinn de mettre en question la contenance d'un gentilhomme. Et ce n'est pas à Owen de demander au vieux majordome l'aumône de quelques miettes d'informations à propos du courrier du jour, même quand son contenu le concerne directement. Owen a compris ces distinctions, et les a respectées tout au long de sa vie. N'empêche que ces règles le déroutent et le frustrent, provoquant des accès de désobéissance verbale et des actes de rébellion sporadiques et irréfléchis – tels que, doit-il admettre, voler des livres dans une bibliothèque. Sa conversation avec Flinn lui rappelle la rencontre avec le garçon d'écurie à Tempo, Thomas O'Hara, à la suite de l'incident avec le colonel Maguire dans la salle à manger. Le désastre de cette soirée n'avait pas encore pris toute son ampleur. Grisé par sa joute verbale avec le colonel, dont les insultes à l'endroit de Carolan avaient été suffisamment outrageantes pour risquer un coup de rapière, Owen put enfin convaincre Thady Bourke qu'il s'était bien calmé et radouci et qu'on pouvait sans crainte lui permettre de rester seul dans l'office de Tempo. Thady, il est vrai, lui refusa la permission d'aller mettre Carolan au lit, faisant promettre à Owen de rester dans les quartiers des serviteurs jusqu'au matin.

Il tomba par hasard sur Thomas O'Hara qui fumait une pipe devant la porte de la souillarde. Un grand échalas aux cheveux laineux avec ses propres éclaboussures de taches de rousseur sur les joues, Thomas clamait avoir presque quinze ans et se disait bientôt prêt à se raser. Pour célébrer ce fait douteux, Owen leur servit deux verres de bière d'un baril, écartant les inquiétudes de Thomas devant ce bris des règlements du manoir. Ils se cachèrent derrière les écuries.

— C'est une chose insensée que vous avez faite là, Mr Connor, dit le garçon en trinquant timidement avec lui. Le colonel a un sacré tempérament.

— Moi aussi, Thomas, répondit Owen. Moi aussi.

— Il peut donner des coups derrière la tête qui vous décollent les pieds du sol.

Quand Owen lui demanda si le colonel Maguire l'avait déjà frappé, le jeune lui répondit qu'il l'avait bien mérité, les deux fois. « Est-ce qu'il a découvert ta caricature de lui dans le pot de chambre de Brian Maguire ? » demanda-t-il.

Thomas O'Hara secoua la tête si énergiquement qu'il en renversa la bière qu'il était trop nerveux pour apprécier. « Vous ne lui en avez pas parlé, dites, hein, monsieur ? » répondit-il, franchement alarmé.

Owen mentit en l'assurant que le dessin était un secret que Brian Maguire ne partageait qu'avec ses amis les plus dignes de confiance.

Thomas se mit presque à pleurer de soulagement. « J'étais tout à fait contre cette commande, dit-il, surtout quand ma mère m'a dit que je pouvais être renvoyé de Tempo si le colonel venait à savoir. Mais sir Brian a insisté, disant que rien de mal ne pouvait venir d'une telle plaisanterie. » Puis, après une pause au cours de laquelle le peu de courage qui lui restait s'est égoutté de ses yeux, avec l'inévitabilité d'un liquide au bord d'un verre incliné: « Il dit vrai, Mr Connor, non? Le dessin ne va pas me coûter ma position à l'écurie? Je ne sais ce qui m'arriverait si je devais perdre mon travail ici. »

L'échange ramollit Owen plus qu'un seul verre de bière ne pourrait jamais le faire. Il avait prévu de passer le temps avec Thomas, ce soir-là, à se rappeler ses propres débuts à Alderford. Lui aussi avait commencé comme garçon d'écurie, à dormir dans le grenier et à passer ses soirées à l'office, écoutant John Glavin raconter ses aventures en tant que guide du harpeur aveugle Terence Carolan, cher ami de Mary et Henry Macdermott Roe et résident régulier à Alderford, un homme avenant mais distrait dont la réputation en tant que buveur et compositeur de mélodies le précédait dans chacune de ses tournées à travers le pays. Owen avait prévu de parler à Thomas des leçons quotidiennes qu'il prenait dans la bibliothèque d'Alderford, sur l'insistance de sir Henry, qui était déterminé à éduquer un pauvre orphelin aux côtés de ses propres fils, comme pour le préparer à une tâche plus grande que celle de garçon d'écurie ou de valet de pied. Il aurait peut-être même décrit cet après-midi de 1717 quand lady Mary Mac l'avait invité dans le grand séjour et lui avait demandé si, à seulement dix-huit ans, il était prêt à assumer les fonctions tenues par John Glavin, dont les maux de dos chroniques l'empêchaient maintenant d'aller à cheval, et à devenir le nouveau guide du même Terence Carolan. Une tâche de la plus haute importance, avait insisté Mary Macdermott Roe. Une occasion sans pareille pour un jeune tel que lui.

Owen avait prévu de respecter les vœux de Thady Bourke de se tenir tranquille jusqu'au lever du soleil, et de rendre service au grand échalas plein de taches de rousseur en partageant ainsi avec lui les détails de sa propre vie, en lui faisant l'esquisse d'un chemin menant vers l'amélioration des conditions sociales. Mais la timidité du garçon aigrit Owen et, après avoir juré sur l'honneur de ne parler à personne de la caricature, il se faufila à l'étage pour jeter un coup d'œil au pot de chambre maudit – il ne sait toujours pas pourquoi il a raconté à Carolan qu'il avait uriné dans le bol, et en compagnie de l'artiste en herbe – puis pour faire un brin de jasette avec son maître. Enfin, il résolut de se payer une visite à la petite bibliothèque située au bout du couloir menant à la chambre de Carolan. La bibliothèque avait une assez bonne collection de livres, des connaissances accessibles à tout homme sachant lire, de même qu'une porte qui ne pouvait plus, désormais, être verrouillée.

* * *

Il croise sa maîtresse au bas de l'escalier menant au deuxième étage. Owen, en fait, est sur la première marche, prêt à grimper. Mary Macdermott Roe attend au sommet, baissant le regard vers lui, les mains sur les hanches.

Il prend acte de l'avertissement.

— Il est encore tôt, dit-elle.

— Bonjour, Mrs Mac.

— Tu es encore à une heure et demie de ton rendez-vous d'après-midi.

« J'en suis conscient », répond-il, ses doigts à courir encore une fois sur son front. S'il arrive à rester immobile sans que les douleurs n'apparaissent, le blâme de Mary Macdermott Roe les déclenchera de toute façon. Personne n'exprime le reproche d'une façon aussi cinglante que sa maîtresse, ou d'une façon qui, pour Owen, est aussi humiliante.

— De cinq à six heures, dit-elle. Une généreuse attribution.

Mary Mac s'attend maintenant à ce qu'il lui soit reconnaissant pour son heure pleine avec Carolan en après-midi, en plus de son quart d'heure du matin. Sur ce sujet, il ne peut pas lui donner satisfaction.

— Un horaire était nécessaire, répond-elle à son silence.

— Bien sûr.

— Il recevait des invités à toute heure du jour ou de la nuit et ne prenait aucun repos. Quelqu'un devait rétablir l'ordre.

— Et vous êtes la personne toute désignée.

Elle plisse ses yeux et fronce ses sourcils. « Est-ce moi qui t'ai banni de la chambre adjacente à celle de ton maître ? » demande-t-elle.

— Pas exactement.

— Pas du tout.

Il hausse les épaules.

— Qu'est-ce que je t'ai demandé, Owen ?

Comme la question est rhétorique, il n'y répond pas.

— Rien d'autre que de retourner les livres au colonel Maguire, et ainsi d'éviter des poursuites pour vol et le déshonneur. Ça, ou te retirer dans la chaumière. Tu as choisi en suivant ton libre-arbitre.

— En effet.

— Tu as choisi de t'exiler.

— Un bien petit exil, dit Owen. Comparé à celui d'Énée.

— Tu trouves le moyen d'en rire ?

— Certainement pas.

— Je n'entends pas à rire.

— Je le vois bien.

— Terence n'entend pas à rire.

— Si vous le dites.

— De même pour tes collègues serviteurs de la maison. Tu ne portes pas le déshonneur que sur ta propre personne mais sur nous tous.

— Je reviendrai dans une heure et demie.

« Et pourquoi ne portes-tu pas les vêtements qui sont ta tenue naturelle ? » demande-t-elle ensuite, le front toujours crispé.

— Madame ?

— Le coffre. Tu ne peux pas l'avoir oublié ?

Il ne l'a pas oublié. Sa maîtresse lui a envoyé deux cadeaux en moins de vingt-quatre heures après son départ de la maison principale. Le premier était un lourd bougeoir avec une base circulaire et une applique recouverte de plaquettes d'argent. Bien qu'ostentatoire, le bougeoir s'est révélé utile, surtout pour la lecture en soirée. Le deuxième cadeau était un coffre en bois avec des lanières de cuir et l'écusson des Macdermott Roe sur le dessus. Dans le coffre se trouvaient des souliers et des bottes, des bas et des culottes, des chemises à volants et des foulards. Deux gilets avec vingt boutons chacun et une cape faite d'un mélange de coton et de laine. Une perruque. La garde-robe d'un squire de province avec un goût pour la mode mais un œil douteux pour la couleur. Celle, plus exactement, de Henry Macdermott Roe, le sauveur et le mentor d'Owen. Sir Henry était de la même taille que le guide. Il avait aussi été affligé de la même silhouette d'arbre de mai, incluant des os iliaques aussi protubérants que le nasal d'un casque et un ventre plat, voire concave. Aucun de ses cinq garçons n'a hérité de son physique. Seul le garçon d'écurie Owen Connor a pu un jour soutenir la comparaison.

Malgré tout, le cadeau est saugrenu. Henry Macdermott Roe est mort lors d'une chute de cheval en 1727. Owen était tout aussi grand et misérablement accoutré il y a onze ans. Pourquoi offrir les vêtements aujourd'hui ? Pour quelle occasion devrait-il ainsi s'habiller ? Une mascarade, à son avis.

— Désapprouves-tu les habits de sir Henry ? demande-t-elle.

— Pas du tout.

— Dans ce cas pourquoi ne les portes-tu pas ?

Owen ne trouve pas de motif. « N'aurais-je pas l'air d'un imposteur avec de tels atours ? » répond-il.

— Mon mari n'avait pas l'air d'un imposteur.

— Mais votre mari était sir Henry Macdermott Roe.

— Et toi tu es Owen Connor.

Sa réplique se veut bienveillante. Mais il n'arrive pas à croire à son sentiment et soupçonne qu'elle n'y croit pas davantage.

— Est-ce qu'Annie MacManus était dans la cuisine ? dit Mary Mac.

— Oui.

— Et tu l'as vue ?

— Je l'ai vue.

— Puis-je demander de quoi vous vous êtes entretenus ?

— Du prodige de ces femmes qui s'emprisonnent dans les murs des cathédrales pour mieux servir le Seigneur.

— Owen ?

— De l'art de plumer la volaille.

Il voudrait qu'elle descende les vingt marches pour s'adresser à lui à son niveau. À moins qu'elle ne descende l'escalier, il ne peut pas le monter. Il y a un aspect symbolique dans leurs postures respectives, reconnaît Owen. Elle est au sommet, élevée par sa condition, et il est en bas, assigné à son rang.

— Terence dort toujours ?

— Il prend un bain.

— Encore ?

« Il aime tremper deux fois par jour maintenant », dit Mary Macdermott Roe. Malgré toute sa bonne volonté, elle n'arrive pas à dissimuler sa propre incrédulité devant cette habitude.

— Est-ce qu'il se serait remis à composer, par hasard ?

Bien que le second étage soit dans la pénombre, la vision d'Owen – une vision de cheval, l'a déjà complimenté Carolan – lui permet de voir comment elle penche la tête à sa question, tel un oiseau curieux.

— Une nouvelle mélodie, élabore-t-il. Une nouvelle sorte de mélodie, même. Il a dit qu'il espérait essayer quelque chose de différent.

— Différent ? Terence Carolan ?

— Pourquoi pas ?

— Quand est-il supposé avoir fait cette remarque ?

Owen a du mal à attribuer une date à cette conversation. « Sur la route de Tempo, répond-il, après notre nuit à Kesh. Non, impossible. Il n'était pas en état de parler musique ce matin-là. »

— Après l'accident avec l'enfant ?

Il a raconté aux autres serviteurs l'histoire de Carolan essayant de lancer Deirdre Connelly dans le ciel. À la suite de quoi il a été traîné deux fois devant Mrs Mac pour répéter l'histoire, la seconde fois en présence du médecin de famille, Brian Lynch. Le docteur l'a assailli de questions.

— Il n'y a pas eu d'accident, dit-il à nouveau. Il a lancé puis attrapé une petite fille. Elle était malade et elle est morte depuis, d'après moi.

— Terence n'a-t-il pas souffert d'une sorte de paralysie ?

— Peut-être, dit-il. Bien que le terme soit du Dr Lynch.

— N'a-t-il pas perdu la faculté de parler pendant toute la matinée ? dit Mary Mac en s'efforçant de cacher son angoisse derrière un ton cinglant. De même que toute sensation le long d'un côté de son corps ?

Owen se tait.

— Une défaillance qui aurait pu être évitée si tu avais déployé plus d'efforts pour intervenir ?

— Nous avons déjà discuté de tout ça, Mrs Mac.

— Tu étais son guide.

— Je l'ai guidé loin de Tempo, n'est-ce pas ?

— Veux-tu dire qu'il y avait un quelconque danger au domaine des Maguire ?

— Pas forcément. Mais il y avait du désordre et de la négligence. Terence est très affecté par une telle ambiance. Son moral, et peut-être sa santé, se seraient détériorés si nous n'étions pas partis.

« Ridicule », dit Mary Mac. Son expression, toutefois, suggère qu'elle est déjà au courant de ce qu'il rapporte. Le déclin de Tempo est le sujet de bien des discussions parmi la noblesse du Leitrim et du Roscommon.

— Les routes de l'Ulster sont de moins en moins sûres, ces derniers temps, dit-il, et les routes défoncées du Connacht à peine mieux. Comme je suis son guide, je continuerai à le guider avec vigilance le long de ces routes, sans égard pour ses propres impulsions de navigation.

— Tu n'as plus besoin de t'en faire avec tout ça, murmure-t-elle.

— Je vous demande pardon ?

Mary Macdermott Roe refuse de répéter la déclaration. Elle jette plutôt un regard en direction de la chambre de Carolan, qui se trouve en dehors du champ de vision d'Owen. De derrière la porte proviennent des bruits d'eau éclaboussée dans une baignoire.

Owen comprend soudain pourquoi elle ne descend pas les marches. Elle veut l'empêcher de les grimper. Il doit déglutir trois fois pour digérer son amertume.

— Ses ongles…, dit-il.

Elle penche la tête encore une fois.

— Il ne joue qu'avec des cordes de bronze. Et pourtant quelqu'un – Flinn, je présume – lui a coupé les ongles jusqu'à la pulpe. Il faudra des semaines avant qu'ils ne repoussent.

— C'est Terence qui a réclamé le manucure.

— Mais comment pourra-t-il composer ?

— Tu es trop pressé, dit-elle en revenant à un peu de gentillesse. Laisse-le d'abord se remettre. Donne-lui du temps.

— Il en a déjà tant perdu.

— Comment donc ?

— Il n'est pas éternel, Mrs Mac.

— Toi non plus, Owen.

Conscient qu'il a gaspillé suffisamment de sa bonne volonté, il s'informe humblement du contenu de la poste du matin.

Chapitre 2

6 novembre 1737

Elle entre sans frapper et traîne une chaise jusqu'à son lit. Même si Owen attend son retour depuis des heures, ses yeux perçants et ses lèvres serrées, la façon dont elle replace ses mèches de cheveux derrière ses oreilles, il feint l'indifférence.

— C'est toi, dit-il enfin.

— Tes cils sont encroûtés, observe Annie MacManus. Veux-tu que je les essuie?

Se relevant sur un coude, il enlève le sable avant qu'elle ne le fasse.

Annie, dont le front est aussi tacheté, lui coule un long regard scrutateur. Elle a sûrement remarqué ses joues hérissées et sa peau grasse, sa tignasse orange en mal d'un bon savonnage. Elle doit bien voir qu'il porte le même bonnet et la même chemise après un jour, une nuit et encore un jour d'immobilité.

— J'ai essayé de marcher jusqu'à l'âtre hier, dit Owen en mouillant ses doigts avec sa langue pour aplatir ses cheveux, histoire de jeter un coup d'œil au miroir. Je fais peur à voir, j'en suis sûr.

Elle n'offre pas de réponse.

— À mi-chemin ma tête s'est mise à m'élancer. J'ai dû m'ordonner de prendre mon crâne entre mes mains, de revenir vers le lit et de le déposer sur l'oreiller, comme si c'était un vase de porcelaine.

— J'ai amené le médecin, dit Annie.

— Je t'ai demandé de ne pas le faire.

— Il peut t'aider.

— C'est un fait établi que le docteur ne peut rien faire de tel.

— Bonjour, Owen Connor.

— Dr Lynch, dit Owen à la silhouette devant la porte.

— Annie me dit que ton mal est pire que d'habitude?

— Pire en durée, à tout le moins, répond-il.

Brian Lynch, un homme corpulent avec une épaule plus haute que l'autre, ce qui lui donne une posture affaissée, et des yeux agrandis deux fois par des lunettes, gémit en s'assoyant sur le matelas. Il a déjà émis son opinion sur le lieu, d'abord par un froncement de sourcil puis un gigotement des bajoues.

— Nous n'avons jamais fait la lumière sur ces douleurs récurrentes, n'est-ce pas? dit-il en pinçant le poignet d'Owen.

— Je ne me souviens pas d'un temps où elles ne me torturaient pas.

— Aussi loin en arrière que l'orphelinat?

— Une école de charité, ça s'appelait, dit Owen. Tenue par des pieuses femmes laïques sous l'autorité des derniers dominicains de l'abbaye.

— Est-ce qu'on était vraiment charitable avec les orphelins pensionnaires?

— Nous étions nourris, réplique-t-il. Deux fois par jour.

— Des coups de fouet?

— Ce n'est qu'un mal de tête, docteur.

— Toujours le même point au milieu de la tempe?

« Comme la mouche d'une cible », dit-il, espérant un rire.

Annie grimace, plutôt.

« Très étrange », dit le Dr Lynch. Il sonde le point de ses doigts comme s'il espérait trouver une pointe de flèche logée sous la peau. La douleur a son propre pouls.

— Ça ne me dérange plus trop, dit Owen. Sauf ces derniers jours.

— Qu'est-ce que tu en dis, Annie ? demande le médecin. Est-ce qu'Owen est mieux logé dans ce taudis qu'à l'intérieur du manoir ?

Elle serre les lèvres.

— Il est son propre maître dans cet habitat, dit Owen.

— Son propre fou, d'après moi.

Il hausse les épaules.

— Il faudra que tu rendes la chaumière habitable pour les mois d'hiver, dit Brian Lynch. La porte ne ferme pas bien et le chaume dans ce coin laissera entrer les neiges de janvier. Et tu n'as pas eu de chance avec ce feu, à ce que je vois. James Egan, le dernier précepteur des garçons, se plaignait en son temps de l'âtre qui crachotait et ne donnait pas assez de chaleur, même pour un espace aussi petit. Une vraie bonne cheminée faisait, et fait toujours, défaut.

— James Egan était mon professeur aussi, dit Owen. En lecture, écriture, histoire et mathématique. Et latin.

Il veut qu'Annie le sache.

— Un peu d'instruction est une chose dangereuse, entre les mauvaises mains, dit le docteur.

— Un scalpel aussi.

Le Dr Lynch concède un sourire. Ses globes oculaires tressaillent derrières ses lentilles tandis qu'il examine le cou d'Owen à la recherche d'enflures.

— De toute façon, je ne resterai pas ici assez longtemps pour devoir réparer le chaume ou monter une cheminée, dit Owen.

— Ah bon ?

— Encore un mois, au plus.

— Ils t'ont donc trouvé une autre position ?

— Une position ?

— Un arrangement a été fait avec l'un des mécènes de Terence ?

Son visage doit sans doute exprimer la confusion.

— J'ai peut-être mal compris ce que tu disais, s'excuse le docteur.

Owen résiste à la tentation de se mettre lui aussi à la recherche de cette pointe de flèche. « Je vais sans doute reprendre la route avec Carolan, dit-il en tortillant ses doigts posés sur ses cuisses. Il ne peut tout de même pas être encore malade après deux mois de convalescence ? »

Brian Lynch se redresse. « Je ne suis pas libre de discuter de son état de santé », dit-il comme si on lui avait dicté la réponse.

— Vous ne pouvez pas le confiner à son lit pour l'éternité, docteur. C'est mauvais pour sa santé, et la mienne. Il n'a jamais été assigné à résidence pour une aussi longue période depuis que je suis à Alderford.

— Sauf à la mort de sa femme, dit Annie.

Les deux hommes la regardent.

— Il n'a pas voyagé pendant toute une saison après la mort de Mrs Carolan. Il est resté dans la chambre où il est maintenant, avec Mary Mac à ses côtés, à presque toutes les heures du jour et une bonne partie de la nuit.

Son expression ne trahit aucune compréhension de son propre commentaire. Le docteur échange des regards avec Owen mais ne dit rien. Il quitte sur une révérence et un dernier froncement de sourcil devant l'état des lieux ou du patient – ou les deux.

— Je me sens déjà mieux, dit Owen une fois le médecin parti.

— Ses examens du maître sont à peine plus appliqués, dit Annie MacManus. Je me demande bien ce qui fait souffrir Mr Carolan.

— Un excès de whiskey et de rhum et de cochon rôti et de plum-pudding, pour commencer. Trop d'hommes avec qui boire et à lui donner du « Maître », dit-il. Trop de femmes pour céder à son moindre caprice.

Elle se frictionne les bras. « Occupe-toi du feu, peu importe ce que tu penses faire, dit-elle. On attraperait la mort ici. » Elle fait le tour de la pièce. « Flinn m'a dit que John Carolan a vécu dans cette chaumière pendant des années. »

— C'est vrai.

— Était-il aussi gentil que son fils ?

— Je ne l'ai jamais rencontré. Mais d'après ce que j'ai entendu, il ne l'était pas.

Elle hoche la tête.

— J'ai l'intention de faire quelques réparations. La porte et le chaume. Peut-être une cheminée aussi, si je suis ici après décembre. Et j'ai installé cette tablette, Annie, pour mes livres. Es-tu impressionnée ?

Owen a fixé au mur deux équerres sur lesquelles il a posé une planche. Les vingt-deux volumes y reposent, les dos bien en vue. Mais la tablette n'est pas droite, le torchis n'offrant aux équerres qu'un équilibre précaire.

— Pas vraiment, pour être honnête.

— Je n'ai aucun talent pour les travaux manuels, avoue-t-il.

Quand Annie sourit, ses yeux brillent comme ceux d'un chat dans le noir. Il les admire jusqu'à ce qu'elle s'en aperçoive.

— Je devrais me reposer encore un peu, dit Owen. Je ne voudrais pas manquer un autre rendez-vous.

Il n'a pas vu Carolan depuis cinq jours, dont quatre pour avoir été à Sligo, où il a – à la demande de sa patronne – escorté Mary Carolan de Mohill à la maison de sa sœur aînée Siobhan, l'épouse du capitaine Allan

Smedley. Une visite manquée de plus le plongerait dans le désespoir.

— Il prenait de tes nouvelles, dit-elle.

— C'est vrai ?

— Tous les jours, il s'informait de toi.

Owen laisse passer quelques battements de cœur pour contenir son avidité. « Il a sûrement envie d'une bonne conversation. Charles MacCabe et Toby Peyton sont peut-être amusants, mais ils n'offrent aucun défi à son intellect, et ne l'aident pas à trouver l'inspiration. Il a besoin d'une compagnie plus sérieuse. »

— Ils s'amusaient ferme hier soir, en tout cas.

— Qui ?

— Le maître et Mr MacCabe, de même que le conseiller Brady et un Italien dont je ne peux pas prononcer le nom. Les rires ont retenti jusqu'aux petites heures du matin…

Voyant sa réaction, elle s'interrompt.

— Y a-t-il eu de la musique ? demande-t-il.

— Un peu, répond Annie en ramenant son châle sur ses épaules.

— À la harpe ?

— La harpe ?

— Est-ce qu'il – je veux dire, est-ce que Carolan a joué quelques airs pour ses feignasses et ses ivrognes d'amis ?

— L'instrument n'a pas bougé de son coin depuis neuf semaines, maintenant, comme tu le sais bien. Charles MacCabe a invité le violonneux Sean Doherty, de Drumkeeran. Le gentilhomme étranger a joué du pianoforte.

— Dans la chambre ?

— Mrs Mac a ordonné à Thomas et James de monter le piano du grand séjour. Exprès pour l'occasion, ajoute-t-elle en baissant les yeux.

— Ils ont hissé le piano jusqu'à l'étage ?

— J'allais oublier, dit Annie MacManus sur le pas de la porte. Elle veut que tu ailles prendre le thé avec elle cet après-midi. À quatre heures, si tu le peux.

— Le thé ? Moi ?

— C'est ce qu'elle a dit.

— D'accord.

La lumière naturelle donne à ses mèches de cheveux l'or du miel liquide. Elle serre ses lèvres encore une fois.

— Je suis heureuse que tu ailles mieux, dit-elle. J'étais inquiète.

— Merci, Annie.

— Tu ne prends pas soin de toi.

— La faute à tous ces livres que je lis.

— Je suis sérieuse.

— Merci, répète-t-il.

* * *

Le thé avec Mrs Mac. Quel honneur que voilà. Owen a été initié au thé par nulle autre que Moira Carolan, dans cette même chaumière près de Mohill où il est récemment allé chercher sa plus jeune fille pour la ramener à Sligo. Moira lui a fait goûter au breuvage il y a un peu plus de vingt ans. Elle aimait prendre une tasse bien chaude, et bien qu'elle ne manquât jamais de feuilles à infuser, grâce aux admirateurs de son mari qui lui faisaient cadeau de cette boisson à la mode, elle manquait souvent de compagnie avec qui partager une théière, vu l'indifférence de Carolan envers tout liquide qui n'a pas été fermenté. Owen aimait bien le thé. Il aimait encore davantage la compagnie de Moira, jusqu'à souffrir tasse après tasse de cette concoction orientale. Il s'assoyait avec elle près du feu pendant qu'elle cuisinait ou qu'elle cousait. Il approchait une chaise près de leur énorme lit à colonnes dans la chambre à coucher pendant qu'elle allaitait un bébé, et détournait le regard de sa poitrine ou des draps et des couvertures froissés qui l'entouraient, trace de l'activité nocturne à laquelle il préférait ne pas penser. Son visage n'avait pas la beauté théâtrale d'Annie MacManus, étant large et plat, la bouche fade et les dents inégales, les yeux si globuleux et sereins qu'ils faisaient penser – qu'ils lui faisaient penser, à tout le moins – à un veau naissant. Mais Owen aimait cette fadeur. Il aimait la lueur discrète de Moira, son sourire placide qu'elle portait avec la même régularité, et pour la même raison, que son châle.

Parce qu'il lui allait si bien, si naturellement.

Non qu'il lui ait jamais imposé sa présence. C'était son travail de venir d'Alderford prendre Carolan, en vue d'une visite à faire. On ne pouvait pas lui reprocher l'incapacité de Carolan à se préparer ou même à se rappeler son itinéraire. Un retard de plusieurs heures était routinier. Une attente d'un jour et d'une nuit n'était pas exceptionnelle. Ce qui lui laissait le temps de tailler un bâton de *hurley* avec Tadhg et de servir de monture à Siobhan et Martha, de jouer au loup avec Anne et Eileen. Le temps aussi de boire du thé avec leur mère qui n'avait, après tout, que sept ans de plus que lui et qui appréciait, sentait-il, la compagnie d'un adulte avec qui elle pouvait partager un sourire. Si Owen pouvait percevoir à l'occasion une frustration chez Moira, non pas tant devant l'infirmité de son mari que devant l'effet de cette condition sur elle – l'étouffé, pour ainsi dire, de sa propre exubérance –, c'était parce qu'il connaissait, lui aussi, cette frustration. Qui d'autre qu'Owen pouvait lui offrir une saine rivalité pour l'affection de Carolan ? Qui d'autre pouvait se penser secrètement le premier compagnon du harpeur, à en croire le nombre d'heures passées en sa présence et de besoins concrets satisfaits ? Naturel était le lien entre le guide de Carolan et la femme de Carolan. Ils partageaient un seul et même maître.

Owen n'a certainement jamais voulu épier Moira en train d'allaiter ni entrapercevoir son mamelon dénudé, comme c'est arrivé un matin où elle a abruptement retiré un enfant – ce devait être Maev – qui mordait sa chair maintenant meurtrie. Pas plus qu'il n'a voulu tomber sur un garçon de deux ou trois ans qui tétait le sein du cadavre de sa mère sur le pas d'une porte, l'une des nombreuses scènes déchirantes qu'il a vues au cours de l'hiver 1726. S'il a plus tard décrit le tableau à Carolan, il s'est arrêté juste avant de partager la vision blasphématoire qui s'est alors imprimée dans son cerveau : la Vierge Marie avec le Christ enfant, en leur repos éternel.

Il y a de ces choses qu'un homme voit, avec ses yeux ou son imagination, et qu'il ne peut tout simplement pas oublier.

* * *

Il a mis l'*Optique* de côté ces derniers jours pour s'attaquer à la *Recherche sur l'origine des idées que nous avons de la beauté et de la vertu*, de Francis Hutcheson. Voilà une argumentation qu'Owen peut suivre, même avec la tête endolorie. Les actions vertueuses, soutient le philosophe, proviennent de caractères vertueux. « Les bonnes dispositions de l'esprit » ne sont pas le pur produit de l'instruction. Elles doivent être « originairement imprimées en nous par le grand Maître, et ensuite fortifiées et affermies par la culture que nous donnons à notre esprit ». Mais une personne dont la qualité naturelle est déficiente peut se racheter à travers la lecture, l'écriture et des interactions sociales bénéfiques. C'est ainsi que, selon Hutcheson, un homme du commun peut mobiliser la vertu qui lui est naturelle et la transmettre aux autres.

Enfin un livre qui parle de sa propre condition, et dans lequel il se sent capable de s'engager. Owen ne s'illusionne pas en pensant qu'il existe un lien entre lui et l'auteur. Francis Hutcheson n'est pas sir Isaac Newton, dont l'accointance est au-delà de la portée d'un mortel comme les étoiles sont éloignées de la terre. Il est plutôt natif de Drumalig, comté de Down. La *Recherche* est parue en 1725 chez un éditeur de Dublin, où le philosophe a déjà résidé. Owen a accompagné Carolan lors de plusieurs tournées dans la capitale au cours de cette décennie. Pendant une de ces visites, leur hôte Patrick Delany a organisé une soirée en l'honneur du harpeur. Après avoir trouvé un siège et un verre de vin rouge pour Carolan, Owen s'est retiré dans un coin de la pièce d'où il pouvait à la fois étudier l'assistance et garder un œil sur son protégé, dont le signal pour demander de l'aide pouvait être aussi subtil qu'un verre levé ou un lobe d'oreille tiré. Mais alors un homme, et non un collègue serviteur, s'est approché de lui. Il était replet, dans la trentaine, avec un léger accent de l'Ulster, et il ne portait pas de perruque. Prénommé Francis – il n'avait donné que son nom de baptême –, il avait de petits yeux ronds aux cils longs et féminins. Pour la deuxième fois de sa vie, Owen s'est dit qu'il avait devant lui les yeux que Terence Carolan aurait offerts au monde, si la variole ne s'en était pas mêlée.

Comme à son habitude, il informa Francis qu'il était présent à cette soirée pour être au service d'un membre de l'assemblée. Il n'était pas assez important pour être un invité; il n'était, en fait, pas important du tout. L'invitation à rompre l'échange avant même qu'il n'ait commencé rencontrait rarement un refus, avait-il souvent remarqué, surtout à Dublin, où un gentilhomme ne prenait pas le thé sans que ce soit calculé. Francis, pourtant, sourit simplement devant la mise en garde et se mit à poser des questions. Ils en vinrent à discuter de toutes sortes de choses, même des Lois pénales, un sujet qu'Owen n'aurait jamais osé aborder, et qui lui fit prendre un ton aussi bas que celui réservé pour ses dialogues avec Carolan. La conversation le renversa. Francis de l'Ulster traita Owen du Connacht en égal, lui faisant l'honneur non seulement d'écouter ses remarques mais aussi de les critiquer, dans l'espoir de cultiver sa pensée. Owen était dans cette joute comme un poisson dans l'eau. Si bien que, quand son nouvel ami mentionna qu'il donnait un cours de philosophie à l'Académie de Dublin, il laissa échapper qu'il aimerait être l'un de ses étudiants un jour. Plus d'un membre de la société aurait alors levé le nez, comme devant un pet. Mais Francis exprima un espoir sincère qu'il en soit ainsi.

Ils auraient peut-être parlé plus longtemps si le Dr Delany en personne, professeur d'éloquence et d'histoire à Trinity, n'avait demandé à s'entretenir avec son collègue. Owen se tint au silence devant l'ecclésiastique, de peur de sembler présomptueux.

Cette rencontre eut lieu à l'été 1727. Owen avait vingt-sept ans, un des rares sagouins de province dans la capitale à ne pas tendre la main ou le chapeau pour une aumône. Lorsque permis, il se glissait dehors par la porte arrière de la maison sur Stafford Street et errait, les poches vides mais le cœur sur le point d'éclater. Il pouvait compter les différents Dublin. Il y avait les nouvelles rues et places en vogue au sud de Stephen's Green, des maisons de pierre et de granit qui pouvaient s'élever aussi haut que cinq étages au-dessus du sol. Il y avait le parc de Trinity College, où l'enseignement était donné en latin, et celui de Chichester House de l'autre côté, sur College Green, le lieu de rencontre du Parlement. Plus à l'ouest se trouvait le château, résidence du vice-roi, et ses casernes, d'où le pouvoir, sinon l'ordre, émanait. Le long des quais sous les casernes, des bandes rivales – les Liberty Boys et les Ormonde Boys, les Tisseurs et les Bouchers – menaient de sanglantes batailles et rendaient souvent impraticables pendant des journées entières les ponts qui traversaient la Liffey. Même un homme de grande taille déambulant en plein jour avait raison de s'inquiéter s'il s'égarait sur The Coombe ou du côté d'Oxmontown. On pouvait compter sur une bourse allégée et une bosse sur le front. Il n'était pas rare d'apercevoir l'éclat d'une lame.

À l'ouest encore se situait le grand projet du duc d'Ormond, Phoenix Park, un parc royal de chasse plus grand que la ville elle-même. Les serviteurs de Delany avaient prévenu Owen de se tenir loin du parc ainsi que des rues autour de l'hôpital de Kilmainham et celles immédiatement au nord de la Custom House sur Essex Quay.

Mais c'était le quartier du château qui l'attirait, surtout les ruelles pavées entre les cathédrales. Avec Christ Church s'élevant derrière et Saint-Patrick en surplomb devant, le château en contrebas et la rivière au-delà, Owen pouvait se sentir à la fois pris dans la gueule de la ville et en sécurité. Cette sensation de confort était liée, de façon irrationnelle, à Jonathan Swift. L'auteur était né à Hoey's Court, une place que l'on ne peut atteindre qu'en gravissant la pente glissante de Cole's Alley, à partir de Castle Street, et il habitait maintenant la résidence rattachée à la cathédrale. Dans ces rues anciennes, où les étroites maisons en briques et à pignons s'appuyaient les unes sur les autres comme dans une fatigue partagée, le sagouin de province pouvait marcher parmi les vide-goussets et les marchandes de pommes, les évêques et les avocats, les vieux soldats cognant des écuelles sur leurs jambes de bois et les ribaudes montrant leurs poitrines aux passants. Il s'attendait presque à croiser Swift en personne, en présence duquel il avait été lors d'un souper l'année précédente à Quilca, la résidence de Thomas Sheridan. Owen s'attardait à l'extérieur du jardin privé du Doyen où, disait-on, le grand homme venait faire sa promenade quotidienne en compagnie d'une de ses amies. Il prenait la peine de contourner l'église pour passer devant la porte, dans l'espoir d'y trouver accroché un vers louangeant ou critiquant le mystérieux Drapier, un fauteur de trouble dont il était fier de connaître l'identité, grâce à cette soirée à Quilca. Pourquoi un homme qui est libre en Angleterre, demandait Swift, travesti en Drapier dans la célèbre Troisième lettre, devient-il soudainement un esclave quand il traverse la mer d'Irlande ? Pourquoi, en effet. Owen remarqua les écussons que Jonathan Swift, déterminé à ne soigner que les indigents résidents du territoire de Saint-Patrick, obligeait à porter les candidats souhaitant recevoir l'aumône de l'église dont il était le doyen.

Owen paya même d'un outrancier penny une tasse de café chez Eade's Coffee House, situé également dans Hoey's Court. Swift favorisait certainement un établissement adjacent à son lieu de naissance. À défaut du Doyen/Drapier, Owen pourrait peut-être apercevoir un autre des grands de la ville, les poètes et les pamphlétaires, les imprimeurs et les aventurières, dont les exploits constituaient le service de ragots de plus d'une table à manger. Hormis un troupeau de clercs d'avoués, Eade's était toutefois resté désert pendant toute l'heure où il fit semblant de lire le *Gazeteer* hebdomadaire. Du charbon liquide n'aurait pu être plus infect que ce café, avec ou sans sucre.

Tout de même. Un homme comme Owen Connor, détenant le secret du Drapier et discutant avec des philosophes ! Aurait-il pu faire son chemin à Dublin, à l'époque ? Il avait pensé essayer, mais l'idée de quitter le service de Carolan et de perdre le contact de Moira et des enfants lui avait causé une forte angoisse anticipatoire. Owen était pourtant toujours accroché à l'espoir d'un jour aboutir dans la classe d'un érudit prénommé Francis et de s'y révéler aussi à l'aise en latin qu'un poisson dans l'eau. *Aptata ut anas aequori ?* Le mauvais participe, soupçonnait-il.

Au lieu de quoi, il lui a fallu voler la *Recherche sur l'origine des idées que nous avons de la beauté et de la vertu* dix ans plus tard pour apprendre que Francis avait écrit un livre. Pire, le volume avait été publié anonymement, et Owen l'a subtilisé dans la bibliothèque à Tempo parce que le mot *vertu* figurait dans le titre. Quand le colonel Maguire lui a révélé le nom de l'auteur, la nouvelle a bien failli éventer sa duplicité. Plus tard, il a lu l'inscription. *À Lady Cuthbert,* disait-elle, en cursives racées. *« Long et dur est le chemin qui de l'enfer conduit à la lumière. » Francis Hutcheson, Glasgow, 1736.*

Il aurait payé six mois de gages pour être le possesseur légitime de l'ouvrage. Si leurs visites ne s'étaient pas tant espacées ces dernières années, il aurait peut-être trouvé le courage de s'informer du professeur de l'Académie de Dublin et aurait ainsi appris que Hutcheson enseignait maintenant à l'université de Glasgow. Avec le temps, Carolan s'est trouvé de plus en plus agacé par la condescendance de la capitale, où le barde en personne était traité avec la même suspicion qu'un autre paysan drainé dans le Pale, et s'est mis à trouver des prétextes pour l'éviter. Owen, quant à lui, perdait sa chance de poursuivre son rêve, à demi-formé, doit-il admettre.

— Les hommes comme nous avancent à tâtons, avait dit le frère Seamus un soir à Pettigoe, doublement condamnés que nous sommes par l'intelligence que nous avons de notre propre condition, et notre détermination à la défier.

Owen s'ennuie de ses conversations avec Seamus. Ces soirées au Devlin's Inn semblent s'être déroulées il y a trois ans, et non trois mois. De tous les hommes de basse extraction qu'il connaît, le frère est celui qui se prend le plus au sérieux. Seamus est aussi impatient et décidé, ce qui offre un agréable contraste par rapport à ses collègues serviteurs d'Alderford, chez qui l'indulgence et l'abnégation semblent aussi innées que la foi. Il a envie de retrouver cette compagnie, surtout maintenant qu'un autre hiver est à l'horizon.

— J'aimerais tant jouer un plus grand rôle dans ma destinée, se souvient-il d'avoir répondu au frère. Si ce n'était de mes présentes responsabilités…

Seamus avait répliqué avec son aplomb habituel. « L'époque n'en a cure, de nous, Owen, et de nos passions, nos innovations, et certainement des ambitions qui sont légitimement nôtres. » Aux questions d'Owen à propos de ce qu'ils pourraient faire pour changer leur condition, le franciscain avait répondu : « Prends nos noms. Le tien n'est rien, le mien non plus. Pas de tribu ou de clan, de manoir ancestral ou de titres de famille. L'astuce est de croire que cet anonymat est notre plus grande liberté. Pour ma part j'en suis convaincu. Et toi ? »

* * *

Mary Macdermott Roe l'attend dans le grand séjour. Le thé de quatre heures est servi : théière de porcelaine avec tasses et soucoupes assorties, un crémier et un sucrier, une assiette des sablés au gingembre de Betty O'Neill. La chienne nommée Grace, rescapée de l'époque des parties de chasse entre père et fils le long du versant ouest de l'Arigna, se laisse tomber sur le côté devant l'âtre, les pattes avant croisées. Elle darde un œil chassieux sur Owen.

— Thé ? demande Mrs Mac qui verse déjà.

Il est perché sur le sofa devant elle. À côté des biscuits se trouve une lettre, soigneusement repliée.

— La pièce semble différente aujourd'hui, dit Owen dont le regard s'attarde sur l'endroit où se trouve normalement le pianoforte.

— J'ai dans l'idée de demander à John Stamford de repeindre ces murs. Cela fait plus d'une décennie que je ne me suis dévouée à cette maison. Au printemps, peut-être, nous entreprendrons quelques améliorations.

Son observation est juste. Le séjour, par exemple, en plus d'avoir besoin de peinture fraîche, est meublé de divans élimés par un trop grand nombre de derrières et jonché de tapis piétinés tant par les hommes que par les chiens. La couverture qui irrite le dos d'Owen, brodée par des épouses de fermiers lors d'une année de famine, est elle aussi râpée, tandis que les décorations murales – une rangée d'assiettes gravées, des assemblages de rhododendrons et de roses trémières, de même que le portrait, de travers, du défunt squire d'Alderford – sont remarquables par leurs couleurs passées et leur patine défraîchie. Et le portrait de sir Henry souffre de pires maux que ce cadre mal construit qui penche vers le sud-est. Même Henry Mac avait plus de viande sur les os que ce que l'artiste a bien voulu rendre. Son visage, aussi, bien qu'émacié, le menton pointé et les oreilles décollées, avait une bouche rieuse et des yeux plissés mais bons. Dans ce tableau, le regretté mari de Mary Mac n'est qu'un thorax maigre comme un clou surmonté d'un museau pour toute tête, sur laquelle une chevelure noire se dresse comme par un choc éternel. Owen trouve l'image étrange pour une raison différente : le lourd volume serré entre les doigts de la main droite de sir Henry. Il ne se souvient pas d'avoir jamais vu son maître un livre à la main, encore moins en train d'en lire un. Sa femme a toujours été la véritable bibliophile.

Owen hoche la tête à sa remarque, conscient qu'elle ne sollicite pas sa participation dans les réparations.

— Où en est ta tête, à présent, Owen?

— Pas enfouie dans un livre, en tout cas, Mrs Mac.

« N'as-tu jamais pensé, dit-elle en jouant de sa voix, à sa manière, que Carolan a déjà comparée aux notes que fait résonner un orgue d'église, chaque mot recevant sa pleine mesure, que les maux pourraient être reliés au cauchemar dont tu souffres? Celui où il y a du mauvais temps et des enfants abandonnés, le village en délabrement? Suppose qu'il y a un incident oublié à propos de ton enfance qui correspond à cette scène. La douleur qui cercle ton front pourrait aller de pair avec l'occurrence de la scène dans le monde de tes rêves. »

Bien qu'il se jure d'avoir un mot avec Annie au sujet de ses manies de cancanière, Owen garde le silence.

« Prends la vieille Grace », continue Mrs Mac. La chienne décolle sa joue de la tuile de l'âtre en entendant son nom. « Toute jeune elle s'est vue prise entre les pattes d'un cheval de trait et a reçu un fer sur le museau. Le coup l'a projetée à l'autre bout de la cour. John et moi l'avons couchée dans la paille, pensant qu'elle allait bientôt mourir. Mais un instant plus tard elle se remettait debout sur ses pattes chancelantes. »

« Je me souviens de l'incident », dit Owen. Bien sûr qu'il s'en souvient: c'était lui, et non John Stamford, qui avait secouru l'animal. Sa maîtresse a de plus en plus de trous de mémoire, dernièrement, une usure qu'un peu de peinture ne réparerait pas.

— Depuis lors, la chienne a été la proie de cauchemars. As-tu remarqué les soubresauts et les secousses dans son sommeil ?

— Et vous êtes convaincue que…

— Le coup à la tête les a déclenchés, dit Mrs Mac.

— Par conséquent, j'ai dû recevoir un coup semblable ?

— N'est-ce pas concevable ? Cette horrible institution où tu as été élevé, dit-elle en feignant un frisson.

Il se rappelle le commentaire de Brian Lynch dans la chaumière. Le dernier accès de maux de tête d'Owen a décidément fait les gorges chaudes dans la salle des serviteurs, des échanges qui ont ensuite été rapportés à Mrs Mac par cette effrontée de Betty O'Neill. « Grace a donc confirmé ce lien entre un fer sur le museau et des rêves agités ? » demande-t-il.

— Ne fais pas le malin.

Comme il l'a fait plus tôt aujourd'hui avec le Dr Lynch, il se tortille les mains sur les cuisses, pour les empêcher d'aller s'égarer sur ses tempes. « Je n'en serais pas capable », répond-il.

De qui le chien es-tu, Owen Connor ? pense-t-il.

— Peut-être en va-t-il de même pour Carolan dans la caverne, dit-il tout de même. Deux cent quarante heures sans vin rouge ni whiskey auraient pu causer toutes sortes de délires. Étonnant qu'il n'ait pas rencontré sa mère, aussi.

— Tu es donc convaincu que les retrouvailles avec Bridget Cruise n'ont pas eu lieu ?

— Ne l'êtes-vous pas ?

— Il en a tant parlé, et avec une telle clarté d'esprit, dit-elle.

— A-t-il arrêté de parler de Station Island ?

— Ces derniers jours, oui. Mais, depuis, cette lettre est arrivée.

— Une lettre, Mrs Mac ?

« Rien », répond-elle. Soudain elle porte son attention sur la cheminée et sur le portrait de son mari.

Owen tourne son propre regard vers sir Henry, pour voir ce qu'elle regarde. Même la chienne ouvre son œil chassieux.

— Il est surprenant, lance-t-il.

— Pardon ?

— Son visage n'était certainement pas si étroit. Ses épaules non plus. Et pour ce qui est de ce que l'artiste a fait avec le menton…

— Mais de quoi me parles-tu donc, Owen Connor ?

Elle a le regard absent, remarque-t-il. Owen laisse tomber sa critique du portrait. « La lettre dont vous parlez, essaie-t-il plutôt. Si elle concerne nos voyages, je crois avoir le droit d'en être informé. »

— Vos voyages ? dit Mary Mac.

— Peut-être une invitation à aller visiter un domaine ? Nous avons le temps, avant Noël.

Mary Macdermott Roe penche la tête de côté. Comme toujours, elle évoque chez Owen l'image d'un oiseau en cage, heureux d'avoir troqué sa liberté contre des graines et du nectar. Sa maîtresse est une petite femme qui porte ses cheveux blancs en chignon pour mieux accentuer ses traits découpés, surtout ses pommettes et son nez. Ses yeux sont noisette, froids et secs, et sa manie de crisper les lèvres est devenue un tic, la nature qui se venge de toute une vie de reproches. Owen doit se rappeler qu'il y a cinquante ans, cette même femme, nouvellement entrée dans le clan Macdermott Roe, a sauvé de la misère certaine un jeune travailleur de la forge aveuglé en engageant un harpeur pour lui montrer son art. Le geste salvateur faisait montre de caractère. Mary Mac, née Mary Fitzgerald de Castlebar, n'était alors âgée que de vingt et un ans, et elle était passionnée par les arts. Pour le prix d'un instrument et d'un tuteur, elle s'était offert un barde bien à elle.

Un barde dont elle s'occupe depuis plus de cinquante ans maintenant, sa passion toujours intacte. Rien ni personne, incluant son mari et sa famille, n'a pu se glisser entre elle et Carolan.

— Ton périple à Sligo a bien été ? demande-t-elle enfin.

— J'ai laissé Mary chez sa sœur et puis je suis resté encore un jour pour assouvir ma curiosité à propos d'une chose. Dommage que son père n'ait pas pu la voir avant qu'elle parte, ajoute Owen après délibération. Elle ne sera pas de retour avant le printemps.

— Il était indisposé le matin où vous êtes passés.

— Vous l'avez informé que Mary était là ?

— Bien sûr.

— Et il ne pouvait pas trouver quelques minutes pour voir sa plus jeune fille ?

— Il a dit qu'ils s'assoiraient ensemble dans le jardin en avril ou en mai, quand les fleurs seraient écloses, dit Mrs Mac. N'est-ce pas ce que je vous ai rapporté à tous deux ?

— Oui, acquiesce-t-il.

— Eh bien…

Owen a l'intelligence de ne pas pousser plus loin sa doléance. Après tout, il était heureux qu'on lui confie une tâche qu'il pouvait accepter, surtout une qui lui permette de se rendre à Sligo. Sa décision de refuser toute autre forme de travail, y compris lors de la semaine des moissons, quand tout le monde au domaine donne un coup de main, est très mal vue. Mais il n'a pas le choix. Il doit affirmer sa propre valeur, peu importe combien il peut en douter en secret. Owen Connor n'est pas un moissonneur ou un batteur ni même, désormais, un palefrenier. Il est le guide personnel de Terence Carolan. Il serait fou de laisser une telle position lui échapper sans lutter.

Ses explorations ont été un succès, en effet. Après avoir dit au revoir aux filles Carolan, Owen a fermé les yeux ou presque et a tracé la route jusqu'à Temple Street, une rue derrière la grande abbaye dominicaine, où il n'avait pas mis les pieds depuis vingt-cinq ans. L'abbaye, plusieurs fois pillée et brûlée, la dernière fois lors de la révolte de 1641, était tout aussi majestueuse qu'elle lui avait semblé lorsqu'il était petit. Dix pas plus loin, il titubait déjà au souvenir du vacarme du marteau du forgeron et des relents de pain de savon des blanchisseuses. Même avant qu'Owen ne trouve la porte, sa mémoire avait déjà pénétré dans l'étroit bâtiment. Il voyait la pièce du rez-de-chaussée où Teresa Devaney habitait, gardienne du seul foyer. Il voyait l'escalier qui montait à la pièce du haut, les marches avec chacune son craquement à elle et les murs encroûtés de boue. Il voyait la paille répandue sur le sol en guise de couche et les pots de chambre empilés dans un coin, les boîtes assignées à chaque garçon pour leurs effets personnels, incluant les souliers que peu d'entre eux possédaient. Il voyait la fenêtre, haut perchée sur le mur, qui laissait entrer un rayon aussi essentiel qu'une poutre d'église mais aussi froid que les ténèbres qui l'entouraient, et le crucifix au-dessus de la porte, dans l'ombre également. Il a ressenti alors la même solitude – de la solitude plutôt que de la peur – qui avait étouffé son courage tout au long des jours passés là, se languissant des parents qu'il n'avait jamais vus et, d'après ces femmes pieuses, qu'il n'avait même jamais mérités. La noirceur de cet endroit. La cruauté.

Quand il est bien sûr que Mrs Mac ne lui posera aucune question au sujet de cette « chose » à Sligo qui piquait sa curiosité, Owen insiste. « Vous souvenez-vous très clairement des circonstances dans lesquelles sir Henry m'a trouvé ? » demande-t-il.

— Ne me parle pas de cette histoire, répond-elle en grimaçant.

— Et pourquoi pas ?

— C'est lassant.

— C'est ma vie.

— Une vie que nous t'avons donnée, dit Mary Mac. Un toit, une instruction aux côtés de nos fils et puis un emploi sérieux.

— Ce dont je vous suis reconnaissant.

— Alors montre-le.

Owen lui permet cette réprimande. Une fois adressée, il peut poursuivre. « Comment devrais-je m'y prendre, Mrs Mac ? »

— Tu pourrais commencer par venir à la messe avec nous tous les dimanches, réplique-t-elle. Tu pourrais aussi coopérer davantage avec tes collègues serviteurs. Écouter les conseils de tes supérieurs, qui ne veulent que ce qui est le mieux pour toi, serait aussi une bonne chose. Et puis il y a tes relations avec Annie.

— Annie est une bonne fille.

— Elle ferait une bien meilleure épouse encore.

— Moi qui pensais que vous vouliez me bannir de ma position de guide, et d'Alderford par la même occasion. Vous m'offrez plutôt d'épouser une fille qui n'est jamais allée plus loin que quelques milles au-delà de cette maison.

— Prends-la avec toi, dit Mary Macdermott Roe simplement.

La mâchoire lui en tombe.

— Pour l'emmener où ?

— Nous y viendrons bientôt.

Il a assez enduré ses brimades. « L'école de charité où j'ai vécu jusqu'à l'âge de douze ans existe toujours sur Temple Street, dit Owen, et elle est toujours sous la direction des frères dominicains, bien qu'elle soit tenue de façon encore plus secrète qu'à mon époque.

Un registre a survécu, et le nom de ma mère peut y être trouvé. "Jeny Connor", ou "O'Connor", comme il est écrit ailleurs. » Il prend soin de garder les yeux fixés sur une arabesque du tapis. Mary Mac connaît déjà l'histoire. Mais elle peut très bien avoir oublié les détails, qui n'ont pas été discutés depuis un bon moment. Quoi qu'il en soit, relier les trames narratives permettra de recoudre la confiance dont Owen a besoin. « Elle est morte le jour où je suis né, le 10 juillet 1698 et quelqu'un a écrit dans la marge que, son nom étant probablement faux, il serait difficile de retrouver sa famille. Une femme âgée à qui j'ai parlé – Martha O'Donnell, dont j'ai reconnu tout de suite le visage et la voix – était certaine que Jeny Connor venait des Ox Mountains dans le comté de Mayo. Le prêtre lui a refusé les derniers sacrements et elle a été enterrée dans une fosse commune. Elle est probablement toujours au purgatoire à ce jour », ajoute-t-il.

Comme il n'entend aucune réponse, il continue.

— Martha O'Donnell, qui ne me reconnaissait pas ni ne se souvenait de mon passage là-bas, n'était pas surprise de me voir si grand, car la fille leur avait été amenée par un homme de stature comparable. Il avait laissé une somme pour les frais du médecin et l'entretien de la mère, si elle devait survivre. D'après Martha, il avait tout l'air d'être un gentilhomme.

Flinn est sur le pas de la porte.

— Il vous demande, Madame, dit le majordome. Il y a une lettre qu'il aimerait dicter avant la visite d'Owen Connor.

Mary Macdermott Roe s'éclaircit la voix.

— Owen, dit Flinn en se tournant vers lui. Je ne t'avais pas vu. Comment va la tête aujourd'hui ?

— Y a-t-il quelqu'un dans tout le Roscommon à qui Annie n'a pas parlé de mes difficultés ?

— Elle a beaucoup d'affection pour toi, dit Mary Mac une fois le majordome reparti avec le message qu'elle sera à l'étage sous peu. Et dans son opinion, tu en es digne.

— Elle est trop bonne.

— C'est aussi ce que je crois.

Il fait passer la pique avec une bouchée de sablé au gingembre.

Enfin, elle ouvre la lettre. Owen en a deviné le contenu dès le moment où il a mis le pied dans la pièce. Il reste tout de même sur ses gardes.

— Je dois avoir un mot avec Terence à ce sujet, dit Mary Mac en bougeant sur sa chaise comme pour se lever.

Grace gémit.

Il attend.

— Elle est du shériff d'Enniskillen.

— Une convocation ?

— Ta présence est requise dans la geôle d'Enniskillen. Pour avoir volé des objets dans la bibliothèque de Tempo en août dernier.

— Doit-il vraiment être mis au courant ? demande Owen avant de pouvoir s'en empêcher. Cela ne peut-il pas rester entre nous ?

— Le shériff menace de venir jusqu'ici avant la nouvelle année si tu ne te rends pas d'ici là. Et Terence le sait déjà, Owen. Il sait ce que tu as fait depuis le matin où vous avez quitté le domaine Maguire. Tu devrais être honteux, dit-elle.

— Je le suis.

— Alors rends les livres

Il garde le silence.

— Quelle folie s'est emparée de toi ?

— Folie, Mrs Mac ?

— Ils mettent des hommes au pilori pour de tels crimes. Ils leur donnent des peines de cinq ans de prison ou les envoient sur l'une des plantations de Sa Majesté en Amérique. Est-ce là le sort que tu souhaites ?

Bien qu'il essaie de le cacher, son pronostic l'effraie. « Je vais quitter Alderford sur-le-champ, dit-il en prenant son chapeau. Ainsi, vous serez lavés de toute responsabilité. »

La rapidité de sa réponse trahit un plan. « Nous avons une meilleure idée, dit-elle. J'ai une pile de musiques récentes du maître – ou plutôt des musiques datant de l'époque où il composait encore. Je te confierais les manuscrits pour que tu les apportes aux frères Neale. »

« Les Neale se sont montrés intéressés à publier un autre recueil de ses mélodies ? » demande-t-il. Leur silence des dernières années laissait penser le contraire.

Mary Mac ignore la question. « Avec de bons soins et de bons habits, tu pourrais circuler parmi la société de Dublin quelque temps », dit-elle avec la naïveté de quelqu'un qui n'a jamais été dans la capitale, et qui a encore moins fréquenté sa société. « Tu peux même emprunter le nom d'un de mes propres fils, si cela peut t'aider. Si Patrick Delaney veut bien être d'assistance dans ce stratagème et te faire quelques présentations, tu pourrais facilement t'y cacher six mois ou un an, le temps que nous puissions résoudre cette dispute avec Maguire. J'ai déjà envoyé une note au colonel offrant de lui rembourser les volumes.

— Vous croyez qu'il porte plainte dans le but de recouvrer la valeur des deux livres ?

— Dans quel autre but le ferait-il ?

Owen doit se retenir. Le colonel Maguire a, malgré tout, plus de choses en commun avec Mary Macdermott Roe que lui. L'insulter reviendrait à insulter sa maîtresse également. « Dr Delaney a donc accepté d'héberger un fugitif sous son toit ? » dit-il.

— Pas encore, admet-elle. Mais il sera heureux d'obtempérer. C'est ce que croit Terence, en tout cas.

Mary Macdermott Roe se lève lentement et marche jusqu'à la fenêtre. Toute vitalité a disparu de son maintien, comme la lumière dans un coin reculé du ciel. Son pas traînant sur le plancher révèle ce que ses inépuisables ambitions pour Carolan et son inlassable condamnation de son guide font oublier à Owen : sa maîtresse est une femme de soixante-dix ans. Une veuve depuis de nombreuses années, dont l'âtre a refroidi.

Sur une table est la cassette où elle range sa correspondance. Il y a deux mois encore, remplie surtout de billets de ses enfants et de notes de créanciers, la boîte restait ouverte. Depuis quelque temps elle est toujours fermée, la clé au cou de Mrs Mac. La boîte est peinte gris de perle et bordée d'un motif floral.

En vérité, Owen ne donne pas cher du stratagème de Dublin, même en acceptant d'être attifé comme un légitime Macdermott Roe. Mais l'évocation d'une telle ruse, avec sa reconnaissance implicite de la ressemblance entre Owen et sir Henry, est une chance qu'il ne peut pas laisser passer. « Maintenant que j'ai un coffre rempli des effets de sir Henry, dit-il, je suppose que je pourrais me vêtir comme l'un de ses fils. Une fois rasé et les cheveux coupés, bien sûr. »

— J'en suis certaine, dit-elle distraite.

— Henry Macdermott Roe était un vrai gentilhomme. Et moi, curieusement, j'en suis la copie conforme.

— Nous tenons donc notre stratagème, dit-elle en marchant vers la porte.

Il fait mine de la suivre.

— Il est passé cinq heures, dit-il en réponse à son air. Je n'ai pas vu Terence depuis presque une semaine.

— Crois-tu qu'il serait sage que tu sois présent au moment où je lui montre ceci ?

— Peut-être pas.

— Je dirai que ta tête te fait souffrir.

— Il me manque beaucoup, Mrs Mac.

— Demain n'est pas si loin, n'est-ce pas ? Peut-être aurons-nous alors une meilleure idée de ce qu'il reste à faire de toi.

Il aimerait qu'elle fasse plus d'efforts pour cacher son soulagement. Et il aimerait aussi ne plus être le chien de sa maîtresse à Alderford.

* * *

Au cours de sa réclusion de trente-six heures, Owen s'est amusé à mettre par écrit l'emploi du temps du Carolan grabataire. Le programme est digne de l'horaire d'un monarque paresseux qui tient sa cour.

MATINÉE
9 h à 10 h
Lever. Bain. Rasage. Coiffage.
Prière, un rosaire complet.

10 h à 11 h
Déjeuner : chocolat et thé, pain grillé et beurre, lait de poule.
Dr Lynch « examine » le patient.

11 h à 11 h 15
Owen Connor ne reçoit aucune directive. Est éconduit.

11 h 15 à midi
Discussion avec Mary Mac au sujet du courrier secret, entrant.

APRÈS-MIDI

Midi à 14 h

Visiteurs respectables. L'évêque de Kenmare et le conseiller Brady. Lord Mayo et Charles O'Conor. Divers rejetons, surtout Maev et, jusqu'à récemment, Mary.

Rafraîchissements : lait de poule et bière, pain et croûtons de fromage, figues et noix. Deux ou trois pipées de tabac, préparées par Flinn.

14 h à 15 h

Dîner léger.

Premier service : pâté de dinde et mouton bouilli.

Deuxième service : légumes verts et soupe, puddings et pâtisseries.

Troisième service : ris et tête fromagée, fricassée d'œufs et pigeons. Salades, pommes de terre et fromages.

Dessert : tarte aux pommes à la crème.

Vin rouge et bière.

15 h à 16 h

Sieste.

16 h à 17 h

Deuxième bain. Vêtements propres. Poils de nez coupés et oreilles dégagées. Ongles limés. Dictée à Mary Mac du courrier secret, sortant.

17 h à 18 h

« Visite » officielle d'Owen. Aucun rafraîchissement n'est offert. Aucune pipée. Sujets de discussion étranges : les carrières dans la East India Trading Company et dans les plantations de canne à sucre aux Antilles. Les doux étés de la Nouvelle-Écosse et les ours du Québec. Annie MacManus, un beau brin de fille. Annie, qui ferait une excellente épouse.

18 h à 18 h 30

Retour du Dr Lynch.

1 8h 30 à 19 h 30

Mary Mac fait la lecture de l'*Énéide* et de l'Ancien Testament. Bière et vin rouge sont servis. Carolan somnole.

19 h 30 à 20 h

Prières du soir avec le père G*** de Keadew, ou l'évêque. Confession hebdomadaire le samedi. Douze «Je vous salue Marie» et quatre «Notre Père», un Credo des apôtres et un Acte de Contrition. Un rosaire pour faire pénitence.

20 h à 21 h

Souper.
Premier service: bœuf et langue rôtie, dinde et lièvre.
Deuxième service: soupe et pâtés, perdrix avec légumes.
Troisième service: veau farci avec persil et crème, poulet avec œufs en sauce. Mouton saignant.
Dessert: gâteau aux amandes et chocolats.
Vin rouge et porto.

21 h à???

Visiteurs de rangs divers. Charles MacCabe et Toby Peyton. Henry Mac le jeune, de Greyfield. Brian Lynch, au repos. Quelque musicien d'une paroisse environnante. Backgammon et mauvaises blagues, chansons et récitations.
Whiskey et bière.

Maintenant qu'il retraverse le pré, une brume comme de la neige soufflée étalée sur le sol, Owen essaie de voir quel rôle pourrait jouer un guide dans cet emploi du temps. Peu importe le nombre de fois qu'il se repasse le programme, sa présence dans la chambre de Carolan n'est requise que deux fois par jour. Moins de fois que Mary Mac ou Flinn. Moins encore qu'Annie, qui entre et sort de la chambre du matin au soir. Il se demande même si son maître n'a pas moins le désir de sa compagnie que de celle de la chienne Grace, étalée devant l'âtre presque tous les après-midi, une fois que ses articulations arthritiques lui permettent de grimper l'escalier, ses griffes cliquetant sur les marches de bois.

Tout homme a besoin d'une raison d'être. Il veut agir et que ses actions soient d'une bonté concrète. Francis Hutcheson croit que le plus grand moteur de l'action vertueuse est la « bienveillance ». Dans la *Recherche*, le mot semble interchangeable avec « générosité » et « bonté ». Owen essaie de ne pas être trop dur avec lui-même. Il essaie de cultiver ces qualités qui lui manquent. Il possède et lit des livres. Il recherche la compagnie de ceux qui pourront ennoblir son esprit, également. S'il semble déficient en vertu, ces jours-ci – un document l'accusant d'un crime est en circulation, après tout –, il espère que la condition est temporaire. Il n'est pas une mauvaise personne, il mérite d'être aimé.

Chapitre 3

24 décembre 1737

Il lève les yeux de son bol de gruau pour regarder la lettre qu'elle a à la main. Il cherche son regard. Paniqué, Owen admire sa bouche et son cou et puis, malgré lui, la farine saupoudrée sur le sillon entre ses deux seins, comme du sucre sur un plum-pudding. Ses yeux battent en retraite vers la sûreté de la table de l'office, son bois non verni et son grain mat. Il ignore la cause de son insistance. Ou alors s'il y a une cause – elle est agenouillée sur le banc et doit garder l'équilibre –, il y a aussi un effet. Il se recule, comme pour se protéger d'un cheval cabré.

— Eh bien ? dit Annie. Ne vas-tu pas la lire ?

— Dans une minute.

Il dépose l'enveloppe sur la table et prend sa cuiller.

— N'es-tu pas ravi, Owen ? Moi, je le suis.

— Vraiment ?

« Je suis ravie pour toi. Ce sont de bonnes nouvelles, j'en suis sûre, dit-elle, son souffle comme une plume sur sa joue. Un de ces nobles qui admirent tant ton maître. Il te prendra le temps que tout se calme. »

— Et fera de moi un gentilhomme, une fois qu'on y est ?

— Pourquoi pas ?

Owen, dont le sourire a disparu quand une de ses dents a été arrachée, ne peut réprimer un rictus. « Tu es une fille charmante, Annie MacManus », dit-il.

La lettre n'est pas du Dr Delany. Le papier est grossièrement coupé et ne porte aucun sceau. L'écriture est celle d'un rude Gaël. De toute façon, pourquoi l'actuel doyen de Down, cédant aux persuasions de son vieil ami harpeur, qui a dû envoyer une demi-douzaine de lettres à Dublin pour implorer l'aide de Delany, répondrait au serviteur plutôt qu'au maître ?

— Et comment le saurais-tu, si j'étais charmante ?

— Ne commence pas. Et cesse de me dévisager, dit-il.

— J'essaie de lire ton visage. Sinon comment pourrais-je comprendre ce qui se passe dans ta bizarre de tête ?

— Tu es certaine de vouloir le savoir ?

— Je suis certaine que tu me crois trop sotte pour te soucier de moi, répond-elle en descendant du banc.

Comme Owen est toujours assis, leurs yeux sont à la même hauteur. Il pourrait la prendre par la taille et l'attirer vers lui, comme tout bon gaillard avec sa douce. Il pourrait lui planter un baiser sur la bouche, obligeant ses yeux à se fermer, et puis frôler des lèvres ses cils luxuriants, une caresse comparable, imagine-t-il, à la queue d'un chat sur le visage. L'office, qui comprend la cuisine et l'espace où manger, est étouffant ce matin. La moitié de la table est occupée par des miches de pain mises à lever sous des linges humides. Les comptoirs et les rebords de fenêtre débordent de moules à gâteaux et de plaques à biscuits. Dans un tel jardin d'odeurs – vanille et cannelle, gingembre et clou de girofle –, le parfum d'Annie se mêle au reste, douceur sur douceur, jusqu'à ce que lui monte en tête des images d'une telle intensité qu'il sent autre chose lever, cette fois dans sa culotte.

Annie se prélassant sur les miches de pain, clignant des yeux. Annie avec un gâteau dans la main, et qui en mordille les coins.

— Je n'ai pas vraiment envie d'aller me cacher à Dublin, tu sais, dit-il en s'emparant de la lettre d'un geste théâtral. Même déguisé en Macdermott Roe et à me délecter de l'hospitalité de la noblesse.

L'écriture lui est inconnue. *Monsieur Owen Connor,* peut-il lire. *Alderford, Co. Roscommon.* Monsieur?

— Seulement quelque temps, dit-elle en s'essuyant le front avec son tablier. L'on craint la venue du shériff d'un jour à l'autre.

— Depuis un mois.

— L'idée de te voir emmené dans la geôle d'Enniskillen…

— Les conversations y seraient meilleures.

— Mais pas la nourriture.

Comme il décachette la lettre, Owen la sent se presser contre lui encore une fois. Ce qui est étrange, car elle n'a pas bougé. Elle a maintenant le front saupoudré de farine.

— Devrais-je la lire tout haut?

— Ce n'est peut-être pas le doyen Delany. C'est peut-être une amante secrète.

— J'ai une femme dans chaque manoir de la contrée.

— Et à Lakefield? dit Annie en parlant de la chaumière aux abords de Mohill où habitent les deux plus jeunes filles de Carolan.

Il lui demande ce qu'elle entend par là.

— Il y a deux belles filles, encore à marier, non? Je suis sûre que Maev et Mary seraient ravies de recevoir une demande.

— Pauvre sotte.

Bien que cela semble impossible, les pupilles d'Annie s'élargissent davantage.

— Je connais ces filles depuis qu'elles sont toutes petites, dit Owen. J'étais là à la naissance de Maev, contrairement à son propre père qui était resté à

Alderford, prétextant la maladie. J'ai joué au bilboquet et à la marelle avec elles, je leur ai lu des histoires au coucher.

— Je disais ça pour rire, Owen.

— Le seul fait de le suggérer est un déshonneur. Elle s'éloigne.

— Ne veux-tu pas entendre la lettre ?

— J'ai du travail.

— Je te la lirai à voix haute sans même y jeter un coup d'œil avant, dit-il pour s'excuser. Nous partagerons la surprise.

— Le seul fait d'y penser est proprement scandaleux, sans doute, dit-elle en lui tournant le dos. Ainsi que toute relation normale entre un homme et une femme, selon toi.

Annie marche d'un pas décidé jusqu'à l'évier. Elle est trop petite pour travailler dans la cuvette, un problème qui a été remédié des années plus tôt par la construction d'une plateforme. Croyant que le piédestal lui donne l'air d'une statue, elle refuse d'y monter, habituellement, en présence d'Owen. Mais aujourd'hui, Annie MacManus grimpe les trois marches et s'affaire bruyamment, son visage exprimant un mélange de défi et de peine. Des cheveux lui retombent sur le front.

Il se plonge dans la lettre pour lui échapper.

Owen Ballach,

C'est ainsi que cette jolie servante de cuisine t'appelle, n'est-ce pas ? Donne-lui mes amitiés, si tu n'es pas déjà en train de lui donner beaucoup plus. Le temps par ici est mauvais et la politique encore pire. Des shériffs ont pillé le prieuré il y a quinze jours, nous éparpillant, les frères rebelles, aux quatre vents. J'ai peur pour les gens ordinaires du Donegal. Ils auront suffisamment de nourriture pour passer l'hiver mais ils manqueront assurément de combustible. Il y a de l'agitation déjà à Omagh et Enniskillen, des villes où je n'ose pas me montrer. Tu devrais être aussi prudent que moi, mon brave gaillard. Le bruit court à propos de ton insubordination à Tempo et on dit qu'un shériff a accepté des ordres du Colonel Maguire – moyennant une somme, croit-on. Ce pays n'est pas fait pour ceux de notre espèce, Owen. Pas maintenant, ni dans un avenir prochain, j'en ai peur. N'est-ce pas ce que je te disais ? Il y a sûrement un endroit où les esprits élevés de basse extraction peuvent laisser leur marque. Attends-toi à recevoir ma visite, je veux te convaincre de partir. Je prie pour que tu sois encore libre de m'écouter.

Le batelier

P.S. : J'ai des nouvelles au sujet de la rencontre de ton maître dans la caverne. Prépare ta contrition.

Le frère Seamus. Owen serait heureux de trinquer avec lui à nouveau, de savourer la lueur de malice dans son œil, son sourire de pirate et les apostasies qui lui échappent aussi naturellement que des jurons. Il a aussi une proposition pour le franciscain. Plutôt qu'Isaac Newton ou Francis Hutcheson, il s'est mis à étudier un pamphlet anonyme emprunté, avec la bénédiction de Mrs Mac, à la bibliothèque d'Alderford. Le document détaille un plan de navigation proposé pour le Shannon. Si des canaux étaient creusés et des écluses bâties, des barges tirées par des chevaux pourraient voyager depuis la bouche du Shannon, traverser le Clare et le Roscommon, jusque dans le Longford. La moitié de la largeur du pays par voie d'eau, plutôt que ces misérables routes, souvent rien d'autre que des sentiers à vaches, présentement en usage. Un tel projet, tourné vers le bien commun, est rarement considéré en dehors de Dublin. Si le Pale est le brillant avenir, la province est reléguée au sombre passé. La seule idée de faire partie du projet, ne serait-ce qu'en tant que simple ouvrier, enthousiasme Owen. Malgré tout ce que disent les autres au sujet de ses soi-disant perspectives, lui n'a aucun désir d'aller s'établir à l'étranger. Il veut rester là où il est.

Il parlera à Seamus du projet de la Shannon, le convaincra d'y participer. Il mettra fin certainement à ces idées de marcher vers un exil qui promettrait d'être permanent. Cette ligne de conduite est celle des vaincus et des réprouvés.

Owen s'informera consciencieusement de ce P.S. dans la lettre et essaiera de ne pas se montrer réticent. Mais même Carolan a cessé de prétendre avoir conversé avec son amour de jeunesse sur Station Island. Il a aussi apparemment cessé de harceler chacune des servantes pénétrant dans sa chambre pour qu'elles lui prêtent leur main et qu'il étudie la nervure de leurs os. Personne n'a prononcé le nom de Bridget Cruise depuis des lustres, une heureuse conclusion à toute cette histoire.

Une discussion sérieuse, peu importe avec qui, lui sera un encouragement. C'est à peine si Owen a pu avoir un moment en privé avec son maître ces dernières semaines. Son heure de visite est toujours au programme mais la résolution que cette heure lui soit exclusive est tombée. Même quand la chambre n'est pas grouillante de serviteurs ou d'autres invités, la conversation languit. Il a toujours chéri leurs longues chevauchées, à la fois pour les échanges qu'elles permettaient mais aussi pour l'abstinence qu'elles imposaient. Sobre, Carolan est de bonne compagnie, curieux et réfléchi. Ivre, le barde *est* la compagnie, le divertissement tout déboutonné. Il semble perpétuellement ivre, désormais.

Glissant la lettre dans sa poche, Owen se lève avec l'intention de s'excuser à l'oreille d'Annie. Au même moment, Flinn surgit, par la porte ouvrant sur le manoir, avec toute la hâte dont ses vieux os sont capables. Il déboule une marche.

— Est-il ici? demande le majordome. Est-il ici?

— Qui? dit Owen.

— Owen Connor.

— Flinn? dit Betty O'Neill en abandonnant le chaudron qu'elle remuait.

— Un étranger, halète-t-il. Dans le hall d'entrée. Ça semble sérieux, vraiment sérieux.

«Devrais-je aller voir si je peux faire quelque chose?» demande Owen. Il se tient à quelques pieds seulement du vieil homme.

— Mon Dieu, dit Betty O'Neill.

— Est-ce que ce serait le shériff? pense enfin à demander Owen.

— D'Enniskillen, répond Flinn.

— Dans ce cas je ferais mieux de prendre la direction opposée.

— Owen! dit Annie MacManus.

Le torse du majordome se soulève sous son tablier. «Mrs Mac ordonne... dit-il. Elle m'a pris à part pour me dire...»

«Calme-toi, Flinn», dit Betty O'Neill. Le physique robuste de la cuisinière et sa voix de crieur public transforment toutes ses paroles en commandements. À cinquante ans, Betty O'Neill a supplanté Flinn et John Stamford en tant que chef *de facto* du personnel de maison. Mère de cinq enfants, mariée à un fermier du village, elle brandit son autorité avec la même menace sourde que son couteau qu'elle a souvent à la main. Owen en est franchement effrayé et prend soin de ne jamais la contrarier. Une autre femme qui se permet des opinions sur sa vie, pense-t-il parfois.

— Owen Connor devrait se réfugier dans la chaumière et s'y cacher, jusqu'à ce qu'on vienne le chercher, dit enfin le majordome qui parle toujours comme si Owen était absent. Le shériff a l'intention de fouiller le domaine. Owen ne doit faire aucun bruit et ne pas allumer de feu, la fumée pourrait le trahir.

— J'y vais aussi, dit Annie en descendant de sa plateforme.

— Tu n'en feras rien.

— Les volailles peuvent attendre, Betty.

— Et qu'est-ce qu'il dira, le shériff, s'il entre ici et qu'il voit un évier rempli de poules à moitié plumées, et aucune servante de cuisine ?

« Elle a raison, Annie », dit Owen. Il cherche son regard, voulant lui exprimer sa gratitude. Mais elle se détourne. Son épine dorsale apparaît sous sa robe, mise en relief par la sueur.

Il traverse la cuisine.

— Je laisserai peut-être des traces, dit-il. Quelqu'un pourrait-il les balayer ?

Puis il sort par la porte arrière et se retrouve dans le jardin. Il ne neige plus et le sol est dur, refusant les empreintes. Comme Owen n'arrive pas à retrouver ses propres traces dans la mince couche, il se dit que le shériff ne pourra pas faire mieux. La plus grande partie du pacage, incluant sa bordure où le chemin s'enfonce dans le bosquet, est obscurcie par une brume à la dérive, étrange par cette température. Bien qu'Owen ne puisse voir les chevaux, il présume qu'ils sont là. Peut-être Gulli et Gem s'ennuient-ils, peut-être ont-ils froid, pense-t-il en traversant le pré à la hâte, mais au moins ils ne courent pas le risque d'être mis en quartiers par des villageois affamés. Une autre scène dont il a été témoin et dont il ne peut plus se défaire.

* * *

Le front d'Annie, couvert de farine. Les seins d'Annie, sous un linge. À Dublin une fois, Owen a enfoui trois pennies dans sa poche et s'est mis à la recherche d'une de ces femmes qui traînent près de Hoey's Court. C'était par un début de soirée, en novembre, et la lumière était blafarde, l'obscurité s'avançant sur les pavés. Plus hardies qu'en plein jour, les dames – des ribaudes, comprenait-il parfaitement – sollicitaient les hommes avec leurs poitrines dénudées et des mots scabreux à la bouche. « Toi t'es aussi long que tu es grand, hein mon lapin ? » lui a dit une femme appuyée sur un mur. Si ses jambes l'ont mené jusqu'à elle, sa bouche n'a pu prononcer un seul mot. Même un intérêt aussi modeste a encouragé la prostituée à glousser et à baisser le col de sa robe, révélant deux versants de peau crasseuse hérissée de chair de poule. Mais la vue des seins a excité la compassion d'Owen, plutôt que son désir. Le creux à la base du cou de la femme était plein de sueur. Dans ses yeux il reconnaissait les signes d'une forte fièvre. Il aurait peut-être appuyé le dos de sa main sur son front si elle n'avait pas lu son expression et pris un air de défi. « Dis-moi combien tu as, dit-elle en saisissant la manche de son manteau. Et ce que tu espères avoir en échange. » Mort de honte, Owen avait à peine pu formuler une réponse. Pour deux de ces pennies, dit la femme, elle le prendrait dans sa bouche. Pour les trois, il pourrait la prendre comme bon lui semblerait. Dans les deux cas, ça se ferait dans un recoin de l'allée, un lieu tranquille, l'assurait-elle, à l'abri des pervers. « Qu'est-ce que t'en dis ? » avait-elle insisté, son regard le mettant au défi de la prendre en pitié au point où, se dit-il, c'était maintenant elle qui avait pitié de lui. « Vous voulez tous la même chose, tu sais. »

Il s'était enfui, naturellement, et se croit depuis lors encore plus défiguré par la honte. Parce qu'Owen, en effet, veut la même chose que n'importe quel autre homme. Parce qu'il aurait payé ces trois pennies, et aurait enfin été libéré de la prison de son innocence sexuelle, n'eût été de la sueur qu'il ne pouvait s'empêcher de voir entre ses clavicules et la maladie dans ses yeux. Son erreur – si c'est là le bon mot – avait été de mener cet échange avant que la nuit n'enveloppe la ville. L'affreuse noirceur lui aurait permis de se satisfaire, et le diable soit des problèmes d'une putain.

* * *

Tel qu'ordonné, il laisse le feu éteint. La lumière, s'immisçant entre les lattes de la porte, meurt quelques pas plus loin sur le sol de la chaumière. Owen songe à cacher les livres. Si le shériff survient, par contre, il ne se rendra pas. John Stamford lui a prêté une hachette et une pelle pour les réparations, et l'une ou l'autre pourrait enfoncer un crâne. Idéalement, un bon coup derrière la tête suffirait.

Devrait-il avoir honte ? Il regrette assurément les désagréments qu'il impose à ceux qui l'entourent. Même qu'il se couche le soir en se demandant comment toute cette histoire de rébellion se terminera. Mal, se dit Owen – pour lui, en tout cas. Mais les conséquences ne portent pas ombrage à la brillante justice qu'il a, si l'on peut dire, rendue en agissant de la sorte. Son plaidoyer est prêt à être exposé devant quiconque lui fera l'honneur de l'écouter.

Le pauvre shériff. L'homme s'est égaré loin de son Ulster natal. La frontière Leitrim-Roscommon doit être un territoire étranger, surtout au sud et à l'ouest du Lough Allen. La région, une pastorale délavée de lacs et de ruisseaux, de vallons et de boisés, n'a que faire du jugement d'autrui. Des villages se blottissent le long de crêtes ou reposent à cheval sur des rivières. Des manoirs s'enfoncent dans leurs lopins de terre, les fenêtres de travers et les cheminées dressées dans un angle inquiétant. Le paysage peut affecter d'une façon étrange les voyageurs qui descendent des highlands du Donegal ou du Mayo. Sans être aveugle, l'étranger traverse le Leitrim en portant des œillères, capable seulement de distinguer ce qui s'étale directement devant lui. Les points de repères déjouent la mémoire et les boussoles ne fonctionnent plus. Un lac ressemble en tout point à un autre. Peu de bornes sont mises aux carrefours, et celles qui le sont ne sont pas toujours dignes de confiance.

Ce coin de pays reculé est le foyer du maître d'Owen depuis l'âge de quatorze ans. Carolan a peur du large et ses visites aux domaines et aux villages côtiers le laissent toujours agité. Malgré tous les voyages qu'il a faits, le barde n'a jamais traversé le Shannon pour se rendre au sud dans le Munster. Mais pour ce qui est de son Meath natal, sans doute le plus beau des comtés de l'arrière-pays, les champs fertiles et les domaines florissants, il s'agit d'une destination régulière. Owen n'a eu besoin que d'une seule excursion dans cette campagne et de quelques soirées avec ses lords pour comprendre que Carolan est un heureux exilé de l'intérieur. Dans les champs se trouvent de nombreuses accointances. Dans les manoirs, un ou deux amis d'enfance. Et puis il y a les ruines de chapelles et de prieurés saupoudrés partout sur le comté. Avec leurs pierres tombales sur le sol et leurs hirondelles dans les tours.

Leitrim-Roscommon ne peut soutenir la comparaison. Les ruines sont aussi nombreuses mais elles sont plus décombres qu'architecture. Les domaines y sont petits et isolés, leurs squires reconnus davantage pour leur caractère et leur humour que pour leurs réussites et leur renommée. Alderford est d'une envergure un peu plus grande – comme les St-Georges, les Macdermott Roe possèdent une forge à Arigna, la « Montagne de Fer » –, mais il se fond tout de même dans le paysage.

Mary Macdermott Roe n'est ni une mondaine ni une brillante hôtesse, bien qu'elle accueille tous les visiteurs venant de Carrick pour voir Carolan, un visiteur semi-permanent de sa maison depuis la mort de sa femme il y a quatre ans. Mrs Mac elle-même, bien sûr, est veuve depuis 1727, quand sir Henry a fait une chute de cheval.

Chacun de ces départs a altéré le domaine. Depuis que Henry Macdermott Roe est parti et que ses fils se sont mariés ou sont partis en carousse, la vie à Alderford s'est tournée vers l'intérieur. Ou plutôt, elle s'est enfoncée dans le sol, comme une croix à la tête d'une tombe oubliée. Dès le moment où Carolan a pris le deuil, Mrs Mac a dédié son moindre souffle à la guérison du maître et à leur chagrin mutuel. Elle a embauché une femme de Mohill pour emménager dans la chaumière et finir d'élever les enfants de Moira. Elle a acheté de nouveaux linges et articles de cuisine pour leur maison, un cadeau qu'elle n'avait jamais fait à Moira de son vivant, ou à son propre fils Henry quand il est parti à Greyfield, non loin. Sa générosité ne connaissait aucune limite, malgré la faillite imminente de la forge et les coûts croissants de l'hébergement du barde.

Même le manoir s'est mis à servir, voire à ressembler à sa légende en résidence. Un visiteur qui s'y arrêterait pour la première fois pourrait présumer que la peinture écaillée et les planchers éraflés, les meubles défraîchis et les décorations ternes constituent un environnement naturel pour un aveugle. Les fenêtres sont grandes ouvertes en tout temps pour ses chants d'oiseaux bien-aimés. Les vases sont toujours débordants pour les parfums qui l'enivrent.

Owen s'imagine même parfois qu'Alderford cesse littéralement de fonctionner quand Terence Carolan n'y est pas. Betty O'Neill, immobile devant l'âtre. Annie

MacManus, figée sur sa plateforme. Flinn à genoux devant une banne, comme en prière, et John Stamford avec une brosse posée sur la robe d'un cheval. Et Mary Macdermott Roe ? Sur sa chaise dans la salle de séjour, le regard perçant comme celui d'une religieuse et les lèvres crispées, la cassette de correspondance sur les genoux.

Pauvre shériff. Ce n'est pas lors de cette chasse qu'il capturera un fugitif. S'il est chanceux, il évitera de se retrouver à errer dans les rues de Carrick ou de Boyle au coucher du soleil, tout à fait perdu, son excursion mercenaire terminée dans l'humiliation.

* * *

Elle le trouve enveloppé dans des couvertures, un livre inutilement ouvert sur les genoux.

« Ce que c'est glacial ici », dit-elle, un châle enveloppant sa tête.

« Je n'avais pas remarqué », répond Owen. Il se demande s'il peut déplacer ses jambes vers le bord du lit. Le froid les a engourdies.

Annie est de retour dans la chaumière pour la première fois depuis novembre. Elle examine la pièce. « À quoi servent ces outils ? » demande-t-elle avec une voix aussi chaude que les mains d'Owen.

— À assommer les shériffs curieux.

Le visage d'Annie ne trahit aucun amusement.

— J'ai dans l'idée de construire cette cheminée, dit-il en constatant son humeur, comme tu me l'as suggéré. La fumée est étouffante parfois.

— Et ça se produira quand ? Une fois que tu auras raplombé cette porte et redressé cette tablette ?

À deux reprises il a essayé de corriger la tablette, retirant les équerres et bouchant les trous avec de la boue. La planche n'en est pas moins oblique, forçant Owen à entasser les cinq derniers livres pour faire barrage. La pile diminue la valeur de sa collection, la réduit à un amas de volumes organisés sans soin ni respect.

— Je suis désolé pour ce matin.

— Owen ?

— Les filles Carolan. Je comprends que tu ne faisais que plaisanter.

— De qui était la lettre ?

Il a préparé une réponse. Devant le ton de sa question, il choisit d'en révéler davantage que ce qu'il avait prévu. Annie se souvient-elle de l'avoir entendu parler d'un frère nommé Seamus qu'il a rencontré dans le Donegal l'été passé ? Seamus conduit la barque qui mène à Station Island durant la saison des pèlerinages et fait d'autres menus travaux pour les Franciscains le reste de l'année. Mais son tempérament se rapproche davantage du soudard, voire du voleur de grand chemin.

— Et c'est un ami à toi, ce Seamus ?

— Nous conspirons ensemble, dit-il pour l'impressionner.

— Vous conspirez ?

— Nous faisons des plans.

— A-t-il un nom de famille ?

— Qui n'en a pas ?

— Et quel serait-il ?

En vérité, Owen n'en sait rien. Seamus refuse obstinément de révéler toute information personnelle. Il prétend qu'elles ne sont d'aucune utilité dans l'accomplissement de leurs destinées, qui est de faire leur marque en usant seulement d'intelligence et de détermination. Owen est très chanceux, dit le frère, d'être un orphelin. Il n'a pas de clan à renier.

— Il est du Galway, je crois, répond-il.

— Et qu'est-ce que ce Seamus-du-Galway te voulait ?

— Laisse tomber la lettre, Annie, dit-il à court d'explications. Est-ce que le shériff est reparti à Enniskillen ?

— Il prend le thé avec Mrs Mac dans le séjour.

Le sourire d'Owen s'évanouit.

— Le pacage est avalé par le brouillard, dit-elle. Je l'ai parcouru pendant plusieurs minutes à la recherche du chemin. Regarde ce que ça a fait à ma robe, ajoute-t-elle en soulevant un ourlet boueux.

Owen regarde, admire la cheville recouverte seulement d'un bas.

— Je suppose alors qu'un étranger ne pourrait pas se rendre jusqu'à nous, n'est-ce pas ? dit-il.

— À moins qu'on ne l'escorte.

Owen saute sur ses pieds.

Annie MacManus s'accroupit devant le coffre contenant les effets de Henry Macdermott Roe. Le mouvement fait gonfler la masse qu'elle a entre les épaules, comme si elle y cachait un sac de grain, le tissu tendu aussi serré qu'un corset. Le contraste entre son torse gonflé et ses chevilles et poignets délicats ne manque jamais d'émouvoir Owen, et aussi de le troubler. Même en été Annie ne porte jamais de blouse à manches courtes. Elle coud ses propres vêtements.

— Mrs Mac m'envoie avec des instructions, dit-elle. Le shériff est ici pour arrêter un serviteur. Tu dois donc te déguiser en gentilhomme.

— Annie ?

— Ce sont ses ordres.

Ouvrant le coffre, la servante porte la pile de vêtements sur le lit. Elle examine chaque article, les renifle pour en déterminer la fraîcheur et lisse les faux-plis. Ensuite, elle lui ordonne de se déshabiller.

— Tu m'as bien entendu, dit-elle devant son incrédulité.

Owen retire sa veste, son gilet puis sa chemise, exhibant une peau couleur de poisson bouilli.

— La culotte aussi.

— Annie MacManus !

— Dois-je informer Mrs Mac que tu lui as désobéi encore une fois ?

Il doit s'asseoir sur le lit pour retirer ses bottes. Ses bras, maigres comme des pattes de héron, lui font honte, de même que ses cuisses. Elle peut voir le vrai Owen Connor maintenant et bientôt elle se couvrira la bouche. Choquée ou amusée ? Les deux, soupçonne-t-il.

« Du velours épinglé », dit Annie en inspectant une veste. « N'est-ce pas merveilleux ? » Elle passe l'étoffe sur sa joue.

Encore une fois, son geste le plus simple provoque chez Owen un mouvement, en bas. « Je ne saurais dire », dit-il en déglutissant.

— Tu veux dire que tu n'as pas touché aux effets de sir Henry depuis tous ces mois où ils ont été dans ce coffre ?

— Je t'en prie. Je frissonne.

— Mon Dieu, tu es un piquet, lui dit-elle en le regardant des pieds à la tête.

Son sourire est trop espiègle. Mais comment s'assurer qu'elle ne soit pas en train de l'entourlouper ? Il doit jouer le jeu.

— D'abord la culotte, dit-elle. Ou commence-t-on par ces bas et ces jarretières ?

— Donne-les-moi.

— Il faut faire les choses dans le bon ordre.

— Donne.

Il lui arrache les vêtements des mains. Une lutte s'ensuit, homme contre bas, et Owen se met à sautiller à travers la pièce. Son caleçon, suspendu à ses hanches comme un manteau sur deux crochets, menace de tomber. Son membre tacheté, voire ses bourses mouchetées, vont la faire détaler hors de la chaumière, il en est certain.

« Est-ce que je m'apprête à voir ce que nulle femme n'a jamais vu, Owen Connor ? » dit-elle. Son rire est léger et naturel.

Il rougit si fort que les larmes lui viennent aux yeux. « Tu devrais avoir honte, dit-il. Tourmenter un homme ainsi. »

— Pauvre enfant.

Les jarretières ne s'avèrent pas plus faciles à manœuvrer.

— Est-ce que je les mets au-dessus ou en dessous du genou ?

— En dessous. Non, au-dessus.

La culotte de sir Henry semble avoir été taillée pour Owen Connor. Les chaussures à bouts pointus et boucles d'argent sont trop étroites, mais il peut tout de même marcher. Annie farfouille pour trouver la chemise la plus sophistiquée du lot. Celle qu'elle choisit a un jabot de dentelle et des manches plissées. Un style « pagode », dit-elle – mais qu'est-ce que ça peut bien être, une pagode ?

— Ensuite le gilet, coupé à la hanche, dit-elle en sortant un vêtement doré richement brodé. Puis la veste. Nous garderons le foulard pour la fin.

Quand il se plaint que la veste le pince dans le dos, elle répond que c'est ainsi que le veut la mode. Elle lui sert le même argument au sujet des boutons de soie qui lui descendent jusqu'à l'aine. La coupe de la culotte le rend perplexe. L'entrejambe est cousu si serré que le tissu lui rentre dans les fesses et presse ses parties génitales vers l'avant, comme pour les mettre bien en évidence.

Un gentilhomme n'attache jamais plus de deux boutons de son gilet, fait remarquer Annie. Non plus qu'il ne s'expose au vent afin d'éviter que ses basques ne se soulèvent.

— Comment sais-tu tout cela ?

— Flinn me l'a dit.

— Tu parles à cette affreuse créature ?

— Flinn n'est pas si mauvais. Il faut juste être patient avec lui. Et doux, dit Annie. Comme pour la plupart des gens, y compris soi-même.

— Il n'a jamais eu de temps pour moi.

Elle serre les lèvres. « Il ne sait pas quoi penser de toi, Owen. Il n'est pas convaincu que tu sois l'un des nôtres. »

— Des nôtres ?

— Un membre de la maison. Un serviteur, dit-elle sans la moindre gêne.

— À quoi d'autre pourrais-je prétendre ?

— À quelque chose entre les deux, mi-figue mi-raisin, il me semble, à moi et aux autres. Flinn est dérouté par tout ça. C'est à cause de son âge.

Owen voudrait se rasseoir pour encaisser la surprise que lui fait cette observation mais Annie est déjà en train de l'installer debout dos au lit. Elle grimpe sur le matelas et presse sa poitrine contre les omoplates d'Owen, des mèches de ses cheveux retombant dans le cou de l'homme.

— Tu sens, dit-elle.

— C'est les vêtements.

— C'est toi. Ça ne me gêne pas.

Il rougit davantage. Quand elle passe ses bras devant lui pour nouer le foulard, il inspire. Elle fleure encore les parfums des douceurs de Noël, surtout le clou de girofle. Il la croirait comestible.

— Tu m'étouffes.

— Ne bouge pas, ou alors ! dit-elle, toujours en riant.

Il fait un pas.

— J'ai sûrement l'air ridicule.

— Regarde dans le miroir, tu verras.

Heureusement, la glace est trop sale.

— Mon apparence est ridicule même dans les meilleures circonstances, Annie. Je n'ai pas besoin d'empirer les choses en me costumant.

— Le rouge ne te va pas bien, c'est vrai, dit-elle les bras croisés. À cause de ces taches de rousseur et ces cheveux. La perruque, dit-elle en se penchant encore une fois au-dessus du coffre. Je l'avais oubliée.

— Jamais je ne porterai cette chose.

— J'ai entendu dire qu'ils utilisaient les cheveux des morts de la peste, à l'époque, dit-elle en coiffant son poing avec la chose.

— C'est hideux.

— Le colonel Maguire a sûrement donné au shériff la description du voleur aux cheveux carotte.

Il saisit la perruque. Le filet est collant, comme la peau d'un renard récemment abattu. Il en est rendu à déposer le cadavre sur son crâne quand elle éclate de rire.

— Ne me dis pas…

— Le shériff a quitté Alderford il y a plus d'une heure.

— Petite diablesse.

— Tu le méritais.

— Diablesse.

— Et tu as l'air d'un vrai gentilhomme, Owen. Rasé, les cheveux coupés, et avec une dent en argent dans ce trou, tu serais paré à toute occasion élégante. Tu pourrais même accompagner Mrs Mac au bal de Noël chez les St-George à Carrick la semaine prochaine, si elle acceptait l'invitation.

— Elle n'est pas allée à ce bal depuis la mort de sir Henry.

— Peut-être changerait-elle d'idée, en te voyant vêtu de la sorte.

— Te souviens-tu de Henry Mac ? demande-t-il.

— Seulement de l'avoir vu au village. Je n'étais pas encore employée ici quand il est mort.

Il attend.

— Tu es son portrait, tu sais, dit-elle.

— Vraiment ?

— Betty en fait souvent la remarque, John Stamford aussi.

Devrait-il ? Il s'est juré de ne partager sa théorie avec personne avant d'avoir réuni suffisamment de preuves. Mais c'est elle qui a souligné la ressemblance.

— Assieds-toi une minute, Annie, dit Owen. Laisse-moi te parler de mon séjour à Sligo le mois dernier.

* * *

Après son départ, avec la promesse de revenir lui donner les « vraies » instructions de Mrs Mac, il replie les vêtements du mieux qu'il peut. Il ne lui a dit que ce qu'il croit être la vérité. À savoir que, à l'été 1698, Henry Macdermott Roe a engrossé une jeune femme des Ox Mountains dans le Mayo, qui est ensuite morte en couches. Sir Henry est plus tard venu sauver son fils illégitime de l'école de charité où il l'avait mis en pension, sans jamais rien révéler de leur relation. Le garçon a grandi, est devenu un homme taciturne d'une rare maigreur et d'un tempérament mi-figue mi-raisin encore plus rare. Les taches de rousseur, pense-t-il, doivent lui venir de sa mère. Il parie que s'il enquête du côté d'Arcale, il trouvera plus d'un Connor ou O'Connor tachetés de la sorte, dont l'un avec une histoire de fille disparue il y a plusieurs années et qui, présumément, a mal fini.

Il aurait aimé qu'Annie MacManus exprime de l'étonnement plutôt que de l'incrédulité, et de la joie plutôt que de l'appréhension devant sa suggestion d'un lien de sang avec leurs supérieurs. Owen aurait aimé aussi que sa propre réponse soit plus assurée. Il est saisi par la même angoisse qui l'avait fait trembler après sa confrontation avec le colonel Maguire. Un geste énorme, entrepris sans prévoyance. Une erreur colossale, dont les conséquences ne peuvent être mesurées pour le moment. Mais comme il est bête. Comment ces quelques remarques faites en privé à une servante pourraient égaler un échange public avec un officier reconnu pour son caractère et équipé d'un petit arsenal d'armement : piques et dagues, mousquets et baïonnettes ?

John Stamford le trouve de mauvaise humeur. L'écuyer en chef a bravé les éléments pour venir livrer un message de Mary Macdermott Roe. Quand Owen prend des nouvelles d'Annie, John admet que Betty O'Neill a rondement houspillé la servante pour son absence plus tôt dans la journée. Le message est succinct. Owen Connor doit se présenter dans l'office à six heures. Pas de visite auprès de maître Carolan auparavant. Il ne doit pas non plus s'attarder dans la bibliothèque pour passer le temps.

Quand Owen bredouille une question au sujet de l'inspection du shériff, John Stamford confirme que les écuries ont été fouillées. Est-ce que le shériff lui a posé des questions ? Et est-ce que John a fourni des réponses ? se demande-t-il.

Mais alors sa volonté de poser plus de questions s'affaiblit, et l'écuyer en chef s'en va.

* * *

— Il a menti pour toi, Owen. Nous avons tous menti.

Il garde les yeux au sol.

— Terence Carolan devrait-il être forcé de jouer les dissimulateurs devant la loi pour ton profit ? Le devrais-je moi-même ? Ou Flinn ou John ou Betty ?

— Pas si vous ne le souhaitez pas, Mrs Mac.

« Le souhaiter ? » dit Mary Macdermott Roe. Elle est debout en haut de l'escalier qui descend du rez-de-chaussée du manoir à l'office. L'élévation projette sa voix, qui est mesurée aujourd'hui – la note d'orgue résonne plaintivement. « Quel choix nous as-tu laissé ? Nous ne pouvions pas te trahir. » Une toux, dirigée dans un mouchoir porté à la bouche, interrompt ses reproches.

Owen fait dos à la pièce. Derrière lui, Betty O'Neill et Annie MacManus font semblant de cuisiner. Flinn est assis à la table, semblant ne rien faire d'autre, lui, que d'écouter, avec John Stanford à côté tirant sur sa pipe.

Il a beau essayer, Owen ne peut s'empêcher de chanceler. Il n'a pas mangé depuis le déjeuner, et l'air est presque coloré par les senteurs de Noël. Owen pense à du bœuf bouilli, la viande salée et tendre, et à du pain chaud.

La faim fait trembler sa voix. « Pourrions-nous parler dans la bibliothèque, dit-il, ou même dans le hall d'entrée ? »

— Pourquoi pas ici ?

— Ce n'est pas très privé.

— Et tes troubles, les as-tu tenus privés ? Ta « dispute », comme tu l'appelles, avec le colonel Maguire, ne nous regarde pas, nous tous à Alderford, maintenant que nous avons brisé la loi en mentant au shériff à ton sujet ?

Elle le regarde avec un tranchant destiné à le dépouiller de ses vêtements. Elle envoie aussi une réplique qui a manifestement été préparée pour un auditoire de plus d'une personne. « Tu ne mérites pas d'être admis dans ma demeure », annonce-t-elle.

— Mrs Mac…

Elle répète la déclaration.

Il hoche la tête, chapeau à la main. Bon garçon.

— L'homme de l'Ulster connaît ton visage, Owen.

— Vraiment?

— Il prétend qu'il vous a rencontrés sur la route menant de Pettigoe à Enniskillen. Un aveugle et son compagnon, un grand gaillard au mauvais caractère. Il n'a jeté qu'un regard sur Terence avant de se lancer dans la description du drôle de couple qu'il a rencontré sur une dangereuse route de campagne au beau milieu d'une nuit misérable.

Ce qu'a retenu Owen de cette rencontre a plus à voir avec le jappement du shériff qu'avec son museau. Il faisait noir et leur lanterne ne voulait pas rester allumée. « Il nous a certainement interrogés comme si nous avions été des criminels, dit-il. Ce que nous étions, j'imagine, puisque Terence venait de terminer le pèlerinage. »

— Il savait que vous veniez de Station Island, dit Mrs Mac, mais il n'était pas intéressé à en faire tout un plat. Par contre, il est bien intéressé – pour des raisons financières, suis-je encline à penser – à arrêter le brigand qui a pillé la bibliothèque de Tempo.

Pillé? Ses mains deviennent des poings.

— Terence a peu de souvenirs de la rencontre. Sa mauvaise mémoire a contribué à l'ire du shériff cet après-midi. Non pas, dit-elle avec un plaisir forcé, que ceux de son espèce aient besoin d'encouragement pour devenir outrecuidants.

Owen fait un pas vers Mary Macdermott Roe. « Je pense parfois que son infirmité générale remonte à cette soirée-là », offre-t-il sur le ton le plus bas qui puisse se rendre à elle.

La confusion de Mrs Mac se voit dans son habituel mouvement de la tête.

— Il garde le lit depuis quatre mois, maintenant, Mrs Mac. Sa maladie doit être plus sérieuse que la fatigue du pèlerinage ou même le contrecoup d'avoir essayé de lancer cette enfant. Sans doute.

— Sa maladie ?

— Son infirmité, si vous préférez.

— De quoi diable parles-tu donc, Owen Connor ?

— Mrs Mac ?

— Tes paroles sont une offense à la fois à ton maître et à ta maîtresse.

Il est estomaqué.

« Terence n'est pas plus malade que... » Elle s'arrête, son feu perdant encore une fois de sa puissance. « Ce n'est pas l'endroit pour t'informer de sa santé, dit-elle, dans sa propre interprétation d'un chuchotement. Non que tu aies le droit de poser de telles questions, à quelque moment ou endroit que ce soit. »

Sa fausseté et ses faibles tentatives d'intimidation irritent Owen. « Puis-je alors m'informer de son travail ? »

Elle chasse la question d'un geste de la main.

— Compose-t-il un nouvel air ?

— Possiblement.

— Avec ses ongles coupés chaque jour par Flinn ?

— Hein ? dit Flinn derrière lui.

« Flinn obéit à des ordres, dit Mary Mac, s'adressant encore une fois à un plus vaste auditoire, ce qu'il fait sans faillir et sans se plaindre depuis plus d'un demi-siècle. Contrairement à d'autres membres de ma domesticité. »

Il baisse la tête, défait. « J'aimerais m'excuser auprès de Terence en personne, dit-il. De même que je m'excuserai auprès des autres occupants de cette maison. »

Elle ne dit rien.

— Je ne lui ai pas parlé depuis une éternité. Sa chambre est toujours pleine d'amis et de connaissances et d'hommes que je n'ai jamais vus.

— Pas ce soir.

— Puis-je seulement lui faire part de mes vœux de Noël ?

— Je vais les lui transmettre pour toi.

— Suis-je ou ne suis-je pas son guide ? demande Owen. Suis-je ou ne suis-je pas toujours à votre emploi ?

— Comment oses-tu me parler sur ce ton ?

— Puis-je au moins rester dans l'office assez longtemps pour manger une platée de bœuf ? C'est une courtoisie que vous avez pour tout étranger qui cogne à cette porte, puisque vous avez bon cœur et que vous êtes chrétienne.

— Tu me flattes, maintenant ?

— Je n'oserais jamais.

— Tu es impossible.

Chose rare chez Owen, il fait la révérence. Il plie à la taille, ses boucles lui retombant sur le front.

— Reste à l'office pour toute la soirée, dit Mary Mac. Nous sommes à la veille de la naissance de notre Seigneur, après tout. Même Owen Connor a besoin d'autre chose que de la compagnie de ses livres, le soir de Noël.

Que voudrait-elle qu'il dise ? Ou fasse ? Il fait une autre révérence, même en sachant que le geste sera interprété comme de l'insolence.

— Et je t'ai apporté autre chose à lire, dit-elle. Un ouvrage que tu trouveras édifiant, j'espère.

Elle tend le volume qu'elle tenait contre sa poitrine. *Life of James, Duke of Ormond*, de Thomas Carte. C'est un ouvrage de qualité, relié en cuir et imprimé sur du papier à tranche dorée. Publié à l'automne 1736, se souvient Owen, à trois shillings et six pence la copie. Il ne pourrait jamais se permettre un tel achat, et il n'est pas certain qu'elle le puisse encore, elle non plus.

— Le duc, dit-il sur un ton neutre. Terence aimerait beaucoup qu'on lui en fasse la lecture.

— Nous te le recommandons pour une bonne raison.

— Oui?

— James Butler était un grand homme, dit-elle. L'on peut apprendre beaucoup de la façon dont il a conduit son existence.

— James Butler était un homme riche.

— Pardon?

— Donc Terence aussi croit que je pourrais bénéficier des enseignements de la biographie de Carte?

— Nous le croyons tous deux.

— Je vous suis reconnaissant, Mrs Mac.

— Cesse.

— Pardon?

— Cesse tes révérences. Tu es ridicule.

— Je n'en doute pas, dit Owen.

Elle se retourne et, n'ouvrant pas la porte plus que nécessaire, se glisse à l'intérieur de son propre domaine.

Chapitre 4

20 janvier 1738

— Mon allusion à la joute verbale de lady Tyreconnell avec James avait bien peu de mordant, je l'admets, dit-il. Mais la réplique de Maguire… Franchement, Seamus. C'était l'anecdote du roi Guillaume.

— Laquelle?

— Celle du batelier qui demande au monarque quel parti est sorti victorieux à la Boyne.

— Et?

— Tu ne la connais pas?

— Rafraîchis ma mémoire, dit le frère.

Owen répète l'assertion du roi selon laquelle peu importait qu'il eût gardé ou perdu son trône lors de la bataille, puisque le sort du batelier n'allait pas changer de sitôt. À sa surprise, Seamus frappe son poing dans sa paume devant cet affront fait à son espèce.

« Plus tard, j'ai même lancé l'épigramme de Pope », ajoute Owen. Voyant l'expression de son ami, il récite les vers.

— Traiter Hugh Maguire de chien était certes une provocation, Owen. Pas étonnant qu'il t'ait pris en chasse.

Il se demande s'il devrait débattre de cette interprétation du poème. « Pope ne donne pas dans l'insulte à proprement parler, dit-il avec ce qu'il faut d'humilité, espère-t-il. Il affirme plutôt que tout homme est au service d'un maître, qu'il reconnaisse cet état de fait ou qu'il en soit inconscient. »

— Mais nous, nous ne sommes au service de personne, n'est-ce pas ? répond son invité. Nous ne sommes pas attachés au clan ou à la terre ou à des obligations envers une femme enquiquineuse ou des enfants braillards. Rien de tout ça pour Seamus-le-batelier et Owen Ballach.

En défaisant son manteau, Seamus découvre une outre accrochée à son épaule. Il en renverse le bec au-dessus de sa bouche et presse le récipient jusqu'à ce que du vin lui coule sur le menton. Le frère est sorti en titubant d'une tempête il y a une heure et aurait probablement péri dans un banc de neige si un villageois ne l'avait pas escorté jusqu'au portail du domaine. Il s'est d'abord présenté à l'office. Présumant avoir affaire à un mendiant, Betty O'Neill lui a offert un siège près de l'âtre et un bol de soupe. Son énergique déni à l'idée qu'Owen Connor vive à Alderford a obligé le franciscain à déboutonner sa veste pour montrer la croix pendue à son cou.

— Les serviteurs te protègent toujours, a-t-il commenté. Tout ça est admirable et très bien. Mais pour combien de temps encore ?

Maintenant, apaisé par l'alcool et la flambée, Seamus est de meilleure humeur. Owen gardait le souvenir d'un homme sans barbe et moins ébouriffé. Il gardait le souvenir aussi d'une silhouette plus grande, plus robuste, au regard perçant plutôt que voilé et au maintien commandant le respect plutôt que l'inquiétude. N'empêche qu'il a lui-même retrouvé sa bonne humeur quand il a ouvert sa porte, et il ne souhaite pas la reperdre de sitôt en ce mois de janvier, quand la saison se déchaîne et que son avenir est aussi sombre qu'un ciel de blizzard.

— Une cheminée ne serait pas une mauvaise idée, dit Seamus en éventant de sa main la fumée qui s'élève de l'âtre.

Les outils sont toujours dans le coin, intouchés.

— Tu as certainement été téméraire à Tempo, continue-t-il. On parle de tes exploits sur toutes les berges du Lough Erne.

— Carolan est celui qui a été téméraire ce soir-là. Il a livré une allocution au sujet de sa vocation qui a fait taire Maguire par son éloquence et son ardeur. Il a dénoncé les Tudor et Cromwell et tous les autres qui ont dévasté cette contrée. Il a aussi déclaré n'être rien de plus qu'un faible écho de la musique du temps jadis. J'étais fier de lui, dit Owen.

— Une allocution ?

— Un discours savant, pour ainsi dire.

— Ainsi, Terence Carolan qui admoneste une table de nobles de la campagne est l'équivalent de son guide donnant la réplique à un officier militaire qui aurait pu l'éventrer d'un coup de rapière, probablement sans avoir à subir aucune conséquence ?

— Je ne compare pas nos actions.

— Et pourquoi pas ?

— Seamus ?

— Laisse-moi deviner, dit le frère. Parce qu'il est l'un des élus de la nature, que son moindre pet est une mélodie et son moindre rot un poème. Alors que toi tu es un orphelin, mal élevé et peu éduqué, capable de rien d'autre que d'expulsions puantes et sans harmonie.

Owen perd sa langue devant une telle remarque. Semble-t-il aussi amer parfois ? Il cache son front sous ses doigts.

« Tu souffres encore de ces maux de tête dont tu me parlais ? » demande Seamus. À nouveau il renverse l'outre qui émet un couinement, comme un animal pris dans un piège.

— Ils ont repris au début de l'automne.

— Sur tout le front?

— En plein centre, admet-il en massant l'endroit. Ces maux me viennent de l'inactivité, j'en suis convaincu. L'air frais, les mouvements de la chevauchée, peut-être même le fait de ne jamais dormir dans le même lit, tout ça les éloigne.

— Dans ce cas, je n'arrive pas trop tôt.

Owen interroge.

— Je suis ici pour t'annoncer la fin de cet interlude de maux de tête et le début d'une période d'aventures qui t'éclairciront l'esprit.

— Quand donc?

— À l'été, au plus tard.

— Tu as entendu parler de quelque chose? Des rumeurs, peut-être?

— Des rumeurs à quel sujet?

— Au sujet de Carolan qui reprendrait ses voyages.

« Carolan? » dit le frère. Il le fusille du regard.

— Je n'ai pas été démis de ma position, Seamus, dit Owen pour se défendre. Je ne peux tout de même pas l'abandonner.

— Monsieur Owen Connor?

— Je n'ai jamais prétendu être un monsieur.

— Et moi qui pensais que tu étais un fugitif. Un criminel dont les perspectives, s'il devait rester plus longtemps dans cette tanière, pouvaient ressembler à quelques années en prison ou un voyage sans retour vers les travaux forcés d'une colonie.

Owen masse frénétiquement le milieu de son front.

— Je crois que je préférais quand tu ne faisais que te gratter le crâne, dit Seamus.

— Je suis bien d'accord.

Le frère rit et pose une main conciliatrice sur son épaule. Sentant de l'air froid venir de l'endroit où le chaume s'est détérioré le long du mur, Owen ajoute un morceau de tourbe dans l'âtre. Le feu grésille et crépite puis s'engorge.

— Mais dis-moi, comment se porte le maître ?

Il lui brosse le tableau.

— Cinq mois au lit ? Ça ne m'apparaît pas comme une convalescence.

— Non ?

— Ça ressemble plus à une retraite.

Pour la première fois, Owen dit à voix haute qu'il croit que Carolan et Mrs Mac sont tous deux à essayer de lui trouver un emploi, ou même un simple refuge, loin d'Alderford.

— Je suis désolé, dit Seamus.

— Pourquoi ?

— Tu ne peux plus être à leur service, Owen. Ils ne veulent plus de toi.

— Tu ne comprends pas.

— Explique-toi, alors.

— Je vis à Alderford, dit-il, et ce depuis l'âge de douze ans.

« C'est à cause de cette fille ? » demande Seamus, avec un regard plus tendre cette fois.

— Seamus ?

— La ravissante fille de cuisine. J'espérais l'apercevoir dans l'office, plus tôt.

Owen l'a déjà interrogé au sujet de l'office. Seule Betty était présente quand le frère est apparu. Annie MacManus, souffrante ces deux derniers jours, était sûrement trop faible pour sortir de son lit dans la pièce à côté. Elle était sans doute tentée de le faire, surtout quand l'étranger a demandé à voir Owen Connor.

A-t-il honte de son corps chétif ? Il n'a aucune raison de l'être, en fait. Un homme vertueux ne nourrirait jamais de telles pensées.

— Ce n'est pas à cause d'Annie, répond-il enfin.

— Ce ne sont pas les filles qui manquent.

— Ce n'est pas elle.

— C'est donc que tu te sens vraiment responsable de Terence Carolan ?

— Et pourquoi pas ?

— Qui est celui qui se fait dorloter par un essaim d'adoratrices et de serviteurs obligeants ? Celui qui est admiré et révéré et assuré de vivre dans nos mémoires pour les siècles à venir ? Ce n'est pas toi, mon garçon. Ni moi, d'ailleurs.

Le frère tend l'outre à Owen, qui décline.

— Tu ne m'as toujours pas posé de questions à propos de Station Island.

Owen s'exécute, réticent.

— Après notre soirée au Devlin's Inn, commence le frère, et l'histoire des retrouvailles de ton maître avec sa muse, j'ai posé quelques questions à mes confrères religieux au sujet des pèlerins qui étaient sur l'île cette semaine-là. Il n'y avait pas de Bridget Cruise parmi les fidèles.

— J'en étais sûr.

— Mais il y avait une femme qui répondait au nom de Barnewall.

Owen fixe les flammes du regard, les joues brûlantes.

— Un frère, qui a de la famille dans le Meath, était plutôt convaincu que la Bridget Cruise du barde était entrée dans le clan Barnewall. Selon lui, elle avait épousé Arthur Barnewall, deuxième fils du célèbre Mathias.

— C'est exact, dit Owen.

— Et bien ?

— Ça ne veut pas dire qu'il s'agit de la même femme qui a fait le pèlerinage avec Carolan. Ça ne veut pas dire qu'il a reconnu Bridget Cruise à la nervure de ses os puis conversé avec elle.

— La nervure des os, dit Seamus. Un oiseau dans la main. Une image bien tendre, à dire vrai.

— Il n'y a toujours pas de preuves solides, Seamus.

— Tout doux, mon gars.

— Elle a toujours été dans sa tête et jamais dans sa vie.

— Et toi ?

— Moi ?

— Es-tu dans l'une ou l'autre, sa tête ou sa vie ?

Owen est pris d'un accès de grelottements, comme s'il venait d'apprendre la mort de quelqu'un. Même ses dents s'entrechoquent. « Peux-tu me donner la couverture qui est sur le lit ? »

Tandis que le frère l'enveloppe dans la couverture, de l'air s'engouffre et le feu produit des étincelles et de la fumée. Seamus s'avance ensuite jusqu'à la tablette supportant les livres.

— Voilà où tous les problèmes ont commencé, n'est-ce pas ? dit-il.

— Attention.

— Tu crois que je vais abîmer un de tes précieux volumes ?

— La tablette, dit Owen. Elle n'est pas solidement fixée au mur. Il faut que tu prennes chaque livre lentement, et que tu retiennes la rangée avec l'autre main.

Rejoignant son ami, il fait la démonstration avec son exemplaire d'Ovide.

Le franciscain étudie les dos. « Ovide et Tacite, John Locke et George Berkeley. Anne Finch, c'est ça ? Je ne la connais pas. *Les Lettres persanes*, naturellement, de même que Mr Bunyan, illustré d'un grand nombre de gravures effrayantes, sans doute. De belles éditions de Milton et Dryden, dit-il en feuilletant ce dernier, ce qui va de soi, étant donné qu'il s'agit de la propriété de lord Mayo. Et que dire du Homère de Pope, en cuir noir souple ? "Propriété d'Edward Crofton". En effet, ajoute-t-il en riant. Mr Crofton n'a pas remarqué sa disparition, je parie. »

— Tout le contraire, j'en ai peur.

— Daniel Defoe, voilà qui n'est certainement pas de la marchandise volée, dit le frère en examinant un livre aux bordures usées et sans étiquette. *Journal de l'année de la peste.* Même moi, je l'ai lu.

— J'ai trouvé ce livre dans un étal sur Smock Alley il y a quelques années. Négocié un bon prix avec le vendeur.

Seamus doit plisser les yeux pour déchiffrer les titres. Avec une bougie maintenant allumée, la chaumière n'est pas particulièrement sombre. Est-il du même âge qu'Owen ? Il croyait que le frère était au moins de dix ans son cadet.

— Les voyages de Lemuel Gulliver, bien sûr – dédicacés à ton maître, comme je me souviens te l'avoir entendu dire – et qu'est-ce que c'est ? La récente édition des *Œuvres* en deux volumes par Faulkner ? Voilà qui a dû coûter une somme rondelette à sa parution. Ah, dit-il en jetant un coup d'œil à l'ex-libris sur la garde, est-ce que Manus O'Donnell de Newport a remarqué sa disparition, lui aussi ?

— Non.

— Un homme de goût plutôt que de lettres ?

— O'Donnell était gravement malade à notre dernière visite chez lui. Il est mort peu de temps après.

— Et donc tu as piqué le Swift dans l'édition de Faulkner, en te disant que la fin était proche et qu'aucun lecteur n'allait chercher la froide consolation du Doyen lors de ses derniers jours ?

Il garde le silence.

— Voyou, dit Seamus.

Owen n'a que faire du sourire du frère ou de la jubilation dans ses yeux. Son ami remarque que seuls les livres endommagés, incluant un *Robinson Crusoé* qui a visiblement survécu à un incendie, peuvent être considérés comme son bien légitime. Tous les ouvrages de qualité ont dû être subtilisés avant d'enfin appartenir à quelqu'un qui leur demande plus que de servir d'accessoire dans un portrait. L'allusion indirecte au tableau de sir Henry Macdermott Roe dans le séjour d'Alderford, s'étonne Owen, est à la fois juste et accidentelle. Il ressent tout de même le besoin de se porter à la défense de ces seigneurs de province qui aiment acheter des livres pour garnir leurs bibliothèques et pour être représentés avec un volume à la main dans leurs portraits, sans trop se préoccuper de leur contenu. Il se demande pourquoi il a une telle impulsion. À son étonnement toujours grandissant, pas une seule personne – ni Carolan, ni Mrs Mac, ni Annie MacManus, ni Betty O'Neill – ne lui a encore demandé *pourquoi* il prend de tels risques au nom de quelques volumes sur une étagère de fortune. Personne ne lui a demandé, bien que la question soit flagrante et qu'il aimerait beaucoup pouvoir y répondre. Seamus ne lui a pas posé la question non plus, et Owen soupçonne que le frère en croit les raisons évidentes. Owen provoque ses soi-disant supérieurs, une noblesse de province à l'instruction médiocre et aux coutumes stupides qui considèrent qu'une haute naissance ou un heureux mariage constitue une justification suffisante de leur droit à jouir des fruits du capricieux hasard.

Il ne pourrait, ni ne voudrait, réfuter catégoriquement la présomption de son ami. Ce qu'il ferait plutôt serait de donner un sens à ses actions, un sens qui soit détaché de sa condition. Owen ne veut qu'une chose : la chance de plaider cette cause – même après tout ce temps.

Seamus, toutefois, n'est pas davantage enclin à le satisfaire. Parcourant des yeux l'étagère, le frère tombe sur ce qu'il appelle les « titres incriminants ».

— Ne me dis pas que tu as pris l'*Optique*? demande-t-il.

— Newton n'est pas à ma portée, je l'admets. Mais cet ouvrage anonyme de Francis Hutcheson, réplique Owen en tirant la *Recherche sur l'origine des idées que nous avons de la beauté et de la vertu*, contient des idées remarquables.

Son invité n'examine pas le livre. «Je connais ce nom», dit-il sans enthousiasme.

— Hutcheson croit que l'esclavage est un état contre nature. Il avance que tout homme, qu'il soit captif ou serviteur, a le droit de résister à la tyrannie.

— Vraiment?

— Des idées étonnantes, n'est-ce pas?

— Pas plus que celles de Cromwell il y a près d'un siècle d'abolir la monarchie et de permettre à tout propriétaire terrien mâle de voter, dit Seamus. D'ailleurs, Ironguts lui-même croyait à la liberté de conscience – pourvu que ta conscience soit en accord avec la sienne.

— Mais Cromwell était un envahisseur, non?

— Et cet autre type?

— Il est du Down, Seamus. Le fils d'un ministre.

— Voilà. Il n'est pas l'un des nôtres, répond le frère.

Owen grimace devant cette caractérisation de Francis Hutcheson. «J'ai de bonnes raisons de croire que je l'ai rencontré. Dans la maison de Patrick Delany à Dublin, où Carolan et moi avons souvent logé. Un homme petit et trapu, mal rasé. Très chaleureux, dit-il, réconforté par ce souvenir. Nous avons discuté pendant au moins une heure. Nous avons parlé des Pénales, si tu peux le croire, qu'il a déclaré être une série de lois abominables.»

— Comme je l'ai déjà dit...

— Il était différent du Doyen, certainement. Les hommes que Swift ne croit pas dignes de son attention lui sont tout simplement invisibles. La seule fois où j'ai été en sa présence, il ne m'a pas remarqué. Pour être honnête, il traitait Carolan comme une sorte d'oiseau rare trouvé quelque part dans la nature sauvage. Je ne crois pas qu'il soit très intéressé par la musique, ou même les gens, de par ici.

Excepté, voudrait-il ajouter, une compassion quasi indéfendable à l'endroit de la détresse de ces mêmes gens. Aucune autre raison n'aurait pu pousser l'auteur à produire un ouvrage aussi dévastateur que sa *Modeste proposition.* Prendre la chair des enfants affamés pour faire des ragoûts et écorcher leurs carcasses dans le but de fabriquer des gants pour dames? Même Owen, conscient que Swift a écrit le pamphlet au lendemain de cette famine de 1726 dont il a lui-même été témoin – peut-être de façon plus immédiate encore que le doyen de la cathédrale Saint-Patrick –, trouve la satire extrême. Mais d'un autre côté, il ne lui est jamais venu à l'esprit de raconter à Carolan, et encore moins au public lecteur, ses pires cauchemars.

— Et pourtant tu admires ses écrits au point de voler ses œuvres complètes à un moribond?

Nulle justification ne lui vient à l'esprit. Owen a longtemps cru que Francis Hutcheson était l'un des deux individus de sa connaissance à avoir les yeux que Terence Carolan a perdus. L'autre prétendant est Jonathan Swift. Les yeux de Swift sont globuleux et distendus et presque noirs sous les sourcils denses et quelque peu affolés. Ils ne dissèquent jamais un homme. Ils examinent plutôt ses traits avec le détachement d'une flamme que l'on porte à un visage. Swift possède une force de probité – ou la possédait, dans ses beaux jours, avant que la folie ne commence à se saisir de lui.

« Même chose avec le Duc », dit Seamus. Il pointe la biographie du duc d'Ormond qu'Owen lisait quand il est arrivé. « Un autre grand Irlandais qui n'avait rien de plus qu'une vague connaissance de ses sujets. »

Le livre gît ouvert sur le lit, sa reliure souple et ses caractères élégants. S'il était seul, Owen porterait le volume à son nez et en inhalerait le parfum, un mélange d'encre et de cuir de veau. Il presserait les pages contre ses lèvres.

Annie MacManus l'a assuré l'autre jour que, le printemps venu, ils iraient se promener dans les champs sous le manoir. « Nous tremperons nos langues dans les corolles de fleurs », a-t-elle dit.

Et bien sûr, il a rougi.

Il explique qu'il est en train de lire la biographie de Carte pour apaiser Mary Macdermott Roe. « J'ai aussi emprunté un document de sa bibliothèque qui trace les grandes lignes d'un projet pour le Shannon », dit-il, se rappelant les nombreuses conversations qu'il a imaginé avoir avec Seamus sur ce sujet. Il lui tend le pamphlet.

— Tu ne peux pas les apporter avec toi, tu en es conscient, dit le frère en ignorant le geste.

— Pardon ?

— Ces livres. Quand nous aurons fixé la destination, nous devrons voyager léger. À pied. En cavale, fort probablement.

Owen ne dit rien.

— Je m'en vais dans le Clare pour attendre la fin de l'hiver. Daniel MacNamara dit qu'il m'embauchera aux côtés de ses fils, à faire du négoce dans la baie de Kinvarra.

— De la contrebande ?

— Du bois, des peaux et du beurre pour les Français. Du brandy, du vin et de la soie pour nos fortunés. Faire accoster les bateaux la nuit, les décharger et les faire repartir avant l'aube. Une nuit de travail honnête, dit Seamus.

— Mais que fais-tu des officiers de la douane ?

— Que fais-tu du shériff d'Enniskillen ?

Le frère, un contrebandier? Cette activité attire les désœuvrés comme le crottin de cheval attire les mouches. Voilà qui est loin des aspirations des hommes d'avenir. Pour la première fois, Owen remarque les veinules brisées sur le nez de son ami et les poches sur lesquelles reposent ses yeux. Il ne connaît Seamus que de loin, force est de l'admettre, et il ne sait presque rien des replis de son cœur.

— Je vais repasser te chercher en avril, dit le franciscain.

— C'est donc arrêté ?

— La France cet été, mon garçon. Nous deux en vestes brodées et en souliers aux boucles serties de pierreries. Des tricornes sur nos têtes et des petites Françaises dans nos bras. Qu'est-ce que t'en dis ?

Owen n'a pas d'idées arrêtées sur la France, sauf pour une phrase et un nom. Le nom, chuchoté par certains progressistes, est celui d'un Français nommé Voltaire. Un radical, aux dires de tous, et une autre des scandaleuses accointances de Swift. Pour ce qui est de la phrase, elle habite son esprit comme un mystère non moins grand et un trouble encore plus profond. « Il y a des balles en Europe sur lesquelles nos noms sont déjà gravés », fait-il.

— Qu'est-ce que tu dis ?

En répétant la phrase, Owen comprend que c'était une erreur que de la prononcer à haute voix.

La main du frère, qui était de retour sur son épaule en signe de fraternité, se retire. « Ridicule », dit-il.

— Pourquoi ne nous impliquerions-nous pas dans quelque chose qui en vaut la peine, plutôt? Comme de relier le Shannon à un réseau pour les barges et tout ça.

Renfrogné, Seamus saisit le pamphlet et le feuillette. « Ce projet n'aboutira jamais, dit-il. Il sera sapé par la fourberie, la vénalité ou les Pénales. Ces choses ne marchent jamais. »

— Une carrière dans la Brigade irlandaise ne me tente guère, Seamus. J'ai du mal à m'imaginer mercenaire dans une guerre à l'étranger.

— La façon dont tu t'imagines n'est pas la question. C'est plutôt la façon dont les autres te considèrent qui remporte la mise.

Et une autre idée qu'Owen n'avait jamais pensé partager lui échappe. « J'ai toujours aspiré aux études plutôt qu'à toute autre profession », dit-il. Du moins depuis qu'il a reçu les encouragements de Francis Hutcheson.

Le franciscain refuse de passer la nuit sur place. Tandis qu'il s'emmitoufle à nouveau, il houspille Owen avec ce qui lui reste de son ancienne autorité. « On en a déjà parlé, mon gars, dit-il. Il n'y a rien pour nous ici. Les gens se soumettent à des lois contre lesquelles ils devraient prendre les armes. Les rebelles se tournent du côté de Limerick ou de la Boyne ou même des Cavaliers et des Roundheads pour trouver l'inspiration. Cette époque est incapable de produire une seule passion respectable. Pas plus qu'elle ne peut nous donner une seule bonne raison de passer nos vies dans l'obscurité.

Au portail secondaire, où un départ par un après-midi de janvier peut se faire plus discrètement – le village est ponctué de rubans de fumée bleue s'élevant au-dessus des arbres squelettiques –, Owen promet de réfléchir à la Brigade irlandaise.

— Garde Swift comme idole, si tu veux, dit Seamus. C'est une fantaisie livresque après tout. Mais cet autre maître, Owen, bien que charmant harpeur et gentilhomme naturel, ne peut le rester. Libère-toi de lui et vite. À défaut de quoi, tu n'arriveras jamais à te libérer toi-même.

Un jappement vient briser le silence. Le ciel sans soleil est presque plat, tel la lame d'une épée. Quelque chose dans la lumière, comme si elle n'avait aucune profondeur, les objets aussi bien découpés à cinq ou à cinquante pas, rappelle à Owen son rêve. Une tempête surviendra bientôt, le ciel effondré. Le vent déchaîné et le froid brutal.

Il fait part de ses pensées, et les mots sont mal venus.

— Cela n'est pas un rêve, corrige le frère. Pas pour nous, les gens de notre espèce. C'est bel et bien la vie éveillée, et elle est amplement meurtrière.

Owen se souvient de lui demander : « Ton nom de famille ? »

Seamus hausse les épaules.

— Imagine que je doive aller te trouver dans le Clare ? Il y a peut-être plus d'un Seamus qui fasse du négoce dans la baie de Kinvarra.

Mais son ami – ou est-ce son compagnon de désespoir ? – est obstiné. Leur destin est de voyager longtemps, au loin, libérés du poids des noms. « C'est ce que je vois pour nous », dit Seamus.

* * *

Que voit Owen pour lui-même ? S'il doit être honnête, il n'arrive à rien d'autre qu'un tableau. Deux cavaliers sur une route des hautes terres au soleil couchant. Des coteaux de fougères et de chardons et, plus haut, de la pierraille blanche. Des massifs estompés, rebondis comme des fronts, et des oiseaux – des aigles et des cormorans, peut-être – traçant des courbes au-dessus de l'immensité. Une vallée en contrebas, à moitié ombragée, une lande rocailleuse dépourvue d'habitations et de moutons paissant, la désolation s'étirant vers l'ouest jusqu'au rebord dentelé de la mer. Le ciel d'un violet profond, strié de rouge au milieu et gris dans les marges du haut. Le vent d'une couleur que nul ne peut identifier.

Des voyageurs à cheval, seuls dans la vastitude. Descendant la vallée jusque dans un glen, passant un ruisseau à gué et longeant la rive d'un lac. Remontant la pente à travers les bruyères et les églantiers sur le côté d'une montagne nue et affaissée. Toujours entre deux destinations et loin des hameaux et des fermes. Bavardant de choses et d'autres, sans être d'accord. Se taisant pour un moment, le silence de bonne compagnie. *Swish-swish,* les chevaux qui remuent leurs queues. *Tchip-tchip,* le cri d'un oiseau.

* * *

— Betty O'Neill m'a dit que je devrais passer te voir, dit-il sur le pas de la porte.

— Fais donc.

— Me voilà, Annie.

« Et me voilà, dans ce lit », répond-elle. Elle se redresse, tire une couverture sur sa poitrine.

Il s'enquiert de sa santé.

— Mieux, merci.

— Le Dr Lynch t'a rendu visite ?

— Ce matin.

— Et ?

— Serait-il capable de soulager un chien plein de puces ?

Owen sourit à son sourire. Il aimerait qu'il y ait une chaise dans la chambre. Il n'y a d'espace que pour deux lits et une table. Une fenêtre étroite, percée haut dans le mur, projette un rectangle de lumière sur le sol les beaux jours et une tache pâle, comme du lait renversé sur la pierre, les jours gris. Les murs sont nus. Il se souvient avoir posé des questions à Seamus au sujet des cellules où les recluses s'emprisonnaient volontairement. Il n'y avait que de minuscules ouvertures pour recevoir de la nourriture.

Elle fait de la place pour qu'il puisse s'asseoir près d'elle. « Je ne dirai pas un mot qui puisse te faire rougir, dit-elle. Promis. »

Il se juche plutôt sur le lit de Bridget O'Donnell. « Je suis navré pour toi. »

— Allons.

— Tu as parfois du mal à respirer? Des douleurs au bas du dos et dans les côtes?

Aussi dans les jambes, lui a-t-on dit, un inconfort d'une telle intensité qu'Annie doit s'agripper à une table ou à un mur pour ne pas tomber. Enfant, elle a été clouée au lit pendant plus d'un an lors de sa maladie. Une fois sur pied, elle a appris à supporter les spasmes diurnes et les douleurs nocturnes, l'étrange impression, a-t-elle confié à Owen une fois, que son corps se sépare lentement de sa tête. Mrs Mac l'a engagée alors qu'elle avait dix-sept ans, par pitié croient plusieurs, et pour égayer la maisonnée de sa bonne humeur et de sa beauté. Peu s'attendaient à ce qu'elle vive au-delà de vingt ans. Un trentième anniversaire semble aux personnes concernées, le Dr Lynch inclus, tout aussi improbable.

— Tu as parlé à Betty?

— Tout le monde vivant à moins de cinq milles d'Alderford est au courant de ta condition.

« Vraiment? » dit-elle en repoussant une mèche derrière son oreille. Puis elle sourit à nouveau. « Est-ce que tu me fais marcher? »

— Peut-être.

— Owen Connor, qui plaisante un peu?

— Suis-je donc si morose?

— Juste un peu sérieux.

Il fronce les sourcils devant cette description, aussi juste soit-elle.

— Tu as eu un visiteur ce matin ? demande-t-elle.

— Mon ami Seamus.

— Celui qui ne veut pas révéler son nom ?

— Celui-là.

— Il veut que tu partes au loin, c'est ça ?

La résolution d'Owen, celle de faire à Annie l'honneur de dire toute la vérité, est mise à rude épreuve.

— Je le sais depuis le début, dit-elle en déchiffrant son visage. Et je savais qu'il viendrait te chercher un jour.

— Seamus a des projets, dit-il. Des projets fous, à vrai dire. Mais pas plus fous que la volonté de Mrs Mac que je m'embarque sur le prochain navire quittant Cork, peu importe la destination. Tout le monde semble déterminé maintenant à m'expédier loin non seulement d'Alderford, mais carrément de cette île – comme si c'était là une seule et même chose.

Une idée absurde, décide-t-il sur-le-champ.

— Les gens te tiennent en haute estime, dit-elle.

— J'en doute sérieusement.

Annie tripote la couverture. Owen en est presque à poser une question dont il n'est pas certain de vouloir entendre la réponse – « L'exil, est-ce là ce que tu souhaites pour moi, toi aussi ? » – quand la servante glisse une main sous son oreiller. Pour tourner son buste, elle doit se pencher en avant puis faire pivoter le haut de son corps avec la prudence de quelqu'un qui souffre d'une raideur dans la nuque. Le mouvement semble bloquer sa gorge et la faire suffoquer. Sa main émerge avec une pile de lettres reliées par un ruban.

— Si la maîtresse devait l'apprendre…, dit-elle.

— Annie ?

— Il faut que tu sois au courant de tout ce qui a été fait pour toi ces derniers mois. Les efforts de Mrs Mac et du maître, la dévotion dont ils ont fait preuve.

La bouche d'Owen est subitement pleine de cendre. Il s'avance jusqu'à son lit. Quand Annie est malade, sa peau devient translucide et ses yeux se creusent, comme si toute sa vitalité se retirait en un endroit plus sûr. Ses cheveux, aussi, semblent perdre leur lustre – probablement parce qu'ils n'ont pas été lavés depuis plusieurs jours.

— Tu les as lues ? demande-t-il en se tenant au-dessus d'elle.

— Tu sais bien que je ne peux pas.

— Mais tu crois que le contenu sera pour moi une consolation ?

Elle ne semble pas savoir.

— Puis-je ? demande-t-il en pointant le matelas.

— Ne sois pas ridicule.

Il s'assoit et défait le ruban, souhaitant qu'il s'agisse du ruban de sa robe de nuit.

— À voix haute ? dit-il.

— C'est privé.

— En effet.

Il déplie la première lettre, touche du doigt le sceau de cire brisé. Le texte est long et l'écriture est soignée. Il parcourt les lignes à la recherche d'un passage d'intérêt.

Mon cher Terence,

Toutes mes excuses pour cette réponse si tardive. J'ai souvenir en effet, mais vaguement, de ton plus récent guide, Owen Connor. Ton souhait de le voir réinstallé dans une position plus avantageuse est louable. Mon aptitude à te porter assistance est limitée, j'en ai peur, étant donné son histoire et son éducation… Dublin, après tout, est une ville de raffinements… De plus, je dois avouer, Terence – et pardonne mon franc-parler –, ne pas avoir gardé une impression particulièrement favorable du jeune homme. Il semblait mal à son aise dans sa position, adoptant souvent des manières mal venues pour son rang. J'hésiterais à le recommander ne serait-ce que pour son comportement sous mon toit un soir il y a quelques années, quand il mit à l'épreuve la patience d'un de mes invités, un jeune professeur de philosophie plein de promesses, en discutant avec lui comme s'ils étaient de vieux amis d'école…

De plus, j'ai eu vent d'une rumeur, de laquelle il serait négligeant de ma part de ne pas t'informer, étant donné la façon dont elle affecte ta propre réputation. Es-tu bien certain que ce Owen Connor a une bonne conduite morale ? La rumeur laisse entendre que des vols de biens ont été perpétrés dans les maisons que tu as honorées de ta présence. Je crains qu'il ait abusé à la fois de ton infirmité et de ton bon cœur dans le but de priver les autres de leurs possessions et toi de ta réputation…

— Owen ?

Il lit le premier paragraphe à nouveau. Le Dr Patrick Delany, doyen de Down, fait sans doute référence à sa rencontre avec Francis Hutcheson. Il n'y a pas eu d'autre conversation lors d'une autre soirée qui se soit approchée un tant soit peu de celle-là. Pour des hommes pareillement accomplis, un tel échange était probablement routinier et oubliable – un bavardage ennuyeux avec un nerveux petit gars du Nord. Mais pour Owen, l'événement avait eu une importance capitale.

— La façon dont tu regardes cette lettre… Les nouvelles sont donc si mauvaises ?

« Patrick Delany regrette de ne pouvoir être d'aucune aide à me trouver une position à Dublin, répond-il. Bien que rien ne pourrait lui faire davantage plaisir. » Son sourire ressemble sans doute à un rictus.

— Quel dommage, dit-elle trop enjouée.

Mary Macdermott Roe a rassemblé toute la correspondance le concernant. Owen examine les enveloppes contenant des réponses venant de lords et de dames dont les domaines sont situés, après un décompte rapide, dans neuf comtés répartis sur trois provinces. Aucune des lettres ne mérite le moindre coup d'œil. Leur existence cachée est le signe d'un rejet, et d'une condamnation.

Une lettre de Belanagare, particulièrement, est source de désarroi. Parmi les amis de Carolan, Denis O'Conor a toujours été le plus affable. Quand Denis est mort en 1732, son fils Charles était déjà reconnu pour être un érudit et un gentilhomme. L'opinion de Charles O'Conor, avec qui Owen a pu parler librement au fil des années, a un poids considérable. Favorable, elle lui donnerait le courage d'agir avec résolution. Critique, elle lui serait insupportable.

Ses mains tremblent en dépliant les pages. Un coup d'œil vers Annie lui montre un visage perdant rapidement de ses dernières couleurs, comme la maternité dérobe une femme de sa jeunesse.

La lettre comporte six pages, ce qui est peu pour son auteur. Owen lit les missives d'O'Conor à Carolan depuis des lustres et sait comment abréger, voire à l'occasion paraphraser, ses textes. Se doutant que Charles allait commencer doucement, il parcourt les premiers paragraphes à la recherche de son propre nom. Il n'apparaît pas avant la page trois.

… Owen Connor est certes plus vertueux que ses actions voudraient le suggérer, et je suis d'accord pour dire qu'il possède, comme vous le dites, un « esprit supérieur et humaniste ». Peut-être les privations de son enfance ont-elles laissé des marques. Peut-être, aussi, est-il simplement révolté contre cette époque. Sa nature, sinon son présent dilemme, rendra difficile chacune de ses tentatives pour s'amender. La société dans laquelle nous devons tous, prudemment, faire notre chemin, ne lui pardonnera pas aisément. Cette rigidité n'est pas vindicative. Elle fait plutôt partie d'un mécanisme de stabilité et de continuité – « Les choses telles qu'elles sont, et devront être, pour toujours », comme le disait mon cher père…

Ainsi, Maître, il est tout à fait justifié pour vous de chercher pour votre guide une situation à l'étranger, où ses efforts pourront être appréciés à leur seul mérite, et où il ne sera pas relégué hâtivement à une certaine classe d'être humain. Je vous prie de surmonter vos doutes au sujet de cette solution et de l'encourager à la fois vigoureusement et, étant donné ce que j'ai entendu de l'agitation du colonel Maguire, urgemment. Je souhaiterais seulement pouvoir vous être d'un plus grand secours dans ce qui est certainement la plus cruelle des tâches : celle de bannir un homme dont la compagnie vous est si précieuse.

Ensuite de quoi Charles porte son attention sur un recueil de fables qu'il est en train de composer, de même que sur ses plus récents efforts pour dresser la généalogie du clan Roscommon O'Conor.

— Tu pleures, Owen ?

— Non.

— Tes yeux ?

— C'est le fait de lire. Charles O'Conor a une écriture affreuse.

Un *esprit supérieur et humaniste*? En vérité, son esprit n'est ni l'un ni l'autre. Comme c'était généreux de la part de Terence de le prétendre, surtout maintenant, au lendemain de ses derniers crimes.

« Tu devrais les remettre dans la boîte, Annie », dit-il en rattachant le ruban. Voyant que des mèches sont retombées devant les yeux de la servante, et se sentant bizarre, il écarte les cheveux. Ils sont aussi fins que des fils de la Vierge, et aussi fragiles.

Le geste est tout de même troublant. Bien sûr qu'Owen n'a pas une bonne conduite morale. C'est aussi un empoté, incapable d'installer une étagère ou de terminer la lecture d'un livre, sans doute un livre qu'il a piqué. Un homme désœuvré, qui ne mérite la compagnie que des gens de son espèce.

Quand les yeux d'Annie réussissent à s'ouvrir davantage, sans effort apparent, son visage devient un ciel contenant à la fois le soleil et la lune. Mais est-ce son ciel à lui ?

« Mrs Mac, dit-elle, les joues luisantes, elle est en visite à Carrick. J'ai sa clé… Mais, Owen ! »

— J'ai besoin de le voir.

Sortant un mouchoir de sa manche, Annie essuie les larmes qu'il devrait éponger avec ses lèvres. Mais sont-ce ses larmes à lui ?

— Elle a dit que tu ne peux pas le voir cet après-midi. À cause du rhume qu'il a attrapé. Il est endormi la plupart du temps, ces jours-ci.

Owen se lève avec une telle hâte que les poutres du lit cognent contre le mur. « J'ai offert d'accomplir de nouvelles tâches, tu sais, des tâches sans rapport avec mon ancien statut de guide. Monter des plateaux de nourriture à l'étage. Faire en sorte que les carafes soient toujours remplies jusqu'au bord. Remplir sa pipe correctement – Flinn, à ce que je sais, tasse beaucoup trop le tabac dans le fourneau – et vider son pot de chambre. Deux fois j'ai prié Mrs Mac d'être d'une assistance directe à mon maître et à Alderford. »

— Qu'a-t-elle répondu ?

— D'abord, elle a dit que Flinn ne supporterait pas que je travaille à ses côtés. Puis elle a dit que je n'avais pas eu la formation nécessaire pour accomplir ces tâches.

— Elles demandent un soin particulier.

— Quelles sortes de tâches crois-tu que je faisais, sur la route ? Porter la harpe et installer Terence pour sa performance n'en était qu'une petite partie. Même dans les maisons où l'hôte lui assignait un valet de pied, j'étais quand même toujours en train d'aller lui chercher un verre de bière et d'aider à le laver et l'habiller. J'ai reprisé ses bas, Annie. J'ai enlevé des vomissures sur sa chemise et essuyé son… quand ses mains étaient prises de tremblements violents.

— Ça va, Owen.

Mais ça ne va pas du tout, et la bouteille contenant ses émotions a été fracassée. « Elle savait très bien ce que j'étais en train de demander, continue-t-il. Simplement d'être avec lui, ou même juste tout près. D'être utile ! Elle le savait, et pourtant elle m'en a empêché. » Le reproche semble puéril à ses propres oreilles.

Annie renifle.

— Il me manque tellement, dit-il.

— Je sais.

— Est-ce si surprenant que je réagisse ainsi ? Vingt et un ans à l'accompagner, à travailler pour lui presque tous les jours, et maintenant : rien, sauf une visite occasionnelle, alors qu'il est soûl comme une grive et qu'il est en carousse avec MacCabe ou Peyton ou quelque Italien. Est-ce ridicule ? Ai-je perdu toute dignité ?

— On ne peut rien contre nos sentiments, dit-elle doucement.

— C'est vrai. On ne peut rien.

— N'est-il pas comme un père pour toi, aussi ?

— Oui. Non, corrige-t-il, plutôt un ami et un confident.

— Comme le serait une épouse ?

— Pardon ?

— Il *est* malade, se dépêche-t-elle d'ajouter.

— Ce n'est pas vrai, Annie. Tous ces mois passés au lit, c'était à cause de… ces lettres.

« Mrs Mac en envoie encore. Moins qu'avant Noël, remarque », dit-elle. Puis, après une hésitation : « Et elle cache les lettres que Bridget Cruise envoie à Maître Carolan. C'est mal, je trouve. »

Son visage ne peut dissimuler le choc que lui fait cette information. Annie aurait aussi bien pu lui annoncer que son vrai père – qui ne serait pas sir Henry, finalement – avait entretenu une correspondance secrète avec Mary Macdermott Roe toutes ces années.

— Quatre lettres depuis l'été, au moins, dit Annie. D'une Mrs Arthur Barnewall, d'un domaine dans le Meath. Ma maîtresse dit qu'elle les lui montrera une fois qu'il aura retrouvé sa force. Mais je crois qu'elle ne le fera jamais.

« Bridget Cruise », répète Owen. Un nom qui ne veut pas tomber dans l'oubli, que ce soit en musique ou, semble-t-il, dans la réalité.

Annie MacManus prend une inspiration flûtée avant d'en dire davantage. « Tu vas remarquer des changements, chez Mr Carolan. Il ne sort du lit que très rarement, maintenant, même pour bavarder avec les oiseaux. À l'automne il donnait vraiment l'impression de prendre du mieux ou d'attendre qu'un certain événement se produise. Maintenant, par contre, il est réellement faible. »

Il est incapable d'entendre ce diagnostic.

— Veux-tu que je t'apporte une tasse de thé ? demande-t-il.

— Le Dr Lynch dit que si je me repose aujourd'hui, je serai tout à fait bien demain.

— Alors repose-toi bien, dit Owen depuis le pas de la porte.

Elle replace des cheveux derrière son oreille, à nouveau. Mais sont-ce ses cheveux à lui ?

« Ta tête, dit-elle avec une tristesse si visible qu'elle pourrait effacer le sourire sur le portrait d'un enfant. Tu ne l'as pas tapotée des doigts une seule fois. »

Il hausse les épaules.

— Peut-être parce que tu sais que tu ne seras pas confiné ici encore longtemps.

— Repose-toi, Annie.

— Tu vivras tout plein d'aventures.
— Ferme les yeux.
— Je ne suis pas si fatiguée.
— Ferme-les.
Elle les ferme enfin.

CHAPITRE 5

26 février 1738

— Qui est là ?

— Owen.

— Owen Connor ? Enfin !

— Terence ?

— Je n'osais plus t'espérer, mon garçon. Je pensais que tu m'avais laissé tomber pour de meilleurs horizons. Viens près de moi.

Owen entre dans la chambre. Les semaines d'attente pour ce rendez-vous, le premier depuis avant Noël, l'ont rendu anxieux. Ces derniers temps, le mal lui parcourt tout le crâne et descend le long de son cou, une chape de douleur qui le force à de plus longues périodes de repos pour réprimer la nausée. Il craint de trahir le tumulte à la fois physique et émotif qu'il porte en lui. Il a déjà les larmes aux yeux à voir le déclin – irréversible, comprend-il sur le champ – de la santé de son maître.

La chienne Grace se laisse tomber devant le foyer. Deux oiseaux quittent le rebord de la fenêtre.

— Je pense à elle, dit Carolan, et aux enfants. Sans relâche, maintenant, grâce à toi.

« Moi ? » dit-il en approchant une chaise du lit. De là il peut chuchoter directement dans l'oreille de Carolan.

— Bien sûr. Comme tu me l'as promis.

Owen attend.

— « Laissez-moi vous guider, Terence, as-tu dit. Laissez-moi faire mon travail. » Ou quelque chose comme ça.

— Et vous voilà.

— Et *nous* voilà, Owen. Nous tous, dans le lit à colonnes. Martha et Siobhan et Tadhg et Anne, Eileen et Maev et Mary. Tout le monde vif et alerte. J'ai écrit un air pour chacun, tu sais.

— Un air ?

— Sept bébés, sept mélodies.

Que se passe-t-il, sous ses yeux ? Selon toute apparence, la chambre est prête pour une veillée funèbre. La fenêtre est ouverte, pour les odeurs. Des chaises supplémentaires sont alignées le long du mur. Sur la table, une bouteille de whiskey et des verres empilés. Dans un vase, des fleurs de l'été dernier, séchées et pressées par Mrs Mac. Le corps, aussi, a été préparé. Il gît, bordé sous des draps et des couvertures repassées, les bras exposés et les mains jointes. La peau est cireuse et les joues rasées. Les oreilles aussi ont été dégagées et des mèches de cheveux collées au crâne.

Sauf que ce corps parle, les lèvres bleues et mouchetées de salive. Il débite des histoires – aucune mélodie ne porte le nom de ses enfants – mais sur le ton d'une telle convivialité qu'Owen n'a pas le cœur de le corriger. À moins qu'il ne se trompe, il est là-haut, dans la tête même de Carolan, un endroit qu'il a toujours voulu visiter. Il n'avait jamais cru pouvoir le faire un jour.

Un oiseau lance un cri.

— Une mésange bleue, dit Carolan, sautelant et picorant parmi les branches dehors. Une belle surprise, par ce temps.

— La neige fond.

— Remarque comme le cri commence par trois ou quatre notes appuyées. *Di-di-di-di.* Puis une série de notes plus basses, lancées de plus en plus vite jusqu'à devenir presque une trille. *Di-di-de-ri.* Ou mieux, ajoute-t-il alors que les doigts de sa main gauche tapotent le dos de sa droite, *pwi-pwi-ti, ti-ti-ti-ti.*

— Je l'entends.

— Heureux le mari, hein ?

— Maître ?

— Ne m'appelle pas comme ça. Elle ne le faisait jamais.

— C'est vrai, elle ne le faisait pas, dit Owen en devinant de qui il s'agit.

— Elle riait de cette grandiloquence. « C'est un titre honorifique, mon épouse », je lui disais. « Pure sottise, mon mari », répondait-elle. Même qu'elle refusait de m'accorder ce titre dans le lit. Et pourtant, là j'en étais certainement un.

Owen tente de réprimer un sourire.

— Je l'ai entendu. La façon dont tu inspires par le nez. Je t'ai fait sourire, n'est-ce pas ? Un maître entre les draps !

— Nous sommes bien fringant cet après-midi, dit-il.

— Et pourquoi pas ? Je dors toute la nuit, maintenant, et presque tout le jour. Et je n'ai pas un seul souci, n'est-ce pas ?

— Je suppose que non.

— Je suis fini. J'ai trop longtemps repoussé mon échéance. Mais suffit, dit-il. Approche-toi. Viens tout près de moi, si tu le peux. Tu me verras mieux.

Présumant que Carolan veut dire « tu m'entendras mieux », Owen se penche davantage de manière à ce que ses lèvres frôlent le lobe d'oreille du barde. Encore une semaine auparavant, il avait l'intention de se servir de cette rencontre pour convaincre son maître d'envoyer un mot à ses enfants, éparpillés entre Dublin et Sligo, afin de les réunir à Alderford pour une dernière fois. Il y a encore quelques instants, il pensait plaider pour le retour de son ancien mode de vie ou, à tout le moins, demander conseil quant à ce qu'il devrait faire. *Guidez-moi, Terence,* était-il même préparé à demander. La réunion des enfants de Carolan avec leur père, comprend maintenant Owen, est impossible – il n'existe pas un lit assez grand pour accueillir un tel rassemblement. Mais est-ce que le père est aussi abstrait dans l'esprit de ses grands enfants que eux le sont pour lui ? Il croit que non, et il compatit avec Tadhg Carolan et ses six sœurs : une mère qui a succombé à la maladie et un père aimable mais qui, au bout du compte, ne pouvait être là pour eux. Quant à la question de son propre destin, elle lui apparaît soudainement déplacée. Qui a, de loin, été le plus chanceux parmi la progéniture du barde ? Facile. Owen Connor, qui a joui de la compagnie, et de la confiance, de Carolan pendant plus de la moitié de ses trente-neuf années.

— J'ai préparé une anecdote pour la postérité, dit Carolan. Dis-moi ce que tu en penses. Je suis à la porte de la mort, je m'apprête à frapper. J'appelle Flinn, lui demande un verre du meilleur whiskey, que j'honore d'une seule gorgée. Puis, avec un claquement des lèvres, je déclare que cette dernière libation était un adieu de la part de ma plus ardente maîtresse, qui m'a ragaillardi pour la suite des choses.

— Vous avez écrit le canevas ?

— MacCabe pensait que ce serait prudent, Toby Peyton aussi. Quand le temps sera venu, il est probable que je ne fasse que baver et délirer. Quelles sont les chances pour que les mots sortant de ma bouche soient dignes d'être répétés dans les débits de boisson et les chaumières ? La même chose s'applique pour la mélodie qu'on attend d'un harpeur. La composer dans les tout derniers moments d'agonie est plus profitable pour l'anecdote que pour la musique.

«Vous avez donc aussi songé à composer?» dit Owen, en étouffant l'excitation dans sa voix. Il ouvre les yeux un instant. Le tableau est étrange : un cadavre qui murmure, un endeuillé attentif à son moindre souffle.

— Une composition d'adieu, tu veux dire?

— J'aurais pensé qu'il serait trop tard.

— C'est le cas, dit Carolan. Trop tard ou trop tôt!

Owen est silencieux.

— Comme ce que tu as dit. À propos d'être là pour les vraies personnes, plutôt que pour des chimères. J'ai essayé avec Grainne Connelly et Brian Maguire et même ce pauvre Thady Bourke. Je n'étais bon à rien. Je n'ai rien pu tempérer. Il n'y a que dans ce lit, en tant que père et époux, que je puis être utile.

— Ce lit, répète Owen.

— Ils étaient toujours en train de grimper à bord, près de Moira et moi, surtout par les nuits froides. Toujours de la place pour un de plus, lui disais-je. Le radeau n'est jamais surchargé. Mais attends une minute. Écoute.

— Un autre oiseau?

— Écoute.

Owen entend un long sifflement, soutenu pendant vingt secondes puis recommencé après le plus bref des interludes.

— Une grive musicienne, là-haut sur une branche, dit Carolan. Remarque la longueur des répétitions, et leur musique. Observe aussi comment l'intonation peut à la fois descendre et monter. *Pi-erre, pi-erre, pi-erre* et puis *pou-pine, pou-pine, pou-pine.*

À chaque *pi-erre* il bat la mesure en alternance avec son index et son majeur. À chaque *pou-pine* il tapote une séquence un-deux-trois-deux-un.

Une mélodie.

Dans la tête du harpeur.

Avec Owen Connor là-dedans aussi. Ou presque.

— Charmant, dit Owen.

— Charmant en effet, n'est-ce pas ?

Il acquiesce.

— Comment vont Gem et Gulli ? demande soudainement Carolan.

— Les rhumatismes de Gulli empirent quand il est confiné à demeure. Il répugne à se coucher sur le sol trop longtemps. Gem s'impatiente et s'ennuie de son maître.

— Ma femme aimait ces bêtes.

— Pour ça, oui.

— Elle avait des mains merveilleuses, ma chère Moira. La nervure des os, en particulier. Délicate comme une aile d'hirondelle.

— Moira ?

— Je la priais toujours de me laisser les tenir. Quand est-elle décédée, Owen ? C'était il y a longtemps ?

— Pas si longtemps.

— Je ne peux pas respirer, parfois, tellement elle me manque.

« Et pourtant, de son vivant », dit-il, la colère menaçant de refaire surface.

— Je ne peux pas respirer !

Owen se surprend, il n'a pas de mal à laisser tomber la complainte qu'il a nourrie ces vingt dernières années. Il se trouve à l'intérieur de la mélodie d'un grand artiste. La vérité y est différente. « La douleur de la perte est toujours aussi fraîche ? » demande-t-il.

— Je n'ai pas été le même homme depuis, n'est-ce pas ?

— Je ne dirais jamais une chose pareille.

— Je n'ai pas été un homme du tout. Soi-même et nul autre. Qui d'autre aurais-je pu être ?

Il rit doucement.

— Whiskey, Terence ?

— Comment ? Owen Connor induisant un réprouvé en tentation, avec l'objet même de son dérèglement ?

« Peut-être suis-je aussi en train d'abandonner mon ancien soi », répond Owen. Voilà une autre idée surprenante à surgir dans sa tête, qui semble maintenant pleine des notions les plus étranges.

— Je ne boirai pas un verre d'adieu avec toi, mon garçon.

— Non ?

— Parce que nous ne serons pas séparés. Pas réellement. Ni dans cette vie, ni dans la prochaine. Je ne le permettrai pas.

Owen sanglote sans réserve. Il n'essaie pas de masquer l'émotion d'un hoquet ou d'un autre déguisement.

— Allons, allons, dit Carolan sans bouger.

— Je suis désolé.

— Mais si le verre est offert en toute convivialité, je ne pourrai pas le refuser, n'est-ce pas ?

Verser le whiskey lui permet de retrouver son calme. Annie MacManus lui a expliqué la marche à suivre. Le patient ne peut plus s'asseoir ni même relever la tête. Owen doit glisser sa main droite sous le crâne de Carolan et le soulever. Puis il doit presser le rebord du verre contre sa lèvre. Ne sois pas trop précautionneux, l'a averti Annie. Ton maître aime encore prendre une bonne rasade.

En effet, Carolan écluse la mesure en une gorgée, puis passe la langue sur sa lèvre inférieure pour attraper les gouttes perdues. Owen prend une gorgée de son propre verre, le whiskey lui brûle la gorge.

Devrait-il poser la question ? Il sent qu'il le doit.

— Avez-vous eu des nouvelles de Mrs Arthur Barnewall récemment ? demande-t-il sur un ton à peine audible.

— Qui ?
— Elle. Bridget.
— La femme de chambre ?
— Bridget Cruise.
Le front de Carolan ne se plisse pas et sa bouche garde ce vague sourire qui est le sien.
— Pas depuis longtemps, répond-il.
— Je vous dois toutes mes excuses pour ne pas vous avoir cru.
— Pas depuis plus de cinquante ans, à bien y penser, continue-t-il. J'avais alors quatorze ans, elle, un an de moins. Elle était adorable.
Owen referme les yeux.
— Une tout autre vie, on dirait, fait Carolan.
— Bien sûr.
— Il ne reste que la pauvre Mary Mac, maintenant.
— Que voulez-vous dire ?
— Tous les autres sont bien en sécurité dans le lit. Les petits, bien sûr, tous les sept, et Moira, au goût de butterscotch. Plus toi, Owen.
— J'y suis, moi aussi ?
— Naturellement.
— Et Mrs Mac ?
— Elle a tant essayé. Elle l'a tant voulu. Mais il ne peut pas en être autrement, n'est-ce pas ? Un mari et sa femme, de même que leurs enfants. C'est un pacte sacré et solitaire. Un radeau à la dérive sur une mer sombre comme du vin.

Devrait-il aussi s'enquérir au sujet de Henry Macdermott Roe ? Le mystère est aussi déroutant que celui de Bridget Cruise, et non moins important – pour Owen, du moins. Carolan s'en souviendrait, si sir Henry avait eu l'occasion de visiter les Ox Mountains à la fin de 1698. Et si Henry Mac avait confié son secret à quiconque, c'était certainement au barde qu'il l'avait fait.

— Pour ma part, dit Carolan avant qu'Owen ne puisse se décider, je t'ai toujours rattaché au clan de loin le plus grand : celui de la nation elle-même. Elle doit être ton père et ta mère. Elle doit pendre soin de toi. Fantaisiste, je te l'accorde, reconnaît-il.

Vaincu encore une fois, Owen n'ose parler.

— Pour ce qui est de ton ami, dit le harpeur.

— Mon ami, Terence ?

— Le garçon que tu as rencontré dans l'Ulster. Quel est son nom, déjà ?

— Vous devez penser à…

— Shane, c'est ça ? interrompt-il. Il a émigré à Québec, si je me souviens bien, plutôt que de s'enrôler dans le régiment du Donegal. N'est-ce pas ?

Cette décision est également trop facile. « Québec, oui, dit Owen. S'est embarqué sur un navire à Cork l'automne passé. »

— Excellent. C'est pour le mieux, tu sais. Je connais les gens de son espèce. Ce n'est pas du tout un homme de ta qualité. Parlant de qualité…, dit Carolan avec une intention sans équivoque.

Owen reprend la marche à suivre avec une nouvelle mesure de whiskey.

— Courage, mon fils.

— C'est votre conseil ?

— Courage !

La grive chante à nouveau. L'oiseau chante et les doigts du compositeur reproduisent sa chanson : une-deux-une-deux pour le *pi-erre, pi-erre, pi-erre* et une-deux-trois-deux-une pour le *pou-pine, pou-pine.*

« Le voilà », dit Owen, désireux d'être libéré de ses pensées suffocantes.

— En effet.

— La mélodie n'est pas exaltée.

— Pas du tout, dit Carolan.

— Ni enjouée.

— Il y a de l'élégie dans cette partie. Et de la tristesse, je crois.

— Jouez-le.

— Une, deux, trois.

Lentement, Owen commence à le sentir : le vide, la liberté.

— Les Orientaux sont convaincus que la vie se compare à celle d'un homme qui se réveille après un songe dans lequel il était un papillon, dit son maître.

— Et qu'est-ce qu'il se dit, cet homme ?

— Suis-je un homme qui rêve qu'il est un papillon ?

— Ou un papillon... ?

— Qui rêve qu'il est un homme ?

— Une parabole, dit Owen.

— Une mélodie, pure et éternelle.

— En effet.

— Mais tu n'es pas prêt pour une telle musique, n'est-ce pas ?

— Je le suis peut-être.

— Tu es encore un jeune homme, avec un avenir. Un avenir brillant, j'en suis sûr.

— Merci.

— Parle-moi d'Annie MacManus.

— Je préférerais parler de la mélodie, encore un peu. Je suis bien, ici, Terence. J'aime me trouver là où vous êtes.

— Ses yeux ne sont-ils pas envoûtants ?

Owen s'arrête.

— Tu ne te tapotes pas le front, Owen ?

— Non.

— Parce que tu es déjà sur la route ?

— Peut-être.

— Ses yeux, alors.

Owen lui parle des yeux d'Annie MacManus. Comme ils sont incroyablement grands et habités, pas du tout les yeux de quelqu'un qui serait dans les griffes de la mort. Comment il ne peut pas imaginer des yeux contenant plus d'âme ou d'espoir, une indication certaine qu'elle vaincra les prédictions du médecin. Longue et heureuse vie à Annie MacManus. Personne ne le mérite autant qu'elle.

« Eh bien, dit Carolan, apparemment surpris par la description. Mais la pauvre fille n'est pas bien grande ? »

— Elle est femme faite, Terence.

— Et elle est malade ?

— Un homme serait chanceux de pouvoir en faire son épouse, insiste Owen.

— Le bon docteur prétend que si elle s'essaie à mettre au monde des enfants, cela pourrait être désastreux, pour l'une, l'autre ou même les deux parties.

— Lynch est un…

— Un charlatan, un médicastre, dit Carolan. En effet.

— C'est compliqué, dit enfin Owen.

— Vraiment ?

— Vous le savez.

— Dis-moi, tout de même.

Owen a l'idée de parler des recluses et de leurs cellules. Sagement, il la réprime. « Elle ne peut pas voir qui je suis, dit-il plutôt. Elle ne peut pas voir que je ne suis pas un fermier ou un ouvrier, encore moins un marchand ou un écuyer. Pourquoi le pourrait-elle ? Elle vit ici et maintenant, et n'a été nulle part ailleurs. Elle ne peut imaginer toutes les variétés d'êtres humains qui existent dans le monde, et leurs préoccupations. Nous serions mal assortis, je le crains. Elle finirait par être déçue. »

— Ce n'est pas comme une charmante mélodie à propos d'une fille, hein ?

— Terence ?

— Toutes ces chansons d'amour laissent penser que c'est aussi facile que de cueillir une fleur dans un pré. Vivre l'amour est plus exigeant.

Owen inspire par le nez, pour montrer qu'il sourit à nouveau.

— Il y a encore une chose.

— J'attendais que vous en parliez.

— Me rendrais-tu ce service ?

— J'ai déjà dit oui à Mrs Mac.

— Elle t'a expliqué ?

— Pas en détails. Mais je crois comprendre ce qui est attendu de moi et je veux bien m'y soumettre.

Carolan développe sa demande. Comme les instructions diffèrent si radicalement de ce qu'Owen avait été amené à penser – les dates et les destinations, mêmes les buts –, il demande à les entendre une deuxième fois.

— Tu es perturbé par ma demande ?

— Je suis honoré d'accomplir ces tâches pour vous.

— En tant que guide ?

— En tant que serviteur.

Deux voyageurs, se dit Owen, dans un paysage colossal. Quel roi peut survivre sans son fou ? Quel chevalier sans son écuyer ? Il n'y a qu'auprès de Terence Carolan, à son service et dans son ombre, qu'il se sent utile. Il n'y a que là qu'il ne soit pas perdu.

Un roucoulement d'une hauteur et d'un volume exceptionnels envahit la chambre, comme de l'eau s'échappant d'une digue écroulée.

— À la fenêtre, dit Carolan.

Owen hésite. S'il se lève, l'audience sera terminée. Mais en vérité elle s'étiole depuis plusieurs minutes, et Owen se sent déjà privilégié. Il devrait laisser le harpeur à ses occupations.

Il est à la fenêtre.

— Est-ce… ?

Pour une fois, le nom de l'oiseau lui vient. « Une alouette, dit-il, au-dessus du champ de blé. »

— Elles préfèrent les terres cultivées.

— Elle vole très haut. Deux cents pieds, facilement.

— Elle est sûrement au sommet de son arc, dit Carolan. Bientôt elle amorcera sa descente, de côté.

— La voilà.

— Écoute.

Owen écoute.

— Quel roucoulement, n'est-ce pas ? Perçant et continu, avec une longue portée. Le rythme aussi essoufflant que la chanson d'un pinson.

— Saisissant, dit Owen.

— Dieu est aveugle, Owen, dit Carolan d'une voix maintenant affaiblie par l'épuisement. Je le comprends enfin. Il ne voit pas nos souffrances, comme je le croyais jadis. Il ne peut rendre la nuit aussi claire que le jour, peu importe ce qu'en dit le psaume. Il est infirme comme moi. Il est entouré de la même noirceur.

Il attend.

— Tant de choses prennent un sens, une fois que l'on saisit cette vérité. Tant de choses que l'on croyait inacceptables deviennent des croix que l'on porte volontiers. Tout ce dont Dieu est capable, c'est de souffrir à nos côtés, d'essayer d'être présent, comme un père ou un ami. Nous ne sommes pas seuls dans notre tristesse. Nous ne sommes pas les seuls non plus à nous sentir délaissés. Comment le serions-nous ? Dieu est aussi à plaindre, et aussi digne de notre compassion qu'une autre créature.

— Serait-ce de la musique, ça aussi ?

— Non, c'est le silence.

— Le silence ?

— Chut, mon garçon. Chut.

Chapitre 6

7 mars 1738

Le voyage. Owen a suivi l'itinéraire du mieux qu'il pouvait. Il a même griffonné les ordres de Carolan après leur conversation, pour à la fois éviter de se tromper et en garder une trace. Son maître a eu des souhaits très précis. Il a aussi exigé le secret. Owen ne devait parler de la mission qu'avec Flinn et personne d'autre. Même Mrs Mac : tout ce qu'elle avait besoin de savoir, c'était que le guide de Carolan obéissait aux ordres du maître.

Ils allaient comme suit :

1. Quitter Alderford le 1er mars. Rejoindre Pettigoe en passant par Manorhamilton et Belleek. Rester du côté ouest du Lough Derg.

2. Trouver Cannelle-le-chat. Enfermer l'animal dans un sac aéré. Acquitter la dette envers James Devlin.

3. Pousser jusqu'à Kesh sous le couvert de la nuit. Rendre visite à la famille Connelly. Laisser des provisions et des cadeaux. Si Deirdre est toujours malade, envoyer chercher un médecin à Pettigoe. Payer tous les frais à l'avance.

4. Revenir à Alderford par la même route, pas avant le 6 mars. Ne PAS prendre la route qui passe par Enniskillen.

Ce qu'il a réussi à faire, pour la plupart.

Il neigeait pour la première fois depuis une semaine le matin de son départ. Le trajet jusqu'à Drumkeeran s'est déroulé sans incident, la fumée s'élevant depuis les fermes éparpillées le long du flanc de l'Arigna. La montagne dominait du côté sous le vent du chemin, marquant la limite entre la région frontalière et les collines et les glens du nord du Leitrim. À Manorhamilton, un village sur la rivière Bonet, le ciel est devenu cendreux et le vent s'est déchaîné, le froid lui écorchant les narines comme des prises de tabac brut. Gulli, dont les articulations pouvaient prédire les changements de température, a commencé à s'agiter vers la fin de l'après-midi. Ils ont poursuivi leur chemin vers Garrison, le Slieve Bembo s'élevant à l'ouest, l'homme et le cheval également nerveux dans ces vallées désertes, avant de prendre refuge dans un prieuré éventré dont le transept ne gardait qu'une partie de sa toiture. Owen a allumé un feu avec le petit bois qu'il avait dans ses sacoches, enfumant les oiseaux nichés dans la flèche. Le lendemain, la température avait chuté et l'air craquelait. La route à suivre était maintenant hasardeuse, des ruisselets se formant dans les ornières. Quand il secouait ses bottes, le claquement résonnait comme la détonation d'une arme à feu dans le lointain.

Il a vu peu d'humains et aucun oiseau le lendemain, sinon un corbeau solitaire et immobile perché sur un puits. Les gens qu'il a vus se tenaient à un pas de la route, leurs silhouettes courbées. Des bruits de pelle l'ont soulagé des salutations habituelles. Il a vu un fermier en train de défaire une clôture pour protéger un cadavre contre les chiens.

À Garrison, un méchant petit village de masures sans cheminées ni fenêtres, Owen a rencontré une fillette portant des bottes faites de bandes découpées dans des sacs. Sa robe s'arrêtait aux genoux et son châle laissait passer la lumière, comme des ailes de papillon en décomposition. Bien qu'il connaisse le chemin, il lui a demandé où se trouvait le pont traversant la rivière Drowse, et lui a offert un sou en échange de l'information. De la morve pendait d'une narine et des mèches de cheveux étaient collées sur ses joues. Si ses yeux montraient plus de curiosité que de terreur, c'était par naïveté. L'enfant examina la pièce comme si elle était inutile, car non comestible.

Y avait-il une nouvelle famine dans le pays ? Il n'avait pas le cœur aux sombres prédictions. Mais il se souvenait de cette sorte de froid, et de ces sortes de rencontres, et il frissonnait.

La lune s'est levée cette nuit-là, la lumière des astres les guidant sur la route. L'air glacial dessinait le ciel en relief, les étoiles nettement définies dans un quadrant et voilées, comme par la fumée d'une pipe, dans un autre. Une bande noire en traversait le centre, un passage vers un second paradis, plus profond. Près de Belleek, Owen a forcé Gulli à entrer dans une chaumière abandonnée. Les flancs du cheval ont frôlé le cadre de la porte, faisant trembler les murs et bouger le toit, dans une pluie de poussière et de foin. Après avoir convaincu l'animal de se coucher, il l'a recouvert de la paille qui gardait encore l'odeur des humains l'ayant jadis utilisée comme couche. Il n'a pas allumé de feu, craignant un incendie, et s'est réveillé avec un lancinement dans la nuque et une fièvre brûlante sur le front, de la même couleur rouge doré, s'imaginait-il dans son délire, qu'un feu mal attisé. Gulli a à peine touché à sa ration du matin, même après qu'Owen eut frotté ses articulations puis son toupet, au cas où l'animal souffrirait de rhumatismes.

Il n'a jamais pensé abandonner. Il n'a pas non plus imaginé rester dans la chaumière jusqu'à ce que le temps se radoucisse ou que sa fièvre diminue. Il avait des tâches à accomplir et un horaire à respecter et il était un serviteur compétent. Un guide en qui avoir confiance.

Ce matin-là il s'est mis à offrir des pièces à toutes les femmes – il ne semblait plus y avoir aucun homme dans le Donegal – qui émergeaient de leurs maisons pour saluer ou simplement observer le voyageur. « Qu'est-ce que je vais faire avec ça ? » a demandé l'une d'elles, examinant le demi-penny. Une autre, zieutant le sac accroché aux flancs de Gulli, lui a demandé s'il ne pouvait pas plutôt lui donner quelques tasses de farine. Une troisième a regardé la pièce, les yeux vides. Elle n'était enveloppée que d'une couverture, révélant plus de féminité qu'il n'en avait jamais vu : poitrine et ventre, masse de poils sombres entre les cuisses. Il a claqué de la langue deux fois devant ce spectre, mettant Gulli au trot.

Cavalier et cheval entraient dans Pettigoe quand un chat a détalé sur le chemin. Owen avait entrepris le voyage avec deux présomptions secrètes. La première était que Deirdre Connelly n'avait pas survécu plus d'une semaine après leur visite en août dernier. L'autre était que Cannelle était lui aussi mort depuis longtemps. En descendant de Gulli, toutefois, il a reçu une série de coups de tête contre les mollets. La créature qui se tortillait autour de lui ressemblait à peu près au souvenir qu'il gardait du chat, incluant le pelage crasseux et la queue coupée. Sans plus de cérémonie, il l'a hissé par la peau du cou et l'a laissé tomber dans un sac de toile.

« Par le sang de mes aïeux, voyait-il lancer Carolan une fois de retour à Alderford, voici la patte de Cannelle-le-chat. »

Puis il est revenu au carrefour, a retraversé le pont et est ressorti du village, sans s'arrêter chez Devlin pour acquitter leur dette. Owen ne savait pas vraiment pourquoi il désobéissait ainsi à la consigne, sinon que l'aubergiste leur avait fait payer trop cher l'été dernier – un penny de trop, au minimum, pour un affreux repas et de la bière à l'urine – et qu'il avait déjà allégé sa bourse de moitié. Il allait peut-être avoir besoin de la somme restante pour consulter un docteur, pour lui-même, probablement.

Owen a retracé leurs pas de Pettigoe à Kesh au milieu d'une autre chute de neige, arrivant au hameau au coucher du soleil. Après avoir essayé la maison des Connelly, il est allé à celle du frère, frappant jusqu'à ce que ses jointures bleuissent. Dans la seule chaumière montrant signe de vie, il a reçu un accueil cordial de la part de Maude Sheedy, une vieille fille qui l'observait de derrière un voile de cataractes. Elle se rappelait la visite de Terence Carolan l'été dernier, y compris sa performance pour les Connelly et ses flagrantes marques d'affection envers leur fille. Bien qu'elle ne se souvînt pas qu'un guide l'accompagnait – du fait, sans doute, de sa vue déclinante –, Maude voulait bien croire Owen sur parole. Les braises ardentes de son feu projetaient une chaleur brûlante, et ses galettes d'avoine et son fromage étaient aussi bons qu'un repas quatre services de Betty O'Neill.

Comme il le craignait, Deirdre Connelly était morte de la diphtérie trois jours après le départ de Carolan. Pire encore était le destin de sa mère. Elle, qui n'avait jamais été particulièrement forte, succomba au chagrin quinze jours après la mort de la petite, en attachant une corde à une branche tandis que son mari était parti aux récoltes au bord du lac. « Que Dieu ait pitié de son âme », a dit Maude Sheedy, en se signant. Un Patrick Connelly affligé abandonna la maison qu'il avait bâtie et partit pour Belfast, dans l'intention de s'enrôler. Puis son frère perdit un fils à cause de la même maladie. Croyant le village maudit, les derniers

Connelly partirent eux aussi pour la ville, dans l'espoir d'être plus chanceux en vendant le produit de leur tissage et de leur filage. Depuis le début de janvier, Maude était la seule résidente de Kesh. « À part les fantômes », a-t-elle dit.

Elle lui en a fait la liste :

Une lueur filtrant par la fenêtre d'une chaumière désertée.

Des bruits de pas qui s'éloignent la nuit venue.

Une enfant qui chante *Ladli-fol-da-di.*

Owen a frissonné en entendant l'histoire. Il a insisté pour que Maude accepte la farine, le sucre et l'avoine qu'il avait apportés pour la famille. Il n'avait que faire de ces denrées, maintenant, et son cheval ne devrait pas avoir à rapporter cette charge dans le Leitrim. Mais une fois Gulli soulagé du poids des provisions, Owen a annoncé son intention de partir. Le visage de la femme a pris une expression vague en entendant cette décision, comme si elle venait soudainement de se perdre dans le passé. Elle avait un lit de plus et ce qu'il fallait pour préparer le petit déjeuner. Le gentilhomme ne pouvait-il pas rester jusqu'au lever du soleil, ne serait-ce que pour tenir compagnie à une vieille femme ?

Malheureusement, il ne le pouvait pas.

De retour chez les Connelly, Owen a obligé Gulli à passer au travers d'un autre cadre de porte. À tâtons dans le noir – la lumière de la lune, dévoilée depuis peu, commençait à faiblir –, il a allumé une chandelle et fait un feu avec une brassée de tourbe empruntée à Maude Sheedy. Le feu a révélé les quinze ans d'âge de Gulliver, surtout dans le visage : les creux au-dessus des yeux et les paupières ridées, les lèvres pendantes. Pauvre bête. Owen a pleuré le déclin du cheval assez fort pour se rendre compte que c'était sa propre mort, imminente et inévitable, qui lui pesait. Se souviendrait-on de lui ? Pas pour longtemps, devait-il présumer.

Se remettant de sa deuxième crise de larmes en deux semaines et, jugeait-il, vingt-sept ans, il a distribué les fruits de la générosité de Carolan. Une pipe en maïs et un paquet de tabac de Virginie ont été laissés sur la table, un mouchoir plein de biscuits en pain d'épice sur un tabouret. Le troisième présent, fourni par Mrs Mac elle-même, a été délicatement déballé. Les trois assiettes avaient survécu au trajet. Il en a examiné les images avant de les aligner sur la tablette où Grainne Connelly rangeait des pots. Une assiette dépeignait un manoir niché au creux d'une vallée, la deuxième une fête champêtre avec des enfants et des chiens. La troisième, une famille assise à une table garnie d'un festin.

Puis Owen s'est laissé tomber de côté sur un lit de paille, prêt à la recevoir. Un cheval arthritique et un chat turbulent ne pouvaient s'y substituer. Mais il se dit que, devait-il s'évanouir sur le sol et se soumettre à ses propres cauchemars chroniques, Deirdre allait sûrement venir à lui et il pourrait alors tenir la dernière promesse qu'il avait faite à son maître.

Des enfants qui meurent de faim, *ladli-fol-da-di.*

Une chaumière abandonnée, de la lumière qui filtre à travers une fenêtre.

Des parents absents, des bruits de pas qui s'éloignent.

Il a trouvé les tombes derrière la maison le lendemain matin. Des croix de bois brutes avaient la tête penchée, comme des endeuillés appuyés sur des cannes. Des couronnes de bruyère avaient été posées sur les monticules lors de la dernière fonte. Les pierres protégeant Grainne Connelly étaient intactes mais celles qui devaient abriter Deirdre avaient été éparpillées. Quelqu'un ou quelque chose avait déterré le plus petit monticule, envoyant de la terre noire sur la neige. Maintenant aux prises avec une fièvre brûlante,

Owen n'est pas resté assez longtemps sur le site pour voir si le corps de la fillette occupait toujours sa tombe.

Une idée l'a saisi alors avec la même clarté que Carolan devait connaître quand une mélodie le saisissait. Owen Connor aimerait peut-être devenir père un jour. Il apprécierait peut-être cette existence paisible.

Cette idée, et presque rien d'autre, l'a accompagné tout au long de la chevauchée de retour à Alderford. Il ne se souvient pas des lieux où il a dormi et ne pourrait pas décrire un seul repas ou rapporter une seule conversation qu'il a eue en chemin. Mais il en est venu à comprendre, en traversant Drumshanbo au matin du 6 mars, qu'il s'était une fois de plus écarté de l'itinéraire. Drumshanbo, à seulement cinq milles à l'est du domaine des Macdermott Roe, était situé sur la rive sud du Lough Allen. Le lieu marquait presque la conclusion de la route habituelle pour revenir du Nord, le chemin qu'on lui avait interdit de prendre. Percevant l'incapacité de son cavalier, Gulliver avait de toute évidence pris la décision pour eux deux et s'était dirigé vers le sud le long de la rive est du Lough Erne, traversant la ville délabrée d'Enniskillen sur son île – dont les geôles de pierre modernes étaient, si Owen se souvenait bien, situées sur la route principale –, puis le pont ouest par-dessus la rivière Erne pour ensuite descendre plus au sud par Derrynacreeve et Ballinamore. Il a tracé la carte sur le cou du cheval :

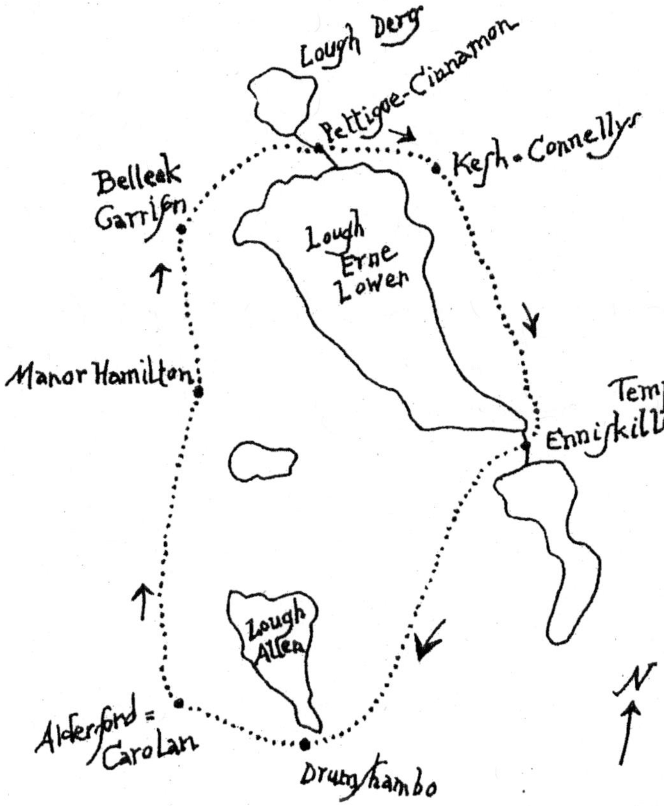

Même dans son délire il a reconnu la symétrie. Il l'a vue très clairement, en fait. Le voyage comme un cercle. Une moitié choisie par lui, l'autre choisie pour lui.

* * *

— Ne va pas plus loin, Owen Connor, dit Mary Mac à l'office le soir de son retour. Tu n'es pas le bienvenu ici.

— Mais j'ai à voir mon maître.

— Tu nous as menti. Encore une fois.

— Je ne vous ai pas menti.

— À moi, surtout.

« Je sers Terence Carolan », dit Owen. Sa volonté étant plus forte que son corps, il pose une main à plat sur la table pour garder l'équilibre. « Toute autre allégeance vient après. »

— Tu es inqualifiable.

— Je suis malade, pourtant.

— Tu te moques de moi, maintenant ?

— Pas un seul instant, Mrs Mac.

— Alors quitte le manoir sur-le-champ.

— Je lui ai promis un résumé de ma mission. Je lui ai promis un chat ensaché, dit-il en levant le sac.

Cannelle miaule. Derrière Owen, Annie MacManus glousse, son hostilité perdant déjà de sa sincérité.

Mary Macdermott Roe lutte pour garder un sourire amer. « Alors dis-moi ce que tu souhaites raconter à Terence, dit-elle, et je le lui ferai savoir directement. Pour ce qui est d'un matou plein de puces de l'Ulster… »

— J'ai peur que ce soit impossible, répond Owen. La chose est privée.

Par prudence, il fait une profonde révérence.

— Privée ?

« Comme certaines lettres », commence-t-il. Bien que lui aussi serait content de savoir détruites les lettres de Bridget Cruise.

— Sous mon propre toit ?

Il s'incline une seconde fois.

— Tu es la honte d'Alderford.

— Mes excuses.

— Et la cause directe de la récente aggravation de l'état de ton maître.

Owen doit s'asseoir. Le plancher fera l'affaire, décide-t-il, d'autant que ni Flinn ni John Stamford, tous deux à table, tirant sur leurs pipes, n'ont l'intention de lui servir d'appui. Une obscure loi du domaine semble décréter que chacune de ses humiliations doit survenir devant la maisonnée tout entière.

Un nuage de pétun se déplace dans sa direction. Il en inspire une bouffée dans l'espoir que l'odeur le stabilise.

— Tu maintiens que tu ne savais pas que le shériff avait fait savoir qu'il visiterait le domaine pendant la première semaine de mars ? demande-t-elle.

— Je ne le savais pas.

— Et Terence, d'après toi, a choisi par hasard ce moment pour t'envoyer en mission secrète à Pettigoe et… quel est le nom de ce petit village du Fermanagh ?

— Kesh.

Owen s'est interrogé lui aussi sur ce synchronisme, naturellement, et s'est dit que son maître avait dû recevoir une lettre d'avertissement de Brian Maguire, que Flinn avait réussi à cacher à Mary Macdermott Roe. Mais il avait du mal à imaginer le majordome défier sa maîtresse pour éviter à Owen une arrestation ou même des coups de fouet.

— Mais comment a-t-il pu connaître les dates de retour du shériff ? À moins qu'il y ait eu une communication… Flinn ? dit Mary Mac en regardant par-dessus son épaule.

Le majordome suspend sa pipe au milieu d'une bouffée.

— Est-ce qu'il y a des lettres qui sont arrivées de Tempo dans les dernières semaines et qui n'ont pas été portées à mon attention ?

« Mrs Mac ? » demande le majordome. Avec son menton baissé, les yeux de Flinn sont des broussailles de sourcils.

— Peu importe, intervient Owen. Je prends la responsabilité de cette débâcle. Et le shériff, je suppose, n'était pas très content de voir que j'étais absent ?

Il est en train de rappeler à Mary Macdermott Roe ses options. Elle peut interroger un fidèle serviteur devant ses pairs et apprendre qu'il l'a trompée, de connivence avec son invité bien-aimé. Ou bien elle peut se vanter de la façon dont son domaine du Leitrim a réagi face aux intrusions d'un homme du Nord mal dégrossi.

La stratégie d'un diplomate, se dit-il. Carolan serait fier.

Elle fait le choix judicieux. « Il était très ennuyé, en vérité, répond-elle, et il m'est vite devenu ennuyeux. Une telle personne ne méritait pas un bol de la soupe de Betty, ni une gorgée de mon whiskey, peu importe l'engelure qu'il s'était faite aux orteils. Une telle personne ne méritait que ce qu'elle a eu, ajoute-t-elle. D'être reconduit aux limites du domaine avec, comme indications pour le chemin du retour, de passer par les comtés de Cavan ou de Longford. N'est-ce pas, John ? »

— L'homme est peut-être encore perdu au moment où on se parle, dit John Stamford.

— Tout à fait.

— Il n'assombrira plus jamais cette porte, Madame, dit John Stamford.

La solidarité de la maison rétablie, tout le monde peut respirer à nouveau. Dans quelques instants, Owen en est conscient, l'attention se reportera sur le vrai ennemi : lui. Il lui vient dans l'idée de se servir des secondes qui lui restent pour expliquer à Mary Mac et aux autres que, loin de traîner le nom du domaine « dans la boue », comme elle s'en était plaint plus tôt, l'incident avec le shériff va ajouter à la légende entourant le manoir où le barde a accroché son manteau dans ses derniers jours. L'on n'a qu'à parcourir la campagne – comme il l'a fait, contrairement à eux – pour prendre conscience de la clameur croissante qui rapporte les histoires au sujet des ultimes aventures de Terence

Carolan. La dernière, pleine d'espièglerie, avec juste ce qu'il faut d'insurrection inoffensive, laisse pantois. Bientôt elle sillonnera le Connacht et le Leinster, une histoire qu'il vaut la peine à la fois d'amplifier et d'exagérer, et les noms de la maison et du guide auront encore leur place dans le récit. C'est plus tard seulement que le titre « Alderford » disparaîtra, ou sera confondu avec Mohill ou Nobber, deux autres sites associés au harpeur. Pour ce qui est du nom « Owen Connor », le gaillard qui volait des livres et aimait la bagarre, il sera d'abord victime d'erreurs – « Owen Cleary, qu'il s'appelait » ou « On le surnommait Conn-aux-taches-de-rousseur » –, puis d'indifférence. Bientôt il ne sera que le « gars » ayant joué un rôle dans la légende de la confrontation entre Carolan et le régiment de l'Ulster qui a marché sur le sud pour arrêter le barde après la pique qu'il avait envoyée au roi George – traitant le monarque de chien, ou de batelier.

— Tu ne tiens pas vraiment un chat dans ce sac, n'est-ce pas? dit Mrs Mac en choisissant d'ignorer l'audible preuve du contraire.

— Il s'appelle Cannelle, répond Owen.

— Et tu l'as volé dans les rues de Pettigoe?

— À sa demande.

— Tu crois qu'un chat pourra l'aider, maintenant?

Owen ne dit rien.

— Il a eu une crise pendant que tu étais à traîner dans le Donegal, dit-elle. Une attaque grave. Et c'était de ta faute, aussi.

— Ce n'est pas juste, dit Annie MacManus.

Il se tourne vers elle. Elle est debout sur sa plateforme, le menton levé magnifiquement haut, prête à livrer une bataille qu'elle ne pourrait jamais gagner.

Mary Macdermott Roe, de toute évidence perplexe devant cette épidémie d'insubordination infectant ses serviteurs, incline la tête en regardant la fille de cuisine.

— Silence, Annie, dit Owen.

« Un bras et une jambe paralysés, continue Mrs Mac, et il a perdu la parole. Même ses facultés mentales… » Elle s'arrête pour rassembler ses forces, comme un châle qui ne cesserait de tomber de ses épaules. « Tout cela est arrivé le lendemain de la rafle du shériff. Y a-t-il quelqu'un d'autre qui puisse être responsable d'un tel revirement inattendu ? »

— Inattendu ? dit Annie. Mais le Dr Lynch…

— Personne, interrompt Owen.

— Tu en prends donc l'entière responsabilité ?

— Je viens de l'affirmer.

— Et tu acceptes que je doive prendre les mesures nécessaires pour protéger Carolan de… As-tu quelque chose à dire à ta maîtresse, Annie MacManus ?

— Oui.

« Non », corrige Owen. Il en a assez vu et entendu et se lève. « J'accepte d'être tenu responsable pour l'état de sa santé et pour les mensonges que je vous ai tous obligés à tenir. Je vais bientôt me retirer dans la chaumière et, dans peu de temps, je quitterai Alderford. Je vous donne ma parole. Tout comme je dois, dit Owen en passant tout près de Mary Mac pour monter l'escalier, maintenant tenir parole auprès de Terence. »

— Flinn !

Mais Owen est déjà dans le hall et grimpe l'escalier principal. La chambre de Carolan est ouverte et il entre, s'arrêtant au pied du lit. Son maître repose pratiquement dans la même position qu'il y a dix jours. La différence, ce soir, est dans le rictus qui a fait s'effondrer le côté gauche de son visage, comme une aquarelle brouillée par la pluie, et dans la salive qui s'accumule au coin de sa bouche, dont il n'a pas conscience ou qu'il est incapable d'essuyer avec sa langue. Niché dans sa main intouchée est un rosaire, dont le crucifix pend sur son pouce.

« Terence », dit-il sur le ton d'une joie si perçante que la chienne Grace, paressant devant le foyer, pousse un gémissement. « J'ai bien peur de ne pouvoir rester longtemps. Cannelle a besoin de se faire laver et couper les griffes, pour votre protection. Mais il est bel et bien ici, dans le même état où vous l'avez laissé l'été dernier. »

Il pose le sac sur le plancher et défait la corde. Avec un chien non loin, le chat ne s'aventurera pas à en sortir.

— Entendez-vous le miaulement ? demande-t-il.

Carolan essaie de répondre. Ses lèvres tremblent, comme s'il récitait des *Je vous salue Marie*, mais d'un seul côté. L'effort laisse couler un filet sur son menton.

Incapable de le regarder plus longtemps, Owen étudie le plancher. Il entend des bruits de pas dans l'escalier.

— Pour ce qui est des Connelly de Kesh, dit-il, j'ai de bonnes nouvelles. Patrick vous remercie pour les provisions et le tabac. Grainne était ravie des assiettes. Et Deirdre-qui-danse…

Il chancelle. De fatigue et de fièvre, ou à cause de l'énorme mensonge qu'il vient de proférer ? Impossible à dire. Des mains agrippent ses deux bras pour le soutenir. La poigne d'une vieille femme d'un côté, de l'autre celle d'un homme encore plus vieux.

— Elle est encore souffrante et, d'après moi, trop frêle pour son âge. Mais elle est ravissante et elle a hurlé de joie quand je lui donné les biscuits. « Vous ne m'attraperez pas, » disait-elle en dansant comme un esprit follet dans la chaumière. « Je suis le bonhomme Pain-d'épi' ! »

— Regardez, dit Flinn.

Même Owen relève la tête. La bouche de Carolan s'est retroussée en un sourire déformé, relâché du côté endommagé. Une rare expression faciale, aussi sûre de sa valeur que le sourire d'un père envers son fils. Mary Macdermott Roe s'avance jusqu'au lit pour mettre fin à sa honte avec un mouchoir.

— Mon devoir est accompli, dit Owen.

Il se retire.

* * *

Annie le rattrape dans le pacage. Elle n'a pas pris la peine de mettre un châle et elle doit sans cesse relever ses jupes pour les sortir de la neige boueuse. Owen enlève son manteau et l'en enveloppe, un tiers du vêtement traînant sur le sol.

« Tu sembles fatigué », dit-elle. Elle se dresse sur le bout des pieds, touche ses joues égratignées. « Le chat t'a fait ça ? »

— Le sortir du sac était une chose, admet-il, mais l'y remettre en était une autre.

— Le voyage a été difficile ?

— Un peu. Merci de t'informer.

— Ce n'est pas juste, Owen.

— Ne dis rien, ou ne fais rien, qui puisse aggraver la colère des autres, Annie. Ne te mets pas dans cette position.

— *Me* mettre dans une position ?

— C'est pour le mieux.

Elle serre les lèvres. « Pourquoi te traitent-ils ainsi ? »

— Par vengeance, je suppose. Profonde et acharnée. Comme Cannelle, dit-il en faisant courir ses doigts sur les égratignures.

Annie promet de lui apporter ses repas et de le tenir informé de l'état de Carolan, même si ses gestes lui causent des soucis ou lui font perdre sa position. Owen la remercie des yeux.

— Il est mourant, n'est-ce pas ?

— Je suis si triste pour toi, dit-elle.

Puis, elle fait violemment rougir ses joues égratignées.

— Et je pourrais venir à toi, Owen Connor, offre-t-elle sans ciller. Je le pourrais, quand tu veux.

Chapitre 7

24 mars 1738

Encore trois semaines passent sans apporter de résolution. Carolan est toujours mourant. Owen, banni du manoir, attend toujours son arrestation. La veillée funèbre, telle que rapportée par Annie MacManus, est festive. Il ne peut pas reprocher à la fille d'être éblouie par les lords et les dames qui descendent à Alderford pour présenter leurs respects, ou de penser que ces invités font partie d'une classe supérieure de citoyens. Pour Owen, lord Mayo n'est qu'un pauvre coureur de jupons vivant dans un château qui prend l'eau et Fanny Power, maintenant Mrs Robert Conmee, une charmeuse rusée à surveiller de près quand elle joue au whist. Mais pour Annie et pour les autres serviteurs, de tels individus sont non seulement des transplantations d'un bal à Dublin Castle – avec broches d'argent et gants de chevreau blancs, carrosses conduits par des cochers à l'uniforme maculé de boue –, mais aussi les fruits d'une alchimie musicale. Presque chaque nouvelle arrivée correspond à une composition du maître. Comment les serviteurs pourraient-ils ne pas être fascinés? «Ils ne ressemblent presque jamais à leurs mélodies, lui a dit Annie une fois. Sauf Grace Nugent. Elle est charmante.»

Des paris ont cours parmi les serviteurs, dit Annie, à savoir quand Flinn annoncera finalement «Mrs Arthur Barnewall, de Trimlestown». Quelles retrouvailles ce seront ! Bridget Cruise et Terence Carolan, enfin réunis. Le personnel fredonnera le fameux air dans l'office tout l'après-midi. On se disputera aussi l'honneur d'apporter à Bridget sa tasse de thé ou son verre de porto, et ainsi de jeter un coup d'œil sur ses manières royales et ses cheveux de lin.

Il importe peu à Owen que seul un invité se soit enquis du guide de Carolan, comme le lui a rapporté Annie, avec réticence. Edward Crofton, étonnamment, dont l'édition volée d'Homère, traduit par Alexander Pope, orne l'étagère de sa chaumière. Flinn a semble-t-il informé Mr Crofton que l'employé en question ne résidait plus au domaine, qu'il avait émigré, croyait-on, en Nouvelle-France. Owen ne regrette pas non plus d'avoir à souffrir le manque d'égards ou, pire, les mauvais traitements de cette race noble. Grâce aux lettres qu'il a lues dans la chambre d'Annie, il sait maintenant le peu de considérations qu'elle a pour lui. Équivoque et indigne de confiance et disposé à prendre des airs. Ayant subi un dommage irréparable à cause d'une enfance dépourvue de souliers ou d'âtre rougeoyant ou d'affection parentale.

Mais ne s'est-il pas lancé lui-même de telles incriminations dans une lettre au frère Seamus ? Le sol sous son lit est jonché de brouillons du texte. La dernière ébauche est encore un fouillis d'idées, révélant, d'après lui, un faible intellect doublé d'un caractère incomplet. Il ne serait certainement pas enclin à voir la lettre publiée, même sous pseudonyme.

Batelier, commence la lettre. *Salutations du chien de la maîtresse à Alderford. Voilà un nom de plume digne du Drapier : « Le chien de la maîtresse ». Ou peut-être « L'homme-mi-figue-mi-raisin » ou le « Paysan-Philosophe » ? Tous trois serviraient à la fois de masque et de résumé… Mon séjour sur ce domaine tire à sa fin, je crois, et non, mon maître, bien que la guérison lui soit impossible, est toujours parmi les vivants. L'accomplissement d'une mission pour lui le mois dernier est ce qui m'a achevé. Toute bonne action doit être punie, n'est-ce pas ? … Sir Isaac Newton prétend qu'il existe deux sortes de matière et d'hommes. Quelques-uns sont forts et entiers et ne perdent jamais une nuit de sommeil à s'inquiéter à propos de leurs idées ou de leur rang. La plupart, en revanche, sont condamnés à se retourner dans leurs lits de paille, tracassés par de tels soucis. Nous errons toute notre vie, d'abord dans une direction et puis dans l'autre, manquant de confiance en notre jugement ou, plus grave encore, en notre valeur. Des fragments, nous appelle l'homme de science, cherchant sans cesse à nous former et nous reformer au moyen d'intenses amitiés ou d'épouses dévouées. C'est une insuffisance d'amour qui nous fait ainsi, j'en suis convaincu… Mais la France ou la brigade irlandaise n'ont toujours pas de sens. C'est ici que nous devrions faire notre place. Établir nos noms et nos relations, en tant que patriotes et époux, même en tant que pères. Swift dit qu'on ne peut pas convaincre un homme de cesser une chose dont il s'est lui-même convaincu. C'est aussi ma position, je crois… Mais cogne à ma porte un de ces jours, que je puisse mieux l'expliquer. Ou peut-être viendrai-je bientôt te retrouver, S le Contrebandier, dans la baie de Kinvarra, comté de Clare, pourchassé par la mort et par un ou deux shériff mercenaires…*

Et ainsi de suite. Heureusement pour Seamus, et probablement pour Owen aussi, l'adresse d'expédition est incomplète. Il voit d'ici la lettre « postée » dans un âtre, le papier fumant sur les bords avant d'être consumé.

La pauvre Annie arrive avec son souper un soir juste au moment où la missive sans adresse, de même qu'un autre furieux mal de tête, l'ont presque rendu fou.

— Tu es sûre qu'il n'a pas joué une nouvelle composition pour ces visiteurs ? lui dit Owen, les doigts sur son front. La harpe doit être affreusement désaccordée.

— Owen !

— Tu me le dirais s'il jouait pour eux, n'est-ce pas ?

— Il ne peut pas relever la tête ou soulever sa main droite, répond la servante de cuisine. Je me demande s'il a conscience de qui se trouve dans la chambre, le plus souvent.

— La plupart de ces lords et de ces dames ne pourraient pas faire la différence entre le *planxty* d'un grand compositeur et un air de violon repêché dans un débit de boisson. L'opulence n'engendre pas le bon goût musical, d'après ce que j'ai pu observer.

— Il n'a pas joué, je le jure.

— Ses ongles l'en empêcheraient, acquiesce-t-il, se contredisant.

— Mais je vais te dire de quoi il est conscient, dit Annie. Tous les jours je lui chuchote ton nom dans l'oreille, quand je refais le lit ou quand je lui fais avaler son bouillon. « Owen va bien, lui dis-je, même si vous lui manquez terriblement. » Il sourit, Owen. Du moins, ses lèvres tremblent, ce qui est le mieux qu'il puisse faire. Je vois l'affection et l'inquiétude. Je les vois clairement.

— Quoi ? Dans ses yeux ?

Elle le regarde. Tout de suite il tourne les yeux vers le mur. Quand Annie saisit la main qui recouvre le visage d'Owen, la dégage de son front, il la laisse faire. Elle la garde dans ses mains.

— Je suis heureux de l'apprendre, offre-t-il en guise d'excuses. Vraiment.

— Tu crois qu'il t'a oublié ?

— Je crois que *je* me suis oublié.

— Je te rends visite tous les jours.

— Je te suis reconnaissant.

— Et je te vois, dit-elle. Je vois la tristesse dans tes yeux. La douceur, aussi, et la douleur.

Laissant sa main, elle se détourne. L'étagère est devant elle et, dans un geste qu'il trouve touchant, elle fait mine d'étudier le dos des livres.

— Tu trouves du plaisir à les lire ?

— Du plaisir ?

Annie garde le silence.

— Certains, oui, répond Owen. D'autres sont plus laborieux, comme les leçons que je recevais dans mes cours.

Elle lui tourne le dos. Il peut ainsi l'admirer, ses cheveux brun-roux et ses jolies oreilles, les hautes pommettes de ses joues. Quand son attention se fixe, comme il arrive, sur le renflement entre ses épaules, la chose qui n'est pas tout à fait une bosse et qui pousse sa tête en avant, Owen a honte encore une fois. Il est aussi saisi par une mélancolie désespérément philosophique. Comment les gens se regardent, les uns les autres, et se regardent eux-mêmes. L'impitoyable lumière du jour sur tous nos visages. La tyrannie de la vision conventionnelle.

— Ils t'ont enseigné les livres à l'école de charité ?

— Pas tout à fait. Sir Henry me faisait suivre les cours de ses propres garçons. Nous utilisions le petit séjour, dit-il. Notre tuteur vivait dans cette chaumière.

— Et il était un curieux solitaire lui aussi ?

— James Egan ? Ce n'est pas le souvenir que je garde de lui.

— Rapport à la lecture, je veux dire. Tu es tout seul pendant des heures, le visage enfoui dans les mots.

— C'est la seule façon de s'y atteler.

— Quelqu'un pourrait te faire la lecture, non ?

— Je faisais la lecture à Carolan la plupart des soirs quand nous étions sur la route, dit Owen.

— La Bible ?

— Ou Virgile.

Son expression, exposée de profil, l'invite à développer.

— L'histoire du guerrier romain Énée qui échoue sur les rives d'une ville nommée Carthage. Il s'amourache de la reine de l'endroit, nommée Didon.

— Mais elle fait plus que s'amouracher de lui, n'est-ce pas? dit Annie. Mon père m'a raconté cette histoire, comme un conte plutôt qu'un livre. Ne finit-elle pas par tomber sur sa propre épée?

« Pendant que lui est à nouveau sur la mer à bord de son bateau, qu'il remarque un immense bûcher funéraire et se demande qui peut bien être mort. » *Didon se donna la mort,* récite Owen pour lui-même. *Énée en fut la cause et son épée l'instrument.*

— Son cœur et son âme, sacrifiés pour ce garçon. Il n'en était sûrement pas digne, tu sais.

— Presque assurément, dit-il.

C'est étrange de parler de livres avec Annie MacManus. En fait, c'est étrange d'en parler avec qui que ce soit, maintenant. La dernière vraie conversation qu'a eue Owen était avec le frère en janvier.

— Les filles se mettent dans tous leurs états, à cause de l'amour, dit-elle.

— Bien vrai.

— C'est généralement une erreur.

— Sans doute.

Elle le dévisage à nouveau. Elle cherche des indices, suppose-t-il.

— Et les livres que tu… que les gens disent que tu as…

— Volés?

— Je n'en crois rien, moi-même, dit Annie sans conviction.

« Ces deux-ci », dit Owen en tirant le Newton et le Hutcheson. Il les lui tend, s'assoit sur le lit.

— Ce sont des histoires glorieuses?

— Pas exactement, répond-il avec un sourire dont il souhaite qu'il ne soit pas mal interprété.

— Alors pourquoi?

— Pour d'autres raisons.

— Et elles sont si importantes pour toi?

Il hoche la tête.

— J'aimerais comprendre, Owen, dit-elle avec une timidité soudaine, si tu veux bien m'expliquer.

«Je serais honoré», dit-il. Son explication ne prend qu'une minute. Les livres, commence-t-il, ne sont la propriété de personne. Ni leurs idées, ni leur appel à la vérité. Une chose qu'il a apprise avec Carolan. Pendant des années il a été témoin de la naissance de merveilleuses mélodies, gracieuseté du don de son maître. Pas de doutes à savoir qui les a composées ou à quel nom on doit les accoler. Pourtant, une fois qu'elles ont été jouées dans une salle ou dans un séjour ou même lors d'une danse de village, les mélodies ne sont plus la propriété du harpeur Terence Carolan. Elles appartiennent à tous et chacun qui écoutent, sont ravis et émus, et qui plus tard la fredonnent à leurs enfants. De telles choses – l'art, pourrait-on dire, bien que ce soit un peu ronflant –, créées dans un esprit de liberté, doivent à leur tour être offertes en toute liberté. «Et c'est *là*, conclut Owen avec des accents de passion, la seule vraie liberté encore possible en cette contrée.»

Le silence d'Annie est au moins aussi long que l'explication. Il cherche des signes d'impatience ou de mépris. La bonne opinion de la servante de cuisine, comprend-il, lui est essentielle.

— Dans ce cas tu devrais me les lire, dit-elle enfin.

— Je le ferai peut-être, un jour.

— Partager cette liberté avec les autres.

Il cligne des yeux.

— Il n'y a pas de vraie différence entre enfermer ces livres ici ou bien dans la bibliothèque de quelqu'un, avec un verrou sur la porte, n'est-ce pas?

«Je suppose que tu as raison», admet Owen. En vérité, il est secoué par son accusation et sa perspicacité.

Mais juste au moment où la colère d'Annie commence à agir, elle fait feu. «T'aurais mieux fait de ne jamais poser les yeux sur moi», dit-elle, affligée.

— Annie?

— Mieux fait de ne jamais regarder mon visage, ni le corps que le Seigneur a cru bon de me donner. Tu aurais alors été comme ton maître et sa femme, obligé de porter ton attention sur la nature d'une personne, plutôt que son apparence. Tu aurais quand même pu t'amouracher de moi et ne pas reprendre la mer, comme Énée.

Ces mots l'étonnent encore plus.

— Éteins la chandelle, s'il te plaît, dit-elle.

Il obéit. Devinant son intention, il lui fait de la place. Annie le rejoint dans le lit, les deux complètement habillés.

— J'ai des vues sur toi, dit-elle. De venir à toi ou, mieux, que tu viennes à moi. Couchés dans la clairière de rhododendrons en haut du ruisseau. Tremper nos langues dans les corolles. En mai, quand tout est en fleurs. C'est ce que les hommes et les femmes font ensemble. C'est ce que nous sommes.

Il prend sa main.

— J'ai des vues sur toi, dit-elle encore.

— Je suis flatté, répond-il, sincère.

— Mais?

— Tu es si jeune, dit-il.

— Vingt et un, maintenant. C'est vieux pour se marier.

— C'est une sorte de rêve, dit Owen. Se sentir vif et plein d'espoir, avec la certitude que son destin sera différent. Mais après on se réveille et on se rend compte qu'il n'en est rien.

Aucun ne parle.

— Est-ce que je peux tout de même rester ? dit-elle enfin.

— Si tu veux.

— Ne serait-ce que pour sentir tes hanches noueuses et ta longue épine dorsale. Ne serait-ce que pour te respirer.

— Je rougis.

— Je le vois bien.

Elle rit. Puis elle se met à pleurer, un long gémissement résigné, qui ressemble étrangement à un *keen*[1].

« Chut, Annie », dit-il en l'enveloppant de ses bras. Il peut au moins avoir ce geste. La consoler. Prendre soin de son corps endolori.

— Cela doit suffire, dit-elle. Ça le doit.

— Chut.

La pluie commence à tomber, un tambour de neige mouillée et de gouttelettes. L'hiver, cette divinité colérique, agonise enfin.

Il est fatigué. De sommeil, même avec une femme dans son lit, il ne se privera pas.

— Comment va ta tête ? demande-t-elle, comme de loin.

— Mieux.

— Tu es surpris ?

— Je le suis, pour être honnête.

— C'est que tu penses à ton prochain voyage.

— Peut-être.

— La seule chose qui t'empêche d'exploser.

— Si tu le dis.

Elle continue de pleurer. Ou est-ce la pluie ? Il se tourne sur le côté, dos à elle. Elle se colle contre lui.

Elle dit quelque chose.

---

1. Le *keen* est un chant funèbre irlandais exécuté par des pleureuses. N.d.t.

« Oui », répond-il, sans l'entendre vraiment.

— Comment puis-je… ? répète-t-elle.

Comment ne puis-je pas suffire ? dit peut-être Annie. Il pourrait lui demander de répéter une troisième fois mais il ne le fait pas.

— Chut, dit-il.

Ses cheveux sentent le gingembre et son corps, l'avoine. Une recluse dans sa cellule, pense Owen, rêveur. Seule avec son ventre de pierre et son dieu.

* * *

Quand il ouvre les yeux, il fait jour. Et elle est partie.

* * *

Au milieu de la matinée, Owen cesse d'attendre que son déjeuner soit apporté à la chaumière. Comme promis, il s'était tenu loin de l'office. Maintenant il retire son chapeau et frappe ses bottes à la porte. Deux filles qu'il ne reconnaît pas sont debout au comptoir, l'une plumant un oiseau et l'autre remuant un chaudron. Trois étrangers sont assis près du feu et sirotent des verres de bière. De profil, un homme avec un crâne rasé et une mâchoire carrée lui semble familier. Quand l'étranger lui fait un clin d'œil, Owen a un mouvement de recul.

— Quelqu'un a vu Annie MacManus ? demande-t-il.

— Qui êtes-vous ? demande la servante qui tient le poulet.

L'homme parle sans se tourner vers Owen. « C'est bien lui, pas de doute, dit-il avec l'accent ronflant de l'Ulster de l'Est. N'est-ce pas, Owen Connor ? »

La fille a le souffle coupé en entendant le nom.

— Avez-vous la permission de Mrs Mac pour être dans la maison ? dit Betty O'Neill émergeant du garde-manger.

— Je cherche Annie, dit-il.

— Ah bon.

— S'il te plaît.

— Vous pourriez essayer chez sa mère dans le village, où elle s'est probablement réfugiée après être entrée ici en trombe, les yeux fous et braillant. Elle a donné sa démission puis elle est partie sans même un au revoir. Comme si, dit la cuisinière, la raison de sa détresse n'était pas écrite sur son front. Quoi d'autre avez-vous volé sur ce domaine, Owen ? Quoi d'autre ?

— Voleur un jour, voleur toujours, dit l'homme auprès du feu.

Owen jette un autre coup d'œil au profil. Gordon Smith, le majordome à Tempo ? Que fait-il à Alderford ?

— N'avez-vous donc aucune décence ?

— Tu me connais depuis que je suis tout petit, Betty.

— Je ne vous connais pas, monsieur. Pas du tout.

— Je vais aller parler avec Mrs Mac, dit-il en traversant l'office.

— Je ne vous le conseille pas, dit la cuisinière.

Mary Macdermott Roe est debout dans le hall d'entrée entre deux gentlemen. En voyant Owen, sa mine renfrognée se dissout en une expression d'inquiétude qui est tendre et vulnérable et qui, de cette façon, crispe ses traits durcis. Il reconnaît le corps massif de Brian Maguire et la ruine qui se lit sur son visage. Le second invité frappe ses gants dans sa main. Le colonel Hugh Maguire, en manteau et bottes cavalières. Dans son souvenir, le colonel était plus grand et plus large d'épaules. Dans son souvenir, il était plus séduisant aussi.

« Owen », dit Brian Maguire, impuissant.

— Parlant du diable, dit le colonel.

En un instant Owen est revenu dans l'office qu'il traverse à grandes enjambées vers la porte. Même s'il n'est poursuivi que par le rire d'un seul serviteur, il sent déjà les coups de baguettes de bouleau sur son derrière. Le pacage s'enfonce sous son pas. Un brouillard à ras le sol fournit encore une fois une défense naturelle, et il marche à travers la brume.

* * *

Les heures s'écoulent. Owen le devine grâce aux braises éteintes et à la lumière qui passe à travers les lattes. Ses idées, aussi, maintenant claires et tranquilles, confirment qu'il a dormi. Il a un plan. Il retire ses vêtements, ouvre le coffre, choisit le même attirail qu'Annie avait réussi à lui faire enfiler la veille de Noël. Il enfile les bas et les jarretières, la culotte et la chemise. Il noue deux boutons de veste. Il se force même à porter les chaussures à bouts pointus et boucles d'argent, pour achever l'imitation. Ensuite, il consulte le même miroir auquel il a jadis résisté. Il n'a pas le temps de se raser. Passant un peigne dans ses cheveux, il asperge d'eau son scalp pour atténuer les boucles. Annie lui a prêté une paire de ciseaux il y a de cela un bon moment. Il les prend pour tailler ses favoris et sa frange, dégager ses oreilles et couper les poils de ses narines. Ses sourcils, spectaculairement touffus, ne sont pas ceux d'un gentleman. Il manque de se crever un œil à les tailler.

Un bruit arrête Owen entre le foyer et l'étagère. Il entend un cheval hennir et reconnaît Geminiani au grognement qu'elle a à la fin de son appel. Est-ce que Gulliver a enfoncé un sabot dans la boue et trébuché ?

De l'étagère il prend la *Recherche sur l'origine des idées que nous avons de la beauté et de la vertu*, stabilisant la planche avec sa main. Parcourant les titres pour trouver le Newton, il retire un volume d'entre ses voisins. Ce faisant, il aperçoit le nom « Isaac Newton » plus loin sur la tablette. Comprenant qu'il a le mauvais livre, il essaie de ranger un titre en en prenant un autre. Une équerre se détache et l'étagère s'effondre. Owen attrape une douzaine de livres dans ses bras, le reste s'écroulant sur le sol. Un volume atterrit grand ouvert, face contre sol. C'est l'*Optique*, une page déchirée et une autre pliée et salie.

Il jure.

Dans le pacage il cesse son défroissage effréné de la page pliée pour regarder ce qui se passe devant lui. Gulli et Gem sont debout près de la clôture du côté nord du champ. Aucun des deux chevaux ne semble souffrant. Ils échangent plutôt des hennissements plaintifs, têtes dressées et oreilles en alerte. D'où il se tient, il est évident qu'ils dirigent leurs appels vers une fenêtre du manoir.

L'office est maintenant vide, hormis Flinn. Le majordome, un gnome revêtu d'un tablier trop grand, est assis à la table dont il fixe la surface du regard, et soit il ne remarque pas, soit il choisit de ne pas commenter le passage d'Owen dans la pièce. De retour dans le hall d'entrée, Owen note l'absence de manteaux sur la patère et le silence religieux dans l'air. Il appelle Mary Macdermott Roe, à deux reprises.

— Dans le séjour, répond-elle.

Il la trouve assise près de la fenêtre, la cassette de correspondance sur les genoux. À part la brève rencontre plus tôt, Owen n'a pas vu Mrs Mac – ni Flinn, d'ailleurs – depuis vingt et un jours. Elle lui apparaît comme une petite veuve éplorée, ses déceptions rangées dans une boîte. Il se demande aussi si elle n'a pas rapetissé.

— Mrs Mac ?

— Assieds-toi.

— Le puis-je ?

« Je ne te laisserai pas me surplomber », dit-elle. Elle le regarde des pieds à la tête. « Mon défunt mari, affirme-t-elle. Aussi grand qu'un arbre et aussi maigre qu'un roseau. Te voilà. »

L'attention d'Owen se reporte sur le portrait au-dessus de la cheminée. Ressemble-t-il vraiment à Henry Macdermott Roe ? Il hésitait à comparer les détails, jusqu'à aujourd'hui. Les sourcils de sir Henry étaient plus lourds et son nez plus aquilin. Son menton, aussi, se terminait par une pointe osseuse, en contraste avec la mâchoire en fer à cheval d'Owen. Pour ce qui est des yeux, le rendu de l'artiste est sommaire. Mais Owen se souvient du regard froid de son maître, et s'il se donne la peine de l'admettre – ce qu'il fait aujourd'hui, pour une raison qu'il ignore –, il doit reconnaître que lors des milliers de fois où les yeux de sir Henry ont rencontré les siens, à table ou dans la grange, en compagnie d'autres gens ou en privé, pas une seule fois l'échange n'a pu suggérer un lien entre un père et son fils. Il se dit qu'il aurait dû voir cette vérité bien avant.

Il a préparé un discours. « Je suis venu ici ce matin pour m'amender auprès du colonel Maguire », dit-il.

— Il est passé quatre heures, Owen.

— Ah bon ? En tout cas, j'ai apporté les livres. Le Newton est un peu abîmé mais si on le presse sous un autre volume quelque temps, le papier se défroissera.

— Il est parti.

— Le colonel ?

Le sanglot de Mary Mac est plus près d'une suffocation.

— Non, dit Owen.

— Parti, et je ne sais pas comment je vais continuer sans lui.

Il répète son déni.

— Ces dernières semaines…, dit-elle. Tant de splendeur et de raffinement. Je n'avais jamais pris conscience de son importance auprès d'eux. Là-bas, au milieu de la noblesse de ce pays, agissant d'une telle sorte qui ne lui a valu qu'admiration et amour. Pour sa musique, bien sûr, mais aussi, je le comprends maintenant, pour sa personne.

— Son amabilité et sa courtoisie, dit Owen.

— Il n'a pas déçu un seul bienfaiteur. Il n'a rien dit, n'a rien fait qui ait pu causer de la gêne ou de l'embarras en société.

Owen reste silencieux devant ces attributs.

« Les histoires que ces nobles ont racontées, dit-elle. La plupart remontaient à plusieurs années, certaines étaient trop grivoises pour mes oreilles, et d'autres encore étaient nouvelles. Flinn et moi avons entendu des invités quitter la maison avec l'histoire de son dernier baiser et de sa composition d'adieu, jouée sur son lit de mort. » Mary Mac fronce les sourcils, comme si elle venait tout juste de percevoir le contraste frappant entre la réalité et la fiction. « C'était un honneur d'accueillir des invités aussi prestigieux », ajoute-t-elle pour elle-même.

Il s'assoit.

— Le mieux dont j'étais capable n'était pas suffisant, dit-il. Pas pour quelqu'un comme Terence Carolan. J'en suis maintenant certain. Malgré tout mon amour et le soin que je portais à mes tâches.

Ces remarques attirent le regard de Mary Mac sur Owen. « Les choses vont changer à Alderford. C'est inévitable. »

Il acquiesce.

— Et que fais-tu avec les vêtements de sir Henry ?

— Mrs Mac ?

— Il t'a pris sous son aile il y a des années de cela. Nous t'avons tous deux accueilli sous notre toit. Pourquoi avais-tu besoin de plus? Annie MacManus m'a parlé de ta théorie ce matin, pour répondre à mes questions au sujet de ton comportement déplorable ces derniers temps. Ton insolence à te penser un Macdermott Roe, le produit d'une relation illicite entre mon mari et une fille de campagne – peux-tu l'expliquer?

Il le peut, maintenant qu'il a laissé tomber l'insolence. D'après Francis Hutcheson, une haute naissance donne plus de chances à un homme de racheter une faiblesse de caractère et de pratiquer la vertu. Par extension, un orphelin avec de mauvaises habitudes n'en a pratiquement aucune. Ce qui laisse Owen Connor à jamais enlisé en lui-même, un cas désespéré.

Au lieu de quoi, il s'excuse.

— Et est-ce là véritablement la cause de ta cruauté envers Annie? L'idée que tu es noble de sang, à défaut de l'être par l'éducation?

— Je ne mérite pas cette fille, répond-il. Et je suis désolé qu'elle vous ait fait part de mes hypothèses ridicules.

« Elle était bouleversée, Owen. Tu as brisé son jeune cœur. » Mary Macdermott Roe soupire et serre sa cassette. « J'ai la composition ici, au moins, dit-elle. Pour la postérité. »

— La composition?

— Charles MacCabe l'a transcrite. Il a passé les notes en revue avec Terence, à fredonner la mélodie et à compter les temps, pour s'assurer qu'il l'avait notée correctement. La pièce a été composée entièrement dans sa tête.

« Quand était-ce? » demande-t-il par-dessus le martèlement à l'intérieur de son crâne.

— Pendant que tu fuyais le shériff.

— A-t-elle été jouée?

— Je dois engager un musicien itinérant, de préférence un Italien, pour jouer la musique au cimetière de Kilronan. Terence a préparé cette petite mise en scène avec MacCabe et Peyton le jour avant sa dernière attaque. Je suis heureuse qu'ils l'aient fait, car je trouve ces préparatifs macabres.

— Donc personne ne sait à quoi elle ressemble ?

— Charles O'Conor, qui a étudié la partition vendredi dernier, dit qu'elle est irrégulière dans sa structure, ce qui n'est pas surprenant, et dans la gamme traditionnelle. Une belle mélodie, croit Charles. Mais il a aussi remarqué…

— Oui ?

— Je ne m'y connais pas en musique, Owen.

— Qu'a dit Mr O'Conor ? Les mots exacts qu'il a employés. Nul besoin de les interpréter.

Elle le réprimande d'un léger froncement. « Il a dit que la pièce était inhabituellement grave. Il y a détecté une ambition, et une aspiration, qui sont nouvelles dans la musique de Terence. Je trouve ces qualités troublantes. Ses compositions sont d'habitude si légères, une des raisons pourquoi elles sont si plaisantes à l'oreille, je suppose.

— Il l'a écrite pour elle, vous savez.

— Ce n'est pas vrai.

— Il me l'a dit. Un compte-rendu musical d'un homme qui se souvient, et même qui redécouvre son affection pour la compagne qu'il a perdue. Sa gratitude pour son amour, exprimée dans une mélodie.

— Sa dernière composition est en l'honneur de cette femme ?

— Moira n'était pas n'importe quelle femme.

— Moira ? Je croyais que tu parlais de Bridget Cruise.

— Il faut que ce soit pour elle, murmure-t-il. Il ne peut en être autrement.

— La voici, peu importe, dit Mrs Mac en déroulant le parchemin d'une partition.

— Puis-je ?

Elle lui tend la feuille, et il traverse la pièce pour la recueillir. Se souvenant de la dernière remarque de son maître au sujet de la musique et du silence, il s'attend presque à ce que les lignes soient vides. En fait, il ne peut pas les lire, pas plus qu'Annie MacManus ne peut déclamer *L'Énéide*. Owen se demande s'il entendra jamais la pièce jouée. Mais il lui suffit de savoir qu'elle existe et qu'elle doit être la musique qu'il a vu être créée, dans une chambre pleine d'oiseaux et à l'intérieur d'un esprit plein de mélodies. Il lui suffit de tenir le papier entre ses mains.

« Je n'avais pas l'intention de te le dire », commence Mary Macdermott Roe. Elle a ajusté sa chaise pour pouvoir regarder par la fenêtre, une paume posée contre la vitre, comme pour apaiser le feu qui brûle en elle. « Terence a exprimé le souhait que la mélodie soit intitulée 'Owen Ballach', en remerciement, je suppose, de tes loyaux services en des temps meilleurs. Plusieurs amis, incluant moi, l'ont convaincu qu'elle devait porter le titre officiel « Un adieu à la musique », à la fois pour respecter la tradition et pour être à la hauteur de l'histoire qu'il préparait à propos de ses dernières heures. Il a accepté nos raisonnements mais seulement après un débat.

Owen ne peut parler.

— Betty O'Neill a préparé le corps, dit-elle. Va le voir.

— Je ne crois pas en être capable.

— C'est à cause de ces souliers ridicules. Je n'ai jamais compris pourquoi sir Henry aimait les chaussures étroites.

Cette déclaration le fait se lever en hâte.

« Les changements sont inévitables, ici et partout », dit-elle, ses doigts glissant sur la vitre. La lumière de la fenêtre détaille son profil, sans aucune pitié.

Il laisse la partition sur la table, à côté des livres.

* * *

Au sommet de l'escalier, il s'arrête pour lisser ses cheveux et vérifier les boutons de sa veste. La porte est ouverte encore une fois, et la chambre émet une rare lumière pour cette heure – due, sans doute, à son exposition à l'ouest. Des chants d'oiseaux remplissent même le corridor, une clameur de pépiements et de caquètements qui semblent sortir d'une cage grouillante. Grace occupe son poste près de l'âtre. En voyant Owen, la chienne se lève avec un gémissement et un bâillement.

Au nom du Père, dit-il en silence, glissant sa main le long de son torse, et du Fils, et du Saint-Esprit, Amen. Craignant de regarder, Owen marche jusqu'à la fenêtre, où il s'attend presque à trouver un chœur d'oiseaux sur le rebord. Une seule créature ailée, la même mésange bleue, peut-être, qu'en février, fait deux petits sauts puis s'en va, voletant. Il jette un coup d'œil vers le sud par la fenêtre, au-delà du champ où il avait suivi l'alouette des yeux. Gem et Gulli poursuivent leur vigile silencieuse dans le pacage.

Cannelle capte d'abord son attention. D'après Annie, le chat a rarement quitté son poste sur le lit depuis son arrivée à Alderford. Elle jurait qu'il avait été informé à l'avance de ses devoirs. Le chat modulait des chants de gorge pour un musicien affaibli. Il léchait les joues et le menton d'un sensualiste mourant, lui caressait les lèvres de ses pattes. Cannelle avait même compris comment s'étendre près de la bonne main de Carolan, pour lui permettre de flatter le pelage maintenant doux et luisant, et ainsi doubler le volume des ronronnements.

Remarquant la présence de l'intrus, et se souvenant peut-être du méchant homme qui l'a jadis enfoui dans un sac, le chat pousse un grondement. Owen se résout à laisser Cannelle le griffer en échange d'une place sur le matelas. Il ne peut se résigner à examiner le visage de Carolan. Il n'arrive même pas à toucher la main dans laquelle on a entortillé un rosaire, comme de la bruyère entre les doigts, le crucifix poli à plat sur la poitrine. Glissant hors de ses souliers, il s'allonge près du corps, un petit garçon cherchant la chaleur auprès d'un père endormi. Le lit est un pied trop court. Ses chevilles dépassent et il se tord le cou, son bras droit en guise d'oreiller. Il respire le talc. Sa vision, s'élevant au-dessus de la scène, se trouble avant d'être aveuglée par une lumière qui ne peut être qualifiée que d'harmonique.

Dans cette lumière, pense Owen, je ne suis pas un serviteur déguisé en gentilhomme et lui n'est pas un petit corps fragile paré à l'éternel repos. Sous ce jour, nous sommes vus tels que nous sommes et n'en sommes aimés que davantage. Il existe un pays que nul ne veut fuir, un endroit où règne la paix. Un prieuré en ruine au bord d'un ruisseau, pourquoi pas ? Le soleil qui entre par un trou dans le mur. Des hirondelles tournoyant dans le clocher.

Il improvise une prière. Terre, reçois cet homme grand, cet homme bon, cet homme insensé. Seigneur, accueille-le dans ton harmonie.

Partirons-nous à cheval, maître ? demande-t-il ensuite. Libres comme l'air, le vent dans les voiles et la bride sur le cou ? Les chevaux ont envie de l'exercice et la nation souhaite votre retour. Pas de mers infinies ni de ciels lourds, je vous le promets. Pas de vallées où les oiseaux se taisent. Nous pouvons nous en tenir au sud du Leitrim, parmi les lacs débordants et les tourbières détrempées, les forêts aux sols moussus. Les glens sont douillets et les chemins bien dégagés. Une campagne apaisante, qui protège celui qui a la sagesse d'y rester enclos.

Qu'entendrons-nous et que sentirons-nous au fil de notre voyage ? Qu'observerons-nous ? Dans les forêts il y aura des renards et des daims, des lièvres et des mulots. Au bord des lacs, des loutres et des blaireaux s'agiteront peut-être. Des oiseaux nous sérénaderont partout où nous irons : roitelets et grives musiciennes, bécasses et martins-pêcheurs. Sûrement des poules d'eau et des colverts sur les grèves, des cormorans et des bécassines plus loin sur l'eau. Oui, un héron cendré se soulève lentement. Oui, un cygne muet glisse parmi les roseaux.

Et dans les glens ? Des tapis de primevères et d'iris jaunes, des jacinthes des bois et des épines noires plus haut sur les versants. Des saules blancs et des aubépines orange ; du chèvrefeuille et des églantiers. Les églantiers sont rouges, comme certains arbres dans la clairière de rhododendrons à Alderford. Le chèvrefeuille, comme toujours, est doré comme du miel frais versé dans une chope.

Doré, comme les cheveux des petites filles dans la lumière du soleil ?

Vous vous souvenez donc des couleurs ?

Un peu.

Et les images – elles n'ont pas complètement disparu ?

Pas complètement. Le cygne dans le courant, par exemple. Peux-tu le voir ?

Je le vois.

La tête inclinée et magnifique ?

Oui.

Ne laissant aucun sillage sur son chemin.

Pratiquement aucun.

Ce doit être charmant.

Ce l'est.

Délicat.

Ce l'est.

Changeant.

Oui, Maître. C'est charmant. Tout à fait charmant.

TROISIÈME PARTIE

Un adieu à la musique

Adagio

Nuit. Heureux le mari qui met la main sous cette tête. Amusé, le père reçoit le pied d'un enfant sur le nez. Qui dort sens dessus dessous? Qui se vautre de travers et rêve tout haut à des cubes de sucre? Heureux les trois, cinq ou neuf dans le lit à colonnes. À faire courir les ongles sur les dos et les têtes. À chuchoter *chut* et *trésor* et *pousse-toi*. L'odeur de pâte et le goût de butterscotch. Un radeau sur une mer sombre comme le vin.

Jour. Sur sa chaise, pipe et verre à la main, son déjeuner grésillant dans la poêle. Les enfants ont mangé? demande-t-il. Nourris, lavés, et à gambader, répond-elle. Laisse-moi bien te frotter, aussi. Assieds-toi plutôt, et fais-toi du thé, ma radieuse. Radieuse? Une lampe n'éclaire plus, à côté de toi, Moira Keane. Arrête, dit-elle. Tu es une bonne femme. Facile à courtiser et encore plus facile à marier. Je suis une simple femme de campagne, répond-elle.

Nuit. La musique doit écouter son moindre soupir, tandis qu'il s'apprête à accompagner chacun de ses gémissements. Elle, embrassant ses cicatrices. Lui, la chatouillant partout jusqu'à ce qu'elle ne soit qu'une cascade de cheveux bruns. Lève ta chemise de nuit, femme, je ne puis plus me retenir. Mais j'ai un bébé dans mes bras, dit-elle. Que dirais-tu si on mettait Maev de l'autre côté? Mary, répond-elle. Celle-ci s'appelle Mary.

Jour. Une autre pipée? demande-t-elle. Une autre partie de jambes en l'air? répond-il avec une sorte de sourire. Papa, peux-tu voir ma nouvelle robe ? Montre à ton père, la corrige sa mère. Te voilà, dit-il, en assoyant la fille sur ses genoux. Toute en chair cylindrique et parfum de lilas, en frétillements, en ricanements et en roucoulements. Owen Connor passera peut-être cet après-midi, dit-il à la mère de l'enfant. Voilà une surprise ! dit-elle. Ils rient à l'unisson.

Dirige, Domine, Deus meus, in conspectu tuo viam meam.

Nuit. Il faut qu'elle se mette sur le côté, pour ne pas secouer le radeau, ne pas qu'il prenne l'eau. Son bras à lui est son oreiller à elle, de l'autre il agrippe sa hanche. Elle étend la main vers l'arrière et relève la chemise de l'homme jusqu'à la taille. Nous nous embrasserons sans esclandre, murmure-t-il, et nous ne ferons pas plus de bruit que des souris. C'est ce que tu crois, dit-elle. Un cou et des épaules, une taille et des cuisses : tout ce que nous désirons. Et des seins.

Fais que mes pas, Ô Seigneur, mon Dieu, cheminent sous ton regard.

Jour. Dans le jardin derrière la chaumière. Sa chaise de paille, son pot de bière. Des enfants qui *tra-la-la* autour de lui. Regarde, papa, regarde ce qu'Eileen a fait. Cueillez des fleurs pour moi, fillettes. Toi et toi et toi là-bas. Emmenez votre sœur Mary avec vous. Mais Mary ne peut même pas marcher ? Maev, je veux dire. Je suis là, dit une toute petite voix. Je te vois, papa ! La lancera-t-il dans les airs, cette petite ? Dans les airs, dans le ciel, sans jamais une crainte ni une chute ?

Nuit. Il est en elle et elle est en lui. À s'embrasser sans esclandre dans un lit à colonnes. La meilleure des épouses et des mères ! La plus belle des cascades, au-delà des bruits et des odeurs. Il devrait rester près d'elle davantage. Il ne devrait pas s'éloigner si souvent, ne serait-ce que dans sa tête. Heureux ici. Heureux les trois, cinq ou plus sur ce radeau. Oh ! que oui. Ma chère et tendre.

Jour. Seul dans le jardin, le pot depuis longtemps éclusé. Des enfants qui cueillent des fleurs là-bas dans le pré. Owen Connor dans la cuisine à prendre le thé avec sa femme. Qui est ce Terence Carolan, maître et serviteur ? Il n'est personne, rêvant la musique qui bientôt le jouera. Il est lui-même, rêvant ce chanceux bonhomme et sa vie bienheureuse.

Épilogue

En 1765, une tombe du cimetière de Kilronan fut violée. Un crâne fut séparé de son squelette et un trou percé dans le front. Des rubans de soie verte furent alors utilisés pour arrimer le crâne à une niche dans le mur de la chapelle des Macdermott Roe. Les habitants du coin se mirent à adorer l'objet. Certains croyaient qu'en faisant bouillir du lait dans le crâne, ou qu'en mélangeant des fragments d'os réduits en poudre avec de l'eau, on pouvait guérir les enfants malades. D'autres pensaient que de simplement toucher le front allait leur porter chance. Le crâne du harpeur Terence Carolan resta ainsi exposé à Kilronan jusqu'à la fin du dix-huitième siècle, après quoi il disparut.

Un groupe d'amoureux de la musique à Belfast lança une invitation en 1792 à tous les harpeurs pour qu'ils s'engagent dans une compétition. Seuls onze musiciens répondirent à l'appel, allant d'un garçon de quinze ans jusqu'au vieux Denis Hempson, quatre-vingt-dix-sept ans. Contemporain de Carolan, Hempson fut le seul à jouer « à l'ancienne », un style associé à la tradition bardique disparue, avec des cordes de bronze et des ongles longs. Un musicologue amateur nommé Edward Bunting agit comme copiste, et ses efforts préservèrent des douzaines de mélodies qui auraient été perdues autrement. Des histoires au sujet du crâne de Carolan circulèrent à cette réunion, et plusieurs participants exprimèrent le désir de le tenir entre leurs mains, dans l'espoir que le contact leur apporte l'inspiration.

* * *

Les Irlandais jouèrent un rôle dans plusieurs des guerres européennes du dix-huitième siècle. Des dizaines de milliers d'entre eux, ayant quitté leur patrie dans les décennies suivant la bataille de la Boyne et l'introduction des Lois pénales, servirent dans plusieurs armées différentes, le plus souvent dans leurs propres brigades. Le débandement de ces unités dans les armées française et espagnole au cours des années 1730 causa le déplacement de ces intrépides Gaëls vers l'est pour s'engager surtout en Autriche et en Russie. En avril 1741, la guerre de la Succession d'Autriche s'ouvrit avec la bataille de Mollwitz en Silésie, aujourd'hui une région de la Pologne. Parmi les Irlandais au service des Autrichiens défaits se trouvaient deux jeunes recrues. L'un était listé sous le nom « Seamus Boatman » (batelier), un nom de famille improbable et sans doute faux. L'autre était « Owen Connor », aussi orthographié « Conner » et même « Eoghan O'Conhuir ». Même si Owen Connor est passé au nombre des victimes de cette bataille, des témoins déclarèrent qu'il s'était effondré avant même tout contact avec les balles ennemies. L'on dit qu'il tomba à genoux, la tête serrée entre ses mains. Une lettre adressée à une femme d'un domaine du comté de Leitrim fut trouvée parmi ses possessions. L'histoire ne dit pas si la lettre fut livrée.

* * *

L'hiver précédent, un habitant sur trois en Irlande mourut de faim ou de maladie. Les récoltes de grains et de pommes de terre furent mauvaises à cause d'un automne pluvieux suivi d'une longue et difficile gelée, et en février 1740 des épidémies de typhus et de dysenterie éclatèrent dans les campagnes. À Dublin, où des émeutes de la faim étaient courantes, Jonathan Swift, à soixante-treize ans, à deux années encore d'être déclaré fou par la Commission des aliénés, restait dans sa chambre, évitant les rues glissantes et les mendiants désespérés. Son collègue, George Berkeley, dont l'*Essai sur une nouvelle théorie de la vision* ornait l'étagère d'Owen, se mit à distribuer vingt pounds en or ou en billets par semaine pour nourrir les indigents de Cloyne. Berkeley cessa également de poudrer sa perruque avec de la farine, comme c'était la coutume chez les gentlemen.

Les historiens parlent de cette période comme du plus long épisode de froids extrêmes dans les annales de l'Europe. *Bliadhaïn an áir*, disait-on en Irlande : l'année du massacre.

À Alderford, le chagrin emporta Mary Macdermott Roe en juin, tandis que Betty O'Neill mourut de la dysenterie, probablement introduite au manoir par un itinérant à qui elle avait servi un charitable bol de soupe. John Stamford avait déjà perdu la vie à la suite d'un accident de cheval qui mena aussi à l'abattage de Gulliver, le bai brun. Flinn, le majordome, survécut à la famine autant qu'aux épidémies. Il mourut dix ans plus tard, à environ quatre-vingt-dix-huit ans. Sur sa pierre tombale on put lire le nom de Joseph Michael Flinn.

Même si elle revint prêter main-forte pour préparer les funérailles de Terence Carolan, Annie MacManus refusa de reprendre ses fonctions de servante de cuisine. Elle épousa William Duigenen de Keadew peu de temps après et fut bientôt enceinte du premier de ses six enfants. Un historien la trouva en vie et en bonne santé en 1785, une « très petite et très vieille beauté en train de filer la laine». Annie partagea des souvenirs très vifs de Carolan et de Mary Macdermott Roe, incluant l'histoire d'une garnison de soldats ayant essayé d'arrêter le barde à la suite d'une indiscrétion commise par un serviteur. L'historien, décrivant sa chaumière de Mount Allen, fit mention de la présence surprenante de deux livres sur une étagère. Les volumes étaient couverts de poussière et usés et ne semblaient pas avoir été lus. L'un d'eux était de sir Isaac Newton. Le dos de l'autre était trop endommagé pour donner à lire le nom de son auteur.

Note de l'auteur

Hormis quelques détails biographiques, *Un Adieu à la musique* est l'incorrigible fruit de l'imagination. Dans sa nature même, par exemple, le roman repose sur une grande inexactitude historique. En dehors du Pale, la grande majorité des Irlandais du dix-huitième siècle parlait le gaélique, à la fois langue maternelle de Carolan et celle de ses poésies, pour la plupart oubliables. Son anglais passait pour être acceptable. De légers détails ont aussi souffert de leur passage à la fiction. Prenez, par exemple, la salle de concert sur Fishamble Street où *Le Messie* de Haendel a été créé. Elle n'a été achevée qu'en 1740. Mais puisque j'avais besoin que la salle soit terminée trois ans auparavant, j'ai dû accélérer les travaux. De récentes études, à l'inverse – plus spécifiquement, l'examen des filigranes sur les manuscrits –, ont mis en doute le fait que les frères Neale aient publié leur recueil des musiques de Carolan du vivant du musicien, une hypothèse que j'ai choisi d'ignorer.

Il y a aussi un débat au sujet des versions de la Bible à la disposition des catholiques irlandais au cours de la première moitié du siècle. Si la traduction gaélique de l'Ancien Testament par Bedell était de mise dans certains milieux, d'autres citoyens lisaient sans aucun doute la « Bible du roi Jacques » (*King James version*). D'autres encore avaient accès aux deux. Comme ce roman n'a pas été rédigé en anglais d'époque, toutefois, j'ai choisi de citer des passages des versions les plus plaisantes de ce livre[1]. De même, les lecteurs familiers avec la littérature irlandaise ont peut-être reconnu certains aspects de l'histoire du chasseur de dot, Hugh Maguire, et de sa rebelle d'épouse anglaise, du roman de Maria Edgeworth, *Château Rackrent*, écrit en 1800. Comme Edgeworth a admis s'être inspirée d'une histoire vraie pour écrire sa fiction, je me confesse à mon tour. Deux siècles plus tard, l'histoire est aussi bonne, bien qu'appuyée sur une Histoire trouble.

Un mot, enfin, au sujet de la musique. Si le « vrai » Terence Carolan a continué la composition après la mort de sa femme, ses mélodies des dernières années ne sont pas les meilleures. Mais la pièce connue sous le nom de « Carolan's Farewell to Music » (L'Adieu de Carolan à la musique) a en effet été, supposément, composée sur son lit de mort. Il s'agit d'une magnifique création, sombre et empreinte de dignité, et sa structure étonnante, surtout un passage au milieu qui rappelle les pluies printanières autant que les chagrins d'automne, lui donne l'apparence d'une improvisation inspirée. Toutefois, l'idée que la pièce vienne marquer une détérioration accrue de sa vision, ou qu'elle ait quoi que ce soit à voir avec un lit à colonnes, est le pur produit de mon imagination.

---

1. Note de la traductrice : Étant donné l'attitude accommodante de l'auteur, je me suis permis également beaucoup de liberté dans le choix des traductions françaises des citations de la Bible. Me basant le plus souvent sur la Bible de Sacy, j'ai souvent modifié le texte français pour lui donner la même thématique qui, en anglais, touchait si intimement Terence Carolan.

Remerciements

Merci à Barra O Seaghdha, Becky Vogan, Mark Abley, Denis Sampson, David Manicom, David Wilson, Jackie Kaiser, Iris Tupholme et Maggie Bakker pour leur aide avec le manuscrit à différentes étapes. Stephen Scharper, Peter Kennedy, Tanah Haney et Ann Dooley ont fourni diverses formes d'expertise, tandis que les artistes Liz Bierk et James Lahey ont été prodigues de leur temps et de leur talent. Toutes les illustrations dans ce roman sont de Liz Bierk. Michael Cullen a offert une assistance technique et John Fraser du Massey College, Université de Toronto, a été d'un grand soutien, comme toujours.

OUVRAGE RÉALISÉ PAR
LUC JACQUES, TYPOGRAPHE
ACHEVÉ D'IMPRIMER
EN JUILLET 2011
SUR LES PRESSES
DE MARQUIS IMPRIMEUR
POUR LE COMPTE DE
LEMÉAC ÉDITEUR, MONTRÉAL

DÉPÔT LÉGAL
1re ÉDITION : 3e TRIMESTRE 2011
(ÉD. 01 / IMP. 01)